Emma Smith

Der Ruf der Ferne

Emma Smith

Der Ruf der Ferne

Roman

Aus dem Englischen von
Theda Krohm-Linke

Mit einem neuen Vorwort
der Autorin und
einem Nachwort von
Susan Hill

Droemer

Originaltitel: The Far Cry
Originalverlag: Persephone Books Ltd, London

Besuchen Sie uns im Internet:
www.droemer.de

Die Folie des Schutzumschlags sowie die Einschweißfolie sind
PE-Folien und biologisch abbaubar.
Dieses Buch wurde auf chlor- und säurefreiem Papier gedruckt.

First published 1949 by MacGibbon & Kee

Redaktion: Maria Hochsieder
Umschlaggestaltung: ZERO Werbeagentur, München
Umschlagabbildung: Gettyimages / Glen Allison;
plainpicture / Erickson
Satz: Adobe InDesign im Verlag
Druck und Bindung: C. H. Beck, Nördlingen
Printed in Germany
ISBN 978-3-426-19800-1

2 4 5 3 1

Für Ralph Keene

Vorwort

Der Zweite Weltkrieg lag in den letzten Zügen, als ich meine Arbeit als Kanalschifferin auf dem Grand Union Canal aufgab, um zu Greenpark Productions zu gehen, einer kleinen Dokumentarfilmfirma, die Ralph Keene gehörte. Solange ich denken konnte, hatte ich schreiben wollen, und deshalb bewarb ich mich darum, bei Greenpark zur Drehbuchautorin ausgebildet zu werden. Außerdem sehnte ich mich danach, ins Ausland zu reisen. Der Krieg war endlich fast vorbei. Ich war einundzwanzig Jahre alt, war nie in einem fremden Land gewesen und wusste, da ich kaum Schulunterricht gehabt hatte, praktisch nichts von der Welt. Meine Unwissenheit war mir unerträglich. Ich wollte *alles* lernen; oder zumindest so viel wie möglich, und je schneller, desto besser. Bisher hatte ich die Welt vom Deck eines mit Diesel betriebenen Kanalboots aus gesehen, das während des Kriegs auf der Wasserstraße zwischen London, Birmingham und Coventry entlanggetuckert war. Eine schrecklich eingeschränkte Perspektive, wie mir schien. Und so hatte ich unglaubliches Glück – das fand ich damals und finde es noch heute –, als ich mich im Frühling 1945 einem Team von Dokumentarfilmern anschließen konnte, das achtzehn Monate später vom Tea Board, der Teekommission des Handelsministeriums, beauftragt wurde, zwei Filmberichte über eine Teeplantage im fernen Assam zu drehen.

Eines dunklen, regnerischen Tages im September 1946

gingen fünf von uns an Bord der *Andes* und verließen unter den Klängen von *Indian Summer* den Hafen von Southampton. Die *Andes* war gerade erst von einem Truppentransporter in einen Vergnügungsdampfer umgewandelt worden, und da sie vom Bug bis zum Heck mit frischer weißer Farbe gestrichen worden war, war sie allein deshalb ein Fest für unsere Augen, die an die Verdunkelung und den alles beherrschenden Schmutz und die Schäbigkeit der Kriegszeit gewöhnt waren.

Unsere Mannschaft bestand aus Regisseur Ralph (alias Bunny) Keene; Kameramann George Still und seinem Assistenten Teddy Faber; Laurie Lee, der damals vor allem als Dichter bekannt war, und mir. Laurie sollte unser Drehbuch schreiben. Für diese begehrte Position war ich leider in keiner Weise qualifiziert, egal wie sehr ich danach strebte. Ich trug stattdessen die Bezeichnung Regieassistentin, ein schmeichelhafter, aber trügerischer Titel, da er in Wirklichkeit »Mädchen für alles« bedeutete. Ich sollte das Auf- und Abladen der Ausrüstung überwachen, war Scriptgirl, sollte die Tagesberichte tippen und verschicken und musste dafür sorgen, dass die Herren ausreichend mit Zigaretten und Zahnpasta versorgt waren. Diese offiziellen Pflichten würden beginnen, sobald wir Bombay erreicht hatten, aber bis dahin lagen drei ungetrübte Ferienwochen auf See vor mir, gekrönt von weißem Brot statt des rein funktionellen Graubrots der Kriegszeit und dem zuvor unerreichbaren Luxus von frisch gepresstem Orangensaft. Jeden freien Augenblick – also die Zeit, die ich nicht mit Essen, Baden, Tanzen oder der Teilnahme an Deckspielen verbrachte – widmete ich detaillierten Tagebuchaufzeichnungen über dieses Aschenputtel-Märchen.

Wir hatten jedoch kaum in Indien angelegt, als nur zu deutlich wurde, dass schon eine meiner ersten Aufgaben außerhalb meiner Möglichkeiten lag. Es gab Gerüchte, dass die englische Kolonialmacht sich aus dem Land zurückziehen wollte, und die Lage auf dem Subkontinent war heikel. Es galt weder als sicher noch als statthaft für eine unerfahrene junge Frau wie mich, sich unbegleitet in Bombays brodelnder Hafengegend aufzuhalten. Demzufolge lagen die Gepäcküberwachung und die Verhandlungen mit dem Zoll auf einmal auf den Schultern von George und Teddy, die sich dafür rächten, indem sie mich den Rest der Reise als ihr persönliches Botenmädchen ausnutzten. Allerdings wurde mein verletzter Stolz mehr als entschädigt, weil ich die zusätzliche freie Zeit mit meinem Tagebuch verbringen konnte.

Wenn ich heute als alte Frau auf die junge Person zurückblicke, die ich 1946 war, wird mir klar, dass die Unwissenheit, die ich damals so beklagte, in Wirklichkeit ein Segen war. Ich ging die Gangway hinunter, und Indien brach mit der Macht einer Explosion über mich herein. Darauf war ich überhaupt nicht vorbereitet. Die Menge der exotischen Fremden, der ohrenbetäubende Lärm, die strahlenden Farben und die schweren Gerüche überwältigten mich. Wäre ich weltgewandter und nicht so überrascht gewesen, wäre der Eindruck weniger groß und die Ausbeute meines Tagebuchs kleiner gewesen. Aber von da an war jeder einzelne Augenblick eine aufregende Entdeckung, die ich festhalten musste. Und weil solche jugendlichen Eindrücke auf keine anderen Erinnerungen zurückgreifen können, mit denen sie sich vergleichen lassen, sind sie einzigartig und strahlend wie der Sonnenaufgang an einem wolkenlosen Sommertag. Ich wollte kein Jota dieser erstaunlichen Erfahrung versäumen und vergessen, und so schrieb und schrieb ich alles auf. In meinem Job mochte ich hoffnungslos sein, gnadenlos verspottet von George und Teddy, aber ich wusste, wie man gewissenhaft Tagebuch führt, und das tat ich.

Wir durchquerten die riesigen Weiten des Landes zwischen Bombay und Kalkutta, von der West- zur Ostküste, und reisten mehrere Tage und Nächte, alle fünf zusammengepfercht in einem kleinen, drückend heißen Zugabteil mit vier Betten. Ich war diejenige, die auf dem Fußboden schlafen musste. Und da ich dieser Tatsache keinen Kommentar, noch nicht einmal ein Ausrufezeichen hinzufügte, muss dieses Arrangement wohl meine Zustimmung gefunden haben.

Von Kalkutta aus fuhren wir weiter nach Norden, zu unserem eigentlichen Ziel, mehreren Teeplantagen bei Nazira, einem kleinen Ort mit Blick auf die Naga-Berge, die in der Ferne lockten. Wir waren in einem großen, weiß verputzten bungalowartigen Gebäude untergebracht, das ursprünglich als Krankenhaus hatte dienen sollen. Es hatte keine Türen, und durch die runden Öffnungen, die wie unverglaste Bullaugen unter dem Dachsims angebracht waren, flogen Vögel ein und aus. Anfangs fanden wir es angenehm luftig, aber mit der Zeit wurde es zunehmend kühl. Wir schlugen dennoch unser Lager hier auf und blieben, mit Ausnahme unseres Drehbuchautors Laurie, bis beide Filme abgedreht waren.

Der erste Film sollte die verschiedenen Phasen der Teeproduktion illustrieren – vom Wachsen der Blätter am

Busch bis hin zur Verpackung in Kisten und ihrer Verschiffung nach Übersee. Der zweite Film diente der Unterhaltung, eine gefühlvolle Darstellung der Brautwerbung und Hochzeitszeremonie zwischen zwei Arbeitern auf einer Teeplantage, Ramdas und Mangri, zwei reizenden Assamesen, die tatsächlich bereits verheiratet waren. Laurie verließ uns, nachdem er genügend Notizen über die Drehorte gemacht hatte, wir anderen aber blieben über Weihnachten in Nazira, bis wir im Januar wieder nach Hause flogen und im Schneesturm eines für englische Verhältnisse ungewöhnlich kalten Winters in Heathrow landeten.

Mein indisches Tagebuch, in dem ich mich über die Schönheit von Libellen und die Vorzüge des Swimmingpools des *Burra Sahib*, des örtlichen Kolonialbeamten, auslasse, offenbart eine schockierende Intoleranz gegenüber der Clubkultur der Plantagenverwalter, die so nett zu uns waren. Sie hielten uns für amüsante, wenn auch unzivilisierte komische Vögel und nahmen uns gastfreundlich auf. Dass ich den Dorfbewohnern und ihren Kindern immer freundlich zuwinkte, wenn wir in unserem Landrover an ihnen vorbeifuhren und ihre *Dhotis* in Staub hüllten, trug mir den Spitznamen »Dschungelkind« ein, was mich mit tiefer Befriedigung erfüllte.

Rückblickend – damals ist es mir nicht in den Sinn gekommen – erscheint es mir äußerst seltsam, dass wir während der Dreharbeiten zu unseren friedlichen kleinen Filmchen nie etwas von dem entsetzlichen – heroischen – Kampf hörten, der gegen die Japaner im burmesischen Dschungel praktisch nebenan ausgetragen worden war, obwohl der Zweite Weltkrieg gerade erst hinter

uns lag. Es war, als wäre es nie geschehen. Vielleicht war der Alptraum – die Gefahr, die Angst, das Entsetzen – einfach noch zu nah. Vielleicht mussten erst ein paar Jahre vergehen, bis man sich aus sicherer Distanz damit beschäftigen konnte. Oder vielleicht lag es auch nur daran, dass wir nicht dabei gewesen waren und deshalb niemand mit uns über das Leid sprechen konnte.
Irgendwann im Sommer 1947 beschloss ich aus einer spontanen Eingebung heraus, mich von Greenpark Productions zu trennen und es allein zu versuchen. Ich ging nach Frankreich, wo ich mich prompt in alles Französische verliebte, allem voran Paris, die Traumstadt jedes angehenden Schriftstellers. Aber leider besaß ich jämmerlich wenig Geld, um meinen Unterhalt in der Traumstadt bestreiten zu können, und bis zum Winter war alles aufgebraucht. Die Kurzgeschichten, die ich veröffentlicht hatte, waren sehr kurz und sehr rar, und meine Lage war besorgniserregend.
Rettung kam in Form von zwei Briefen, einer von meinem Literaturagenten Curtis Brown, der andere von James MacGibbon, der damals bei Putnam Publishing war. In beiden Briefen stand, dass die Zeit möglicherweise reif sei für ein Buch über das Leben auf einem Kanal während des Krieges, ein Thema, das ich bisher nur in den sehr kurzen Kurzgeschichten gestreift hatte. Ermutigt eilte ich zurück nach England, in das Cottage meiner Mutter in Devon, wo ich, bei freier Kost und Logis, in drei Monaten das Manuskript von *Maidens' Trip* fertigstellte. Und meine Förderer hatten recht mit ihrer Voraussage: Die Zeit war tatsächlich reif, und das Buch wurde ein Bestseller.
Finanziell versorgt nahm ich mir, allein mit meiner

Schreibmaschine, ein winziges Zimmer im Hôtel de Tournon in Paris. Das nächste Buch, das ich schreiben wollte, sollte ein *richtiger* Roman sein, aber es sollte trotzdem einen authentischen Hintergrund haben. Glücklicherweise lag das Material, das den authentischen Hintergrund hergeben sollte, gebrauchsfertig bereit, ich musste es nur aus den hektisch gekritzelten, kaum entzifferbaren Seiten meines indischen Tagebuches herausholen. Die eigentliche Geschichte jedoch musste von der Handlung und den Personen getragen werden, die ich erfinden wollte. In meiner Vorstellung waren die Charaktere in *Der Ruf der Ferne* völlig fiktiv, und tatsächlich sind sie, jedenfalls die Hauptfiguren, frei erfunden. Dass Teresa, das Kind im Mittelpunkt der Erzählung, viel von mir selbst hatte, konnte ich damals noch nicht erkennen und hätte es auch heftig abgestritten. Aber wie hätte es anders sein können?

Der Ruf der Ferne wurde bei MacGibbon & Kee veröffentlicht, und da ich mich nun in meinem Wunschberuf etabliert hatte, hätte eigentlich ein dritter Bestseller folgen müssen. Stattdessen jedoch heiratete ich. Und sieben Jahre lang, abgesehen von gelegentlichen Artikeln für eine Zeitung oder eine Zeitschrift, die unsere Telefonrechnung bestreiten sollten, stand meine Schreibmaschine unbenutzt im Regal.

Dann geschah das Unerwartete. Auf einmal war ich Witwe und musste zwei kleine Kinder ernähren. Wir drei zogen nach Radnorshire in Wales, wo ich ganz langsam, im Schneckentempo – weil ich nur wenig Energie und Zeit dafür erübrigen konnte –, wieder zu schreiben begann: Kinderbücher und einen Roman für Erwachsene.

Mittlerweile steht meine Schreibmaschine, meine alte Freundin, wieder im Regal. Ich werde sie nicht wieder belästigen. Aber dass *Der Ruf der Ferne* vor dem Vergessen bewahrt und nach so langer Zeit neu aufgelegt wurde, ist mir eine große Freude, und ich hoffe, eine neue Generation von Lesern findet daran Vergnügen.

Emma Smith
Putney, 2001

Inhalt

Teil I

Abschied

1

Teresa Digbys Ohren vibrierten vom Gezwitscher der Vögel, aber da sie die Laute mit den Geräuschen eines frühen Sommermorgens verwechselte, hatte sie es nicht eilig, die Augen aufzuschlagen. Die Chintz-Vorhänge bauschten sich wie im Sommer, und das gefilterte Sonnenlicht warf goldene Flecken an die Wand. Sie lag wach im Bett und träumte vom Schlafen. Das schrille Zwitschern der Spatzen und Sperlinge trieb sie mit den Wellen ihrer erwachenden Sinne auf den glatten, harten Sand ihres Bewusstseins, und vor allem ein Gedanke, ein Wort bohrte sich wie ein spitzer Kieselstein in ihre Haut – Frühstück.

Sie war spät dran! Sie würde nicht rechtzeitig zum Frühstück kommen! Die Vogelschreie klangen jetzt beinahe feindselig. Hastig sprang sie aus dem Bett, schlüpfte in Kleider und Schuhe und band sich die langen Haare mit einem roten Gummiband zusammen. Ihre Finger zitterten, so sehr beeilte sie sich. Stirnrunzelnd kaute sie darauf herum, damit sie ruhig wurden. Aber es hörte nicht auf. Teresa stieß das Fenster auf und presste ihre Hände fest auf das Fensterbrett aus Schiefer – Schiefer, der trotz der Sonne kalt war, denn es war gar nicht Sommer, sondern die letzte Septemberwoche –, wobei sie in dem arroganten Tonfall, der immer leicht fällt, wenn man mit sich selbst spricht, sagte: »Nun, es ist mir gleichgültig.«

Sie zitterte am ganzen Leib, ihr Herz schlug heftig und

ohne Grund – ohne guten Grund jedenfalls. Sie wurde rot vor Ärger. Wie albern, aus Angst vor nichts zu zittern. Sie berührte die kleinen Efeublätter, die im Wind leise bebten, dann fasste sie Mut und schlug das Fenster zu. Eilig rannte sie die Treppe hinunter und trat ins Esszimmer.

Tante May saß bereits beim Frühstück. Sie sagte nichts, und auch Teresa schwieg, da sie beschlossen hatte, lieber durch Schmollen in Ungnade zu fallen als durch eine der anderen Verhaltensweisen ihres breiten Repertoires, das sie sich in fast vierzehn Jahren ständigen Zuspätkommens angeeignet hatte. Ihre Tante mochte keine schnippischen Antworten oder vorgetäuschte Verträumtheit, wobei sie ohnehin jedes Benehmen Teresas missbilligte, und Teresa, genau wie die meisten anderen kleinen Mädchen, grundsätzlich nicht leiden konnte. Und so frühstückten sie, während jede darüber nachdachte, was sie von der anderen hielt. Schließlich warf Teresa einen herausfordernden Blick über den Tisch und fragte: »Warum ist er nicht da? Ich dachte, er wollte gestern Abend kommen.«

»Dein Vater«, erwiderte die alte Dame und wischte sich die Lippen an der Serviette ab, um ihre Antwort so lange wie möglich hinauszuzögern, »hat mit mir telefoniert. Er hat seinen Zug verpasst und wird erst heute Morgen eintreffen. Kannst du dir nicht die Haare glätten, bevor du zum Frühstück kommst?«

»Was meinst du mit *glätten?*«

Das war wirklich sehr ungezogen, und Teresa, die oft vor sich selbst erschrak, fügte rasch hinzu: »Aber das habe ich getan. Ich habe sie gekämmt.« Dies war offensichtlich eine Lüge, und Teresas Angst wuchs. Ihr Gesicht wurde schmaler, während Tante Mays immer dicker wurde, ähnlich wie das Spiel von Licht und Schatten vor einem Gewitter. Doch bevor der Sturm über Teresa hereinbrechen konnte, traf ihr Vater ein. Zuerst hörten sie seine Stimme an der Haustür; sie saßen ganz still und warteten. Dann hörten sie, wie er seinen Koffer auf dem polierten Fußboden in der Diele abstellte. Die Tür in Tante Mays Rücken wurde aufgerissen, und Teresa sah ihn kommen.

Unwillkürlich spiegelte sich auf Teresas Gesicht sein Ausdruck wider, was die Ähnlichkeit der beiden noch unterstrich. Nur dass Teresas Miene ernster und ihre Züge noch unbeweglicher waren als die ihres Vaters. Auch hatte ihre Haut diese fast bläuliche Transparenz, die sich ebenso als geistiges wie als körperliches Attribut manifestierte – eine Transparenz, die Mr. Digby schon vor langer Zeit verloren zu haben schien, vorausgesetzt, er hatte sie jemals besessen. Halb beklommen, halb fasziniert wandte sie ihre Augen nicht von ihm ab, wie ein kleines, hilfloses Tier auf freiem Feld, das sich vor einer von oben drohenden Gefahr aus Schnäbeln und Krallen zusammenkauert und dem die Kraft zur Flucht fehlt. Da ihre Augen ungewöhnlich groß waren, hatte ihr Blick etwas Scheues und gleichzeitig Kühnes, Herausforderndes. Mr. Digby warf seinen Regenmantel auf einen Stuhl und seinen Hut auf einen anderen. Er küsste seine Tochter nicht, und es war nicht so, als hätte er es vergessen.

»Teresa«, sagte er laut, »ich möchte mit deiner Tante sprechen – sofort. Es ist äußerst wichtig, eine dringende Angelegenheit, verstehst du? Geh in den Garten, aber bleib in der Nähe. Ich muss gleich auch mit dir reden.«

Teresa ging in den Garten und lief auf dem Rasen hin und her. Sie schlang fröstelnd die Arme um sich, zum einen weil es im September so früh am Morgen noch kühl war, vor allem aber, weil ihr Vater ihr den Schutzschild genommen hatte. Das machte er jedes Mal, wenn sie sich begegneten, und was noch schlimmer war, er merkte es noch nicht einmal. Woher kam es wohl, fragte Teresa sich, dass sie bei ihrer Tante May immer ein ganzes Waffenarsenal zur Verfügung hatte, eine glitzernde Ansammlung von Instrumenten, mit denen sie geschickt umzugehen verstand, während sie bei *ihm* noch nicht einmal über eine Muschel verfügte, in die sie sich verkriechen konnte? Ein Blick von ihm, nur die Andeutung eines Blicks, und sie fühlte sich so hilflos wie ein aufgespießter Käfer auf der Nadel eines Sammlers. Ihre Tante May, sagte sich Teresa nicht zum ersten Mal, erkannte Heuchelei. Sie kannte jede kleinste Stimmungsnuance aus Teresas großem Fundus. Teresa konnte ihre Stimmung wechseln, um May zu verwirren, oder beibehalten, um sie zu ärgern, und so jede Minute des Tages von ihrer fülligen, feindseligen Tante mit einem Etikett versehen werden.

Bei Randall Digby, ihrem Vater, war jedoch alles anders. Er achtete nicht auf Attitüden, und deshalb gab es sie auch nicht. Scheinheiligkeit, von der er ständig redete und unter der er angeblich unaufhörlich litt, würde er nicht einmal erkennen, wenn sie sich direkt neben ihn setzte. Da jedoch, wie er wusste, die Welt übervoll davon war, war er gezwungen, sie in jeder arglosen Handlung und bei den unwahrscheinlichsten Leuten zu entdecken. Er hörte aus jeder Bemerkung Arglist heraus, dabei sehnte er sich danach, Unschuld zu entdecken, und litt schrecklich. Und er war leicht zu beeinflussen, ein naiver Mann, dachte Teresa. Sie versetzte einem Rosenbusch, an dem sie vorbeikam, einen Tritt und erschauerte in gespannter Erwartung dessen, was ihr Vater ihr zu sagen hatte. Ja, wirklich, er war ein Narr, sie wusste es genau. Sie hatte ihn beobachtet, seit sie ein Jahr alt war, mit Augen, die mehr sahen als Bewegungen. Aber warum war sie dann so starr vor Angst? Sie schrie, nicht laut, sondern mit der Stimme in der dunklen Tiefe ihres Innersten, die nur sie hören konnte. »Hilfe, Hilfe!«, schrie diese Stimme, aber da sie niemand hörte, nützte es nichts. Warum lagen ihre Nerven so blank, wenn sie nur seine Schritte vernahm oder von seiner Stimme gerufen wurde? Warum lief sie jetzt in Tante Mays Garten auf und ab und debattierte fieberhaft mit sich selbst? Für einen kurzen Augenblick gestattete sie ihren Gedanken abzuschweifen, um daran zu denken, wie sehr sie diesen spießigen Garten verabscheute, mit seiner vorgeblichen Weitläufigkeit, seinen Kieswegen, seinen Rosenbüschen, die so eifrig gestutzt und beschnitten wurden. Sie wünschte, die schweren Blütenköpfe wären geöffnet, gerade so, dass sie an diesem Nachmittag Tante Mays Schere zum Opfer gefallen wären und dass ihr Tritt – erneut trat sie zu – die Blumen ruiniert hätte. Die Blütenblätter wären zu Boden gefallen, und Tante May wäre ihrer prachtvollen Blumen, auf die sie so stolz war, beraubt gewesen. Teresa, das muss klar gesagt werden, war nicht wirklich so von Hass erfüllt, wie man meinen mochte. Ihre Wut hätte sich in Tränen aufgelöst, wenn sie nur jemanden gehabt hätte, den sie lieben konnte; der Turm ihrer Tränen war aus Eis.

Währenddessen sagte May Digby zu ihrem Bruder: »Randall, nun sag mir, was dieser Unsinn soll. Aber setz dich erst einmal. Nein, warte, wir gehen in den Salon. Eileen will sicher den Tisch abräumen.«

»Das ist doch egal«, erwiderte ihr Bruder ungeduldig. »Ich möchte lieber hierbleiben.«

Er ließ sich schwer auf einen Stuhl sinken. Im Esszimmer zu bleiben, wenn Eileen doch eigentlich das schmutzige Geschirr abräumen und die Toastkrumen abkehren hätte müssen, bedeutete einen Regelverstoß, und da seine Neuigkeiten spektakulär waren, war ihre Offenbarung umso dramatischer, je mehr Regeln dabei verletzt wurden. Miss Digby sah resigniert darüber hinweg und faltete die Hände. Am Tag zuvor hatte er ihr ein Telegramm geschickt, rücksichtslos und heftig, wie er es immer in seinem Leben gewesen war.

»Nimm Teresa sofort von der Schule. Komme heute Abend. Randall.«

Miss Digby war gehorsam in ein Taxi gestiegen, hatte mit der Direktorin gesprochen, etwas von Familienangelegenheiten gemurmelt, und war mit Teresa und einer Tasche mit Nachthemd und Zahnbürste die zehn Kilometer wieder zurückgefahren. Miss Digby hatte das Vorgehen missbilligt, denn sie verabscheute Theatralik, aber ihr Stolz darüber, die Vertraute ihres Bruders zu sein, war stärker. Dann jedoch hatte er den letzten Zug verpasst, hatte ihr noch einmal telegrafiert, hatte sie angerufen, und jetzt saß er hier, sprach in Rätseln, warf bedeutungsvolle Blicke um sich und benahm sich, fand Miss Digby, nicht wie ein Mann von über sechzig Jahren, sondern eher wie ein heranwachsender, verantwortungsloser Junge.

»Nun, Randall?«
Er zuckte resigniert mit den Schultern und sagte: »Lilian – sie kommt zurück. Sie trifft nächste Woche in England ein. Ist das zu fassen?« Lilian war seine zweite Frau, die seit zehn Jahren zur Freude aller in Amerika lebte.
Diese Bombe – und es war eine Bombe – war eine große Belastungsprobe für Miss Digbys mühevoll eingeübte Sanftmut. Die Vertraute aller möglichen Leute zu sein bedeutete oft eine besondere Anstrengung für jemanden, der von Natur aus nicht mitfühlend oder flexibel war. Und so kam es, dass Miss Digby von Zeit zu Zeit leiden musste für die Befriedigung, die ihr die selbst auferlegte Rolle bereitete. Sie liebte ihre Mitmenschen nicht. Sich selbst liebte sie viel mehr, und wenn man einmal vom Königshaus absah, so hielt sie sich jedem anderen gegenüber für überlegen. Aber als sie noch ein kleines Mädchen gewesen war, hatte einmal jemand gesagt: »May kann so gut zuhören.«
Dieser beiläufige Satz hatte sie für den Rest ihres Lebens geprägt. Durch ihn war sie beeinflussbar und gelassen geworden. Ihre diskreten Mundwinkel kontrollierten die schwere Sinnlichkeit ihrer Wangen. Mittlerweile war sie alt, aber ihr Bruder und ihre Bekannten kamen immer noch, um ihr das Herz auszuschütten, brauchten immer noch ihren umsichtigen Rat und ihr nützliches Schweigen. Und sie selbst brauchte die Schmeicheleien wie das tägliche Brot. Ungeachtet dessen, dass sie und Randall tiefe Verachtung füreinander empfanden. Ungeachtet dessen, dass es oft sehr anstrengend war, eine Vertraute zu sein. Aber das sind alle Rollen, auch die weniger tatkräftigen. In diesem Moment,

bei der Erwähnung von Lilian, diesem abscheulichen Wesen, hätte sie gerne einen wilden Fluch ausgestoßen, die Hände in die Luft geworfen oder auf den Tisch geschlagen, denn sie und ihr Bruder waren sich ähnlicher, als sie beide glauben wollten. Stattdessen musste sie die Lippen zusammenkneifen, die Hände aneinanderdrücken und mit leiser Stimme und nur ein wenig erstaunt sagen: »Mein lieber Randall! Wie außergewöhnlich! Wann hast du es erfahren?«

»Erst gestern natürlich. Ich habe dir sofort telegrafiert, als ich ihren grotesken Brief gelesen habe. Du kannst ihn dir später auch ansehen.« Er war aufgesprungen und marschierte auf und ab, raufte sich die Haare und rutschte auf dem gebohnerten Fußboden und den Matten jedes Mal aus, wenn er eine scharfe Kehrtwende machte. Er gab eine lächerliche Figur ab. »Sie ist grotesk!«, schrie er. »Sie hat sich in den zehn Jahren kein Stück verändert. Nein – schlimmer, schlimmer. Du solltest ihren Brief lesen!«

»Aber warum? Warum kommt sie her? Nach so einer langen Zeit erscheint mir das sehr merkwürdig. Was ist mit ihrem Mann?«

»Lilian hat sich scheiden lassen«, erwiderte Mr. Digby, kam ruckartig vor seiner Schwester zum Stehen und machte eine weitausholende sarkastische Geste. »Das heißt, er hat sich natürlich von ihr scheiden lassen. Ich kann mir schon vorstellen, wie es wirklich war. Aber Lilian hat ja nie unrecht. Lügen – meine liebe May, ihr Brief ist voll davon. Du wirst ihn später selbst lesen – zwölf beidseitig beschriebene Seiten! Sie ist eine hochgefährliche Frau! Das habe ich ja schon immer gesagt, nur jetzt ist es noch schlimmer, sie ist ja schon über vierzig – zweiundvierzig –, ein hungriges Raubtier, das hinter mir her ist. Nun, ich sage es dir klipp und klar, May, ich werde mich aus dem Staub machen.«

»Randall, *setz dich hin!* Springst um halb zehn Uhr morgens so herum! Du benimmst dich völlig albern! Lilian ist keinesfalls hinter dir her. Blick doch einmal in den Spiegel, wenn du mir nicht glaubst. Du hast dich noch nie um deine äußere Erscheinung gekümmert, obwohl du durchaus noch gut aussehen könntest, wenn du dich nicht so vernachlässigt hättest. Aber wirklich, das ist doch lächerlich. Du machst dir etwas vor. Du bist ein alter Mann, Randall, und ein schäbiger dazu, du dummer Kerl, und du hast noch nicht einmal Geld. Lilian hat sicher sechs Mal so viel Geld wie du, oder sogar noch mehr. Warum – aus welchem Grund – sollte sie dir nachlaufen?«

Verärgert hatte Mr. Digby ihren Worten gelauscht, und als sie zu Ende gesprochen hatte, setzte er sich auf einen Stuhl und tippte mit dem Fuß auf den Boden. »Meine liebe May, du erstaunst mich. Gebrauch doch einmal deinen Kopf und denk nach – denk nur einen Moment lang nach. Natürlich hat sie Geld; sogar mehr, als sie ausgeben kann, möchte ich behaupten. Und was mein Alter angeht: Ich weiß, wie alt ich bin; ich weiß auch, wie ich aussehe.« Bei diesen Worten verzog er ein wenig das Gesicht von den Schmerzen, die ihm ihre Bemerkungen bereitet hatten. »Nein, nein, meine liebe May, sie will etwas anderes, etwas, das ich habe und sie nicht: Teresa.« Allein der Gedanke ließ ihn mit blitzenden Augen aufspringen. »Stell dir diese Schamlosigkeit vor! Das Kind, für das sie keinen Finger krumm gemacht hat – he? Und jetzt, *jetzt*, will sie auf einmal eine Mutter

sein. Amerika hat ihr Dollars beschert, aber kein eigen Fleisch und Blut. Nun, jetzt wird sie es auch nicht mehr bekommen, o nein, nicht von mir! Ganz gewiss nicht!«
Miss Digby, die ihren Bruder seit Teresas viertem Lebensjahr in der Erziehung unterstützt hatte, sagte: »Ich verstehe deine Gefühle vollkommen, Randall. Ich empfinde genauso. Aber die ganze Angelegenheit kann doch sicher juristisch auf zivilisierte Art und Weise geregelt werden. Du brauchst dich nicht mit Teresa zu verstecken, wie du es anscheinend vorhast. In deinem Alter ist ein so melodramatisches Verhalten nicht mehr angebracht, Randall, und es kann Teresa nur schaden. Sie ist, weiß Gott, auch so schon melodramatisch genug. Nein, wirklich, Randall«, fügte sie in einem Anfall von Sturheit hinzu, »ich kann nicht dulden, dass du dich so aufführst – Teresa von der Schule nehmen lässt, Telegramme schickst, zu den unpassendsten Tageszeiten auftauchst und die Pferde scheu machst. Teresa beunruhigst du damit, und uns machst du lächerlich.«
»Teresa ist nicht dein Kind«, erwiderte er grob. »Sie ist meine Tochter. Ich schicke sie zur Schule oder nehme sie herunter, wann immer es mir passt.«
»Das wirst du nicht tun. Andernfalls will ich mit Teresa, dir und all deinen Angelegenheiten nichts mehr zu tun haben. Ich weiß, dass du aufgebracht bist, Randall, aber das entschuldigt deine Undankbarkeit nicht. Als Teresa klein war und du nicht mehr ein noch aus wusstest, hast du dich gefreut, dass ich mich ihrer angenommen habe. Ich glaube, du vergisst das, Randall. Ich glaube, du vergisst, dass ich immer mein Bestes für sie gegeben habe – ebenso wie für dich – und dass es mir nicht immer gelegen kam. Ich will gar nicht behaupten, ich sei wie eine

Mutter für sie gewesen – ein Kind hat nur eine Mutter, da mag man sagen, was man will. Aber ich habe ihr Zuneigung und ein Heim gegeben, hier ist sie aufgewachsen, und ich habe ihr Benehmen beigebracht. Es ist ungerecht, wenn du mir das alles jetzt vor die Füße wirfst, denn ich habe ebenso viel Interesse an ihr wie du.«

Ihr Gesicht rötete sich vor Empörung, ihr Bruder hatte ihre Gefühle ernsthaft verletzt.

Mr. Digby verzog beschämt das Gesicht und schnalzte mit der Zunge. »Natürlich bin ich dir dankbar, das weißt du. Ich brauche es doch nicht ausdrücklich zu betonen? Und was deine Ratschläge angeht – nun«, fügte er gestelzt hinzu, »deine Ratschläge waren mir, wie du weißt, immer lieb und teuer.« Dabei hatte er sich nie um ihre Ratschläge geschert. Sie war ihm in anderer Hinsicht wertvoll: Gedanken, Worte, Verdächtigungen, Taten, Absichten – ab und zu musste er sie einfach loswerden, und Miss Digby war eine zweckmäßige Empfängerin.

»Wenn du meinen Rat hören willst, gebe ich ihn dir, und danach werde ich schweigen. Lilian hat jedes Recht auf Teresa verwirkt. Das steht absolut fest. Du musst heute noch deine Anwälte aufsuchen. Leg die Angelegenheit in deren Hände und vergiss alles andere. Sie werden mit Lilian wesentlich besser fertig werden, als du es jemals könntest.«

Mr. Digby schwieg nachdenklich und tippte gegen seine Zähne. May beobachtete ihn zuversichtlich, den Kopf ein wenig schräg gelegt. In seinen Augen leuchtete heimliche Belustigung, aber er hielt die Lider gesenkt, und sie sah nur seine Hand und sein Profil. Als er sich ruckartig zu ihr umwandte, zuckte sie vor Überraschung zusammen. Er beschrieb einen weiten, verächtlichen Kreis mit seinem spindeldürren Arm und rief: »Anwälte! Was können Anwälte schon gegen Lilian ausrichten? Ich habe mit dieser Frau zusammengelebt, ich kenne sie. Ich kenne sie wie sonst niemand, und ich habe gelernt, sie zu fürchten. Anwälte! Da kenne ich einen besseren Trick!« Seine großen, strahlenden Augen, die Teresa geerbt hatte, sprühten Funken. Miss Digby betrachtete ihn aufmerksam. Sie wartete. Lächelnd beugte er sich zu ihr. »Ruth«, sagte er, fast flüsternd. »Teresa und ich werden Ruth besuchen.« Seine glühende Erregung brachte sie beide einen Augenblick zum Schweigen. Miss Digby schloss die Augen.

»Unmöglich«, murmelte sie. »Randall, du musst wahnsinnig sein.«

»Ja, wahnsinnig«, rief er und sprang erneut auf, »weil ich meine Haut retten will. Lass sie nur nach England kommen. Niemand wird sie daran hindern. Und was wird sie hier vorfinden? Nichts. Es wird keinen Streit geben, keine Worte, keine Erklärungen, nichts. Niemanden. Wir werden ausgeflogen sein. Und zwar nach Indien, May, nach Indien.«

Er lief zu einem Fenster und riss es auf. »Teresa«, rief er in den Garten. »Teresa, Teresa«, übertönte er ihre Antwort. »Komm her. Ich muss dich sprechen.« Dann wandte er sich zurück ins Zimmer und sagte ruhiger: »Es ist alles geklärt, May. Ich habe die Schiffspassage schon gebucht.« Seine Schwester zitterte, und für den Augenblick fehlten ihr die Worte.

Teresa kam ins Esszimmer und blieb in der Tür stehen. »Was ist los?«, stammelte sie nervös. Miss Digby fand endlich die Sprache wieder. Sie wandte Teresa ihren untersetzten Körper zu und erwiderte voll wütender Verbitterung: »Ich glaube, dein Vater hat den Verstand verloren. Er will mit dir wegfahren – nach Indien.« Damit erhob sie sich und rauschte wie der leibhaftige Zorn Gottes aus dem Raum.

»Und?«, sagte Mr. Digby zu seiner Tochter.

»Und was?«, fragte sie und starrte ihn an.

»Was hältst du davon?« Wohlwollend erwiderte er ihren Blick.

»Fahren wir wirklich nach Indien?«

»Ja, natürlich. Hast du nicht gehört, was deine Tante May gesagt hat?«

»Brauche ich nicht mehr in die Schule zu gehen?«

»Nein.«

»Das freut mich.«

Mr. Digby, den seine überschwänglichen Gefühlsausbrüche vor der Zeit hatten altern lassen, sank erschöpft auf einen Stuhl und blickte mürrisch zum Kamin seiner Schwester, der von den Sommermonaten noch mit zerknülltem Papier und Ruß angefüllt war. Erneut tippte er sich an die Zähne. Stille herrschte im Raum. Teresa biss sich nervös auf die Unterlippe.

»Wir besuchen deine ältere Schwester Ruth«, sagte Mr. Digby schließlich. »Kannst du dich an Ruth erinnern?«

»Ja, ein bisschen. Aber nicht sehr gut.«

Ruth war Teresas Halbschwester, das Kind aus Mr. Digbys erster und beinahe glücklicher Ehe. Sie war seit acht Jahren mit dem Verwalter einer Teeplantage verheiratet, und keiner ihrer Verwandten wusste, ob es ihr gefiel, denn die Briefe, die sie nach Hause schrieb, waren ebenso trocken und kurz wie pflichtbewusst. Mr. Digby überlegte, ob er Teresa den Grund für ihre plötzliche

Flucht mitteilen sollte, beschloss dann aber, auf einen günstigeren Zeitpunkt zu warten – wenn sie unter einem anderen Dach wären. Die Dinge, die er seiner Tochter über Lilian erzählen wollte, wären ihm weniger unangenehm, wenn Miss Digby außer Hörweite war. Es war auf jeden Fall an der Zeit, dass er Teresa von ihrer Mutter berichtete – was für eine Frau sie war – und sie nachdrücklich vor ihr warnte. Obgleich zwischen Indien und England eine große Entfernung lag, wäre es eine weise Vorsichtsmaßnahme, auf die Teresa ein Recht hatte. Dann tat er etwas, was selten vorkam: Er blickte Teresa prüfend ins Gesicht, dachte nach und stellte erleichtert fest, dass er kaum etwas von ihrer Mutter an ihr entdeckte.

2

Miss Digby fuhr zur Schule und holte Teresas Sachen. Teresa lungerte im Garten herum. Miss Digby stopfte die Löcher in Teresas schwarzen Baumwollstrümpfen; Teresa saß auf der obersten Stufe vor der Speichertür, das Kinn in die Hand gestützt. Miss Digby faltete die Kleidungsstücke aus weißer Wolle und marineblauer Serge und packte sie in einen kleinen Koffer, mit Mottenkugeln darunter und Lavendelsäckchen obendrauf. Teresa kämpfte sich durch die Lorbeerbüsche, kletterte über die Mauer, zerkratzte sich die Knie und sprang hinunter auf die Straße. Die Sonne sank, und Wind kam auf. In weißen Spiralen wurde der Staub hierhin und dorthin gewirbelt. Teresa lief die Straße entlang, der Sonne entgegen und in den Staub hinein. Das Herz schlug ihr vor Verwirrung bis zum Hals, und das hungrige Gefühl in ihrem Bauch breitete sich in ihrem gesamten Körper aus. Sie war tief, fast schmerzhaft beeindruckt von der bevorstehenden Abreise. Ihr Vater und ihre Tante hielten sie für teilnahmslos und waren beide, auf unterschiedliche Weise, enttäuscht von ihr, aber Teresa hatte tief im Innern darauf reagiert, mehr als sie mit Blicken oder Worten zeigen konnte. Sie hatte keine Vorstellung von Indien. Es war ein Name, in Großbuchstaben um ein schwarzes Loch geschrieben, in das sie jetzt treten würde. In dunstiges Erstaunen eingehüllt, wanderte sie immer weiter die Straße entlang; so weit, dass sie zu spät zum Essen kommen würde, denn ihre Füße folgten ihren Gedanken und führten sie nirgendwohin. Sie ging einfach die Straße entlang, in die untergehende Sonne, und der Wind blies ihr Staub ins Gesicht.

Miss Digbys Empörung hatte sich im Laufe des Tages noch gesteigert. Ihr Bruder hatte ihr die stärkste Waffe genommen: ihr Missfallen. Ihr Missfallen, mit dem sie schon viele Schlachten gewonnen hatte, erforderte Schweigen und Zeit, wenn es wirklich effektiv sein sollte, und er ließ ihr keines von beidem. Ihrem vielsagenden Schweigen wurde durch Mr. Digbys laute, triumphierende Stimme jede Bedeutung genommen, und auch die Zeit ließ er zerplatzen wie eine Papiertüte, und beinahe ebenso laut. Er war ihr bis vor das Schlafzimmer nachgelaufen und hatte an die Tür geklopft.

»May, lass mich herein. Ich muss mit dir reden.«

Und dann war er in ihr Allerheiligstes hereingebrochen, ohne seine Stimme oder seine Gesten auch nur im Mindesten zu mäßigen, und hatte gesagt: »Tu dies, tu das; hol Teresas Sachen, rede mit Teresas Direktorin«, bis sie schließlich die Maske der Ruhe fallen ließ und ihn, am ganzen Leib zitternd, mit angestrengter Stimme übertönte: »Aufhören!«

Überrascht hielt er inne. »Was ist los?«

Sie konnte nichts sagen. Sie war gekränkt worden, aber sie konnte nichts sagen. *»Rücksichtslos!«*, stieß sie hervor, während sie keuchend nach Worten rang.

»Meine Liebe«, erwiderte er und blickte sie freundlich an, »du kannst kaum von mir erwarten, dass ich auf eine Frau Rücksicht nehme, die meine Gefühle seit dem Tag, an dem wir uns begegnet sind, kein einziges Mal berücksichtigt hat.«

Er sprach von Lilian. Während es seiner Schwester die Sprache verschlagen hatte, blickte er auf die Uhr und fuhr fort, der Zug, den er jetzt nehmen würde, sei der gleiche, mit dem Teresa am nächsten Tag nachkommen sollte. »Ich schreibe dir heute Abend aus London«, fügte er hinzu, »aber jetzt habe ich keine Zeit mehr. Das Schiff geht am Dienstag, und es gibt weiß Gott noch einiges zu tun bis dahin.«

Da ihm offenbar zum ersten Mal ihre Wortkargheit auffiel, versuchte er das Gespräch taktvoll zu Ende zu bringen. »Meine liebe May, ich weiß nicht, was ich ohne dich tun würde. Ich habe mich immer auf dich verlassen. Vermutlich viel zu sehr, was?« Er verteilte Taktgefühl grundsätzlich mit dem Holzhammer, und für gewöhnlich genügte das. Er krönte seine Diplomatie noch mit einem Kuss, der wie zufällig auf dem ihm am nächsten liegenden Teil ihres Gesichts landete, und dann ging er. Solche Küsse sind interessant. Man könnte meinen, dass ein Mund, der früher einmal lodernde Leidenschaft hervorgerufen hat, einen Duft oder auch nur einen leichten Hauch davon verströmt, aber der Mund von Mr. Digby war, wie die Münder Tausender anderer Menschen, zu Asche geworden. Er aß, und er sprach, und die Lippen bewegten sich eher zu viel als zu wenig, aber der Mund trug keine Schönheit in sich, keinen blumigen Atem, und er küsste Miss Digby mit der gleichen Nüchternheit, mit der man einen Scheck unterschreibt.

Mr. Digby war schon beinahe aus der Tür, als sie ihn mit einem letzten schwachen Schrei zurückhielt. »Randall – deine Karriere? Torrington?«

Sie erwies ihm damit einen Gefallen, wenn auch unbe-

absichtigt. Denn nun konnte er im Türrahmen stehen bleiben und seine berufliche Laufbahn, sein langweiliges Lehrerdasein mit großer Geste wegwerfen.
Und er fühlte sich großartig dabei – ein Löwe, der aus seinem Käfig in die Wüste entkommen war. Ihn konnten keine Gitterstäbe aufhalten. Er würde jedem Käfig entfliehen, das sollte seine Schwester wissen, denn sein Herz war ein Löwenherz. Sägemehl und Fesseln überließ er ihr.
»Fertig! Vorbei! Erledigt! Gestern wurde ich neu geboren!« Plötzlich wich das Hochgefühl aus seinem Gesicht, er senkte die Stimme und fügte hinzu, wobei seine Augenbrauen bösartig zuckten: »Meine liebe May, du hättest ihre Gesichter sehen sollen. Die sitzen in der Patsche, das kann ich dir sagen!« Vielleicht lag es daran – seine wirklichen Gefühle setzten sich immer gegen jene durch, die er ausdrücken wollte –, dass er nie der bemerkenswerte Schauspieler geworden war, der er seiner Meinung nach hätte werden können. Alternativ hätte er Drehbuchautor werden wollen oder ein bemerkenswerter Schriftsteller – in jedem Fall erfolgreich. Stattdessen war nur ein launischer Schullehrer aus ihm geworden, der Jungen unter vierzehn Jahren Literatur nahezubringen versuchte. Er reanimierte sein Triumphgefühl, warf seiner Schwester einen verschmitzten Blick zu und verschwand. Sie hörte, wie er im Garten nach Teresa rief, die sich auf eine Tanne zurückgezogen hatte.
Und dann war er weg und ließ Miss Digby zurück, niedergeschlagener, als sie es jemals zuvor gewesen war. Den ganzen Tag über hielt sie sich nur mühsam aufrecht, zusammengehalten vom Leim ihrer Wut.
Alles, alles richtete sich gegen sie. Nicht nur Randalls

jüngste, grässlich selbstsüchtige Tat, sondern auch Teresas eigensinnige Sturheit, Lilians Kränkungen aus der Ferne, ja, selbst Empfängnis und Geburt von Teresa, so wurde ihr jetzt klar, hatten nur die eine Absicht gehabt – sie zu ärgern. Ungerechtigkeit, dachte sie, während sie eine Laufmasche flickte, eine Arbeit, die sie auch ihrem Hausmädchen Eileen hätte überlassen können, lastet schwer auf den Demütigen der Welt, damit ihr Lohn im Himmel umso größer ist. Aber ihr eigener Lohn müsste schon sehr groß sein, um sie für das hier zu entschädigen! Weiß Gott, schien ihre Nadel zu sagen, weiß Gott, ich habe mich immer aufrecht und ehrenwert verhalten, und so wird es mir gedankt, von meiner eigenen Familie! Da ihre Gefühle aufrichtig verletzt waren und da sie, wenn auch nicht aus Liebe, Teresa sehr vermissen würde, wäre es verständlich gewesen, wenn sie jetzt ein wenig auf den schwarzen Baumwollstrumpf in ihren Händen geweint hätte. Aber während Teresa mit den Jahren lernen würde zu weinen, hatte Miss Digby ihre Tränen alle in der Kindheit vergossen, und an jenem Tag, an dem sie begonnen hatte, sich die Haare aufzustecken, waren sie versiegt. Aufrecht auf ihrem Stuhl, aufrecht in ihren Gedanken, nähte sie energisch weiter. Es würden sich schon feurige Kohlen auf irgendjemandes Haupt sammeln, sie war sich nur noch nicht sicher, wie oder auf wessen Haupt.

Teresa war innerhalb weniger Stunden zu einem Mäuschen geworden. Das war so provozierend! Sie kam zu spät zu Tisch, nahm ihren Tadel sanftmütig entgegen, setzte sich auf die Stuhlkante und stocherte in ihrem Essen herum.

»Woran denkst du, Teresa? Ich habe schon zwei Mal

etwas zu dir gesagt. Bist du taub? Hast du deine alte Tante schon vergessen?«

Teresa starrte sie an.

»Ach komm, Teresa«, sagte Miss Digby gereizt, »es mag albern von mir gewesen sein, aber ich hatte wirklich erwartet, dass du wenigstens an deinem letzten Abend einen Versuch machen würdest, gute Manieren an den Tag zu legen. Ab morgen wirst du sie ohnehin nicht mehr brauchen, denn dein Vater achtet nicht darauf, und Ruth hat vermutlich keine mehr nach all den Jahren im Dschungel.«

Teresa starrte sie nur aus trüben Augen an, über das Geschirr hinweg, über die violetten Blumen hinweg, aus der Entfernung. Die Wörter, die an ihre Ohren drangen, erforderten keine Antwort, da sie sinnlos waren. Die Distanz, die sie schon den ganzen Tag verspürt hatte, die ihre Füße treiben ließ und ihrer Stimme ein Echo verlieh, wehrte die zahlreichen scharfen Pfeile ab, die Tante May auf sie abschoss. Sie sah die Pfeile aufblitzen, spürte aber ihren Stich nicht. Ihre Augen waren wie Antennen, die in die Zukunft ausgerichtet waren; ihre Ohren warteten darauf, das erste Geräusch einer neuen Welt aufzunehmen. Während sie das Gemüse auf die Gabel spießte und ihr Brot in kleine Stückchen schnitt, überlegte sie, ob sie den Wasserkrug umstoßen sollte; denn diese Dinge spielten keine Rolle mehr. Sie stellte sich den Wasserstrom vor, die Wogen der Wut. Sie würde hier sitzen, und der Zorn würde sich über sie ergießen, und doch wäre sie unberührbar und verborgen. Tante May sagte erneut etwas, und Teresa, die zuhörte und wiederum nicht zuhörte, griff nicht nach dem Wasserkrug, weil es nicht nötig war, in einem Wasserschwall

Bestätigung zu finden. Das war Vergangenheit. Träge lächelte sie. Heute endete alles, und morgen begann alles neu. Bei jedem Geräusch schoss ihr ein neuer Gedanke durch den Kopf: Ihr Löffel klirrte – Tante May konnte ihr nie wieder etwas antun. Sie schob ihren Stuhl zurück, und die Stuhlbeine schabten über den Boden – sie hingegen konnte Tante May immer noch verletzen. Gedanke für Gedanke türmte sich ihre Kraft auf. Allerdings wäre es reine Energieverschwendung, ihrer dummen, alten Tante May Leid zuzufügen, wo sie doch jetzt so stark, so mächtig war. Das nahm ihr den Wind aus den Segeln. Sie blickte sich im Salon um, der so friedlich war, und gähnte. Erschöpft und schläfrig sagte sie zu Miss Digby so artig, als sei sie wieder vier Jahre alt: »Gute Nacht, Tante May. Ich gehe jetzt zu Bett.«
Ernst tauschten sie ihre Küsse aus. Beide waren müde. Morgen war Donnerstag, der erste Oktober. Miss Digby lauschte Teresas Schritten, Stufe für Stufe die Treppe hinauf. Dann setzte sie ihre Brille auf und schrieb einen Brief an ihren Bruder.

3

Teresa schlief tief und traumlos bis nach Mitternacht. Dann wachte sie vom Schrei einer Eule auf. Zumindest vermutete sie, dass die Eule sie geweckt hatte. Sie lag auf dem Rücken im Bett und lauschte dem hohlen Rufen. Nur sie und der Vogel waren wach, während alle anderen schliefen. Die große Aufregung, die sie tagsüber beherrscht hatte, war verschwunden, und in der Dunkelheit schlug ihr Herz langsam, und ihre Gedanken waren sternenklar. Die Eule rief. Sie schlüpfte aus dem Bett und tastete sich am Stuhl und am Tisch entlang zu ihrem Morgenmantel. Dann ging sie die Treppe hinunter, aus der Haustür hinaus, die sie achtlos hinter sich offenstehen ließ, und rannte über das kühle Gras.
Noch nie zuvor war sie um diese nächtliche Uhrzeit im Garten gewesen, aber es beeindruckte sie jetzt nicht besonders. Erst später, weit fort, sollte sie sich an die feinen Gerüche und die zurückhaltende Stille erinnern. Wie im Traum ging sie um das Haus herum. Im Grunde genommen war es wie die Geste mit dem Wasserkrug: Jetzt konnte sie ungestraft tun, was sie zuvor nie gewagt hätte. Sie nahm Abschied. Oder, genauer gesagt, sie gab einem Leben, das beinahe vorbei war, die Möglichkeit, sich von ihr zu verabschieden. Der Kies knirschte unter ihren bloßen Füßen. Das nasse Gras prickelte zwischen ihren Zehen. Blätter streiften ihre Wange. Sie dachte nichts, sie fühlte nichts, und sie verstand auch nichts, als sie auf dem Rasen stehen blieb und das massive Haus

betrachtete. Und erneut überfiel sie die Müdigkeit, ihr wurde schwindelig, und Tränen brannten in ihren Augen, und sie wusste auf einmal nicht mehr, was sie hier draußen gewollt hatte. Die Eule war davongeflogen. Um sie herum war alles still; Mitternacht war vorüber, und der Morgen rückte mit jeder Minute näher. Beinahe zu müde, um die Haustür leise zu schließen, kehrte sie nach oben in ihr Zimmer zurück und schlief wieder ein.

So kam der Donnerstag, und Teresa wurde ohne Tränen, aber mit zahlreichen Ermahnungen und einem harten Kuss in den Zug gesetzt. Der Zug fuhr an, und Teresa sah ihre Tante May nie wieder, ebenso wenig wie den Bahnhof oder die Straße, die aus dem Ort hinaus zu ihrem Haus führte.

4

Das Erste, was Teresa sah, als der Zug in Waterloo Station einfuhr, war Mr. Digbys Kopf, der über alle anderen herausragte; die überschwängliche Freude, die ihr vierundzwanzig Stunden lang Auftrieb gegeben hatte, sie mit leeren Augen und offenem Mund während der gesamten Reise auf einem Eckplatz festgenagelt hatte, den Samthut fest in den Händen, diese Freude verließ sie in dem Moment, als ihr Blick auf Mr. Digbys gehetztes Gesicht fiel, und wie ein Stein brach sie durch die Wolken, in denen sie geschwebt hatte. Verwirrung umfing sie, Zweifel und Unbehagen stiegen in ihr auf. Hastig lief sie ihm entgegen und stolperte dabei fast über ihre eigenen Füße. Londoner Schmutz blies ihr ins Gesicht; Londoner Lärm dröhnte in ihren Ohren. Von der Sekunde an, da ihr Vater sagte: »Ach, da bist du ja«, sie am Arm packte, ihren Koffer ergriff und sie unwirsch auf ein Taxi zuschob, wünschte Teresa sich von ganzem Herzen, auf dem Grunde des Meeres zu liegen oder erwachsen zu sein oder auch tot, und ihr Traum vom goldenen Leben zerplatzte.

Es wurde einem Mann schwergemacht, vor seiner zweiten Frau davonzulaufen, und die Schwierigkeiten versetzten Mr. Digby in schlechte Laune. Er wäre am liebsten mit seiner Tochter unter dem Arm an Bord eines Schiffes gegangen und davongesegelt. Lilian riefe ihm von den Klippen aus nach; die Wellen schlügen ihm ins Gesicht; er wäre taub für ihre Schreie. Aber seine Phantasien wurden von einer Vielzahl kleiner Beamten auf eine prosaische Ebene heruntergehoben; sie verlangten hier einen Pass und dort eine Impfung, er musste zur Reederei und auf die Bank. Und Teresa – Teresa war immer dabei und ermüdete ihn unendlich, klemmte sich die Finger in Taxitüren ein, verlor ihr Ticket, ließ ihre Handschuhe fallen, übergab sich, letzte und schrecklichste Demütigung, in einem Restaurant. Teresa würde nie die Wut ihres Vaters vergessen, wie er sie anzischte: »Das hättest du auch auf der Straße erledigen können. Um Himmels willen, geh zur Toilette und mach dich sauber – bleib nicht einfach hier sitzen.«

»Ich kann nicht. Ich kann nicht aufstehen. Das meiste liegt auf meinem Schoß.«

Ihre Übelkeit war mit einem Schlag verflogen. Angeekelt reichte er ihr sein Taschentuch und seine Serviette. Sie rieb ihr Kleid damit ab und ließ sie anschließend unter den Tisch fallen. Der Geruch war entsetzlich.

»Ich konnte nichts dagegen tun.«

»Doch, natürlich. Es sind doch nur Muskeln, alles eine Frage der Beherrschung. Es geht um Disziplin. Vermutlich bin ich selbst schuld – ich habe dir keine Disziplin beigebracht.« Er riss ihren Mantel vom Haken. Teresa stand mit weichen Knien auf, schwankend vor Scham und vor Wut über seinen unverdienten Zorn. Die Kellner hielten sich fern, beobachteten sie aber. Die anderen Gäste blickten starr auf ihre Teller.

»Es liegt an London; ich hasse London.« Es liegt an *dir*, hätte sie am liebsten geschrien.

»Halt den Mund, halt den Mund, sonst musst du dich noch einmal übergeben. Um Gottes willen …« Er schob sie an der Schulter vor sich her. Als sie draußen auf der

Straße waren, blieb Teresa stehen, als wolle sie keinen Schritt mehr weitergehen, und schrie: »Du bist böse! Es ist unfair! Mir war noch nie schlecht!«

»Mein Gott, wenn ich noch einmal erlebe, dass du dich übergibst ...« Er blieb ebenfalls stehen, und sie schauten einander an. Die Leute drängten sich auf beiden Seiten an ihnen vorbei.

»Teresa, was ist los mit dir?«

»Ich hasse alles, Indien. Ich will da nicht hin.«

»Wenn du mir noch einmal so eine Szene machst, lasse ich dich tatsächlich hier. Das schwöre ich dir – ich lasse dich hier und fahre allein.«

»Ja, tu das, *tu es doch!*«, schluchzte sie. Die Passanten blickten sie an. »Ich wollte nie dorthin. Ich will es nicht. Und du kannst mich nicht zwingen.« Zorn übermannte ihn; er vergaß, dass sie ein Kind und seine Tochter war.

»Dumme kleine Närrin!«, schrie er. »Was glaubst du denn, warum ich das alles auf mich nehme? Ich will doch nur dein Bestes, nur dein Bestes!« Er packte sie an den dünnen Armen und schüttelte sie heftig hin und her. Teresa wurde schlaff und kämpfte erneut gegen die Übelkeit an. Die Leute, die vorbeikamen, hielten inne, murmelten unschlüssig. Mr. Digby hielt Teresa fest und schob sie vor sich her durch die Menge in einen Bus. Auf dem Sitz lehnte er sich zurück und schloss die Augen. Der Zwischenfall war vorüber, und Indien war weder weiter entfernt als zuvor, noch war es nähergerückt.

Aber daraufhin dachte er genauer über Teresa nach. Sie war ganz anders als Ruth. Als Ruth so alt gewesen war, war sie anmutig gewesen. Ruhig und ausgeglichen. Ruth hatte sich von ihm ferngehalten, ihn nie verärgert, sich nie übergeben. Natürlich hatte sie eine andere Mutter als Teresa, aber Mütter waren ja nicht alles. Dieses Kind war widerborstig, und daran war niemand schuld als sie selbst. Sie ganz allein trug die Schuld.

»Musst du eigentlich diesen grässlichen Hut tragen?« Sie waren in Mr. Digbys Hotelzimmer im vierten Stock des verstaubten Kensingtoner Hotels.

»Er gehört zu meiner Schuluniform. Ich habe keinen anderen.«

»Du siehst darin aus wie …«, er wackelte mit den Fingern, »wie ein Insekt.«

»Ich habe keinen anderen«, wiederholte sie leise.

»Nun, dann kauf dir einen.« Sie stand mitten auf dem Teppich und schaute ihn schmerzerfüllt an. »Und, Teresa, du riechst immer noch nach *Erbrochenem.* Hast du dich nicht gewaschen?«

»Doch, aber es liegt wahrscheinlich an meinen Haaren. Es ist etwas auf meine Haare gekommen.« Sie nahm einen Zopf und hielt das Ende an ihre Nase.

»Dann wasch dir die Haare. Du musst selbst an diese Dinge denken. Du bist dreizehn oder vierzehn – wie alt? –, also fast erwachsen. Ruth …«, begann er, brach jedoch stirnrunzelnd ab. Ruth war anders gewesen. Vor allem war Ruth schön, und abgesehen von dieser Eigenschaft bewunderte Mr. Digby bei allen Frauen, ob sie nun vier oder vierzig waren, vor allem eines: Ausgeglichenheit. Teresa wusch sich die Haare in Mr. Digbys Waschschüssel und kämmte sie sich mit einer hilflosen Geste über die Schultern. Sie wäre gerne in ihr eigenes Zimmer am Ende des Flurs gegangen, aber solange er nicht sagte: »Geh«, blieb sie eben. Ihre Haare rochen jetzt nicht mehr nach Erbrochenem, sondern nach Seife und London, so dachte sie jedenfalls, und ein bisschen auch nach ihrem Körper, nach ihrem Angstschweiß und ihrer Hilflosigkeit. Es war halb neun Uhr abends. Mr. Digby fasste nach dem dunklen Vorhang ihrer Haare und stellte fest: »Klatschnass. Vermutlich kannst du erst zu Bett gehen, wenn sie trocken sind. Wie lange dauert das?«

»Ich weiß nicht. Eine Stunde.«

Er tippte sich an die Zähne, und sie wartete, wartete auf ihn, eingehüllt in den Geruch ihrer Haare und niedergedrückt von ihrem Kummer.

»Wir sollten vielleicht Karten spielen. Kannst du Karten spielen?« Sie nickte.

»Piquet?« Sie schüttelte den Kopf.

»Ich bringe es dir bei.« Er zog den Waschtisch heran, und sie setzten sich einander gegenüber, während er ihr die Regeln erklärte. Die Marmorplatte an ihren Ellbogen war kalt, und sie hörte ihm aufmerksam zu. Nach zehn Minuten sagte er: »Nun, meinst du, du hast es begriffen?«

Mit klarer, hoher Stimme erwiderte sie, ja, sie habe es verstanden, es sei leicht. Ein Lächeln spielte um seine Mundwinkel, und einen Moment lang sah er grausam und triumphierend zugleich aus.

»Das werden wir sehen«, sagte er. Teresa schwieg. Sie beugten sich einander zu wie zwei Kämpfer, voller Erwartung, und Teresa kniff trotzig die großen Augen zusammen, die Mr. Digby ihr vererbt hatte. Mr. Digby öffnete seine Brieftasche und zog eine Pfundnote heraus; dann, nach kurzem Zögern, zog er rasch zwei weitere heraus und reichte sie Teresa. »Dieses Geld werde ich von dir zurückgewinnen. Das ist deine Bank. Du legst

es besser an einen sicheren Ort. Alles werde ich dir wohl heute Abend nicht abnehmen.«
Teresa, die nie zuvor mehr als ein paar Schillinge oder gelegentlich eine Half-Crown-Münze in der Hand gehalten hatte, nahm das Geld gleichmütig entgegen und klemmte es unter eine Brillantine-Flasche ihres Vaters. Er teilte die Karten aus, und sie begannen zu spielen. Teresas Haare rutschten nach vorn und tropften kleine Teiche auf die Marmorplatte. Wasserspritzer fielen auf die reglosen Gesichter der Buben und Damen, und ungeduldig wischte sie sie weg. Bald war ihr Haar seidig, trocknete, und sie stopfte es sich in die Bluse, damit es nicht im Weg war.

5

Am Montagmorgen beim Frühstück fielen Mr. Digby die Moskitos ein. Indien war voller Moskitos, gefährliche, furchtbare Dinger, fremdartige Viecher. Sie brauchten Netze, um sich zu schützen. Gott sei Dank war es ihm rechtzeitig eingefallen.

»Wir können sie doch kaufen, wenn wir da sind«, sagte Teresa.

»Wenn wir erst einmal dort sind, müssen wir an tausend andere Dinge denken«, erwiderte Mr. Digby, und ihn durchzuckte der Verdacht, dass das ganze Unterfangen größere Ausmaße annahm, als er vorhergesehen hatte. Die Reise zu Ruth kam ihm plötzlich wie ein viel zu weiter, dunkler Weg vor, und Ruth selbst schien auf einmal so fern wie ein funkelnder Stern. Müdigkeit stieg in ihm auf, und sein Körper erschlaffte. Entfernungen waren schrecklich; sie jagten ihm Angst ein. In seinem Alter schreckte er vor dem großen Unbekannten zurück, den Tod eingeschlossen. Wenn er nun hinfällig würde, wer würde ihn pflegen? Niemand. Ruth vielleicht. Er nahm seine ganze Willenskraft zusammen, den Willen eines verwundeten Löwen, und runzelte angriffslustig die Stirn. Sein Alter würde ihn nicht abhalten; er würde Flüsse überqueren und Berge, und wenn es sein musste, würde er auf seinem Weg sterben.

Teresa jedoch hatte gesehen, wie der Zweifel über sein Gesicht gezogen war, und sie wusste um seinen wunden Punkt; er war alt und deshalb schwach. Und sie war jung, und ihre Kraft nahm zu. Das Alter schüttelte ihn so heftig, wie er sie gestern auf der Straße geschüttelt hatte. Nachdenklich aß sie ihr Frühstück. Dass sie seine Schwäche erkannt hatte und daraus ihren Vorteil ziehen würde, war eine Tragödie, ebenso wie es eine Tragödie war, dass sie ihn nur davon abhalten konnte, sie zu bezwingen, indem sie ihn bezwang. Wo hatte alles angefangen, und wer hatte den ersten Schlag ausgeteilt? Oder war es etwa möglich, dass man voll Furcht auf die Welt kam? Teresa hatte Angst, und deshalb bekämpfte sie mit Mut und Verstand jeden, der ihr zu nahe kam. Und obwohl beinahe fünfzig Lebensjahre zwischen ihnen lagen, kämpfte auch Mr. Digby, und zwar aus dem gleichen Grund. Teresa war noch zu jung, um zu wissen, dass mit jedem Jahr der Auseinandersetzungen ihr Herz schrumpfen und ihre Ängste wachsen würden. Die zärtliche Geste, die sie von ihrem Vater brauchte, konnte er ihr nicht geben, weil er zu lange auf zärtliche Gesten von anderen gewartet hatte und zu lange enttäuscht worden war. Man konnte sich nur schwer vorstellen, dass jemand Mr. Digby liebte: Er war nicht liebenswert. Auch Teresa war es nicht. Bei ihm mochte es einst anders gewesen sein, und bei seiner Tochter würde es vielleicht später einmal anders sein. Mr. Digbys erste Frau hatte ihn geliebt. Sie war eine sanfte und stille Frau gewesen, hatte ihn kurze Zeit sehr geliebt und war dann gestorben. Erst nach ihrem Tod merkte er, dass er die Liebe verloren hatte, und von da an suchte er sie in einem anderen Menschen. Es gefiel ihm, sich selbst als Mann zu sehen, den die Umstände verbittert hatten. War es denn seine Schuld, dass er verbittert war? Die Welt oder das Schicksal oder welche Instanz auch immer Glück und Strafe austeilte hatte ihm nicht gegeben, was er brauchte, und wie ein Kind, dem man die Milch verweigert, magerte er ab, und seine Enttäuschung wurde immer lauter.

Teresa und Mr. Digby diskutierten über Moskitonetze, wobei Teresa stolz auf ihre verächtliche Distanziertheit war. Moskitonetze konnte man wesentlich besser in Indien kaufen, das *wusste* sie, und sie in England zu kaufen war Zeitverschwendung. Mr. Digby hingegen *wusste*, dass sie unrecht hatte.

Zufällig waren in London die Moskitonetze gerade knapp, und sie rannten den ganzen Tag lang hektisch herum, um eines aufzutreiben. Als sie endlich eine Quelle aufgetan hatten und die Suche vorüber zu sein schien, hielt Mr. Digby den durchsichtigen Stoff hoch und meinte, das Gitter sei zu groß. Als man ihm versicherte, dass bestimmt keine Mücke ihren Weg hindurchfinden würde, schüttelte er den Kopf. In seiner Vorstellung waren sie immer mehr zu unsichtbaren, tödlichen Keimen geworden. Nur das dichteste, feinste Material konnte sie fernhalten. Er machte eine vage Andeutung, dass er sein ganzes Leben lang in tropischem Sumpfland verbracht habe, und der Verkäufer zuckte mit den Schultern. Teresa stand grinsend daneben. Sie rannten aus dem Laden und stiegen erneut in einen Bus. London war unglaublich schmutzig. Teresa taten die Füße weh, und da ihr entmutigter Vater sie immer häufiger anfuhr, wurde sie störrisch. Schließlich fanden sie, was er wollte – Moskitonetze, schön wie ein Brautschleier, und so fein, dass auch die Zwergmoskitos seiner Phantasie nicht hindurchschlüpfen konnten. Um sich zu vergewissern, drapierte er das Netz um sich, und Teresa brach in Lachen aus.

»Was ist? Was gibt es da zu lachen?«
Erschreckt über seinen finsteren Gesichtsausdruck hinter der weißen Gaze, rief Teresa: »Nichts – ich habe gar nicht gelacht. Es ist sehr schön, lass es uns kaufen.«
Die Moskitonetze wurden gekauft, aber da ihre Koffer bereits aus allen Nähten platzten, mussten sie eigens in einen braunen Pappkarton verpackt werden, auf dem in großen Buchstaben »Digby – Bombay« stand, für den Fall, dass er verlorenginge. Der Montag war fast vorbei, und irgendwann im Tagesverlauf war Lilian in Heathrow gelandet. Der Erfolg machte einen neuen Mann aus Mr. Digby. Zufrieden rieb er sich die Hände, während er in seinem Schlafzimmer auf und ab ging. Wenn er in kleinen Dingen Erfolg hatte, würde er auch in großen Dingen erfolgreich sein. Und gerade jetzt sehnte er sich danach, sich selbst ein wenig zu feiern. Er war der bestgelaunte, fröhlichste Mann, wenn nur die Leute ihm nicht so in die Quere kämen, wenn nur Teresa ihn nicht so hölzern anstarren würde. Konnte sie sich denn nicht mit ihm freuen? War er nicht zu jedem Scherz aufgelegt? War es nicht eine Schande, dass niemand sich mit ihm freuen konnte?
»Habe ich dir nicht gesagt, du sollst diesen grässlichen Hut nicht tragen?«
Mehr aus guter Laune als aus Boshaftigkeit riss er ihr das schwarze Ungetüm vom Kopf und warf es aus dem offenen Fenster. Der Hut segelte hinunter auf die Straße. Möglicherweise wurde er von einem Bus überfahren, vielleicht aber auch von jemandem aufgehoben und an ein Geländer gehängt. Jedenfalls reiste Teresa ohne Hut nach Indien.

Teil II

Das Schiff

1

Teresa war auf See. Das Schiff entfernte sich von der Küste – würde sie es jemals vergessen? Und etwas war zerrissen; sie war gerettet.

»Ich komme nie wieder zurück«, schwor sie sich.

Das graue Land machte nicht den Versuch, sie festzuhalten, hatte nichts Verlockendes. Es lag apathisch da und gab ihr den Weg frei. Aus dem Lautsprecher ertönte die Melodie von *Indian Summer*. Die schwermütigen Töne verdrängten die salzige Luft, lähmten Gedanken, Emotionen, alles, wie eine riesige Krokodilsträne zum Abschied, und darüber erhob sich Teresas Stimme, wie eine Lerche, die mit den Flügeln flattert: »Ich will nie, nie wieder zurückkommen …« Die Haare wehten ihr ins Gesicht, und dass sie Tränen in den Augen hatte, lag am Wind, denn ihre Stimme war hart und triumphierend. »Nie mehr …«

»Nun gut, dann kommst du eben nie mehr zurück«, schien die flache, graue Küste Englands zu antworten.

Teresa umklammerte die Reling. Sie war frei. Eine Frau lächelte ihr zu, ein Kind starrte sie an. Irgendwo tief im Schiff antwortete ihr ein Pochen, das sie von dem grauen Land wegzog, auf ein blaues Meer, über das warme Winde wehten, zu dem fernen, goldenen Indien, das auf sie wartete.

Teresa hatte sich davongestohlen, kaum dass sie an Bord gekommen waren, und ihren Vater mit dem Gepäck und den Gepäckträgern allein gelassen. Auf diesem riesigen Schiff mit seinem Gewirr von Gängen, Decks und Treppen würde es leicht sein, ihm aus dem Weg zu gehen. Teresa wusste, dass zwar ihr Vater sie brauchte, sie ihn aber nicht, und sie freute sich schon auf das Versteckspiel. Sie war eine Reisende, das wusste sie von dem Moment an, da sie den Fuß auf die Gangway setzte, und auf ihren Vater konnte sie dabei verzichten. Ihre Distanziertheit und Neugier machten sie tatsächlich zur geborenen Reisenden, und die emotionalen Verpflichtungen, die den meisten Menschen den Abschied erschweren, kannte sie nicht. Eine ihrer größten Freuden würde immer jener Augenblick sein, in dem ein Schiff ablegte, ein Zug den Bahnhof verließ oder ein Flugzeug von der Rollbahn abhob.

Die Mahlzeiten wurden in drei Schichten eingenommen, und Mr. Digby und Teresa waren durch ein Versehen unterschiedlichen Zeiten zugeteilt worden. Teresa hätte es selbst nicht besser einrichten können. Beim Abendessen setzte sie sich ganz gerade hin und gab vor, fünfundzwanzig Jahre alt zu sein. An ihrem Tisch saß ein kleines Mädchen von etwa sechs Jahren mit seiner Mutter, einer Matrone, die sich sofort Teresa zuwandte; das Kind war beklagenswert einsam und wirkte mutterlos. Noch bevor die Suppe abgeräumt war, reichte sie Teresa das Salz und fragte, ob sie ganz allein nach Indien führe. Unangenehm berührt antwortete Teresa, nein, sie reise mit ihrem Vater. So, wie sie es sagte, witterte Mrs. Evans Unglück und empfand sofort Mitgefühl mit ihr. Sie brachte ihre kleine Tochter Rita, die Tomatensaft verlangte, zum Schweigen, schenkte Teresa ihre volle Aufmerksamkeit und versuchte, sie auszufragen. Hatte sie Geschwister, und war sie zum ersten Mal auf so einem großen Schiff? Teresa beantwortete mit steinerner Miene Frage um Frage, aber ihre Einsilbigkeit wurde ihr als Schüchternheit ausgelegt, weil sie ja in einem schwierigen Alter war, und je weiter das Essen fortschritt, desto netter wurde Mrs. Evans. Und obwohl Teresa sich bemühte, unhöflich zu sein, hatte es keinen Zweck; sie war nicht länger fünfundzwanzig Jahre alt, Mrs. Evans hatte ihre Unabhängigkeit zerstört. So leicht konnte man jemandem die Freiheit nehmen. Teresa litt das gesamte Essen über und sehnte sich nach der brüsken Art ihres Vaters.

Die Nacht draußen war kalt und eisig. Sie lief von Deck zu Deck und hörte, wie sich in der Dunkelheit die Wellen am Bug teilten. Von Land und auf See blinkten zahllose Lichter, als wollten sie vor drohender Gefahr warnen, wie Menschen, die in der Ferne hochsprangen und die Arme schwenkten, jedoch zu weit entfernt waren, als dass man sie hören konnte. Und ohne auf ihre verzweifelten Botschaften zu achten, stampfte das Schiff weiter durch die Wellen.

»Ob das wohl die Küste von Cornwall ist?«, fragte Teresa laut. Sie stand neben zwei Männern an der Reling. Es waren eigentlich keine Männer, sondern nur dunkle Umrisse. Bei Tag wären sie sicher gefährlich gewesen – da wären es Leute gewesen, denen man aus dem Weg gehen musste –, aber jetzt waren sie anonym, und Teresa vertraute ihnen. Die Dunkelheit verlieh ihnen ein Geheimnis, an dem sie teilhaben wollte, denn Teresas Beziehungen waren noch symbolisch. Ein offener Umgang miteinander beleidigte ihre wirre Überzeugung, dass Zuneigung etwas war, bei dem alle Beteiligten Masken trugen und einander verrieten. Und doch sehnte sie sich danach, von den gesichtslosen Gefährten angenommen zu werden. Ihr Verlangen wand sich wie eine Schlange in ihr und bereitete ihr Qualen. Sie schob sich langsam an der Reling entlang, bis ihr Arm eine Schulter berührte. Und siehe da, sie wurde nicht abgewiesen. Es war wie eine Art Ehe. Sie war nicht mehr allein, sondern eine von dreien. Zufrieden stand sie da und ließ sich von der stürmischen Nacht einhüllen.

»Vielleicht ist es ja Ryde«, sagte eine geheimnisvoll menschliche Stimme. Das Schiff fuhr weiter, und sie standen zusammengedrängt an Deck und schauten zur Küste. Ihre Gesichter prickelten vor Kälte, und ihre Haare wehten im Wind, während sie auf die tanzenden Lichter blickten – »weg, weg mit euch, ihr Felsen«. Das Stampfen des Schiffes übertrug sich auf sie und drang in Rufen und Gelächter aus ihren kalten Mündern.

»Ja, das ist bestimmt Ryde«, rief Teresa, die keine Ahnung hatte, was das für ein Ort sein sollte, und streckte den Arm aus: »Da ist der Hafen! Seht doch, wie hell er ist!«

Ihre Hand zeigte auf strahlende, flackernde, glitzernde Lichter. Auf einer Seite standen ein paar Straßenlaternen, so fern, klar und rein wie Jungfrauen im Traum eines jungen Mannes. Dann liefen sie auf die andere Seite und meinten, auch dort ein schwaches Licht erkennen zu können.

Sie warteten gespannt, und das Licht an Land flackerte, zitterte und erstarb. Sie waren die einzigen Menschen auf der Welt, sie und die anderen Passagiere auf dem Schiff. Sie fuhren davon, und das Land bestand für sie nur noch aus Zeichen, aus Rauch vielleicht, nicht aber aus Menschen. Es war sprachlos, klanglos, außer Reichweite. Noch tagelang beherrschte sie das Gefühl, dass sie die letzten Lebewesen waren und die Erde menschenleer war.

Ohne ihr gute Nacht zu wünschen, wandten sich die beiden Männer von Teresa ab und gingen lachend davon. Sie war furchtbar verletzt, dass sie sie einfach ohne ein Wort stehenließen. Sie hatte doch nicht dazugehört, sie bedeutete ihnen weniger als nichts. Ein Ganzes war in zwei Hälften zerrissen worden. Sie durfte es nicht vergessen: Ein Ganzes konnte jederzeit zweigeteilt werden.

Sie blieb einsam zurück. Wie ein Gespenst wanderte sie über Deck, berührte Stahl und Taue, um sich zu trösten. Als sie Gesang hörte, ging sie ihm nach aufs Oberdeck, wo im Windschatten eines Rettungsboots Inder kauerten und von Einsamkeit sangen. Ihre Körper wiegten sich im Takt, und Teresa wusste oder glaubte zu wissen, dass sie von Leid und Abschied, von Tod und Trauer sangen. Sie blieb am Rand stehen und lauschte. Hier konnte sie keinen Ärmel streifen, keine Stimme würde sagen: »Oh, sieh mal, das ist bestimmt Ryde.« Der sanfte, nasale Gesang würzte den Kanalwind mit den Geistern der Hitze. Das Schiff fuhr weiter.

Und Teresa empfand es jetzt als gleichgültiges Schiff, so wie auch Southampton gleichgültig gewesen war. Es trug sie immer weiter, ob sie es nun wollte oder nicht, und kein Schrei, kein Laut von ihr konnte es von seiner Route abbringen. Sie hatte schon wieder vergessen, was sie wollte und warum und wohin sie fuhr. Sie stand auf und wanderte von neuem über Deck, das Singen im Ohr, und die Lichter von der Küste zwinkerten ihr verschmitzt zu. Dies war verlorene Zeit, hier fand ihr

Übergang von einem Zustand in den anderen statt. Die Wellen spülten ihre Gewissheiten davon, eine nach der anderen, und verwirrt und verzweifelt blieb sie zurück. Das Leben war ein Schiff, ein Wind, fremder Gesang, ein Schimmern von Licht. Und Dunkelheit. Nur Indien war konkret, irgendwo am Ende von allem, und sogar an Indien begann sie wie an einer Fata Morgana zu zweifeln. Sie jagten darauf zu, und doch verblasste es.
Wie kalt es war! Fröstelnd blieb sie vor den großen, erleuchteten Fenstern der Lounge stehen und sah ihren Vater, der ein Buch las. Er las ungeduldig, überblätterte Seiten, und ein oder zwei Mal hob er den Kopf und blickte sich erwartungsvoll um. Die Lounge strahlte Gemütlichkeit aus; überall standen Sessel und Tische, die Leute spielten Bridge, Kellner eilten mit Tabletts voller Getränke hin und her. Ihr Vater hatte die Beine übereinandergeschlagen; stirnrunzelnd blickte er auf das Buch, vielleicht gefiel es ihm nicht, vielleicht verstand er es aber auch nicht.
Teresa beobachtete, wie er einem Kellner winkte und sich wieder umschaute. Sie hob die Hand und klopfte an die Fensterscheibe. Angespannt starrte sie ihn an, um seine Aufmerksamkeit auf sich zu lenken. Aber seine Isolation war vollkommen; kein Geräusch der Nacht drang zu ihm vor. Er senkte den Kopf und blätterte erneut eine Seite um, zu weit entfernt, um Teresa zu hören. Die Haare wehten ihr ins Gesicht, ihre Knöchel schmerzten vor Kälte. Jemand, der drinnen direkt am Fenster saß, drehte sich um und blickte Teresa fragend an. Erschreckt wich sie zurück. Mr. Digby las weiter in seinem Buch, und Teresa ging zu Bett.
In jener Nacht hörte sie ein neues Geräusch. Sie lag in

ihrer Koje und wusste, sie war tatsächlich auf hoher See und wurde von den Wellen herumgeworfen. Über ihrem Kopf hörte sie Tiere leise hin- und herlaufen, unsichtbare Mäuse huschten durch die Kabine; es war das Geräusch des Schiffes, das sich mühsam durch das Meer schob. Als Teresa einschlief, sah sie das runde, weiße Gesicht ihrer Tante May vor sich, das zu ihr sagte: »Und denk daran, Teresa ...«, aber der Zug fuhr ab, das Schiff tauchte ins Wasser, und eine Welle kam und schwappte grüne Bewusstlosigkeit über sie.

2

Sie wachte um sechs Uhr auf, weil der kleine Junge in der Koje unter ihr mit den Fersen an die Kabinenwand hämmerte.

»Mummy, Mummy, ich will aufstehen.«

Es war still, während er dalag und auf das Huschen über seinem Kopf lauschte.

»Mummy, was ist das für ein Geräusch?«

Die ganze Nacht über hatten die Geräusche nicht aufgehört. Das Schiff bewegte sich vorwärts und ächzte, ob sie nun schliefen oder wach lagen und lauschten. Der Morgen dämmerte, und sie waren immer noch auf See. Die Reise ging weiter, ohne Pause. Und pausenlos brachen sich die Wellen, nicht wie Wellen am Strand, zögernd und langsam verebbend, sondern in einem stetigen Rauschen. Sie erwartete eine Pause, aber es gab keine. Unablässig zerschnitt das Schiff das Wasser.

»Mummy, was ist das für ein Geräusch? Mummy, ich will aufstehen.« Und wieder donnerte er mit seinen Fersen gegen die stählerne Trennwand.

»Oh, sei still, Liebling, ich weiß nicht. Du kannst jetzt nicht aufstehen, es ist noch zu früh.« Seine Mutter flüsterte besorgt, weil sie nicht wusste, wie sie ihn davon abbringen sollte herumzulärmen. Da er ein lebhaftes, ungehorsames Kind war, schlug er erneut gegen die Wand, schrie so laut er konnte und sprang in seiner Koje umher.

Teresa zog sich an und verließ die Kabine. Sie hatte

Hunger. Der Wind war ungewöhnlich heftig und machte ihr noch mehr Appetit. Es dämmerte gerade über dem Atlantik. Überall, so weit das Auge reichte, war Wasser. Kein Felsen, kein anderes Schiff, noch nicht einmal ein Vogel. Wasser und Himmel hatten die gleiche Farbe, auf gleiche Weise farblos, gleichgültiges Grau, nur Wasser und Himmel. Auch andere Passagiere waren an Deck, um frische Luft zu schnappen. Katholische Priester stampften über die Holzplanken, wobei ihre langen Gewänder sie wie ungeduldige Kinder in die eine oder andere Richtung zerrten und die Seiten ihrer aufgeschlagenen Gebetbücher aufgeregt im Wind flatterten. Worüber lasen sie? Über die Schöpfung? Die Sintflut? Irgendeine unwahrscheinliche, großartige Geschichte, bei der die sie umgebenden göttlichen Wassermassen den perfekten Rahmen abgaben? Auch zwei Nonnen marschierten tapfer über Deck, ebenso wie ein indischer Prinz und verschiedene andere einsame Geister. Runde um Runde drehten sie, mit gesenkten Köpfen, kämpften gegen den Wind an und warteten hungrig auf das Frühstück. Und wenn sie die Köpfe gehoben und sich die Haare aus den Augen gestrichen hätten, dann hätten sie den zarten Lichtstreifen gesehen, der blassgelb und rosig den grauen Himmel mit dem grauen Meer verband, so unentschlossen, als sei es nicht einfach ein weiterer Tag auf See, sondern der Beginn einer neuen, anderen Schöpfung.

Rita kam und stellte sich an die Reling neben Teresa. »Oh, sieh mal – das ist ja voller Seife!« Sie beugte sich so weit vor, dass man ihr Höschen sah, und drehte den Kopf, um Teresa anzuschauen. »Meiner Mummy ist schlecht. Sie musste heute früh eine Tablette nehmen.«

Von überallher tauchten Kinder auf, sprangen vor ihren Kindermädchen her und hüpften ausgelassen herum wie Fohlen. Sie schrien und kreischten, rollten in ihren ordentlich zugeknöpften Mäntelchen mit Samtkrägen aus schierer Freude über die Holzplanken und gerieten vor Vergnügen außer sich, wenn Matrosen mit Wischmopps ankamen und eimerweise Wasser auf Deck schütteten. Die Seeleute pfiffen, die Eimer schepperten. Die Kinder benahmen sich wie kleine Teufel, und Rita rannte zu ihnen. In diesem Moment trat Mr. Digby auf Teresa zu. Er hatte seinen Filzhut mit einem Schal festgebunden.

»Hallo«, rief er, »ich habe dich gestern Abend gar nicht gesehen.«

»Ich bin ins Bett gegangen.«

»Bisschen windig, was?« Die Enden seines Wollschals schlugen Teresa ins Gesicht. Er wusste, dass er ungewöhnlich aussah. Teresa wandte sich peinlich berührt ab und sagte, sie wolle frühstücken gehen.

Ritas Mutter, Mrs. Evans, war nicht beim Frühstück, nur Rita hüpfte auf ihrem Stuhl auf und ab.

»Mummy sagt, du kümmerst dich um mich. Ihr ist wieder übel.«

Der Speisesaal war voller Kinder, und entsprechend hoch war der Lärmpegel. Wie die salzige Meerluft klebte das Geschrei an allem, an den weißen Tischtüchern, an den weißen Jacken der Stewards. Vierzehn Tage lang änderte sich daran nichts: Kinderstimmen, die anfangs gegen das Rollen und Stampfen des Schiffes protestierten und später gegen die Hitze; Kinderstimmen, die forderten, hochgenommen oder abgesetzt zu werden, die mehr Essen verlangten oder weniger oder anderes oder gar keines. Manchmal war es auch nur wortloses Geheul. Draußen vor den Bullaugen wogte das Meer, zog sich zurück, erhob sich erneut. Jeder beeilte sich mit dem Frühstück, damit die zweite Schicht, zu der auch Mr. Digby gehörte, ebenfalls an die Reihe kam. Und auch Mr. Digby wurde zur Eile angehalten, damit der nächste Passagier seinen Platz einnehmen konnte. Stewards eilten in alle Richtungen. Blitzschnell wurde das Essen serviert, und jeder fühlte sich verpflichtet, es hastig hinunterzuschlingen.

Mr. Digby war verärgert darüber, dass er und Teresa zu unterschiedlichen Zeiten zu den Mahlzeiten eingeteilt worden waren. Er versuchte, die Angelegenheit zu regeln, ging dabei aber so ungeschickt vor, dass er die Situation erst recht für den Rest der Reise besiegelte. Es war nicht nur ungerecht, sagte er, es war inkompetent. Es erstaunte ihn, dass das Schiff überhaupt fuhr, da es von solchen Leuten geführt wurde. Während er mit einem kräftigen Schlag sein Ei köpfte, merkte er an, dass ihn eine derartige Unfähigkeit fassungslos mache. »Für wen halten sie sich?«, fügte er hinzu. Niemand am Tisch antwortete. »Schließlich haben wir bezahlt, nicht wahr?«, sagte Mr. Digby, der so verletzt war, dass er weiterreden musste, ganz gleich, ob ihm jemand antwortete oder nicht. »Das ist ein absoluter Skandal. Ich werde mich beschweren. Klaglos werde ich das nicht hinnehmen, nur keine Sorge. Warum sollte ich? Wenn es sein muss, werde ich bis zum Kapitän gehen. Meine Tochter und ich reisen zusammen – sie haben nicht das Recht, uns zu verschiedenen Zeiten zum Essen einzuteilen.«

Nur ein einziger Mann am Tisch schien seinen Ausbruch gutzuheißen, ein kleiner, dünner Mann, der eifrig nickte und zustimmend murmelte: »Beschämend, ja, ein Skandal. Sie haben ganz recht.« Er wartete, bis Mr. Digby sich so viel Ei in den Mund geschoben hatte, dass er nicht mehr sprechen konnte. Dann ergriff er die Gelegenheit.

»Wissen Sie, es ist immer dasselbe – die Passagiere sind ihnen völlig egal. Wir sind für sie nicht besser als eine Ladung Vieh. Ich glaube, sie hassen uns.« Er senkte die Stimme zu einem Flüstern. »Mein Name ist Littleton …« Mr. Digby grunzte. »Ich bin diese Strecke schon ein Dutzend Mal gefahren, und ich habe immer wieder das Gleiche erlebt …« Damit brachte er sich in Position, um das von sich zu geben, was er eigentlich sagen wollte; dass er eine Teeplantage habe; dass er nur kurz zu Hause gewesen sei, um einen Spezialisten aufzusuchen – sein Magen bereite ihm seit Jahren Probleme. Und der Spezialist hätte gesagt, er solle das Ding besser herausnehmen lassen. Wollte beinahe darauf bestehen. Da hätte er also auf einmal kurz vor einer Operation gestanden, und seine Frau war in Indien. Weil sie gedacht hätten, dass es viel besser für sie wäre, dort zu bleiben, all der Aufwand, und er hätte sich natürlich nie träumen lassen, dass er operiert werden müsse, und die zwei Kinder – es war wirklich viel besser, dass sie dort blieb und sich um alles kümmerte. Er bezeichnete England aus Gewohnheit als »Zuhause«, der arme kleine Mann, aber eigentlich fuhr er jetzt nach Hause; wahrscheinlich wäre ihm der Tod lieber als der Ruhestand. Seine Frau, sagte er, käme ihn in Bombay abholen.

Mr. Digby lauschte ihm mit finsterer Miene. Kranke Leute waren immer so langweilig. Was ging ihn ein fremder Magen an? Sein eigener erfreute sich bester Gesundheit und bereitete ihm nie Probleme. Mr. Littleton, der versuchte, weiterzureden und gleichzeitig seinen Tee zu trinken, verschluckte sich und war aus dem Rennen.

»Mein Schwiegersohn ist auch auf einer Teeplantage«, sagte Mr. Digby laut, »oben im Norden. Das soll die beste Gegend für Tee im ganzen Land sein, hat man mir gesagt, aber darüber wissen Sie vermutlich besser Bescheid als ich. Es ist ja ein komisches Leben für eine Frau, dort oben in der Wildnis zu sitzen und den lieben langen Tag nur Tee vor Augen zu haben. Den meisten Mädchen würde es sicher nicht gefallen, aber Ruth – das ist meine Tochter – wusste schon immer, was sie wollte. Schon als ganz kleines Kind wusste sie, was sie wollte und was am besten für sie war, und sie setzte es auch durch. Ich will damit nicht sagen, dass sie aggressiv ist«, fügte er hastig hinzu, ließ sein Besteck sinken und blickte forschend in das Gesicht seines Gegenübers. »Jetzt haben Sie vermutlich einen ganz falschen Eindruck; sie ist keineswegs aggressiv, keineswegs. Im Gegenteil, niemand auf der ganzen Welt könnte eine lieblichere, sanftere Natur haben als Ruth. Feminin«, erklärte Mr. Digby und widmete sich wieder seinem Frühstück. »Sie ist eine echte Frau, durch und durch. Keine Intellektuelle, nein«, er hob warnend die Gabel, »überhaupt nicht, und wenn Sie meine Meinung wissen wollen, so danke ich unserem Herrgott auf Knien dafür. Die Frau, die glaubt, sie besitze Köpfchen – ich gebe Ihnen mein Wort darauf, sie ist das reinste Gift! Sie soll mir bloß nicht zu nahe kommen. Wenn eine Frau sich für zu schlau hält, dann wird sie zu einer Missgeburt, und ich sage Ihnen auch, warum«, fuhr Mr. Digby fort und schlug so fest mit der Faust auf den Tisch, dass der Tee in den Tassen auf die Unterteller schwappte, was ihm einige böse Blicke eintrug, »weil es nämlich wider die Natur ist. Eine Frau soll schön sein, und sie soll Mitgefühl besitzen. Das reicht völlig aus. Ich habe das bei einer Frau immer ausreichend gefunden. Alles Weitere ist zu viel.« Mr. Digby beendete seine Ausführungen mit einer triumphierenden Geste, die ihn bei allen außer Mr. Littleton ein für allemal unbeliebt machte. Denn während Mr. Digby Ruth beschrieb und Andeutungen über Lilian machte, gab sich sein Gegenüber den Anschein, ihm aufmerksam zuzuhören, dachte aber insgeheim an seinen üppig blühenden Garten, den er in London vermisst hatte, an seine Teesträucher und seine Frau, die in Bombay auf ihn wartete – eine Frau, die zwar nicht so schön war, wie Mr. Digby es forderte, aber Mitgefühl besaß, wenn sie nicht zu sehr unter der Hitze litt.

So freundeten sich die beiden Männer an und verbrachten nach dem Frühstück den gesamten Tag miteinander. Viele Passagiere hielten es für ihre Pflicht, den Elementen ebenso zu trotzen, wie es ihr gutes, solides Schiff tat, und spazierten plaudernd über die windigen Decks. Andere lagen krank in ihren Kabinen, und wieder andere saßen unbeeindruckt in den Salons und lasen. Mr. Digby und Mr. Littleton gehörten zu den Spaziergängern. Ab und zu erhaschte Mr. Digby einen kurzen Blick auf Teresa, die ein dickes kleines Mädchen an der Hand hielt oder sich beschützend über es beugte. Der Anblick verärgerte ihn. Teresa mochte Kinder gar nicht, da war er sich sicher, und außerdem hätte er es nur richtig gefunden, wenn sie über seine Abwesenheit unglücklich gewesen wäre.

»Meine Tochter«, sagte er und wies nachlässig in Teresas Richtung.
Obwohl er keineswegs stolz auf Teresa war, sagte er dieses »meine Tochter« doch mit einer gewissen Befriedigung. Sie stellten sich einen Moment am Heck unter, wo Mr. Digby sich mit seinem Freund unterhalten konnte, ohne schreien zu müssen.
»Sie macht mir Sorgen, das sage ich ohne Umschweife. Ich bin mittlerweile ein alter Mann« – May sagte ihm das immer, und in seiner Stimme mischten sich Klage und Trotz –, »und sie sollte mit Mädchen in ihrem Alter spielen; vermutlich wäre sie in der Schule besser aufgehoben.«
Teresas einsame Tage in der Schule waren jedoch vorbei. Sie wollte keine gleichaltrigen Gefährten, und auch ihr Vater wusste das eigentlich, aber er wusste nicht so recht, was sie wirklich wollte oder was sie brauchte. Er hätte das Problem gerne verdrängt und die Lösung aller Probleme Ruth überlassen, aber es beschäftigte ihn täglich und verlangte mehr Scharfsinn, als er besaß. Immer wieder versuchte er sich mit dem vernünftigen Gedanken zu beruhigen, dass Lilian Teresa bedroht hatte und dass er, ihr Vater, lediglich die notwendigen Schritte unternommen hatte, um sie zu beschützen. Das war alles und wieder auch nicht. Zweifellos wäre es eine Katastrophe gewesen, wenn Lilian Einfluss auf Teresa bekommen hätte. Aber er hatte das Kind aus seiner Umgebung gerissen, und das war, wie er jetzt sah, ein Anfang und kein Abschluss. Die Angelegenheit war in keiner Weise beendet, und er stand in der Verantwortung. Das machte ihm Angst, und Mr. Digby sehnte sich nach Mitgefühl. Die Geschichte war jedoch lang, und die Reise

würde vierzehn Tage dauern. Er hatte also viel Zeit; er brauchte nicht alles auf einmal auszuplaudern. Seine Stimmung schlug um. Er war schon ein schlauer Fuchs.

»Wenn man so still steht, ist es schrecklich kalt. Was halten sie von einer weiteren Runde?« Er trat wieder in den Wind hinaus, und Mr. Littleton trottete hinter ihm her.

3

Am Nachmittag des folgenden Tages sah Teresa Portugal. Mrs. Evans war immer noch krank. Teresa verbot Rita gerade, auf die dritte Sprosse der Reling zu klettern. »Wenn du das tust«, sagte sie gehässig, »fällst du über Bord und ertrinkst.« Daraufhin hob sie den Kopf, und ihr Herz schien zu seufzen. In der Ferne tauchte Portugal aus dem Meer auf, und der Name auf der Landkarte war auf einmal Land vor ihren Augen.

Das Schlingern war Stunde um Stunde weitergegangen, und ihre Laune war immer schlechter geworden. Ihr war zwar nicht übel, aber ihr tat der Kopf weh, und sie hatte sich nach fünf Minuten der Ruhe, fünf Minuten ohne Bewegung gesehnt. Aber über Stunden hatte sich nichts geändert, und der Sturm hatte angedauert. Gegen Mittag jedoch schien sich das Schiff zu stabilisieren, und mit dem Nachmittag kam blasser Sonnenschein, der zwar keine Wärme mit sich brachte, aber die Luft zu beruhigen schien. In einem schwachen, gelblichen Schimmer erblickte Teresa die Küste. Sie vergaß ihre schlechte Laune, Rita, ihre Kopfschmerzen. Dieses Land, das so gar nicht wie Land aussah, fremd und braun, verhüllt von Gischt und Ferne, ließ einen Schmerz in ihr aufsteigen, den ihr magerer Körper noch nie erlebt hatte.

Es war geräuschloses Land. Weiße Wellen schlugen langsam gegen die fernen Klippen, hielten inne und stürzten herab, tonlos, beseelt von einer niemals endenden Traurigkeit und Resignation. Es war so unwirklich wie ein Traumbild und so unvergänglich wie der erste Augenblick der Schöpfung. Kein Leben war dort, keine Bewegung, nur die aufgewühlte Brandung, deren lange weiße Finger in unaufhörlichem Kummer winkten. Das Schiff fuhr mit hoher Geschwindigkeit an der Küste entlang, und Portugal blieb zurück. Wolken trieben zwischen Teresa und jene fernen Hügel, und das Letzte, was sie sah, waren die braunen, dunstverhangenen Gipfel.

Der Glanz verzauberte sie. Das Meer wurde langsam grün und glitzerte überall mit einer neuen Lebendigkeit. Auf der Steuerbordseite schwammen Wale. Wie Fabelwesen stiegen ihre mächtigen Leiber aus dem Ozean auf. Teresa machte sich auf die Suche nach Rita, die sich versteckt hatte, und ertrug gnädig die Neckereien des Kindes für den Rest des Tages.

An diesem Abend ging sie ohne Mantel über Deck. Die Luft war fast warm. Es war friedlich geworden. Der Vollmond schien, und das Wasser schimmerte schwarz und silbrig von Abertausenden Fischschuppen. Sie sah ihren Vater, der allein an der Reling stand, trat jedoch aus Schüchternheit nicht zu ihm. Sie stellte sich vor, wie sie seinen Arm berühren und sagen würde: »Hallo. Hast du heute Nachmittag Portugal gesehen?« Und er würde darauf antworten: »Ja, natürlich habe ich Portugal gesehen.« »Hast du auch die Wale gesehen?« »Wale? Nein. Wer hat denn behauptet, dass da Wale waren?« Diese Unterhaltung erschien ihr so grotesk, zugleich aber so wahrscheinlich, dass sie blieb, wo sie war, im Schatten, und Mr. Digby beobachtete. Sie meinte, ihn schwer seufzen zu hören. Dann trat ein kleinerer Mann zu ihm.

Mr. Digby begrüßte ihn mit rauher Stimme und seinem noch rauheren Lachen. Eine Zigarette wurde angezündet, und die beiden Männer unterhielten sich und gingen an Teresa vorbei.
Am nächsten Tag waren sie im Mittelmeer. Mrs. Evans saß am Frühstückstisch. Es ging ihr wieder besser, und sie war Teresa unendlich dankbar.
»Oh, es war so nett von dir«, sagte sie. »Rita betet dich jetzt förmlich an.« Anscheinend hatte Rita die paar Klapse, die sie ihr gegeben hatte, nicht erwähnt. »Ich habe mich so elend gefühlt, dass mir alles egal war, aber sie ist noch zu klein, um allein herumzulaufen. Sie ist so ein Schlingel und wäre bestimmt über Bord gefallen. Jetzt redet sie nur noch von dir.« Rita, die gerade etwas trank, schlug die Augen nieder. »Sei doch so lieb und geh für eine halbe Stunde mit ihr an Deck – ich muss rasch die Kabine aufräumen und ein paar Sachen bügeln, dann bin ich gleich wieder bei euch. Vielleicht findet ihr ja ein nettes, gemütliches Eckchen, und dann bringe ich mein Strickzeug mit.« Stumm reichte Rita Teresa die Hand.
Die langweiligen Mädchen, die in Southampton an Bord gegangen waren, hatten ihre Tweedmäntel abgelegt und flatterten wie Schmetterlinge an Deck herum. Die See war unruhig, tiefblau, und es wehte ein heißer, starker Wind von der afrikanischen Küste her. Er brachte afrikanischen Sand mit sich über das Wasser und puderte die honigfarbenen Planken des Schiffsbodens mit ausgeblichenem Stein- und Muschelmehl. Fliegende Fische tanzten über der Brandung wie Schwalben über einen See.
Den ganzen Tag über spielte Teresa Kindermädchen für

Rita. Mrs. Evans gesellte sich mit ihrem Strickzeug und einer Dose Gebäck auf dem B-Deck zu ihnen und bestach Teresa mit Butterkeksen. Teresa wurde zu ihrer Vertrauten erklärt, als sei sie erwachsen, und musste sich die Geschichte von Mrs. Evans' Ehe und die kleineren Unannehmlichkeiten des Ehelebens anhören. Mrs. Evans plauderte weiter, die Schwimmweste zum Kopfkissen umfunktioniert, die Beine ausgestreckt und an den Knöcheln überkreuzt, und nur gelegentlich unterbrach sie ihren Redefluss, um zu rufen: »Rita, lass das«, oder um Teresa loszuschicken, damit sie das verschwundene Kind suchte. Da sie selbst eine arglos liebenswürdige Person war, war sie rasch dabei, die kleinste Spur von Freundlichkeit bei anderen auszunutzen. Mr. Evans war offenbar Ingenieur und Rita ihr einziges Kind – das nur Unsinn im Kopf hatte. Rita drängte sich an ihre Mutter, um zuzuhören, und wandte Teresa ihr teigiges, rundes Gesicht zu. Die Mutter strich dem kleinen Mädchen die Haare zurück und richtete seine Schleife, während sie verschiedene lustige Streiche ihrer Tochter zum Besten gab.

Teresa, der es zunächst geschmeichelt hatte, adoptiert worden zu sein, wurde es bald lästig. Sie fand Rita abscheulich. Und Rita wusste, wie sie Teresa mit übertriebenen Liebesbeweisen ärgern konnte, indem sie ein wenig zu fest an ihren Zöpfen zog, sich mit erstickender Anhänglichkeit an Teresas Hals klammerte, ihr die Schnürsenkel aufmachte und die ganze Zeit nach den Anzeichen des Hasses Ausschau hielt, von dessen Existenz sie wusste. Aber da Mr. Digby in Teresas Sichtweite herumlungerte, ertrug sie alles stoisch. Ab und zu glitt er wie ein Schatten näher, und sofort begann sie, ihre neue Position zu demonstrieren, rannte wichtigtuerisch hinter Rita her, klopfte ihr die Krümel ab, hob Mrs. Evans' Wollknäuel auf. Sieh her!, schien sie zu sagen, ich bin auch wichtig; ich habe meine eigenen Freunde, die ohne mich nicht auskommen.

»Wer ist dieser distinguiert aussehende alte Mann?«, fragte Mrs. Evans, die ihre eigenen Vermutungen darüber angestellt hatte, wer er war.

»Ach, das ist mein Vater«, erwiderte Teresa beiläufig. Sie errötete vor Ärger und Stolz, dass Mrs. Evans ihn als distinguiert bezeichnet hatte.

»O ja, natürlich, jetzt sehe ich es auch. Ihr seht euch sehr ähnlich. Machst du uns bitte miteinander bekannt?«

Mr. Digby schlenderte heran. »Hallo, Teresa«, rief er jovial.

»Hallo. Mrs. Evans, das ist mein Vater.«

Die Höflichkeit verlangte, dass Mr. Digby sich ächzend ein paar Minuten lang neben Mrs. Evans auf die Knie niederließ, um ein wenig mit ihr zu plaudern. Mit aufgesetzter Herzlichkeit rief er: »Nun, Sie haben aber ein schönes stilles Eckchen gefunden, was?«

»Teresa hat es gefunden.« Ausführlich breitete sie Teresas Tugenden vor ihm aus und endete mit: »Es tut mir leid, dass wir Ihnen Ihre Tochter gestohlen haben, Mr. Digby!«

Nervös wegen der finsteren Miene ihres Vaters und der tief gerunzelten Stirn betete Teresa darum, dass er endlich weggehen möge. Und das tat er nach kurzer Zeit. Mit einer gemurmelten Bemerkung über sein Alter und die harten Schiffsplanken erhob er sich und stampfte davon. »Das sind also deine Freunde«, schien sein Rücken ihr zu sagen. »Nun, du kannst sie gerne behalten!« Von da an tauchte er nicht mehr auf. Die Seifenblase war geplatzt, und Teresa brauchte sich mit den Evans nicht mehr abzugeben. Ihre Langeweile machte sie widerspenstig und endete in Fahnenflucht.

4

Afrika bildete die Kulisse für Dutzende knospender Freundschaften, und der Swimmingpool war geöffnet worden. Ein Schwarm von Kindern hatte ihn als Spielplatz in Beschlag genommen. Das Wasser war wie ein klares Juwel, strahlend hell und rein, zersplittert von ihrem Plantschen, und ihr Kreischen erhob sich darüber wie Gischtperlen.

Arme und Beine wurden entblößt. Hemden flatterten. Nackte Haut verbrannte in dem heißen Wind; die Gesichter der Männer wurden braun, und die mausbraunen Haare der Mädchen bekamen helle Strähnen. Und mit der Sonne kam ein neues Verlangen: das Bedürfnis nach innerer Wärme; nach dem Liebesversprechen, das Afrika gab und das Mittelmeer für immer ins Gedächtnis brannte. Es war die Zeit der Blüte jener Blume, deren Wurzeln flach sind, deren Blütenblätter sich jedoch üppig entfalten, die Blume, die im Sonnenschein ohne Wasser gedeiht, am nächsten Tag aber stirbt. Ihre Staubgefäße tragen keinen Blütenstaub, aber ihr Duft ist betäubend. Die Kinder, die zu klein für derartige Gedanken waren, bespritzten sich stattdessen mit Salzwasser und kreischten vor Vergnügen so laut wie die Möwen. Diejenigen, die zu alt dafür waren, wanderten einsam umher und atmeten den nostalgischen Duft jener Blume ein. Aber für diejenigen, die das richtige Alter hatten, war die Zeit voller Verheißung. In jedem windgeschützten Winkel stand ein Paar. Der junge Mann beugte den Kopf vor, und Sand fiel aus seinen Haaren auf die Beine des Mädchens neben ihm; und sie bewunderte hinter ihrer Sonnenbrille ihr Handgelenk und wollte, dass es nie ein Ende nahm. Und tief im Bauch des Schiffes pochte das Versprechen, dass es nicht zu Ende gehen würde. Aus den Lautsprechern drang Tanzmusik und wurde über das silberblau glitzernde Meer bis an die strenge Stirn Afrikas getragen. Kinder oder Möwen – wer konnte sie schon unterscheiden? – schrien. Die Holzplanken waren heiß, die weiße Farbe blendete die Augen, die Taurollen rochen nach Teer. Und immer weiter glitt das Schiff dahin, voller Musik und Bewegung, in der gleißenden Sonne, und hatte nur das alte Afrika zum Publikum.

Und Afrika war wie ein wildes Tier. Es war braun, schwer und riesig. Hügelketten stiegen empor, und die Küste war flach wie das Ufer eines Dorfteichs, vertraut und gefährlich. Land, das in zahllosen Jahren gereift war und nun stark und schrecklich war und eine Macht besaß, die kein Mensch abschätzen konnte. Hier und dort stiegen dünne Rauchsäulen von Kochfeuern auf, und Wege, so schmal wie der Kratzer eines Fingernagels auf Holz, führten die Hügel hinauf ins Landesinnere.

Mr. Digby und Mr. Littleton studierten die Längen- und Breitengrade auf der Landkarte, die in der Bar aufgehängt war. »Als ich die Strecke zum ersten Mal gefahren bin«, sagte Mr. Littleton, »war ich noch ein Junge. Ich war achtzehn und wusste noch nicht einmal, wie ein Teestrauch überhaupt aussieht. Tiger kannte ich nur aus dem Zoo. Seitdem habe ich auf Teeplantagen gearbeitet, und die letzten fünfzehn Jahre auf ein und derselben.

Wenn man jung ist, weiß man nicht, was das Leben so für einen bereithält, nicht wahr?«

Mr. Digby, dessen Begegnungen mit Tigern sämtlich im Zoo stattgefunden hatten, fühlte sich im Nachteil. Er fuhr diese Strecke zum ersten Mal. Seine Auslandsreisen hatten sich bisher auf die unfreiwillige Begleitung von Schulklassen in die Schweiz beschränkt, und ansonsten hatte er seine Ferien in Sussex, in London oder im Lake District verbracht. Einmal war er auch für zwei höchst freudlose Wochen mit Teresa in Lyme Regis gewesen. Neidisch fragte er sich, wie viele Tiger Mr. Littleton, der nur ungefähr halb so groß war wie er, wohl schon geschossen hatte.

»Man kann vermutlich in der Gegend sehr gut jagen?«, sagte er listig.

»Recht gut«, erwiderte Mr. Littleton. »Es gibt viel zu schießen. Viele Tauben, Dschungelvögel und so etwas. Ja, wenn man die Zeit dafür hat, kann man dem Vergnügen reichlich nachgehen. Der Mann von der Plantage nebenan ist ein erstklassiger Schütze, und wenn wir Zeit haben, gehen wir gemeinsam auf die Jagd. Aber der Tee hält einen das ganze Jahr über auf Trab, Sie würden sich wundern!«

»Zeit!«, rief Mr. Digby mit blitzenden Augen aus, als wäre das Wort eine Pferdebremse, die ihn gestochen hatte. »Wer hat denn heutzutage schon die Zeit, das zu tun, was er will? Kein Mensch! Zeit!« Er schnaubte. »Zeit ist ein Luxus, ein Luxus wie der Dodo – tot und vorbei. Wenn ich als junger Mann mehr Zeit gehabt hätte, dann sähen die Dinge heute anders aus.«

Und er legte Mr. Littleton dar, worin der Unterschied bestanden hätte, wenn er in seiner Jugend Zeit und ein wenig Geld besessen hätte. Dann würde Mr. Littleton nämlich jetzt nicht vor einem armseligen Schullehrer stehen, sondern vor einem Mann, der in der literarischen Welt als – und Mr. Digby hielt das Wort keineswegs für übertrieben – einzigartig gelten würde. Denn das Talent, die Gabe des Schreibens – ach was, er konnte es aufrichtig als Genie bezeichnen – trug er *hier* in sich. Er zeigte auf seine Brust. Das heißt, er *hatte* es in sich getragen. Als er jung war, da hatte es in ihm gelodert. Das war die reine Wahrheit. Mr. Littleton hielt ihn wahrscheinlich für einen alten Narren, der Unsinn schwatzte, aber er konnte ihm wahrhaftig versichern, es hatte ihn verbrannt, als er jung war. Er hatte das Feuer in sich getragen und hatte die Welt damit versengen wollen. Was aber war passiert? Nun, musste er es ihm erklären? Alles hatte sich gegen ihn verschworen, und der Kampf ums Überleben hatte die Flamme erstickt. Manchmal fragte er sich, wie vielen anderen jungen Männern es ähnlich ergehen mochte, wie oft auch ihr Genie vom Druck des Alltags erstickt wurde.

In seinem besonderen Fall lag die Schuld für den Niedergang seines Genies bei mehreren Personen. Zum einen war da natürlich Lilian, aber sie hatte er erst spät im Leben kennengelernt, und deshalb konnte sie kaum ursprünglich für die Zerstörung von Mr. Digbys Genie verantwortlich gemacht werden, so sehr sie auch an seinem Selbstbild gekratzt hatte. Man könnte vermuten, dass die Schicksalsgöttin großes Vertrauen darin gehabt hatte, dass Mr. Digbys Kunst ihr Missfallen überleben würde, denn sie hatte sich in der Anzahl der Steine, die sie ihm in den Weg geworfen hatte, selbst übertroffen. Da waren zum einen seine Eltern, die ihm nichts mitgegeben hatten außer der Notwendigkeit, sich seinen Lebensunterhalt selbst zu verdienen. Dann die Schule im Allgemeinen – eine Institution, so schwor er Mr. Littleton, die einem die Seele zerrieb. Dann seine erste Frau: Schuldbewusst handelte er dieses sanfte, treue Geschöpf eher hastig ab und erklärte, sie habe eigentlich nichts dafür gekonnt, dass sie ihm eine Last gewesen sei. Vorwürfe galten eher den zahllosen Menschen, die Mr. Digby aus Neid bekämpft hatten. Ihnen verdankte er, dass er heute nicht etwa ein großer Künstler mit einem landauf, landab berühmtem Namen war, sondern vielmehr – er sagte es ganz aufrichtig – ein Versager. Ein Versager, der sich seinen Lebensunterhalt bei den unwissendsten aller Geschöpfe Gottes, den Schuljungen, verdiente.

Mr. Littleton hatte mit offenem Mund jeder Silbe gelauscht. Ab und zu hatte er eingeworfen: »Nun, ich hätte nie …« oder »Meiner Seel', das ist ja nicht zu fassen!« Als sein Freund schließlich atemlos innehielt, beeilte er sich, seiner Bewunderung Ausdruck zu verleihen.

»Nun, wer hätte das gedacht! Da haben Sie einen Hang zum Schreiben und schweigen sich die ganze Zeit darüber aus! Obwohl, wenn ich ein bisschen genauer hingeschaut hätte, hätte ich es merken müssen. Sie haben so eine – wie soll ich sagen – literarische Ausstrahlung. Wissen Sie, was ich meine? Man sieht es Ihnen förmlich an, nur ich bin so ein Idiot. O Mann, Sie haben vielleicht Glück, da können Sie sagen, was Sie wollen! Ich beneide Sie. Ich würde so gut wie alles dafür geben, wenn ich ein paar Wörter vernünftig zu Papier bringen könnte. Ich schaffe es einfach nicht! Was soll man da machen? Ich kann noch nicht einmal einen Brief schreiben. Und manchmal, wenn mich etwas tief beeindruckt, irgendein Anblick oder Dinge, die passieren, dann würde ich meine Seele dafür geben, es aufschreiben zu können, so wie manche Menschen eine Skizze von einem Ort anfertigen, um ihn in Erinnerung zu behalten. Aber es nützt alles nichts – Papier und Stift kommen bei mir einfach nicht zusammen. So ist das eben. Egal, was Sie sagen. Es ist vermutlich eine Gabe – manche Menschen haben sie, andere wie ich eben nicht.«

Mit dieser Bereitwilligkeit, sich selbst herabzusetzen, und seiner eifrigen Bewunderung für Mr. Digby machte er den Schaden, den er ungewollt mit seinen Tigern angerichtet hatte, mehr als wett. Ein Hauch von Beschwichtigung legte sich über Mr. Digbys Miene. Er verspürte Nachsicht, vor allem mit sich selbst.

»Hören Sie«, erwiderte er mit einem besorgten Lachen, »ich kann nicht zulassen, dass Sie einen falschen Eindruck von mir haben. Ich bin kein Schriftsteller, ich hätte nur einer werden können. Dazwischen liegen leider Welten. Allerdings kann ich von mir behaupten«, fügte er mit neuer Leidenschaft hinzu, »dass an mir nichts Mittelmäßiges ist. Ich glaube nicht an Dilettantismus in der Kunst, so wie manch anderer. Alles oder nichts. Kunst«, rief Mr. Digby aus und ließ sich von der andächtigen Bewunderung seines Zuhörers mitreißen, »Kunst ist kein Spiel. Nein, bei Gott, man muss mit Körper und Seele dafür leben – nicht wahr?« Mr. Littleton zuckte zusammen. »Habe ich nicht recht? Nun, ich habe die Finger davon gelassen. Das musste ich einfach. Es ging nicht anders. Natürlich habe ich ein paar Artikel veröffentlicht. Ich habe die Schulzeitung geleitet – solche Dinge. Aber ich bin kein Schriftsteller. Nein, nein, nein, schlagen Sie sich das lieber gleich aus dem Kopf. Ich bin nichts als ein armer, alter Versager.«

Er ließ sich in seinen Sessel zurücksinken. Der Auftritt hatte seine Sehnsucht nach der Bühne wiedergeweckt. Die Vorstellung, vor einem Publikum zu stehen, das aus lauter Mr. Littletons bestand, stieg ihm zu Kopf. Der Applaus wäre überwältigend. Trotzdem, der Hauch eines Skrupels ließ ihn seinen Whisky in einem einzigen Schluck herunterkippen, und er winkte dem Steward, um mit einer fast verstohlenen Geste zwei weitere Whiskys zu bestellen. Im Grunde seines Herzens war Mr. Digby ein aufrichtiger Mensch, aber die Momente, in denen er klar sah, wurden immer seltener, und je älter er wurde, desto größer wurden die Abstände dazwischen. Und wenn sie kamen, dann eröffneten sie ihm so erschreckende Ausblicke, so furchteinflößende Abgründe, so viel Schnee und Gletscher vor ihm und so viel verbrannte Erde hinter ihm, dass er den Mut verlor, sich dem nächsten Tag zu stellen, und am liebsten schmerzlos verschieden wäre, wenn er den Tod nicht so sehr gefürchtet hätte. In diesen Momenten sehnte er sich nach den warmen, tröstenden Armen, die es nicht mehr gab, und es waren die einzigen Momente, in denen er sie verdient hatte.

5

An jenem Abend wurde das C-Deck mit Tauen abgesperrt. Ein Teil des Bodens wurde mit Kreidestrichen markiert. Lampen beleuchteten die Fläche wie einen Boxring; es wurde getanzt. Die Tänzer drehten sich in dem hellen Viereck, zu berauscht von ihren Bewegungen, um auf die schweigende, dunkle Menge zu achten, die sie beobachtete. Scharlachrote Lippen, schwingende lange Kleider. Teresa, deren Sommergarderobe aus drei verschlissenen Baumwollkleidern bestand, die zu kurz und zu eng über ihrer schwellenden Brust waren, um als Abendgarderobe zu gelten, saß erhöht an ein Rettungsboot gelehnt da und ließ die Beine im Takt zu einem Foxtrott baumeln. Mr. Littleton trat auf sie zu und bat sie, mit ihm ein Tänzchen zu wagen.

»Nein. Ich kann nicht. Ich habe noch nie getanzt.«

»Nun, dann wird es aber Zeit. Komm. Wenn du es erst einmal versucht hast, wird es dir sicher gefallen.«

Sie blickte auf das Treiben mit einer Mischung aus Faszination und Fluchtgedanken. Spielerisch kniff er sie ins Bein und versuchte, sie herunterzuziehen. »Na komm, Teresa«, sagte er, als seien sie alte Freunde. »Lass uns ein bisschen Spaß haben. Ich kenne sonst niemanden, den ich auffordern könnte, und es sieht so fröhlich aus.«

»Nein, wirklich. Ich kann nicht. Ich würde mich genieren. Ich schaue lieber zu, wirklich.« Er blickte zu ihr auf und verzog sein Gesicht zu einem bittenden Lächeln, aber sie weigerte sich weiterhin, schüttelte lachend den

Kopf und genoss es, ihm zu widerstehen und doch so nahe daran zu sein nachzugeben. In diesem Moment entdeckte Mr. Digby sie, und Eifersucht durchfuhr ihn wie ein Messer.

Seine Tochter und sein Freund plauderten frohgemut miteinander, ohne ihn! Niemals könnte er Teresa so ins Bein kneifen! Niemals würde Mr. Littleton bei ihm so aussehen, wie er jetzt aussah, zehn Jahre jünger und verspielt. Niemals hatte einer von beiden auf diese Art mit ihm gelacht, und dass sie jetzt so vergnügt miteinander waren, war grausam und schmerzte mehr als jede Beleidigung. Er wollte ihnen ein guter Gefährte sein, aber sie wiesen ihn zurück und amüsierten sich miteinander. Auf einmal schlug seine Eifersucht in Erstaunen um: Teresa kam ihm vor wie ein fremdes Geschöpf, nicht wie Teresa, kein Mädchen, keine Frau, nicht menschlich, nicht zu ihm gehörig. Zwischen dem Nachthimmel und dem Lichtermeer an Deck wirkte sie wie ein ätherisches Wesen. Ihre Haare hatte sie für das Fest gelöst, und sie fielen ihr lang und glatt als dunkles Tuch auf die Schultern. Sie beugte sich vor zu Mr. Littleton, und als sie lachte, wirkten ihre scharfen Züge fremd. Beunruhigt bahnte Mr. Digby sich einen Weg durch die tanzenden Paare, mit denen er bei jedem Schritt zusammenstieß.

»Hallo, hallo«, rief er und sah plötzlich, dass er sich unnötiger Mühe ausgesetzt hatte. Aus der Nähe betrachtet hatten sie gar nicht so viel Spaß miteinander. Teresa saß eher verlegen da, und auch Mr. Littleton sprühte nicht gerade vor Witz. Er stand lediglich neben ihren Beinen und wurde in dem Gedränge beinahe erdrückt.

»Was für eine Menschenmenge«, sagte Mr. Digby.

»Kommt, wir gehen woandershin. Ich kann hier kaum atmen. Lasst uns lieber ein bisschen aufs Oberdeck gehen, ja?«

Teresa sprang gehorsam auf. Mr. Digby, der Mr. Littleton in seinen Vorschlag eingeschlossen hatte, drehte sich um, um ihm zu helfen, sich einen Weg durch die Menge zu bahnen, aber der Plantagenverwalter war von ihnen abgedrängt worden und trieb hilflos auf die gegenüberliegende Ecke zu.

»Ach, komm, lass ihn doch!«, sagte Mr. Digby. Er reagierte auf einmal unwirsch darauf, dass Littletons kleine Statur ihn der Menschenmenge so ohnmächtig auslieferte. Er ging mit Teresa aufs Oberdeck, wo sie, abgesehen von einer einsamen Gestalt hier und da oder auch mal zwei einsamen Gestalten, allein waren. Hier oben war die Tanzmusik nicht mehr so laut. Sie nahmen ihre üblichen Positionen ein und lehnten sich an die Reling.

»Gefällt es dir, Teresa?«

»Ja, ja, vielen Dank.«

»Hast du kein besseres Kleid zum Anziehen? Etwas Hübscheres?«

»Nein.«

»Wir müssen dir dringend etwas kaufen und dich ein bisschen besser ausstatten. Vielleicht schauen wir uns einmal die Geschäfte in Bombay an – würde dir das gefallen?«

»Ja, danke.« Sie wollte auf jeden Fall höflich zu ihm sein, aber die Bedrohung war da, sie spürte sie ständig, und mehr als höflich konnte sie nicht sein. Erwartungsvoll wartete sie auf seine nächsten Worte, so angespannt, dass ihre eigenen Gedanken verdorrten. Sie hätte heute Abend gerne ein Gespräch mit ihm geführt, das einer

Versöhnung gleichgekommen wäre, aber ihr Instinkt sagte ihr, dass dies nicht möglich war. Es gab keinen Austauch von Gefühlen zwischen ihnen, nur Wörter. Wenn er fragte, ob es ihr gefiele, war es sein Mund, der fragte, nicht sein Herz, und in seinen Augen konnte sie nicht lesen. Wie Fenster, auf die das Sonnenlicht fiel, blendeten sie, und was dahinter lag, blieb dem Blick verborgen. Es war sein Pech, dass ihm das nie jemand gesagt hatte, allerdings hätte er es wohl kaum verstanden, denn er hielt sich selbst für den zärtlichsten und sensibelsten aller Männer, und auf seine Art war er das vielleicht sogar.

»Ich frage mich, wo deine Mutter jetzt sein mag. Ob sie wohl weiß, wo wir sind? Mittlerweile hat May es ihr bestimmt verraten.« Er warf Teresa einen Blick zu, aber sie schwieg. »Du kannst dich vermutlich gar nicht an deine Mutter erinnern, oder?«

»Nein.«

»Nun, umso besser. Umso besser. Ich wünschte, ich könnte das auch von mir behaupten. Komisch, dass du sie nicht einmal erkennen würdest und sie dich ebenso wenig. Ihr würdet auf der Straße wie Fremde aneinander vorbeilaufen. Nun, eigentlich seid ihr ja auch Fremde. Und ich will zu deinem Wohle hoffen, dass es immer so bleibt.« Wieder wartete er darauf, dass Teresa etwas sagte, aber sie schwieg. Er lehnte sich bequemer an die Reling und fuhr fort: »Eine ausgesprochen ungewöhnliche Frau! Du hast Glück, dass du nach mir gerätst; du wärst unerträglich, wenn du ihr ähnlich wärst.« Selbst dieses schamlose Kompliment entlockte ihr keine Antwort. »Dann würdest du nicht hier neben mir stehen und aufs Meer blicken, das kann ich dir sagen.« Er schmunzelte. »Nein, das Glück hättest du nicht! Und doch sah sie gut aus – das muss ich ihr lassen. Oder vielmehr, sie hätte gut ausgesehen, wenn sie ein bisschen bescheidener gewesen wäre. Sie hatte das Zeug zu einer attraktiven Frau, deine Mutter. Herr im Himmel, sonst hätte ich sie bestimmt nicht geheiratet. Wie mag sie wohl jetzt aussehen?« Er überlegte einen Moment lang. »Sie war hinterhältig«, sagte er dann. »Und ich hätte es besser wissen müssen, ich war beileibe alt genug. Aber eine Frau wie sie, auf die fällt jeder Mann herein, weißt du? Sie hat mich umgarnt, und dann habe ich sie geheiratet«, fuhr er fort und schüttelte den Kopf über seine eigene Dummheit. »Wie ein dummer Junge, der es nicht besser weiß, bin ich auf sie hereingefallen und habe sie geheiratet. Stell dir das mal vor! Stell dir vor, du bist auf einmal mit einer Frau verheiratet – ›bis dass der Tod euch scheidet‹, du weißt ja, dass man das bei der Hochzeit schwört –, die in allem anderer Meinung ist als du und dir ständig widerspricht. Aus Prinzip, da bin ich mir sicher, aber was das für ein Prinzip war, mag der Himmel wissen. Es hatte keinen Sinn und keinen Verstand. Und sie war eine schwere Frau«, fügte Mr. Digby ernst hinzu, »das macht einen Unterschied, weißt du. Diese schweren, kräftigen Frauen – nun, für mich sind das irgendwie keine Frauen. Man kann sie jedenfalls nicht wie Frauen behandeln. Da ist keine Nachgiebigkeit, nichts von diesem femininen Geben und Nehmen, das eine Frau erst zu einer Frau macht. Bei ihr war es immer nur *Nehmen* – sie hat sich alles genommen, sobald es ihr ins Auge sprang. Aber *Geben?* Im Leben nicht, im Leben nicht. Sie nicht. Nicht Lilian. Weißt du, was ich meine, wenn ich vom nordischen Typ spreche?

Das war sie. Zöpfe um den Kopf geschlungen, ein Hals wie ein Bulle, und dieser hochmütige Blick, mit dem sie einen über ihre Nasenspitze hinweg schamlos gemustert hat. Bis dass der Tod uns scheidet! Ich habe Glück gehabt, ich habe wirklich Glück gehabt«, wiederholte Mr. Digby mit Nachdruck, »dass sie beschloss, nicht darauf zu warten, dass der Tod uns schied. *Sie* hat es beschlossen. Wenn ich es vorgeschlagen hätte, hätte sie mich nie verlassen. So war sie. Hat sich keinen Millimeter bewegt. Und sie hat immer ihren Willen bekommen, das ist ja das Schlimme. Immer! Sie hat immer ihren Willen bekommen. Ich schäme mich, es zuzugeben, aber so war es. Sie nahm sich, was sie wollte, und bekam es auch«, sagte Mr. Digby und wischte sich über die Stirn, auf der Schweißperlen der Erregung standen. »Mit Ausnahme von einer Sache, Teresa. Eines hat sie nicht bekommen, und sie wird es auch nie bekommen – und das bist du!«

Nervös wartete er auf Teresas Zustimmung, denn er hatte in der letzten Zeit häufiger das Gefühl, dass die Entscheidung vielleicht nicht ganz allein bei ihm lag, und er wollte in diesem Punkt beruhigt werden. Aber Teresa bemerkte seinen fragenden Tonfall nicht und schwieg. Sie war nicht neugierig auf ihre Mutter. Ihre Interessen bezogen sich auf die Zukunft und hatten wenig mit anderen Menschen zu tun. Sie hörte ihrem Vater zu, weil er es so wollte, aber in Wirklichkeit betrachtete sie den Mond. Während Mr. Digby redete, stand ihm die Frau, die ihn fast sechzehn Jahre lang gequält hatte, lebendig vor Augen, aber für Teresa bestand sie nur aus unscharfen Umrissen, und es verlangte sie weder danach, sie in Person zu erleben, noch fürchtete sie es. Ihr

Vater redete weiter, und obwohl seine Stimme auf ihr Ohr traf, hörte sie sie wie von ferne.

»Du bist mit mir und Ruth besser dran …«

Die Nacht war überwältigend. Das Schiff flog immer weiter vorwärts, scheinbar von nichts anderem gelenkt als von seinem Schwalbeninstinkt. Man hörte keinen Motor, nur die Klänge der Tanzkapelle und die leisen Stimmen der Passagiere, die an ihnen vorbeischlenderten, die Schritte auf den Planken und das Rauschen der Wellen. Das Meer war mit Diamanten besetzt, die größer und zahlreicher als die Sterne am Himmel waren. Die Gischt war weißer als der Mond, und die Inseln, die ab und zu vorüberglitten, waren dunkler als Wale und so nahe, dass man hinüberrufen hätte können. Aber man hätte keine Antwort bekommen, da es leere Felsen waren, die nur von den Vögeln auf ihren langen Flügen von Land zu Land als Rastplatz benutzt wurden. Sicher und schnell wie eine Schwalbe flog das Schiff vorwärts.

Mr. Digby redete immer weiter, und Teresa ließ ihren Schutzschild sinken, denn für heute, das sah sie, war die Gefahr gebannt. Er war ihr in gutem Glauben auf halber Strecke entgegengekommen, und da er überzeugt war, dass sie das Gleiche getan hatte, glaubte er auch, dass ihre Verbindung damit etabliert war. Teresa wusste es besser. Sie sah die Kluft zwischen ihnen deutlicher als jemals zuvor, und zum ersten Mal war sie darüber eher traurig als verzweifelt. Wie tief ihre Gefühle hier im Dunkeln auch sein mochten, ihre Hände würden sich immer verfehlen. Zum ersten Mal empfand sie es als Verlust und wünschte, es wäre anders. Er war für sie wie ein Stein, und sie würde sich immer an ihm stoßen.

Mr. Digby hatte sich mit seinen Erinnerungen an Lilian

in Begeisterung geredet, und jetzt fand er, es wäre schön, mit einem Freund wie Mr. Littleton etwas trinken zu gehen.

»Zeit für dich, schlafen zu gehen, Teresa, nicht wahr?« Er war ihr gegenüber in einer nachgiebigen Stimmung und dachte, was sie doch für ein liebes kleines Mädchen war. Als sie zur Treppe gingen, summte er. Er ergriff ihren Ellbogen, um ihr auf der Treppe zu helfen, und die freundliche Geste weckte in ihr den äußerst ungewöhnlichen Wunsch zu weinen. Einen Moment lang liebte sie ihn beinahe. Und in der Tat traten ihr zwei Tränen in die Augen und liefen ihr über die Wangen, aber damit war ihr Weinen auch schon vorüber. Dass er tatsächlich glaubte, sein langer Monolog unter dem Mond hätte sie einander nähergebracht, erschien ihr so einfältig, dass Erschöpfung und Melancholie sie überfielen, und Tränen allein wären keine Erleichterung gewesen. Als sie ihn verließ, vorgeblich um ins Bett zu gehen, begab sie sich auf einem kurzen Umweg zur anderen Seite des Schiffes. Hier blieb sie über eine Stunde lang stehen, dachte nach, schaute aufs Wasser und lauschte der See.

6

Freundschaften an Bord eines Schiffes verändern sich oft genauso schnell, wie die Temperatur schwanken kann; beides kann im Verlauf weniger Stunden von kalt zu sehr heiß werden. Es wird probiert und verworfen, und ständig werden die Karten neu gemischt. Nach dem schnellen Auf und Ab ihrer Beziehung mit Mrs. Evans hatte sich ein Mädchen namens Ann Teresa angeschlossen. Ann war achtzehn Jahre alt und so unattraktiv, dass die meisten Leute sie mieden. Daher war sie ein einsames Mädchen, das die meiste Zeit seines Lebens damit verbrachte, eine beste Freundin zu suchen. Ihre guten Eigenschaften waren so tief verborgen in ihrem dicken, unbeholfenen Körper, hinter ihrer Kurzsichtigkeit und unter einer anscheinend unheilbaren Hautkrankheit, dass sich bis jetzt noch niemand mit ihr hatte anfreunden wollen. Trotz des ständigen Verrats und der Enttäuschungen, die sie auf ihrer langen Suche erlitten hatte, hatte sie ihre Treue sowie ihr Vertrauen darauf, dass sich eines Tages ihre Sehnsucht erfüllen würde, nicht verloren.

Sie rettete sich aus ihrer Einsamkeit, indem sie Teresa einen Badeanzug anbot. Teresa, die keinen Badeanzug besaß, hatte sich bis dahin damit begnügen müssen, dem Vergnügen der anderen, die in dieser Beziehung mehr Glück hatten als sie, zuzuschauen. Es war unglaublich heiß, und da ihr der Swimmingpool im Moment als der begehrenswerteste Ort auf der ganzen Welt erschien, nahm sie das Angebot bereitwillig an und ließ sich von der strahlenden Ann in ein dickes, wollenes Kleidungsstück stecken, das ihr einige Nummern zu groß war. Das Ergebnis konnte kaum als chic bezeichnet werden, und ein anderes Mädchen hätte sich vielleicht im Spiegel betrachtet und vorgezogen, vollständig bekleidet in der Hitze umzukommen, statt so eine komische Figur abzugeben. Aber Eitelkeit war ein Makel, den Teresa noch nicht entwickelt hatte, und sie rannte schnurstracks zum Pool, um sich ins Wasser zu stürzen.

Die arme Ann. Sie hatte sich vorgestellt, sie beide würden gemeinsam am Rand des Swimmingpools herumplanschen und sich gegenseitig fröhlich kreischend bespritzen, wie es Freundinnen eben so tun. Aber leider wurde sie schon wieder enttäuscht! Teresa fühlte sich zu nichts dergleichen verpflichtet; sie stürzte sich ins Wasser – beziehungsweise mitten zwischen die Kinder – und bahnte sich planschend einen Weg zur anderen Seite, ohne sich auch nur ein Mal umzuschauen. Hier hängte sie sich an ein Seil und wischte sich hustend das Salz aus den Augen. Ann stand auf den Stufen in dem jämmerlichen Bewusstsein, verlassen worden zu sein. Verzweifelt rief sie: »Oh, Teresa, du kannst so gut schwimmen! Ich kann es nicht – willst du es mir beibringen? Teresa, komm und bring mir das Schwimmen bei.«

Teresa konnte gar nicht gut schwimmen. Sie beherrschte es im Gegenteil nur schlecht und ohne jede Technik und war sich dessen völlig bewusst. Deshalb vermutete sie, dass Ann sich nur anbiedern wollte, und statt sich geschmeichelt zu fühlen, verachtete sie sie für ihr untertäniges Verhalten. Abschätzig betrachtete sie sie und dachte dabei, wie idiotisch Ann inmitten der lebhaften Achtjährigen wirkte. Sie ignorierte ihre Rufe und stürzte sich erneut ins Getümmel. Wie Kaulquappen schwammen die Kinder um sie herum und sprangen furchtlos von den Seiten herein, wobei sie sich die Nase zuhielten. Sie balgten herum, bespritzten sich, tauchten, kamen blubbernd wieder an die Oberfläche und rannten kreischend vor Freude am Beckenrand entlang. Als Teresa am flachen Ende des Pools Luft holte, beugte sich ein kleines Mädchen vor und flüsterte: »Nimm mich mit. Bitte, nimm mich mit.«

Teresa, die gerade noch stehen konnte, streckte die kalten Arme aus und hob den zarten, sonnenwarmen Körper ins Wasser. »Halt mich fest«, flüsterte das Kind und schlang die dünnen Fingerchen um Teresa. Die Haare des Mädchens rochen nach süßem Heu wie eine Augustwiese.

»Klettere auf meinen Rücken«, befahl Teresa und versuchte zu schwimmen. Aber die kleinen Jungen waren zu wild für sie, und sie gingen unter. Das kleine Mädchen schrie und klammerte sich an ihrem Hals fest. Teresa bekam ein Seil zu fassen und löste die Händchen, die ihr die Luft abschnürten.

Ein Glücksgefühl stieg in ihr auf. Noch nie zuvor hatte sie das Bedürfnis verspürt, jemand anderen zu beschützen. Aber jetzt sehnte sie sich danach, etwas Lebendiges, wie dieses Kind, zu besitzen, das sie mit ihrem Körper beschützen konnte. »Hab keine Angst, hier ist es nicht tief. Ich lasse dich nicht fallen.«

Das kleine Mädchen klammerte sich keuchend erneut an sie und drängte sie vorwärts; und wieder strampelten sie und gingen unter, um sich lachend am Seil wieder hochzuziehen. Vergnügt spielten sie Ertrinken, bis sie völlig außer Atem waren. Dann kletterten sie an der Seite heraus, und das kleine Mädchen rannte weg.

»Hallo, Teresa!«

Noch benommen und keuchend, Salz auf der Zunge und mit nasser Haut, wandte Teresa den Kopf und sah ihren Vater, der an der Reling auf dem Deck über ihr stand.

»Wie siehst du denn aus, Teresa? Woher hast du denn dieses schreckliche Ding, das du trägst?«

Er musste schreien, um sich verständlich zu machen, und seine Stimme dröhnte wie ein Nebelhorn. Vorher war Teresa nicht aufgefallen, dass am Rand des Swimmingpools zahlreiche Erwachsene dem Treiben der Kinder zuschauten. Nun bemerkte sie, dass sich einige Köpfe amüsiert Mr. Digby und ihr selbst zuwandten. Ihr Lächeln ließ Teresa erstarren. Der alberne Badeanzug reichte ihr jetzt, da er nass war, bis zu den Knien, und sie sah lächerlich aus. Sie fühlte sich lächerlich. Voller Scham verbarg sie das wollene Ungetüm im Wasser und wünschte, sie könnte auch ihren Kopf unter Wasser verstecken.

»Warum machst du eigentlich keinen Kopfsprung, Teresa? Kannst du das nicht?«

Mr. Digby hatte seinen Spaß, ohne jeden Hintergedanken, auch wenn ihn das unsportliche Aussehen seiner Tochter ein wenig irritierte. Wieder einmal gab sie ihm keinen Anlass, stolz auf sie zu sein. Allerdings schämte er sich ihrer auch nicht so sehr, dass er nicht aller Welt zeigen wollte, dass er ihr Vater war. Und deshalb rief er Teresa weiterhin laut seine Ratschläge zu, wobei er sich zwischendurch mit leiserer Stimme an die Umstehenden wandte.

»Versuch doch mal zu kraulen, Teresa. Dieses Paddeln bringt doch nichts. Heb deine Arme aus dem Wasser – es ist komisch, aber auf den Mädchenschulen gibt es anscheinend keinen Schwimmunterricht. Stattdessen bringen sie ihnen vermutlich Körperhaltung bei. Teresa, guck doch mal, wie der kleine Junge da drüben es macht – er kann richtig kraulen. Frag ihn doch mal, ob er dir nicht Unterricht geben will. Er kann dir zeigen, wie es geht.«

Für Teresa war der Swimmingpool zur Hölle geworden. Sie konnte nicht aus dem Wasser, weil sie dann den Blicken aller ausgesetzt wäre. Die Stimme ihres Vaters dröhnte in jeder Windung ihres Kopfes. Dieser Mann konnte sie jederzeit mit einem einzigen Blick demütigen; er konnte sie schamlos quälen, ohne es zu merken, und seine Unwissenheit machte ihn unverletzlich. Seine Dummheit – so bezeichnete sie es – war seine Rüstung, und jeder Schlag, den sie ihm versetzte, prallte daran ab und fiel auf sie zurück. Sie konnte schreien oder explodieren – er würde nie begreifen, dass er schuld war.

Deshalb verteidigte sie sich auf die einzige Art und Weise, die ihr in den Sinn kam, indem sie sich über Ann lustig machte, die immer noch unschlüssig auf den Stufen stand.

»Willst du mit deiner Brille schwimmen gehen? Warum setzt du sie denn nicht ab? Warum kommst du denn nicht richtig ins Wasser, statt wie angewurzelt dazustehen?« Fast hysterisch spritzte sie das arme Mädchen nass, das durch seine Brille kaum noch etwas sehen konnte.

»Oh, Teresa, nicht.« Sie verlor das Gleichgewicht und fiel schwer auf einen kleinen Jungen, der gerade Brustschwimmen übte. Teresa zog sie grob weg, um sie noch tiefer ins Wasser zu holen. Aber wie sehr sie auch versuchte, sich mit grausamen Spielchen abzulenken, der Pool blieb doch ein hassenswerter Ort, und nichts, was sie tat oder sagte, konnte ihren Feind, Mr. Digby, töten. Als sie nach oben blickte, stellte sie fest, dass er verschwunden war.

Die Welt war auf einmal wieder ruhiger, die Rufe leiser. Das Wasser war kalt und schmutzig. Rasch kletterte sie heraus und schlang sich ein Handtuch um die Taille. Sie zitterte vor Müdigkeit.

»Oh, Teresa, geh noch nicht! Komm, es ist doch so schön!« Ann, die nicht wusste, was sie mit sich zwischen all den kreischenden Kindern anfangen sollte, blickte sie flehend durch ihre bespritzten Brillengläser an. Teresa lief einfach davon, ohne sie einer Antwort zu würdigen.

»Oh, Teresa!« Das Jammern folgte ihr. Sie rannte die heiße Stahltreppe hinauf und rief von der Reling, an der ihr Vater gestanden hatte, hinunter: »Ich habe keine Lust mehr zum Baden. Es ist eklig und viel zu voll. Wenn du nur wüsstest, wie blöd du zwischen all den Kleinkindern aussiehst!« Damit stürzte sie den Gang entlang zu ihrer Kabine, wo sie sich in die Toilette übergab.

Für den Rest des Tages hatte sie Kopfschmerzen und lag in ihrer Koje. Zum Schlafen war ihr zu heiß. In dieser Verfassung traf Miss Spooner, die vierte Bewohnerin der Kabine, sie an. Sie legte Teresa leicht die Hand auf die Stirn, aber das Mädchen drehte ungnädig den Kopf weg und sagte: »Mir geht es nicht so gut.« Am Abend war sie noch heißer. Sie wollte kein Abendessen und erbrach sich noch einmal. Miss Spooner maß ihre Temperatur und schickte nach der Stewardess. Die Stewardess ließ den Schiffsarzt kommen, der einen Sonnenstich diagnostizierte. In der Nacht stieg Teresas Temperatur weiter an, und den ganzen nächsten Tag hatte sie Fieber.

7

Teresa war krank, und Miss Spooner pflegte sie. Das heißt, sie saß in der Kabine und nähte, und ab und zu brachte sie Teresa ein Glas Wasser, und manchmal läutete sie nach der Stewardess, damit diese ihnen Tee brachte. Sie machte kein Aufhebens und redete so wenig, dass Teresa sie kaum bemerkte. Sie war klein und vertrocknet, mit scharf blickenden Augen hinter ihrem Kneifer. Die Krankenstation war wegen einer Masernepidemie überfüllt, deshalb hatte man Teresa befohlen, in ihrer Kabine zu bleiben. Miss Spooner hatte dafür gesorgt, dass die Mutter mit ihrem lärmenden Sohn in eine andere Kabine verlegt worden war, und sie selbst hatte sich bereit erklärt, als inoffizielle Krankenschwester zu fungieren. Das heißt, sie hatte es nicht explizit geäußert, sondern war einfach geblieben.

Am Abend des zweiten Tages lag Teresa ohne Fieber, aber noch leicht benommen in ihrer Koje und beobachtete die geschickten Finger, die Blumen auf einen weißen Stoff stickten. Es war ein Mieder, wie Teresa sah, als Miss Spooner es hochhielt und ausschüttelte. Schläfrig fragte sie, für wen es wäre. Miss Spooner erwiderte, sie mache es für sich selbst, eine Antwort, die Teresa ein wenig schockierte, weil es ihr nicht richtig vorkam, dass eine alte Dame Wert auf ihre Kleidung legte, noch dazu auf die Unterwäsche. Sie selbst hatte Kleidung immer für ein notwendiges Übel gehalten. Schöne Kleidung, dachte sie gelegentlich, gehörte in eine Phantasiewelt und nicht in die Realität. Wenn man vierzehn war, trug man schwarze Wollstrümpfe und weiße Blusen. Wenn man alt war, wie Tante May oder Miss Spooner, trug man schwarze oder graue Kleider mit weißen Punkten. Wenn man Eileen war, Tante Mays Hausmädchen, trug man an seinem freien Nachmittag eine blaue Satinbluse. Miss Spooner jedoch sagte: »Ich möchte das Gefühl haben, darunter nett auszusehen, ganz gleich, wie ich darüber aussehe.«

Teresa war verwirrt. Miss Spooner fädelte einen lavendelfarbenen Seidenfaden durch ihre Nadel und begann, eine Herbstaster zu sticken. Das Mieder war mit Spitze eingefasst. Teresas Blick glitt von der Spitze zu Miss Spooners Gesicht. Sie fand es uninteressant, ein ältliches Gesicht mit einem kleinem Mund.

»Warum fahren Sie nach Indien?«, fragte sie neugierig. Miss Spooner antwortete nicht. Es ging Teresa nichts an, bedeutete ihr das Schweigen. Aber mit der Hartnäckigkeit, die sich Kranke gerne erlauben, wiederholte Teresa die Frage.

Daraufhin antwortete Miss Spooner ruhig, ohne den leisesten Vorwurf in der Stimme, dass ihre Schwester, die in Kalkutta lebe, krank sei, und sie wolle sich um sie kümmern, bis es ihr wieder besser ginge. Während Teresa darüber nachdachte, wobei ihr noch andere Fragen in den Sinn kamen, die angesichts von Miss Spooners mangelnder Neigung, sich mitzuteilen, äußerst aufdringlich gewesen wären, steckte Mr. Digby seinen Kopf durch das Kabinenfenster.

»Hallo, Teresa. Wie geht es dir? Besser?«

»Ja, danke. Das Fieber ist weg. Der Arzt sagt, ich darf morgen wieder aufstehen.«

Er blickte Miss Spooner an, und auch er befand sie für uninteressant. Seltsamerweise schien es ihr bei Mr. Digby nicht anders zu gehen, denn sie lächelte nur verhalten, sagte lediglich »Guten Abend« und sonst nichts.
Teresa lag ganz still da. Die Krankheit hatte sie ruhiger gemacht. »Wie geht es Mr. Littleton?«, fragte sie ihren Vater.
»Oh, es geht ihm sehr gut. Er ist ein netter Kerl, ich mag ihn gerne.«
»Ich mag ihn auch.«
»Er hat mir viel über Tee beigebracht. Dahinter steckt mehr, als man meinen sollte. Ein lustiger Zufall ist auch, dass er ganz in der Nähe von Ruth wohnt, nur etwa hundert Meilen entfernt.«
»Das klingt aber weit«, erwiderte Teresa. Sie lag auf dem Rücken, die Hände locker über dem Bauch gefaltet und nur mit einer leichten Decke zugedeckt. In diesem geschwächten, körperlosen Zustand schien es einfach, sich zu Ruth treiben zu lassen, aber hundert Meilen weiter war zu weit.
»Ach, in Indien ist das keine Entfernung«, erwiderte Mr. Digby, »nicht wahr?« Er wandte sich an Miss Spooner, aber sie nähte und dachte, er spräche mit Teresa. »Er hat uns zu sich eingeladen, und ich habe gesagt, dass wir vielleicht kommen. Also, wenn wir Lust dazu haben, könnten wir ihn besuchen, aber wir haben noch Zeit genug, darüber nachzudenken.« Alle seine Anstrengungen richteten sich auf Ruth, was dann kam, wusste er nicht. Sie sollte entscheiden, wie es weiterginge, was er tun und was mit Teresa geschehen sollte. Er musste zu Ruth gelangen. Dafür brauchte er seine gesamte Energie, weiter konnte er nicht denken.

»Nun, ich muss jetzt zum Abendessen.« Teresa wünschte, er wäre nicht so betont jovial. Es strengte sie beide an, aber wenn er gute Laune hatte, war er immer so. Als er weg war, wartete sie darauf, dass Miss Spooner etwas sagte – wie nett oder abscheulich er wäre, wie ähnlich sie sich sähen, oder dass sie wenigstens fragte, welchen Beruf er hätte. Aber Miss Spooner schnitt einen Faden mit der Schere ab und sagte gar nichts. Ihre Zurückhaltung überraschte Teresa, aber sie fand sie so angenehm, dass sie auf der Stelle einschlief.

Als sie aufwachte, war die Kabine leer. Miss Spooner war zum Abendessen gegangen, und das Mieder lag sorgfältig gefaltet und in Papier eingeschlagen am Fußende ihrer Koje. Teresa vermisste sie, was seltsam war, da sie doch kaum miteinander gesprochen hatten und Miss Spooner Teresa gegenüber lediglich Umsicht und nicht etwa Freundschaftlichkeit an den Tag gelegt hatte. Trotzdem fehlte sie ihr, und die halbe Stunde bis zu ihrer Rückkehr war endlos und langweilig.

»Was gab es zum Abendessen?«

Miss Spooner beschrieb, was sie gerade gegessen hatte, und fragte Teresa, ob sie Hunger habe, was Teresa bejahte. Miss Spooner ließ Brot und Butter kommen, und während Teresa ihr frugales Mahl verzehrte, schlüpfte sie im Badezimmer in einen Kimono, um es sich bequemer zu machen. Alle ihre Bewegungen waren rasch, aber unauffällig, als ob sie nur sich selbst eine Freude machen wollte und sonst keinem.

»Möchtest du einen Keks?« Sie redete Teresa nie mit ihrem Namen an, als ob diese Vertraulichkeit ihre Unabhängigkeit gefährden könne. Sie ist wahrscheinlich sehr hart, dachte Teresa und knabberte an ihrem Keks.

Sie hatte die Knie unters Kinn gezogen und beobachtete Miss Spooners resolute Vorbereitungen für die Nacht. Ob sie mich wohl mag?, dachte sie. Das Schweigen zwischen ihnen war nicht peinlich, sondern eher geschäftig.

»Ich bin froh, dass dieser kleine Junge weg ist, Sie auch?«, sagte Teresa vorsichtig.

»Ja, darüber bin ich auch froh. Es war ein anstrengender kleiner Junge, aber seine Mutter fand ich noch anstrengender. Vielleicht hat uns dein Sonnenstich einen guten Dienst erwiesen. Ich stelle die Dose mit den Keksen neben dich, falls du heute Nacht Hunger bekommen solltest.«

»Mögen Sie Kinder?«

»Das hängt von den Kindern ab«, erwiderte Miss Spooner. »Ich habe einige wirklich abscheuliche gekannt.« Bevor sie das Licht ausschaltete, las sie noch eine halbe Stunde, wobei sie in ihrer Ecke saß, die Haare sorgfältig unter einem rosa Seidennetz verborgen.

In der Dunkelheit lag Teresa wach und lauschte auf die Geräusche des Meeres. Auf unbestimmte Weise war sie gleichzeitig beunruhigt und tröstlich gestimmt. Kurz bevor sie einschlief, dachte sie: Ich glaube, sie mag mich nicht.

»Miss Spooner?«

»Ja?«

»Ach, nichts. Ich dachte, Sie schlafen schon. Gute Nacht.«

»Gute Nacht«, sagte Miss Spooner leise und liebevoll.

8

Sie ist eine eigenartige Frau, diese Miss ... Wie heißt sie noch gleich?«, sagte Mr. Digby. Sie fuhren durch den Suez-Kanal. Teresa saß im Schatten mit einem Strohhut, der Miss Spooner gehörte und ihr Gesicht vor der Sonne schützte. Denn Miss Spooner hatte gesagt: »Wenn du heute draußen sitzen willst, musst du einen Hut tragen.« Und Teresa hatte geantwortet: »Ich habe keinen Hut.«

»Dann setzt du am besten meinen auf. Er ist nicht besonders hübsch, aber wenn du ihn unter dem Kinn mit einem Band festbindest, wirkt er nicht so ältlich.« Sie hatte ein Band aufgetrieben und zwei Löcher in den Strohhut geschnitten, um das Band hindurchzuziehen. Es schien sie nicht zu kümmern, ob sie ihren Sommerhut damit für immer ruinierte. Es war ein flacher Strohhut, den Miss Spooner mit Haarnadeln auf dem Kopf festgesteckt hatte. Mit der Schleife unter dem Kinn stand er Teresa überraschend gut. Sie wirkte darin weniger ernst, und Miss Spooner lächelte erfreut. Sie nickte munter. »Siehst du«, sagte sie, »er passt gut zu dir. Bei dir sieht er viel jünger aus. Eigentlich ist es jetzt ein richtig hübscher Hut.« Teresa freute sich.

Sie sagte zu ihrem Vater: »Ich würde sie nicht als eigenartig bezeichnen. Sie ist ganz normal. Das ist ihr Hut.«

»Oh, nun ja, du weißt es wahrscheinlich besser. Und sie war wirklich sehr nett zu dir. Aber ich glaube, mir gefällt sie nicht. Ihre Art liegt mir nicht. Heute Morgen habe ich sie getroffen und sie gefragt, wie es ihr geht und so, und da fand ich sie sehr steif. Hoffentlich hast du sie nicht beleidigt, Teresa. Vielleicht hast du ihr nicht genug gedankt.«

»Ich habe ihr überhaupt nicht gedankt«, erwiderte Teresa errötend. »Du kannst solchen Leuten nicht einfach so danken.«

»Wie, solchen Leuten?« Teresa schwieg. »Nun ja, ich kann nur sagen, ich werde nicht warm mit ihr.« Mr. Digby vertrat seine Meinung über Miss Spooner mit Nachdruck.

»Deine andere Freundin hingegen, Mrs. Evans ...«

»Sie ist nicht meine Freundin.«

»Ach, das dachte ich aber.«

»Sie war es, aber jetzt ist sie es nicht mehr. Ich finde sie grässlich.«

»Nun, da muss ich dir widersprechen. Während du krank warst, bin ich ihr ein oder zwei Mal zufällig begegnet, und ich fand sie sehr angenehm. Sehr teilnahmsvoll. Natürlich ist sie recht gewöhnlich, aber für ihre Stimme kann sie nichts.«

»In welcher Hinsicht teilnahmsvoll?«, fragte Teresa verärgert. Sie wusste genau, wie Mrs. Evans es angestellt hatte, Mr. Digby zu gefallen. Er wedelte mit den Händen.

»Nun, verständnisvoll eben – du weißt schon, was ich meine, Teresa. Stell dich nicht dümmer, als du bist. Wohingegen diese andere, diese Miss Spencer ...«

»Spooner.«

»Sie kommt einem nicht auf diese offene, weibliche Art entgegen. Ihr Problem ist, dass sie Männern gegenüber misstrauisch ist. Das sehe ich ihr an, es steht ihr ins Gesicht geschrieben. Vermutlich ist es nicht ihre Schuld – sie ist eine alte Jungfer. Alte Jungfern werden so, ihr Misstrauen Männern gegenüber macht sie sauertöpfisch.« Er presste die Lippen zusammen, als spüre er Miss Spooners sauren Geschmack im Mund.

»Ich finde sie nicht sauertöpfisch«, sagte Teresa nachdenklich. »Ich glaube, sie ist einfach nur gerne für sich. Mrs. Evans redet viel zu viel.«

»Ach, Unsinn«, erwiderte Mr. Digby, der immer am allermeisten redete, ganz gleich, mit wem er sich unterhielt. »Du bist viel zu jung, um die Menschen einschätzen zu können, Teresa. Bilde dir bloß nichts ein.« Und damit brachte er sie zum Schweigen.

In der Nacht hatte das Schiff in Port Said angelegt. Teresa war vom Rasseln der Ankerkette und von lauten Stimmen geweckt worden. Sie fragte sich, was ihr so merkwürdig vorkam. Es war die Stille. Nach sechstägiger Reise hörte sie zum ersten Mal nicht, wie sich die Wellen am Bug des Schiffes brachen. Ohne Miss Spooner zu wecken, hatte sie sich angezogen und war nach draußen gegangen. Häuser grüßten sie, ein erstaunlicher Anblick, quadratische braune und gelbe Häuser, mit Zeichen in einer unbekannten Sprache an den Fassaden. Menschen, die keine Engländer waren, liefen herum, und auf dem Wasser wimmelte es von kleinen Ruderbooten und Daus. Verwundert blickte sie sich um: Alles wirkte so natürlich. Nach einer Stunde wurde der Anker wieder gelichtet, und das Schiff fuhr in den Kanal.

Ihr Vater sagte: »Du hast heute Nacht einiges verpasst – ich hätte dich fast aus dem Bett geholt.« Ausführlich beschrieb er ihre Ankunft.

Port Said war für Mr. Digby ein großartiges Erlebnis

gewesen. Von Portugal hatte er nichts mitbekommen; die Felsen von Gibraltar hatte er für sonnenbeschienene Wolken gehalten, und Afrika hatte ihn nicht überrascht. Aber in dem Moment, in dem er eine Stimme Wörter in einer fremden Sprache rufen hörte, wusste er, dass er im Ausland war. Und in diesem Moment wurde er, was er immer hatte werden wollen: ein Abenteurer. Er packte Mr. Littleton am Arm. Seine Brust schwoll an, seine Augen blitzten. Er drehte seinen wohlgeformten Kopf hin und her, schnupperte die heiße Nachtluft und gab sich ganz jener ihm unentbehrlichen und tönenden Bühne seines Innenlebens hin. Auf einmal war er ein Riese, der den Globus beschritt, ein paar Stunden in diesem barbarischen Hafen verbrachte, um dann erneut – wer weiß, wohin? – in die Wildnis aufzubrechen. Der exotische Staub, der Teresa fünf Tage zuvor in seine Wolke gehüllt hatte, als Portugal am Horizont aufgeragt hatte, umfing jetzt auch Mr. Digby – weniger rein vielleicht, eher Flitterwerk als Staub des Universums, aber er gehörte ganz allein ihm und war für ihn exotisch. Mr. Littleton war gutmütig genug, den Enthusiasmus seines Freundes zu schüren, und ließ sich sogar von dessen Erregung anstecken. Das Schiff fuhr die lange, von roten und weißen Lichtern gesäumte Einfahrt entlang. Das Lotsenboot kam ihnen lichterglitzernd entgegen, und das Wasser am Bug war rosa gesprenkelt. Der Lotse kam an Bord. Die hohen Masten der Daus glitten über den Mond. Der Anker sank rasselnd auf den Meeresgrund. Direkt unter ihnen war das Wasser grellgrün, überall sonst glänzte es schwarz. Alles war Licht und Dunkelheit und dunkle Hitze, und vom Land, von den erahnten Häusern, drangen schrille Pfiffe herüber, die Zeugnis des vibrierenden, halbnackten und fremdartigen Lebens waren, das um sie herum wimmelte.

Das Wasser war schlammig trüb, doch als sich der Schlamm legte, wurde es wieder leuchtend grün. Und dann kamen ganze Trauben von Ruderbooten. Die Ruder bewegten sich wie die Beine von Insekten, dazwischen knatterten Motorboote, und das Meer, das so lange seine tiefe, mystische Sprache gesprochen hatte, wirkte plötzlich ganz zahm. Überall spritzte und hupte es, und die Passagiere an der Reling blickten aus dem Schatten hinunter auf die in helles Licht getauchten braunen Leiber, die sich in Booten an einer Seite des Schiffes drängten. Die Scheinwerfer waren so grell, dass man jeden Saum und jeden Faltenwurf, jedes einzelne Detail in leuchtenden Farben sah. Beamte stiegen über die Gangway, unerwünschte Händler wurden verscheucht. Unbemerkt wanderte der Mond über den Himmel. Auf der verlassenen Backbordseite des Schiffes wurde von einer Dau, die sanft auf und ab schaukelte, Gemüse durch eine Luke in den Bauch des Schiffes geladen. Die bedächtigen, geordneten Bewegungen der Matrosen glichen einem Ballett, musikalisch und kraftvoll.

An der überfüllten Steuerbordreling verhandelte Mr. Digby mit einem Jungen von etwa vierzehn Jahren. Er hatte sich von der Flut seiner neuen Empfindungen davontragen lassen und das Seil ergriffen, das der Junge hochgeschleudert hatte. Jetzt beugte er sich über einen Korb, in dem erst ein Gegenstand und dann noch ein weiterer hochgezogen worden war. Mr. Littleton, der neben ihm stand, ließ ihn gewähren, mahnte aber zur

Vorsicht. »Das brauchen Sie doch gar nicht«, meinte er und rieb über eine Reisetasche. Sofort rief Mr. Digby: »Nein, nein« und ließ den Korb so schnell wieder hinunter, dass er fast ins Wasser fiel.

»Sehr hochwertige Tasche«, rief das enttäuschte Kind, hielt die Reisetasche hoch und demonstrierte, wie leicht sich die Schnallen öffnen ließen. »Sehr hochwertige Reisetasche. Sehr billig.«

»Ich will sie aber nicht«, rief Mr. Digby siegesgewiss.

»Diese ganzen Sachen sind aus Kamelleder, wissen Sie«, sagte ihm Mr. Littleton ins Ohr. »Das Leder ist in Ordnung, aber es ist grausam schlecht verarbeitet. Das ist bei allen Waren hier so – sie halten keine zwei Minuten. Lassen Sie besser die Finger davon.« Mr. Digby fuhr fort, dem kleinen Jungen durch Kopfschütteln und gutgelauntes Schwenken der Arme zu signalisieren, dass er nichts wollte.

»Schau hier – mögen Datteln? Schicke Sandalen? Oder Zigarettenetui für Dame?«

Der Junge trug einen Fez. Lächelnd legte er den Kopf in den Nacken, um an dem riesigen Berg entlang zu Mr. Digby hinaufzublicken, dieser kleinen grauen Silhouette, dem törichten Gott, der Schillinge und englische Pfundnoten regnen lassen konnte, wenn er wollte. Freunde und Feinde um ihn herum taten das Gleiche; sie hielten Lederkoffer und Handtaschen hoch, zeigten auf dieses und schüttelten jenes, beschwatzten, überredeten, verhandelten und warfen so zielgenau Seile hinauf, dass sie, wären sie Messer gewesen, tödlich gewesen wären.

»Eine Schachtel Datteln könnte ich ja kaufen«, sagte Mr. Digby. »Ich könnte sie Teresa schenken, wahrscheinlich mag sie Datteln. He, du! Datteln! Schick eine Schachtel Datteln herauf!«

Wie der Blitz kam das flache Strohkörbchen mit den Datteln angesaust. »Fünf Schillinge, Sar, sehr gute Datteln.« Mr. Digby bot ihm drei Schillinge an.

»So viel sind sie natürlich gar nicht wert«, meinte Mr. Littleton, »sie sind höchstens eins sechzig wert, wahrscheinlich noch nicht mal so viel. Sie verpacken allen möglichen Dreck in diesen Schachteln.«

»Stimmt das? Sind Sie sicher?«, fragte Mr. Digby und zog besorgt die Hand aus der Hosentasche. »Nun, dann gebe ich ihm besser auch nur einssechzig.«

»Nein, jetzt müssen Sie dem armen Teufel die drei Schillinge geben, die Sie ihm versprochen haben. Sonst wird er einen furchtbaren Streit vom Zaun brechen. Ich wollte Sie nur schon mal darauf vorbereiten, was Sie erwartet.«

»O nein! O nein! Ich werde ihm nur geben, was sie wert sind, und keinen Penny mehr. Ich kenne diese Typen. Ich lasse mich doch nicht zum Narren machen.«

Er legte eins sechzig in das Strohkörbchen und ließ es herunter. Der Junge nahm es entgegen und griff hinein. Als er nur zwei kleine Münzen vorfand, tastete er noch einmal. Sein fröhlicher Gesichtsausdruck wich einer besorgten Miene, als er das Körbchen schüttelte und umdrehte. Mr. Digby sah, wie sein Vertrauen in die Welt in einem einzigen Augenblick zerbrach. Traurig verzog das braune Kind das Gesicht.

»Aber, Sar, hier sind nur eins sechzig – Sie haben mir drei Schillinge versprochen …«

Mr. Digby gab keine Antwort. Nicht Wut oder Empörung, wie er erwartet hatte, beherrschten den Jungen, sondern die Erkenntnis, betrogen worden zu sein. Diese Verzweiflung, die der Ursache so unangemessen schien, verwirrte ihn, und sein eigenes Selbstvertrauen schwand. Er hatte recht, er wusste doch, dass er recht hatte, und hastig sagte er zu Mr. Littleton: »Es ist doch lächerlich – so ein Aufstand wegen eins sechzig!«

Das gequälte Heulen hörte nicht auf: »Aber Sar, Sie haben doch versprochen …« Um sich davon zu befreien, warf Mr. Digby die Schachtel mit den Datteln, die er noch in der Hand hielt, über Bord. Es war reiner Zufall, dass sie dem Jungen, der sich mittlerweile fast hysterisch gebärdete, vor die Füße fiel und nicht ins Meer.

»Ich will sie überhaupt nicht mehr«, rief Mr. Digby, »sie sind schrecklich, keine guten Datteln. Schlecht, schlecht!« Die Wut schnürte ihm fast die Luft ab. Atemlos wandte er sich an Mr. Littleton und sagte aufgebracht: »Vermutlich sind sie voller Würmer. Was sind das doch für Halunken! Ich gehe jetzt zu Bett.«

Verzweiflung ist ein Bumerang, und er, der fünf Minuten zuvor noch ganze Kontinente auf den Schultern hätte tragen können, war jetzt von einem Jammer erfüllt, so diffus und so schrecklich wie die Qualen eines Alptraums. Verstört und verstörend stürzte er davon, und erst einige Zeit später fiel ihm ein, dass der kleine Ägypter die eins sechzig ja für nichts einkassiert hatte. Das tröstete ihn sehr, denn Ungerechtigkeit konnte er gut ertragen, ja sogar genießen. Letztendlich konnte er also trotz allem gut schlafen, und am nächsten Tag war er in der Lage, Teresa fröhlich von allem zu berichten.

Seit ihrem Sonnenstich war Teresa ungewöhnlich lethargisch. Sie hörte ihm zu, aber die Worte verwandelten sich, sobald sie seinen Mund verließen, und die aufregenden Szenen, die er ihr beschrieb, erreichten sie nur in Zeitlupe und wälzten sich schwer durch ihren Kopf. Nichtsdestoweniger standen sie ihr lebhaft vor Augen, so lebendig, als sei sie selbst dabei gewesen und hätte alles gehört und gesehen; sogar so, als ob sie es von der Küste Port Saids und aus den kleinen, schaukelnden Dingis miterlebt hätte; als ob morgenländisches Blut in ihr pulsierte, unabhängig von Geburt und Tod, ein uraltes Verstehen. Aufmerksam nickte sie, konnte sich aber nicht auf das Gesicht ihres Vaters konzentrieren. Es war sehr heiß.

Zu beiden Seiten des Schiffes erstreckte sich sonnenbraunes Land, trockener als Rosinen, ohne den Dampf von grünem, erdigen Boden, sondern unruhig flimmernd, als sei das gesamte Gebiet in Bewegung und könnte sich jederzeit in die Luft erheben, so wie der schwerelose Sand im Wüstenwind. Ab und zu, nahe am Wasser, standen Dattelpalmen und Tamarisken. Von Zeit zu Zeit sah Teresa ein Dorf vorbeigleiten; die Straße führte in einer dünnen schwarzen Linie an flachen, ausgedörrten Häusern entlang und verlor sich in der weiten Ebene. Telegrafenmasten, die Verbindung zu fernen Ortschaften, ragten vereinzelt aus der unendlichen Leere empor und unterstrichen paradoxerweise die trostlose Einsamkeit. Die geometrische Landschaft bestand aus Geraden und Quadraten, gelegentlichen Kurven und einer Perspektive, die sich im Raum verlor. Man musste entweder die Weite oder aber den kleinen Fleck am Horizont betrachten, den gegenwärtigen Moment oder die ferne historische Vergangenheit würdigen – mittlere Entfernungen gab es hier nicht.

Ann trat auf sie zu. Sie roch nach ungesundem Schweiß

und wirkte selbst im Schatten des Gegenlichts unattraktiv. »Teresa, wo bist du *gewesen*? Ich habe dich seit Tagen überall gesucht.«

Teresa, die nach Worten rang, die Ann möglichst schnell vertrieben, blinzelte sie leicht angewidert an. »Ich war krank«, sagte sie. »Ich war … ich hatte einen Sonnenstich.«

Aber eigentlich liegt es an der Wüste, hätte sie am liebsten gesagt, die alles zwischen uns, selbst ein noch so kurzes Gespräch, unmöglich macht. Sie wandte ihren Blick dorthin. Ich habe nichts dagegen, vertrocknet, verbrannt und vergessen in der Wüste zu liegen. Meine Knochen sollen ausbleichen, mein Sand verwehen. Aber nichts davon sagte sie. Stattdessen richtete sie ihren verzweifelten Blick auf ihren Vater, damit er ihr mit seiner Kraft und seiner spitzen Zunge zu Hilfe käme.

Ann erwiderte: »Ach, du Ärmste, ich hatte ja keine Ahnung. Geht es dir denn jetzt wieder gut? Komm doch mit mir Deck-Tennis spielen. Ich kann es zwar nicht besonders gut, aber du kannst es ja bestimmt. Der Platz ist frei, ich habe ihn extra für uns reserviert.« Vor lauter Nervosität griff sie sogar unbeholfen nach Teresas Hand, um sie hochzuziehen, da sie vage verstand, dass Teresa sie nicht wollte, jetzt nicht und zu keiner Zeit.

Mr. Digby warf in scharfem Tonfall ein: »Keinesfalls darf sie Deck-Tennis spielen, es geht ihr nicht gut. Hast du nicht gehört, was sie gesagt hat – sie war krank. Du gehst jetzt besser.«

Anns Beine, so unschön und solide wie Stahlbeton, ragten neben Teresa auf. Teresa saß ganz still und betrachtete diese Beine, und deshalb entging ihr, dass sich Anns Augen hinter den Brillengläsern mit Tränen füllten und ihr Gesicht sich scharlachrot färbte. Mr. Digby jedoch sah es und fand sie in jeder Beziehung widerwärtig. In den kommenden Jahren sollten noch viele Menschen zu Ann grob sein, aber sie gewöhnte sich nie daran und hörte auch nicht auf, manchmal deswegen zu weinen. Sie war zwar physisch und mental ziemlich dickfellig, aber die kleine Menge an Sensibilität, die sie mitbekommen hatte, reichte gerade aus, um sie zu einem äußerst unglücklichen Menschen zu machen. Teresa sah, wie sich die Beine entfernten. Dann herrschte Schweigen. Ein langes Schweigen. Schließlich sagte Mr. Digby: »Wie wäre es mit einer Partie Piquet?« Anscheinend hatte er am Morgen schon beim Anziehen daran gedacht, denn er zog kurzerhand ein Kartenspiel aus der Tasche und begann, die Karten auszuteilen.

Wenn Teresa später an den Suezkanal dachte, musste sie immer auch an Spielkarten denken, als ob rote Herzen im Wüstensand wüchsen und die Buben mit ihren ausdruckslosen Gesichtern und den Phantasiekostümen in den Lehmhütten wohnten.

Mr. Digby besiegte Teresa. Die Karten wurden gemischt und erneut ausgeteilt, und Teresa besiegte Mr. Digby. Eine Stunde verging, vielleicht auch mehr. Dann hob Teresa den Kopf, und ein kleiner, aber entschiedener und dauerhafter Schock traf sie. Mr. Digby, der ihre Unaufmerksamkeit bemerkte, dachte, es läge an den Kamelen.

»Nun sieh dir das an – was für ein Trupp«, sagte er und unterbrach ebenfalls das Spiel, denn die Kamele waren wirklich ein komischer Anblick.

Eine Fähre voll mit Kamelen wartete an einem kleinen Kai, bis das große Schiff vorbeigefahren war. Die Kamele standen dicht gedrängt und reckten klagend ihre langen Hälse über die Seitenwände. Am Ufer warteten noch mehr Kamele, manche hatten sich hingelegt, andere standen in geringschätzigen Posen da. Man konnte nicht einmal erahnen, woher sie gekommen waren, denn es war kein Haus, keine menschliche Siedlung in Sicht, nur endloser Wüstensand. Und doch war hier alles voller Kamele, die darauf warteten, ans andere Ufer gebracht zu werden. Und ebenso aus dem Nichts gekommen standen ein paar Männer dabei und schwatzten und lachten gutgelaunt miteinander. Was auch immer sie trieben, es schien keinen Bezug zu Zeit oder Raum zu haben. Sie waren einfach da, diese Männer und ihre Kamele, gesund und munter in diesem Land, das so karg und beinahe so heiß war wie die Sonne selbst. Es war seltsam, sie so nahe zu sehen – so nahe, dass man fast ihre Gefühle teilen konnte; und genauso seltsam war es, dass sie in einer Minute schon nicht mehr da sein würden, unerreichbar für Mr. Digby und Teresa, als hätte es sie nur innerhalb dieser sechzig Sekunden gegeben. Irgendwo mussten sie geboren worden und aufgewachsen sein; irgendwo würden sie alt werden und sterben. Das galt auch für sie. Und doch, abgesehen von der Zeit zwischen zwei Wimpernschlägen, hatten sie und die Passagiere an Bord, die sie beobachteten, nicht mehr Bedeutung füreinander, als wenn sie tot wären.

Aber es war nicht dieser Gedanke, der Teresa so verblüffte, dass sie die Karten sinken ließ und das Piquet-Spiel vergaß. Es lag auch nicht an dem braunen, völlig nackten Mann. Nein, einer der Kameltreiber trug ein langes, weites rosafarbenes Baumwollgewand. Die Üb-

rigen waren weiß gekleidet. Und dieser Farbtupfer erstaunte Teresa.
Es war ein sehr reines Rosa, das Rosa von Lichtnelken in englischen Hecken. Und in diesem endlosen Graubraun, in dem schon ein gelegentliches Grün oder Weiß eine Erleichterung war, kam ihr das Rosa vor wie das Stillen eines lang erduldeten Durstes. Es erweckte sie aus einer vierzehn Jahre alten Gleichgültigkeit. Zum ersten Mal erkannte sie, dass Farbe eine Schönheit in sich trug und dass sie zu mehr diente als nur zur Identifizierung von Objekten. Sie fand dieses Kleidungsstück an jenem Araber, den sie nie wiedersehen würde, wunderschön und fragte sich: Warum war es so schön? Zweifellos, weil es von diesem ganz besonderen Rosa war. Diese Entdeckung war einfach und gewaltig zugleich, und sie begriff sofort ihre Bedeutung. Eine Welt von Farben eröffnete sich ihr, die eine freudige Überraschung nach der anderen versprach. Ihr Gefühl für Ästhetik, das lange in ihr geschlummert hatte, war auf einmal erwacht.
»Komm jetzt, Teresa, hör auf, dort hinzustarren. Ich habe eine Quint.«
»Ich habe eine Carte«, sagte Teresa mechanisch.
»Nun, das zählt nicht, denn ich habe eine Quint und eine Carte.« Mr. Digby breitete seine Asse und Könige mit großer Geste aus, und Teresa suchte sorgfältig ihre niedrigen Karten heraus und legte sie eine nach der anderen obendrauf.

9

Erst Indien weckte Teresa aus ihrer Verträumtheit. Vom Suezkanal bis Bombay verharrte sie in ihrem Kokon. Je näher Mr. Digby hingegen dem Land kam, das für ihn Handeln und Verantwortung bedeutete, desto besorgter wurde er. Und das machte ihn stiller. Er verfiel wieder in seine alte Gewohnheit, gegen seine Zähne zu tippen. Teresa und er rückten enger zusammen, weil sie in diesem Gemütszustand ihre Art der Beziehung handfesteren Freundschaften vorzogen.

Manchmal gesellte sich Mr. Littleton zu ihnen, aber in der letzten Zeit hatte er sich mit einer jungen Missionarin angefreundet, und man sah die beiden häufig, wie sie, in ernste Gespräche vertieft, an Deck spazieren gingen. Er schämte sich ein wenig für seine Schwäche und hielt es für nötig, mit seinen Freunden Teresa und Mr. Digby über dieses kitschige Wort »Missionar« zu lachen und so zu tun, als wolle er nur ergründen, was die »jungen Leute« sich so dachten.

»Ich finde es nicht richtig«, sagte er zu ihnen, »dass sich so ein Mädchen an irgendeinem gottverlassenen Flecken vergräbt, wo es nichts gibt als Käfer, Malaria und Sümpfe. Sie wirft doch ihr Leben weg. Sie sollte in ihrem Alter das Leben genießen. Ich versuche, sie zur Vernunft zu bringen.«

In Wirklichkeit war das jedoch keineswegs der Fall. Insgeheim bewunderte er sie, und in ihrer Gegenwart fühlte er sich noch demütiger. Er war der geborene

Schüler, und es genügte ihm, spirituelle Erkenntnisse durch die Augen anderer, hochfliegender Geister zu erfahren. Seinen Instinkt für Heldenverehrung hatte er sich seit seiner Jugend bewahrt, und diese junge Frau von dreißig mit ihrem blassen Gesicht, ihrem zarten Knochenbau und ihrem sanften Gesichtsausdruck, den auch die riesige Hornbrille nicht entstellen konnte, hatte seine stets entflammbare Ehrfurcht angefeuert. Im Geiste waren sie gleich alt, voller Tatendrang, Unbefangenheit, Unwissenheit und ziellosem Enthusiasmus. Mr. Littleton konnte ihr viele Fragen stellen, die er als Junge verdrängt und seitdem nie wieder hervorgeholt hatte. Obwohl sie keine einzige davon schlüssig beantworten konnte, sagte sie doch vieles, das ihm weiser erschien, als es war, und an das er sich bis an sein Lebensende erinnern sollte. Mr. Littleton, dessen Schüchternheit ganz von ihrem Eifer überwältigt wurde, war gefährlich nahe daran, sich in seine Missionarin zu verlieben. Vor dieser Katastrophe bewahrte ihn nur, dass er sie erst so kurz kannte und dass sich ihre Wege in Bombay endgültig trennten. Vielleicht verliebte er sich in einem gewissen Maß tatsächlich in sie. Auf jeden Fall behielt er sie für die nächsten fünfzehn Jahre in Erinnerung, wie sie im strahlenden Sonnenschein an der Reling lehnte, voller Enthusiasmus mit ihm sprach und ihn mit allem überzeugte, was sie sagte. Das Fleisch ist vergänglich, aber die Erinnerung bewahrt das Leben in eindrucksvoller Weise. Denn sie starb ein Jahr später unter unmöglichen Lebensbedingungen, und während er weiterhin getreu an sie dachte, lag sie in einem der zahllosen hungernden Dörfer Indiens bereits unter der Erde. Von da an gehörten ihre entschiedene Stimme und ihr unbeugsamer Geist ganz Mr. Littleton und den anderen, die sich an sie erinnerten, so dass er sie viele Jahre lang tatsächlich besaß, ohne es zu wissen und auf eine körperlosere Art, als er es sich hin und wieder auf dem Schiff ausgemalt hatte.

Ann war geschlagen und ließ Teresa in Ruhe. Mrs. Evans begab sich jeden Tag nach dem Frühstück in ihr »stilles Eckchen«, und da es immer das gleiche war, war es leicht, ihr aus dem Weg zu gehen. Von Miss Spooner sah Teresa nicht viel. Sie bedauerte das, wenn auch nur dumpf, so wie alle ihre Gefühle jetzt dumpf waren; sie verspürte keine Erregung mehr und bekam auch keine unkontrollierbaren Zitteranfälle mehr wie früher. Aber es tat ihr doch leid, dass sich Miss Spooner, seit Teresa sie nicht mehr brauchte, zurückgezogen hatte. Da sie eine Kabine miteinander teilten, sahen sie sich natürlich unvermeidlich ab und zu, beim Zubettgehen oder beim Aufstehen, aber abgesehen von reinen Höflichkeitsfloskeln schien kein Kontakt mehr zustande zu kommen. Miss Spooner war keineswegs kalt; sie war nur distanziert. Sie war auch nicht unpersönlich, sie drängte ihre Persönlichkeit nur niemandem auf. Sie war wie eine kleine Insel, die abseits der großen Handelsrouten lag und völlig damit zufrieden war, dass kein Schiff bei ihr anlegte. Warum sollte sie sich das auch wünschen? Es war doch nur lästig. Auf ihrer Insel hatte sie alles, was sie brauchte. Mr. Digby hatte sie nur von weitem gesehen, und er irrte sich in der Annahme, ihr kleines Reich bestünde nur aus kargen Felsen und Steinen. Teresa hingegen, die im Fieber näher herangekommen war, hatte die Vegetation erblickt und vermutete, dass dort verborgene Orchideen wuchsen. Sie wäre schrecklich gerne an Land gegangen, aber in der letzten Zeit fehlte ihr die Energie für solche Unternehmungen, und so ließ sie sich wieder zurücktreiben in den Sog der großen Schiffe. Nur ab und zu warf sie einen Blick über die Schulter auf den kleiner werdenden, grünen Punkt, und sie ahnte, dabei eine Möglichkeit, glücklich zu sein, unversucht zu lassen.

Nach Port Suez begnügte sich Teresa damit, zu lesen, zu schlafen oder mit Mr. Digby Piquet zu spielen, ihrem Ersatz für Gespräche. Im Swimmingpool wimmelte es immer noch von Kindern. Liebesbeziehungen bahnten sich an und wurden gelöst. Über Lautsprecher wurden vermisste Kinder ausgerufen: »In der Nähe der Kabine des Stewards wurde ein kleines Mädchen in einem blauen Kleid aufgefunden.« Über den Geländern auf den Gängen hingen Windeln zum Trocknen. Die unter Zehnjährigen bestimmten den Geräuschpegel in den Speisesälen. Mütter strickten. Väter, von denen es nur wenige gab, tranken. Von morgens bis abends wurden unter lautem Geschrei Deckspiele gespielt. Auf dem B-Deck fand erneut eine Tanzveranstaltung statt. Und der heiße Wind, der den ganzen Tag über ohne Unterlass blies, peitschte Schaumkronen auf die Wellen im Roten Meer.

Die ganze Welt wogte; die Luft war wie eine Fortsetzung des Wassers, wie der Geist des Meeres, befreit von Gewicht und Farbe, und kräuselte sich als das verdunstete Gegenstück zu den schweren grünen Wellen darunter. Und die fliegenden Fische, die aus dem Wasser sprangen und wieder verschwanden, schienen den Unterschied zwischen dem einen Element und dem anderen kaum zu kennen. Arabien tauchte auf der Backbordseite auf wie eine Wolkenformation, graublaue Umrisse tief am Horizont; später, als es näher kam, wurde es zu einem legendären Land, mit Felsspitzen und Mauertürmen und fernen, von der Sonne beschienenen Hügeln. Teresa betrachtete es apathisch, mit weit aufgerissenen Augen, als ob ihre Sicht durch zu viele Medikamente beeinträchtigt sei. Schließlich wurde das Wort »Arabien« in ihrem Kopf immer schwächer und verklang. Das Schiff fuhr weiter, und bis Bombay sahen sie kein Land mehr.

Zwei Tage vor ihrer Ankunft sagte Teresa abends beim Ausziehen: »Es ist so schrecklich heiß. Am liebsten würde ich draußen schlafen.« »Warum nicht?«, erwiderte Miss Spooner. »Ich finde, das ist eine gute Idee. Ich schlafe auch draußen.«

Es war ganz einfach. Sie schoben ihre Matratzen und Laken durch das Fenster und huschten in ihren Nachthemden über den Gang. Die meisten Leute waren schon zu Bett gegangen, und die Decks waren, abgesehen von ein paar späten Spaziergängern, leer. Teresa lehnte an der Reling, das Nachthemd bauschte sich um ihre nackten Beine, und sah zu, wie der riesige, orangefarbene Mond langsam am Meereshorizont aufging. Fast sofort wurde er blasser, als ob ihn die zahllosen Sterne besiegt hätten. Dann lag sie unter ihrer Decke, zog sie bis zum Kinn hoch und versuchte, nicht einzuschlafen. Aber das leise Geplauder eines Paares in der Nähe machte sie schläfrig; die Wellen schlugen unaufhörlich, neben ihr ertönten letzte Schritte, und schließlich schlief sie doch ein.

Noch vor sechs Uhr wurde sie von einer Hand auf ihrer Schulter geweckt, und eine Stimme raunte in ihr Ohr:

»In fünf Minuten schrubben wir die Decks.« Es war frisch, nicht kalt, und das Licht war noch grau. Ihre Decke war kühl. Eimer klapperten, und sie hörte die Matrosen pfeifen, Melodien, die an sich fröhlich gewesen wären, doch durch die merkwürdig verlangsamte Stimmung an Bord zu Klageliedern wurden, einem traurigen Flötenspiel. Hohl trieben ihre Stimmen, ihr Pfeifen und das Scheppern der Eimer auf der schweren Brandung. Die sterbenden Echos dieses frühen Morgens auf See verfolgten Teresa ihr ganzes Leben lang, hallten in ihr wider wie eine Metapher für die gesamte Reise, für den Übergang von einem Zustand in den nächsten, als nichts greifbar und beständig war, am wenigsten sie selbst.

10

Früh am Mittwochmorgen weckte Miss Spooner Teresa. Es war sechs Uhr. »Willst du Indien sehen?«, fragte sie.

Teresa zog sich an und lief an Deck. Aus der grauen Dämmerung tauchte die Silhouette von Bombay auf. Lichter blinkten an der Küste. Das große Schiff änderte seinen Kurs und hielt direkt darauf zu. Auf dem Wasser waren zahllose dreieckige kleine Segel, die geräuschlos und zerbrechlich wie verwelkte Blätter in eine Richtung geweht wurden. Hoch oben am Himmel stand noch der Mond, aber die Sonne ging bereits auf, und er wurde mit jedem Moment blasser. Die Frühaufsteher unter den Passagieren lehnten graugesichtig an der Reling und sprachen leise miteinander.

Und dann kam die Sonne. Das Land wurde zu Gebäuden, das Meer und der Himmel zu Flamme und Farbe. Gesichter strahlten rosig, Arme wurden ausgestreckt, Hände deuteten. Dort war das Gate of India, der Triumphbogen, klein wie ein Schlüsselloch – da! Als Teresa ebenfalls in die Richtung blickte und sah, was ihre Reisegefährten sahen, stieg Übelkeit in ihr auf. Ihre Flucht war zu Ende. Ein Schiff konnte zwar einen Hafen verlassen, menschliche Bindungen kappen und Ansprüchen ein Ende machen, aber obwohl die Welt rund und die Ozeane riesig waren, wartete irgendwo immer ein anderer Hafen, ein anderes Land. Es gab keinen Abschied ohne Ankunft.

Teresa erschauerte. Allein schon das Wort »Bombay« war wie eine Bedrohung. O *Schiff*, dachte sie und umklammerte verzweifelt die Reling, warum bist du so dumm und kannst mich nicht retten? Mit welcher Gleichgültigkeit das Schiff sie über Hunderte von Seemeilen hinweg getragen hatte, und wie sie darüber frohlockt hatte. Jetzt sah sie, dass ihr Hochmut falsch gewesen war. Das Schiff war nur eine Maschine, konnte sie tragen, irgendwo absetzen und dann ohne sie wieder zurückfahren. Wie oft war sie über Deck spaziert, und alles war ihr vertraut vorgekommen. Was für eine Täuschung, wie jämmerlich! Wer war schon mit einer Maschine vertraut, außer vielleicht die kalte, rostende Seele des Meeres? Kein Versprechen war gegeben worden und keine Antwort. Nichts blieb von ihr zurück. Alles, alles war Illusion gewesen. O nein! Warum musste es zu Ende gehen?

Eilig machte sie sich auf die Suche nach ihrem Vater, damit ein Lebender ihr die Sicherheit wiedergäbe, die die leblosen Dinge ihr genommen hatten. Doch ihr Vater war verschwunden. Seine Kabine war leer, und auch Miss Spooner, entdeckte sie, hatte ihre gemeinsame Kabine bereits verlassen. Ihre Habseligkeiten hatte Miss Spooner schon am Abend zuvor gepackt, und jetzt war sie weg. Geräuschlos und unauffällig war sie verschwunden, so wie Jahreszeiten vergehen, wenn man nicht hinschaut. Teresa war allein.

Ich bin allein, dachte sie. Ich muss ruhig bleiben. Aber auf einmal schlug ihr das Herz bis zum Hals. Sie kniete sich auf den Boden und stopfte ihre wenigen Kleidungsstücke ungefaltet in ihren Koffer. Als sie sich panisch nach ihrer Zahnbürste und ihrem Schwamm umsah, erblickte sie Miss Spooners Hut. Sie sprang auf und drückte den Strohhut mit beiden Händen an die Brust. Miss Spooner war ohne ihren Hut gegangen. Hatte sie ihn übersehen? Hatte sie ihn wirklich vergessen? Oder hatte sie ihn absichtlich dagelassen? War es ihre trockene Art, sich zu verabschieden? Mit zitternden Fingern band Teresa die Bänder unter ihrem Kinn zur Schleife, ergriff ihren Koffer und eilte auf den Korridor, der in der letzten Stunde ein Strom geschäftigen Treibens geworden war, der alle paar Meter von stetig wachsenden Gepäckbergen gestaut wurde.

Das Schiff hatte angelegt und bewegte sich nicht mehr. Mit jeder Minute wurde der windstille Morgen heißer. Mit jeder Minute wuchs das Chaos an Bord. Es war so, als sei das Ende der Reise völlig unerwartet gekommen und niemand sei darauf vorbereitet gewesen. Die Passagiere liefen planlos hin und her und bemühten sich, der Stimme aus dem Lautsprecher zu gehorchen: Tun Sie dies … tun Sie jenes … Ihre Pässe müssen abgestempelt werden … Sie können Geld wechseln … das Büro des Zahlmeisters ist geöffnet … Wie verirrte Schafe versuchten sie, alles zu tun, was man ihnen sagte. Stundenlang schoben sie sich in unpassender, einengender Kleidung und mit schweißüberströmten Gesichtern in langen Reihen voran. Das Schiff war unerträglich geworden, und sie sehnten sich danach, es so schnell wie möglich zu verlassen.

Genau in dem Moment, als Mr. Digby ihn am meisten brauchte, war Mr. Littleton nicht da. Mr. Digby mutmaßte, dass er sich absichtlich aus dem Staub gemacht hatte, um ihn zu ärgern. Gerade hatte er noch mit sorgenvoller Miene neben ihm gestanden, und im nächsten

Augenblick war er verschwunden. Mr. Digby reckte den Hals und blickte suchend über das Meer von Köpfen, um Mr. Littletons sandfarbenen Schopf auszumachen. Vergebens. Auch Teresa hatte ihn verlassen. Den ganzen Morgen über hatte er sie noch nicht gesehen. Oh, verflucht, warum ließen sie ihn allein? Die Reihe bewegte sich ein wenig vorwärts. Mit einer wilden Geste riss er sich die Krawatte vom Hals und stopfte sie in seine Tasche. Warum sollte er sich zur Ankunft feinmachen wie diese Idioten um ihn herum? Warum sollte er an Land, wo es doppelt so heiß war wie auf See, in doppelt so vielen Kleidern herumturnen? Und wo waren Teresa und Littleton? Wie hinterhältig! Sie zogen sich einfach aus der Affäre und versteckten sich, während er hier zu kämpfen hatte.
Er war ungerecht gegenüber Mr. Littleton, der zu keiner Boshaftigkeit fähig war. Er verabschiedete sich lediglich von seiner jungen Missionarin, eine traurige Pflicht für ihn. Er musste feststellen, dass im letzten Augenblick alle Worte unzulänglich wurden und nur Schweigen das Unaussprechliche ausdrücken konnte. Aber selbst beim Schweigen vergeht die Zeit. Und so genossen sie ein letztes gemeinsames Schweigen an einer verlassenen Reling am Heck des G-Decks, und obwohl es für einen unbeteiligten Betrachter so aussah, als beobachteten sie lediglich das Treiben im Hafen, dachte jeder von ihnen beiden, dass eine derart im Keim erstickte Freundschaft auch eine Art von Versagen war. Sie wurden erst wieder fröhlicher, als der Abschied vorüber war.
Teresa hatte ihren Vater überall auf dem Schiff gesucht. Sie war nicht groß genug, um wie er über die Köpfe bli-

cken zu können. Ihr Hut saß schief, Ellbogen drückten sich ihr in den Hals, mit der Nase stieß sie ständig gegen Busen und Leinenwesten, sie fand jedoch Mr. Digby nicht. Ihre Angst wuchs. Der Gedanke daran, an Land gehen zu müssen, erschreckte sie, und aus dem Schrecken wurde Entsetzen. Sie blieb stehen, um sich an eine Reling zu lehnen, und kämpfte mit ihrem Schreckensbild von Indien, das sich in Kürze daranmachen würde, ihr sämtliche Glieder einzeln auszureißen. Sie dachte an die Tage auf dem Meer, die sie in verträumter Lethargie verbracht hatte, als es außer Meer und Himmel nichts gegeben hatte. Sie hatte in einem Traum gelebt, und jetzt zerbrach der Traum wie eine Apfelsinenkiste, aus der man Feuerholz macht. Hier stand sie vor diesem flachen, brennenden Land, dessen schreckliche Schreie bereits an ihre Ohren drangen, dessen Menschen sie schon dort unten umherlaufen sah. Jeder Nerv in ihrem Körper war angespannt. Alle Vernunft hatte sie verlassen. Sie konnte nicht an Land gehen, nein! Und sie würde nicht an Land gehen, niemand konnte sie dazu zwingen! In diesem Moment sah sie Miss Spooner vorsichtig die Gangway hinuntergehen.

Statt eines Hutes – den hatte ja Teresa – hatte sie einen weißen Baumwollschirm aufgespannt. Ihre Anwesenheit machte alles ganz normal. Turbane, Tropenhelme – sie bewegte sich so selbstverständlich, als mache sie einen Einkaufsbummel in Oxford. Und, dachte Teresa, wobei sie sich so weit vorbeugte, dass sie beinahe das Gleichgewicht verloren hätte und Miss Spooner vor die Füße gefallen wäre, es war noch nicht zu spät, um sich zu verabschieden.

»Miss Spooner!«, schrie sie. »Miss Spooner!«

Der weiße Sonnenschirm bewegte sich unbeirrt weiter. Na gut, dann würde sie ihr eben vor die Füße fallen, sie würde alles, alles tun, damit Miss Spooner aufblickte.
»Miss Spooner!«, schrie sie erneut und so laut sie konnte, und der weiße Sonnenschirm hielt an. Er wurde zur Seite gekippt, und Miss Spooner blickte zu dem riesigen Schiff empor. Sie sah Teresa nicht. Jemand hatte sie gerufen. Ich war es! Teresa winkte. Sehen Sie! Hier! Ich bin hier! Und da endlich sah Miss Spooner sie. Sie lächelte und nickte und schwenkte ihren Schirm. Teresa riss sich den Hut vom Kopf und hielt ihn hoch.
»Wollen Sie ihn zurückhaben?« Ihre Worte wurden in die Luft getragen wie Saatkörner, zu leicht, um hinunterzufallen. Aber Miss Spooner schien sie trotzdem zu verstehen. Sie hob bedeutsam ihren Schirm, als wolle sie sagen: »Ich habe ja den Schirm. Hüte mag ich sowieso nicht, der Schirm ist mir lieber.« Danach blieb sie noch einen Moment lang stehen und blickte Teresa unentschlossen an. Sie schien es zu bedauern, dass sie so weit voneinander entfernt waren und sie Teresa mit ihrer Stimme nicht erreichen konnte. Was auch immer sie dachte, es blieb ungesagt. Schließlich hob sie den weißen Schirm erneut und schwenkte ihn munter und energisch. Dann senkte er sich wieder über ihren Kopf, und Teresa schaute ihr nach, wie sie am Hafenbecken entlang zum Zollschuppen marschierte. Der Gedanke kam ihr, dass sie Miss Spooner auf diesem Weg folgen könnte, und rasch machte sie sich wieder auf die Suche nach ihrem Vater.

Teil III
Indien

1

Irgendwo zwischen Schiff und Ufer waren Mr. Digbys Moskitonetze verschwunden. Er erinnerte sich genau daran, dass er den braunen Pappkarton oben auf seinen Koffer gestellt hatte. Jetzt war er weg. Jemand hatte ihn gestohlen – es *musste* einfach so sein, eine andere Erklärung gab es nicht. Die Hitze im Zollschuppen raubte einem den Atem; der Lärm war unbeschreiblich. Hunderte von Passagieren drängten sich hier, von ihrer Sorge und dem Mittagsgleißen ganz verstört, und kämpften darum, dass ihr Gepäck freigegeben würde, ihre Formulare abgestempelt würden und sie gehen könnten.

Die Hektik ihres Vaters, die zu allem anderen noch hinzukam, war zu viel für Teresa. Sie war kalkweiß und hatte die Lippen fest zusammengepresst.

»Warte hier«, befahl er und stürzte davon, weil er glaubte, er habe gesehen, wie jemand sein Eigentum am anderen Ende des Schuppens fortschaffte. Teresa hob die Hände und griff nach ihren Zöpfen, als könne sie sich an ihnen festhalten. Ein Inder in Uniform rief ihr herrisch zu: »Kommen Sie bitte hierher.«

Ihr Vater hatte ihr gesagt, sie solle auf ihn warten und sich nicht von der Stelle rühren. Sie starrte den Mann an. Was wollten sie von ihr? Ein Mensch mit nackten braunen Beinen und riesigen, flachen bloßen Füßen ergriff ihren Koffer und sagte etwas zu ihr – was bloß? –, wobei er mit dem Kopf in eine Richtung wies. »Nein«, schrie sie, »nein, nein.« Er ließ den Koffer los, aber statt wegzugehen, blieb er bedrohlich nahe bei ihr stehen. Er trug nur eine marineblaue Jacke. Auf der dunkelbraunen Haut wirkte das Blau in Teresas Augen grässlich. Sie hatte Angst, ihm ins Gesicht zu blicken. Wieder rief der indische Beamte ihr etwas zu, seine Stimme klang ungeduldig, aber sie musste taub geworden sein: Sie konnte nichts verstehen. Und blind wurde sie auch: Alles verschwamm vor ihren Augen. Bevor sie schreien konnte, war auf einmal ihr Vater da, packte sie am Arm, stieß sie vorwärts, ergriff die Koffer und brüllte: »Schnell, du hast deinen Platz verloren. Es waren gar nicht die Moskitonetze. Ich habe Mrs. Evans gesehen, sie ist in einem ziemlichen Aufruhr – das kleine Mädchen heult, und die Hälfte ihres Gepäcks ist verschwunden. Was für eine Inkompetenz hier herrscht! Na los, drängle dich wieder hinein. Hast du die Formulare? Nein, warte, ich habe sie. Bleib mal stehen.« Er kramte in seiner Innentasche. »Wer mag nur diese Netze haben? Irgendein verdammter Inder vermutlich. Und, Teresa, lass dir von diesen Kulis nicht die Taschen abnehmen. Halte deinen Koffer immer fest.«

Benommen gehorchte sie ihm. Sie tat alles, was er ihr sagte. Sie hatte Durst. Ihr dröhnte der Kopf von der Gluthitze und dem Stimmengewirr; ihr ganzer Körper schmerzte von der Hitze und den Rempeleien. Als ihr Vater sie wieder allein ließ, um sich irgendwo zu beschweren oder vielleicht auch, weil er einen anderen Pappkarton entdeckt hatte, wurde sie beinahe ohnmächtig. Sie machte zwei Schritte hinter ihm her, und als sie sich umdrehte, sah sie, wie ein Kuli ihre Koffer einem anderen Kuli auf den Kopf lud. Einer der Zollbeamten bemerkte ihren Schrecken, denn er beugte sein schönes, kultiviertes Gesicht zu ihr und erklärte höflich: »Kein Grund zur Sorge. Er bringt Ihr Gepäck nur nach draußen. Hier steht es im Weg. Er bringt es für Sie nach draußen. Haben Sie keine Angst.«

Sie folgte dem Kuli, überzeugt, dass alles verloren sei. Draußen empfing sie grelles Licht, und sie musste einen Moment lang die Augen schließen. Am liebsten hätte sie sich auch die Ohren zugehalten. Das wütende Hupen der Taxis galt nur ihr, und die Taxifahrer, die unter ihren Turbanen und Bärten aussahen wie Wegelagerer, winkten ihr aus klapperigen alten Wagen zu und lockten sie und schrien auf sie ein. Ihr Gepäck lag auf dem Boden, und Kulis umringten sie. Ihre Gesichter mit den aufgeblähten gelben Augäpfeln starrten sie hämisch oder böse an, sie konnte es nicht genau sagen. Braune Arme, dünn wie Stöcke, streckten sich ihr entgegen, bettelten um Geld, und jeder behauptete, er habe ihr Gepäck getragen. Es war schlimmer als jeder Alptraum. Teresa schrie nach ihrem Vater – und dann war er da, schob sie in das nächstbeste Taxi, warf die Koffer hinterher und sprang selbst hinein, wobei er die ganze Zeit wie ein Wahnsinniger auf die Kulis einschrie: »Verschwindet! Verschwindet!«

Dem Fahrer rief er genauso laut zu: »Zum besten Hotel … ich weiß nicht, wie es heißt. Aber egal – das beste Hotel.«

Er hatte eigentlich Mr. Littleton fragen wollen, wo sie absteigen sollten, aber der Kerl hatte ihn im Stich gelassen und war einfach abgehauen. Auch seine Moskitonetze waren weg, spurlos verschwunden. Wahrscheinlich hatte sie sich einer dieser grässlichen Eingeborenen unter den Nagel gerissen. Was sollte er dagegen machen? Absolut nichts. Als er sich beschwert hatte, hatten sie nur die Schultern gezuckt und so getan, als trüge er die Schuld daran. Das war natürlich alles eine riesige Verschwörung – eine Hautfarbe gegen die andere, Schwarz gegen Weiß. Er wischte sich sein schweißüberströmtes Gesicht mit dem Taschentuch ab, völlig übermannt von seiner Rage. Teresa kauerte stumm in der Ecke. Der alte Buick raste mit wahnsinnigem Tempo dahin, und an Teresa und Mr. Digby, die beide ihren persönlichen Ängsten und zornigen Gedanken nachhingen, sausten die Straßen von Bombay wie ein kurzer Lufthauch, wie eine weiße Staubsäule vorbei. Der Fahrer fuhr sie geradewegs – oder vielmehr wild schlingernd – zum Taj Mahal Hotel, diesem riesigen Gebäude, das neben dem Gate of India in Bombay direkt am Wasser steht. Wenige Minuten später fand sich Teresa allein im größten Schlafzimmer wieder, das sie jemals gesehen hatte. Die Decke war weit oben, und die Fenster waren doppelt so hoch wie sie selbst. Der Fußboden bestand aus schwarzen und weißen Marmorquadraten. Teresa schloss die Tür ab und durchquerte das Zimmer wie ein kleiner, einsamer Bauer das Schachbrett, warf sich bäuchlings auf das Bett und überließ sich ihrer Panik.

Es war einfach; und es war nicht einfach. Sie hatte Angst; aber da sie ihre Ängste nicht benennen konnte, konnte sie sie auch nicht überwinden. Seit ihrer frühesten Kindheit war für sie jede Person, die sich ihr näherte, zunächst einmal ein potenzieller Feind. Indem sie immer auf der Hut gewesen war, hatte sie sich eine ganze Menge Gefahren vom Leib gehalten, und innerhalb ihrer engen Mauern, hinter denen sie sich verschanzte, fühlte sie sich allen Angriffen gegenüber gewappnet. Auf diese Weise aber war sie ihr eigener schlimmster Feind geworden, der begonnen hatte, sie selbst zu zerstören. Ihre Festung war zugleich ihr Gefängnis, hinter dem sie langsam und unvermeidlich schrumpfte, statt wachsen zu können. Aber das wusste sie nicht. Für die damenhaften Grausamkeiten der Zivilisation, in der sie geboren und aufgewachsenen war, hatte sie sich gut gerüstet gefühlt. Dann hatte es eine kurze Erholung, eine Pause vom Kampf gegeben, als sie auf einem Schiff durch die Welt gefahren war. In diesem Urlaub hatte sie sich selbst vergessen und sich wie ein Kind gefreut. Auf Indien war sie nicht vorbereitet gewesen, und Indien war eine Kraft, deren Antagonismus unermesslich war. Indien war sehr alt, sehr heiß, hier gärte das Leben; es war kein zahmes, nachgiebiges Land, sondern die natürliche Heimat des Tigers. Was nützten ihr ihre Verteidigungskünste gegen eine so mystische und immense Feindseligkeit? Sie klammerte sich an ihr Bett, das stabil und kühl war, und wartete auf den unvermeidlichen Schlag.

Den ganzen Tag und auch den nächsten weigerte sie sich, das Hotel zu verlassen, was Mr. Digby sehr ärgerte. Denn da er trotz Mr. Littletons Verschwinden alle Widerstände überwunden und sich einen Stützpunkt erobert hatte, wollte er jetzt auch das in Besitz genommene Territorium erkunden. Teresa schien nicht zu wissen, dass sie alles nur seiner Findigkeit zu verdanken hatte. Sie saß mit niedergeschlagenen Augen am Tisch und aß Eiscreme und Bananen, als sei es trockenes Brot. Er brauchte einen Gefährten – er hatte sich selbst noch nie genügt –, doch sie verweigerte sich ihm einfach. Mächtig stolz auf sich und gut gelaunt, wie er war, hätten sie es jetzt so schön haben können. Er fühlte sich von seiner eigenen Tochter ungerecht behandelt und verletzt. Es war ihre Aufgabe, ihn bei Laune zu halten, stattdessen war sie mürrisch und schweigsam. Was war bloß los? Er fragte sie: »Teresa, was um alles in der Welt ist los? Warum sagst du nichts? Was ist denn? Sag es mir.«

Wie sollte sie ihrem Vater sagen: »Ich habe Angst«? Das fiel ihr so schwer, wie es einem jungen Mann ergehen mochte, der zu seiner Angebeteten sagen wollte: »Ich liebe dich.« Steif und aufrecht saß sie da und hüllte sich in einen erbärmlichen Panzer von Verleugnung, der so nutzlos war wie ein Schneckenhaus in einem Garten voller Drosseln. Sie würde einfach nichts sehen, und dann würde auch sie nicht bemerkt werden. Sie würde ihre Ohren verschließen; sie würde so wenig wie möglich sagen. Mr. Digby redete immer weiter auf sie ein.

»Ich verstehe dich nicht, Teresa. In deinem Alter wäre ich vor Aufregung völlig aus dem Häuschen gewesen. Die meisten normalen Kinder würden ihre rechte Hand dafür geben, an deiner Stelle zu sein. Hast du denn überhaupt keinen Abenteuergeist? Wirklich, Teresa, du verdienst es ja gar nicht, dass man dir die Welt zeigt. Du würdest jetzt wahrscheinlich lieber in der Schule sitzen und lateinische Verben lernen. Und da gehörst du eigentlich auch hin«, fügte er finster hinzu. »Nun, was ist los mit dir? Kannst du nicht antworten? Ist dir schlecht?«

Sein wachsender Unmut machte sie nervös. In ihrer Bedrängnis und Verwirrung hob sie schließlich die Augen, und ihre schwarzen Pupillen trafen direkt auf seine. »Ich … ich habe Angst.«

Mr. Digby reagierte mit ungeduldiger Ungläubigkeit. »Wie kommst du denn darauf? Wovor in aller Welt hast du Angst?«
Darauf konnte Teresa ihm keine Antwort geben, und sie verfiel wieder in Schweigen. Halb lachend, halb verärgert bedrängte Mr. Digby sie weiterhin mit seinen Fragen.
»Teresa, wie meinst du das? Du kannst das doch nicht einfach so stehenlassen. Warum kannst du es mir denn nicht sagen? Vor irgendetwas musst du doch Angst haben. Hat jemand dich erschreckt? Wovor fürchtest du dich denn?« Er hörte nicht auf, bis sie schließlich die Beherrschung verlor und zwischen zitternden Lippen herausschrie: »Ich *weiß* es nicht!«
Sie bebte am ganzen Körper, sogar ihre Nasenflügel zitterten. Eine Angst, die sie nicht erklären konnte, erschütterte sie ebenso wie die Scham, dies ausgerechnet jenem Mann enthüllt zu haben, der sie unmöglich verstehen oder mit ihr fühlen konnte. Aber bitte!, flehte sie mit ihrem Schweigen, frag jetzt nicht weiter, sag nichts mehr.
Mr. Digby war fassungslos. Angst war ein völlig normales Gefühl, aber es hatte immer einen Grund. Man hatte Angst, weil das Haus brannte oder weil das Schiff sank; oder man hatte Angst, weil Ruth zu weit weg schien oder weil man mitten in der Nacht von Herzrasen aufwachte. Wenn es einen guten, vernünftigen Grund gab, war Angst gerechtfertigt – damit war er völlig einverstanden. Angst schuf Helden. Angst schuf Geschichte. Aber nicht zu wissen, warum man Angst hatte – das war die Ignoranz eines Narren, und er machte kein Hehl aus seiner Meinung. Teresa war offensichtlich

neurotisch. Ein neurotischer Erwachsener war schon unerträglich, aber ein neurotisches Kind war viel schlimmer – es war beschämend und krankhaft. Und warum gerade er, der ehrliche, alte Randall Digby mit seinem eisernen Willen, eine solche Tochter haben sollte, war ihm ein Rätsel. Vielleicht wollte sie sich mit ihrem Benehmen nur interessant machen. Am besten war es, er fertigte sie barsch ab. Also ließ er sein Besteck sinken und sagte mit Nachdruck: »Teresa, dieser Unsinn muss aufhören, verstehst du mich? Du benimmst dich wie ein Baby, und das dulde ich nicht. Reiß dich zusammen und denk daran, wie alt du bist.«

Ihr Alter hatte gar nichts damit zu tun. Was meinte er damit? Er sprach wie ein Narr, und seine Dummheit verletzte sie mehr, als grobe Hände es getan hätten. Teresa war so erregt, dass sie den Kopf verlor. Hektisch errötend sprang sie auf. Sie hielt sich am Tisch fest, und Sachen fielen um.

»Ich hasse dich«, schrie sie mit erstickter Stimme, und bevor er antworten konnte, war sie schon davongestürzt und rannte mit gesenktem Kopf zwischen den kleinen, weißen Tischen hindurch. Ihr Vanilleeis blieb halb gegessen zurück, und ihr Löffel lag unter dem Stuhl.

Mr. Digby blieb ungerührt. Er wusste, dass Teresa sich leicht aufregte, und er brauchte einen solchen Ausbruch nicht ernst zu nehmen. Ihre gewichtigen Worte zogen über ihn hinweg, und er hatte sie bald vergessen. Seufzend hob er ihre Serviette auf. Sie war wirklich eine Last. Manche kleinen Mädchen waren brav und ruhig, aber Teresa war überempfindlich. Ja, überempfindlich, das war die Erklärung für ihre Wutausbrüche. Eigentlich empfand er es als eine Art Kompliment, so als habe er königliches Blut vererbt, jedoch ohne die Kraft, die es erforderte, ein Monarch zu sein. Während er seinen Kaffee trank, blieb nur die vage Besorgnis zurück, die ihm Teresa bereitete, den Kontext jedoch hatte er vergessen: Worum ging es eigentlich? Er fühlte sich auf einmal sehr schläfrig. Er würde sich ein wenig hinlegen. Diese lange Reise, England so weit weg, und sie hatten noch einen so weiten Weg vor sich; und dann dieses Wetter, diese Hitze – kein Wunder, dass er sich ein wenig müde fühlte. Vor zehn Jahren, dachte er, da hätte eine kalte Dusche Wunder gewirkt, aber mittlerweile fand er kalte Duschen unangenehm und zog ihnen ein Nickerchen vor. Aber worum war es eigentlich gegangen? Irgendetwas bedrückte ihn. Dann meinte er es wieder zu wissen: Teresa war überempfindlich, darum ging es. Immer noch nicht ganz zufrieden, ging er auf sein Zimmer, um einen Mittagsschlaf zu halten.

Eine halbe Stunde später wurde er von einem Klopfen an der Tür geweckt. Es klopfte schon seit geraumer Zeit, aber Mr. Digby hatte einen tiefen Schlaf, und außerdem war es eher ein beständiges, leises Kratzen als ein hämmerndes Klopfen. Schließlich aber hörte er es doch. Zunächst lag er ganz still da und lauschte. Erneut klopfte es.

»Wer ist da?«, dröhnte er. »Was wollen Sie?« Und dann: »Gehen Sie.«

Es blieb still. Wer auch immer es gewesen war, hatte sich entweder geräuschlos zurückgezogen oder war noch da. Mr. Digby erhob sich und riss die Tür auf. Draußen stand ein kleiner, etwas zwielichtig wirkender Inder, das Gesicht zu einem freundlichen Lächeln verzogen.

»Wer zum Teufel sind Sie?«, fragte Mr. Digby.

Der Inder machte eine Geste, als wolle er salutieren. Das heißt, er erstarrte und drückte das bisschen Brustkorb, das er besaß, heraus. »Sir, ich bin Ihr Diener.«
Erschreckt blickte Mr. Digby ihn an. »Oh«, sagte er mit verändertem Tonfall, »tatsächlich? Nun, kommen Sie in einer halben Stunde wieder, ich möchte jetzt schlafen.« Und damit knallte er die Tür zu, um in Ruhe darüber nachdenken zu können.
Er war ein wenig unsicher, was das bedeuten sollte, aber nachdem er ein paar Mal durch das Zimmer geschritten war und aus dem Fenster gesehen hatte, kam er zu dem Schluss, dass er offensichtlich einen persönlichen Bediensteten hatte. Im Vorbeigehen musterte er sich im Spiegel und begann sich mit der Idee anzufreunden. Anscheinend stellte das Hotel für jeden Gast einen persönlichen Diener ab und hatte ihm diesen geschickt. Es kam ihm nicht in den Sinn, dass die Erklärung »Sir, ich bin Ihr Diener« eigentlich besagte: »Sir, möchten Sie mich zum Diener haben?«, denn in mancher Hinsicht war er ein leichtgläubiger Mann, der nur Verdacht schöpfte, wenn etwas von vornherein zwielichtig wirkte. Nach zwanzig Minuten öffnete er wieder die Tür. Der Inder, der direkt davor gehockt hatte, sprang sofort auf. Seine Erscheinung war ganz sicher nicht adrett, und er schien auch nicht allzu sauber zu sein, aber er wirkte willig.
»Wie ist dein Name?«, fragte Mr. Digby.
»Mein Name ist Sam, Sir.« Und wieder nahm er Haltung an, wie ein Gassenjunge, der vor dem Richter einen guten Eindruck machen will.
»Das ist aber ein komischer Name für einen Inder.«
»Sir, ich habe viele Male für Amerikaner gearbeitet.«

Fröhlich legte er den Kopf schräg. Mr. Digby nahm dies missbilligend zur Kenntnis. »Dann komm herein«, sagte er stirnrunzelnd, »und mach dich nützlich.«
Sein Neuerwerb bereitete ihm mehr Kummer als Vergnügen, weil er sich nicht ganz sicher war, wie er sich verhalten sollte. Vermutlich wurde von ihm erwartet, dass er sich ein wenig von oben herab benahm, aber die Situation war heikel. Immerhin hatte er es hier nicht mit einem englischen Dienstboten zu tun. Zwischen ihnen gab es kein stummes Einverständnis. Dieses schmuddelige kleine Geschöpf war im Vorteil: Er kannte die Regeln, und Mr. Digby empfand seine eigene Unwissenheit umso schärfer. Deshalb wandte er dem Mann den Rücken zu und sagte rasch: »Ich glaube, ich nehme ein Bad.«
Sam verschwand im Badezimmer, und Mr. Digby hörte Wasser rauschen. Sein Morgenmantel wurde ihm gebracht. Das Wasser, stellte er fest, hatte die perfekte Temperatur, nicht zu heiß und nicht zu kalt. Ich bin ein Sahib, dachte er und planschte glücklich im Wasser. Und ihm wurde klar, dass alles, was er sagte, gelten würde.

2

Jemand klopfte an Teresas Tür, ein Klopfen, so leicht, dass es eigentlich nur ein Scharren war, und eine Stimme rief: »Oh, Missie, Herr sagt, Sie trinken jetzt Tee in seinem Zimmer, kommen Sie schnell, Missie, hier ist Sam.«

Es lag an den letzten vier Wörtern, dass Teresa ihre Tür öffnete und einen Blick auf die kleine lumpige Gestalt warf, die behauptete, Sam zu heißen. In dem Augenblick, in dem sie in das zuversichtlich grinsende Gesicht blickte, den breiten Mund, die abstehenden Ohren und die hervorstehenden Augen sah, war Teresas Panik vorbei. Denn Sam war zwar ein Inder, aber kein Feind. Seine braune Haut trug nur zu seinem eigenartigen Aussehen bei. Er verlangte nichts von Teresa außer Freundlichkeit. Das genügte ihm, um in ihr Zimmer zu treten und die Ventilatoren einzuschalten, die sie übersehen hatte. Um seinen Freund, den *Dhobie*, zu holen. »Missie, hier ist der Dhobie-Mann.« Um Fotografien von sich aus einer schmierigen Innentasche zu ziehen. »Ich habe viele Male für Amerikaner gearbeitet.« Um seinen Körper zu ihrer Erheiterung zu verrenken, als habe er keine Knochen – »Ich tanze für Damen« –, und seine Vorführung mit einem Lachanfall abzubrechen. Er wurde auf Anhieb ihr Begleiter, Bewunderer, Unterhalter, Beschützer und, weil er all das und zudem noch freundlich war, auch ihr Freund. Teresa kam hinter ihrer Schutzmauer hervor und begann, sich umzuschauen.

Das Taj Mahal Hotel war riesig und so kühl, wie es ein Gebäude in der großen Hitze nur sein konnte. Zahllose steinerne Korridore führten vom Brunnen in der Mitte ab, und zu jeder Tageszeit bewegte sich eine stumme Armee von Kulis durch die Flure, um die Fußböden zu putzen, indem sie auf Lumpen hin- und herrutschten. Diener hockten dösend vor den Zimmertüren, während ihre Herren drinnen schliefen. Unablässig summten die Ventilatoren und kühlten den Schweiß, den auch die kleinste Bewegung hervorrief. Schritte waren lautlos; höchstens das leise Schlurfen von Sandalen war zu hören. Vor Teresas Fenster war ein moscheenartiges Gebäude mit einer Kuppel, das strahlend weiß gestrichen war. Papierdrachen tanzten wild an einem farblosen Himmel. Vom Fenster ihres Vaters aus blickte sie auf das Meer, das sie hinter sich gelassen hatte und auf dem kleine Segelboote schwammen. Auf jedem Stockwerk waren hinter Glas prächtige Saris aus Gold und Silber ausgestellt, und daneben waren die Geschäfte genannt, in denen man solche Saris kaufen konnte. Was für ein Reichtum hier herrschte! Was für eine Trägheit! Was für eine Atempause in der Hitze des Lebens, eine Parenthese der Schläfrigkeit!

Teresa und Sam wurden unzertrennlich. Er sagte ihr, sein richtiger Name sei Dil Mohammed. »Das ist ein sehr hübscher Name«, erwiderte Teresa höflich. Er sagte, er müsse für viele Angehörige sorgen. Viele, viele, sagte er und wackelte mit seinen gelenkigen Fingern, die jedes Wort wie Würmer begleiteten, um zu unterstreichen, wie viele Angehörige von ihm abhängig waren.

»Ich bin armer Mann«, sagte er und versuchte, einen

Moment lang niedergeschlagen auszusehen. Teresa sagte, das täte ihr sehr leid.

»Missie lebt in London?« Er war stolz auf sein gutes Englisch und legte großen Wert darauf, Mr. Digby mit »Sir« und nicht mit »Sahib« anzureden.

»Nein, eigentlich nicht. Nein. Ich weiß nicht, wo ich lebe. Ich glaube, im Moment lebe ich nirgendwo«, sagte Teresa.

Am nächsten Tag schickte Mr. Digby sie los, um Obst für die Reise zu kaufen. »Besorg eine Thermosflasche«, sagte er zu Teresa und gab ihr Geld. »Und Orangen. Weißt du, wo du mit Missie hingehen sollst?«, bellte er Sam an, als ob er es mit einem Schuljungen zu tun habe. »Thermosflasche – weißt du, was das ist? Weißt du, wo du eine Thermosflasche kaufen kannst?«

Sam legte den Kopf schräg, eine Geste, die Mr. Digby nur allzu vertraut werden sollte. Er wusste, woran er mit einem aufrichtigen Ja oder Nein war, aber dieser asiatische Kompromiss stellte seine Geduld auf eine harte Probe. Ein Inder, so erkannte er, würde immer eher zu einem vagen Ja als zu einem Nein tendieren, da er lieber durch Zustimmung gefallen als durch Widerspruch enttäuschen wollte, und das eigentliche Ziel war ihm dabei herzlich gleichgültig. Indem er den Kopf schräg legte, versprach er einen möglichen Erfolg, ohne jedoch die Verantwortung für ein ebenso mögliches Scheitern zu übernehmen. Das irritierte Mr. Digby sehr, der großen Wert auf Eindeutigkeit legte. Mit einer ungeduldigen Geste entließ er seine Tochter und seinen Diener. Er wollte Briefe schreiben. Vor allen Dingen wollte er an Lilian schreiben, wenn auch nicht um zu triumphieren, ihr doch die vollendeten Tatsachen zu verkünden, nur für den Fall, dass sie noch Zweifel an seiner Fähigkeit, sie in den Schatten zu stellen, hegen sollte.

Teresa stellte fest, dass sich die Kompassnadel ihrer Gefühle für diesen Kontinent in wenigen Stunden ruckartig gedreht hatte und nun in die genau entgegengesetzte Richtung zeigte. Sie hatte keine Angst mehr. Im Gegenteil, sie hieß die Fremdheit willkommen; das brodelnde Leben, der ohrenbetäubende Lärm und die leuchtenden Farben erhitzten ihr Blut. Vergnügt trottete sie hinter Sam her, während er mit männlichen Schritten vorausging und versuchte, ihr einen Weg durch die Menge zu bahnen.

Noch nie hatte sie so viele Menschen gesehen. Sie hätte sich nicht träumen lassen, dass es überhaupt so viele Menschen gab. Sie waren überall, schliefen auf Mauern, auf dem Pflaster, hockten, gingen, bummelten; mit Tropenhelm, Fes, Turban; in weißen, europäischen Anzügen, *Dhotis*, Shorts oder fast nackt; Inder in Sandalen, barfuß, in Schuhen; gut genährte Inder mit Bauch und Brille; ausgezehrte Inder, deren trockene Haut sich über die Knochen spannte; kleine Kinder, Bettler, Kranke, Müßiggänger, Geschäftige; Inder mit Aktentaschen oder Babys, mit Körben voller Obst auf den Köpfen oder formlosen Bündeln; oder Inder mit leeren Händen, leerem Kopf, leeren, entzündeten Augen, die ihre blutroten Münder öffneten und, Schwindsüchtigen gleich, Betelsaft ausspuckten; Polizisten, gekleidet wie Schuljungen in marineblauen Shorts, die Hand in Hand dahinschlenderten; Frauen, deren Wangenknochen scharfkantig herausragten wie das Becken einer Kuh, mit Silberarmbändern, die in den Falten ihrer Gewänder klimperten, während sie hinter Bergen von grünen, unreifen Orangen saßen; untadelig gekleidete Studenten, die mit ihren Lehrbüchern unter dem Arm über die Straße gingen. Auf den Gehwegen war ein kompliziert miteinander verwobenes Gemenge an Fußgängern, auf den Straßen ein ebenso komplexes Gewirr an Menschen auf Rädern.

Klapperdürre Pferde trotteten von über ihren Köpfen knallenden Peitschen angetrieben auf der Straße und zogen stinkende *Gharris* hinter sich her; altmodische, gelbe Taxis stürzten sich wild hupend ins Getümmel; dazwischen Rikschas und Fahrräder; und all das Hupen, Schreien und Pfeifen stieg von der dampfenden Erde auf zur glühenden Sonne, um in den endlosen Weiten des trockenen, stummen Himmels zu verschwinden.

Die gleißende Helligkeit löschte die Farben aus, so wie sie dem Schatten die Wirkung nahm. Das grelle Licht legte sich wie eine Decke über alles. Die gekalkten Gebäude wurden so trockengebacken, dass man meinen konnte, sie würden jeden Moment zu Staub zerfallen. Und zwischen all dem bewegten sich die fliegengeplagten heiligen Kühe und hinterließen auf dem Gehweg unbefangen ihren Dung, auf den Treppenstufen zu einer Bank oder mitten auf der Straße, wo er dann wie Felsbrocken einen Bergbach den Verkehrsfluss teilte.

Mit aufgerissenen Augen und offenem Mund nahm Teresa das Chaos in sich auf, als ob sie einen neuen Wein probierte und nicht genug davon bekommen könnte. Ihre Ängste und ihre Vorsicht waren verschwunden. An die Stelle ihres lebenslangen Instinkts, alles, was von außen kam, abzuwehren, trat leichtsinniges, grenzenloses

Vertrauen. Sie ließ ihren Schutzschild fallen und stieß ihre Türen auf. Sie gab sich dem Gewimmel hin, weil sie sich darin sicher fühlte, denn kein einziges Gesicht wirkte bedrohlich, niemand fasste sie an oder kümmerte sich überhaupt um sie. Und Sam führte sie sicher und schnell. Freudig und unbeschwert folgte sie ihm.

Sie kauften eine Thermosflasche. Das heißt, eigentlich kauften sie zwei, und Teresa wusste hinterher nicht mehr, wie es dazu gekommen war. Aber Sam und der Verkäufer waren sich beide so sicher, dass zwei besser waren als eine – dass eine allein praktisch nutzlos war –, und sie redeten so überzeugend mit Händen und Füßen auf sie ein, dass sie mit Mr. Digbys Geld zwei Thermosflaschen – zudem noch zwei sehr große Thermosflaschen – gekauft hatte, bevor sie überhaupt wusste, wie ihr geschah. Triumphierend war Sam aus dem Laden gestürmt, in jeder Hand eine Thermosflasche, und hatte sie zum Markt geführt.

Der Markt war überdacht, kühl und dunkel, mit einem Steinboden und voller Früchte und Blumen, deren zarte Blüten nicht mehr als einen Tag überdauerten. Ein schwüler, süßer Geruch erfüllte die Luft, der andeutete, dass die Erde irgendwo tief unten noch feucht genug war, dass das Leben keimen konnte. Hier und dort drang ein Lichtstrahl durch das Zwielicht, und mehr als bloßes Licht schien er Farben hervorzubringen. Er grub sich in die leuchtenden Früchte, die das Licht mehr zu bereichern schienen, als dass sie vom Licht bereichert wurden. Orangen, Melonen, Ananas, Zitronen, Bananen, Pomelos – ein Rausch von Farben und Formen durchbrach mit strahlender Frische den Dämmerschein der heißen, ermatteten Welt.

»Missie sollte eine Blume haben«, sagte Sam. »Sie ist eine Dame.« Und da war die Blume, eine Rose, die ihr eine braune Hand aus dem Schatten entgegenstreckte.
»Zwei Rupien, Memsahib.«
»Zwei Rupien!«, wiederholte Teresa entsetzt. »Das sind ja drei Schillinge.« Der Markt war voller Rosen. »Zwei Rupien für eine Rose! Sam!«, sagte sie. »Das ist *viel* zu teuer.«
Nein, nein, das war ein guter Preis für eine Rose – sie solle doch sehen, jeder fände das, jeder lächelte, nickte und versicherte ihr, dass zwei Rupien keineswegs zu viel für so eine Rose waren, die schönste Rose auf dem Markt, die Blume für eine Dame. Da, der Standinhaber nickte auch und drängte ihr freundlich die Rose für nur zwei Rupien auf.
Sie suchte ihre Orangen sorgfältig aus, und die Zuschauer, die sich um sie versammelt hatten, halfen ihr dabei, streckten ebenfalls die Arme aus und wählten die größten, rundesten, reifsten Früchte, die man sich nur wünschen konnte. Sie schwenkten sie vor ihrer Nase und brachten sie völlig durcheinander, aber es war alles nur ein Spiel, ausdrücklich für sie inszeniert. Sie waren so fröhlich und buhlten um ihre Aufmerksamkeit: »Sieh her, Memsahib, das ist eine gute Orange.« Teresa kam sich vor wie eine Erwachsene auf einem Kinderfest.
Und bei den Zitronen war es genau das Gleiche – Orangensaft für eine Thermoskanne, Zitronensaft für die andere, sagte Sam –, denn als sie sich zu einem Stapel Zitronen begab, bewegte sich die Menge mit ihr und folgte ihr auf den Fersen. Wie nett und fröhlich sie alle waren, dachte Teresa, und wie sehr sie sich freuten, wenn sie ihr eine Freude machen konnten; dabei war sie

doch eine Fremde und würde sie nie wiedersehen. Und eigentlich sahen alle Zitronen gleich aus, keine besser oder schlechter als die andere; außerdem hatte sie nur Orangen gewollt und keine Zitronen. Aber sie konnte doch dieses freundliche Interesse nicht enttäuschen, dieses Wohlwollen, das außer einem Lächeln und Freundlichkeit nichts von ihr erwartete. Schließlich riss sie sich los, erhitzt, verwirrt, pulsierend vor Stolz und Zuneigung, und sie traten wieder hinaus in die Sonne. Sam lief voraus, um ihnen den Weg zu bahnen, und ein kleiner Junge trug auf dem Kopf den Korb mit den Früchten, die sie gekauft hatten.

3

Aber ich mag keine Zitronenlimonade«, nörgelte Mr. Digby. »Ich habe dir doch gesagt, du sollst Orangen kaufen.« Sein Brief an Lilian war sehr schwierig gewesen.

»Orangen habe ich auch gekauft.«

»Du liebe Güte«, sagte er und betrachtete stirnrunzelnd das großäugige Kind, das in der Tür stand. »Damit kann man ja eine ganze Armee ernähren – was um alles in der Welt hast du dir dabei gedacht, Teresa? Und warum konnte Sam die Sachen nicht tragen? Ich habe keinen Goldesel, weißt du.« Und als er die beiden Thermosflaschen sah, rief er: »Teresa!« Er stieß ein verärgertes Lachen aus, als ob er seinen Augen kaum traute, und schob geräuschvoll seinen Stuhl zurück, um sich zu erheben. Er trug Pantoffeln, und sein Hemd hing offen über seine Hose. »Was soll ich denn damit anfangen? *Zwei* Thermosflaschen – *zwei?* Um Himmels willen, warum denn? Habe ich zwei gesagt? Kann man dich nicht einmal allein einkaufen schicken? Ich habe es für ganz einfach gehalten – ›hol ein paar Orangen, kauf eine Thermosflasche‹. Aber du musst mit einem Berg Obst und zwei riesigen Thermosflaschen zurückkommen.«

Teresa schwebte jedoch von ihren Erfolgen beseelt noch so hoch in den Wolken, dass ihr die Schelte ihres Vaters nichts anhaben konnte. Außerdem war sie sich sicher, dass er aus irgendeinem Grund schon wütend gewesen war, bevor sie hereingekommen war; deshalb entwich

sein Zorn jetzt wie durch ein Sicherheitsventil. Sie hielt ihm mutig und schweigend stand.
»Es ist nicht nur das Geld«, fuhr er fort, »obwohl ich kaum zu fragen wage, was das alles gekostet hat – darum kümmerst du dich ja nicht. Nein, es geht nicht nur um das Geld, es ist der Gedanke, dass ich einfach nicht darauf vertrauen kann, dass du deinen Kopf gebrauchst. Du hast anscheinend nicht einen Funken gesunden Menschenverstand, und ich muss nicht nur dein Vater sein, sondern auch noch dein Kindermädchen.«
Sein Tonfall hatte sich verändert: Er klang nun wie jemand, der einen so ausgeprägten Sinn für Humor besitzt, dass er sich über Dinge amüsieren konnte, die jeden anderen Mann in gerechten Zorn versetzt hätten. Denn Teresas ungewöhnlich kühne Haltung verunsicherte ihn, gelinde gesagt. Er hatte mit einem dieser netten kleinen Siege der Stärke über die Schwäche gerechnet – Siege, die nicht zu verachten waren –, und dann hätte er ihr großzügig vergeben, sie mit großer Geste entlassen und zufrieden mit sich und der Welt diesen entsetzlich schwierigen Brief an Lilian zu Ende schreiben können. In seiner Schullaufbahn hatte er festgestellt, dass nichts so gut gegen schlechte Laune wirkte wie ein einschüchterndes Stirnrunzeln, das darauffolgende Ducken und das königliche Pardon anschließend. Normalerweise konnte er sich für diese therapeutische Maßnahme auf Teresa verlassen, heute jedoch offenbar nicht. Sie hatte die Hände hinter dem Rücken verschränkt und die Lippen trotzig zusammengepresst. Das ging so nicht. Er würde noch mehr aus dem Gleichgewicht geraten, als er es ohnehin gewesen war. Kurz überlegte er, dann änderte er seine Taktik. Lachend gab

er ihr mit der flachen Hand einen Klaps auf den Hinterkopf, um ihr zu zeigen, dass sie wieder Kumpel waren. Nervös blickte er sie an.

»Nun, *ich* mag Zitronenlimonade lieber als Orangensaft«, sagte Teresa, der sein Stimmungswechsel nicht entgangen war. Es überraschte sie selbst, wie gelassen sie war. »Und es war nicht besonders teuer, wenn du es wissen willst. Außerdem sind Thermosflaschen keine Geldverschwendung, man kann sie immer brauchen. Und was ihn angeht«, fügte sie hinzu und deutete mit dem Kopf auf den kleinen Jungen, der immer noch mit den Früchten in der Tür stand, »ihm brauchst du nicht mehr als zwei Pence zu geben.« Nachdem sie diesen letzten Pfeil abgeschossen hatte, trat sie ans Fenster und blickte auf das Meer, als ob diese ganze Auseinandersetzung sie nur langweilte.

Aber das war ungerecht. Sie verdrehte seine Absicht, ja, seinen Charakter. Er hatte nie behauptet, dass es ihm in erster Linie ums Geld ging. Ihm ging es ums Prinzip, um das Prinzip, Pflichten so auszuführen, wie man sie aufgetragen bekam – aber das war inzwischen egal, die ganze Sache war jetzt sowieso ein Scherz, er hatte sie dazu gemacht, hatte Teresa lachend den Kopf getätschelt. Es war ungerecht, wirklich abscheulich von ihr, ihn weiterhin ernst zu nehmen. Und jetzt musste er, um sich selbst aus der Schusslinie zu bringen, absurderweise auch noch um ihr Wohlwollen werben. Aber zunächst einmal schickte er die Dienstboten aus dem Zimmer.

»Nun, Teresa, wie wäre es mit einem kleinen Spaziergang? Wollen wir uns ein bisschen die Beine vertreten? Ich kann ja meine Briefe später fertigschreiben.«

Aber das Meer, die Erinnerung daran, wie ihr braune

Hände aus dem Schatten Zitronen gereicht hatten, die Rose – sie hatte sie verloren, irgendwo fallen lassen, die Minarette, die Läden, die Menschen, der Lärm: All das hatte sie längst milde gestimmt, und er hätte sich die Mühe sparen können. Voller Leben wirbelte sie herum.
»O ja. Lass uns spazieren gehen.« Also musste er wohl oder übel gehen.
Sie kamen an dem riesigen, kühlen Triumphbogen vorbei. Bettler lagen schlafend im Schatten. Alte Männer mit bis auf Ohrenhöhe angezogenen Knien rösteten Nüsse. Soldaten lehnten an der Mauer und spuckten ins Meer. Und vor ihnen breitete sich endlos die glatte, graue Wasserfläche aus, undurchsichtig wie Metall und schimmernd von Lichtern. Hier gab es keine Menschenmengen und keinen Lärm. Der weite, offene Platz hinter dem Tor war fast menschenleer, und eine Trägheit wie kurz vor der Siesta lag darüber. Ein Schlangenbeschwörer kam mit seinem Korb auf sie zugerannt.
»Sahib, du siehst Schlangentanz? Schlangentanz für Sahib? Sahib, Sahib!«
»Oh«, sagte Teresa und blieb stehen. »Ich habe noch nie eine Schlange tanzen sehen. Ich habe überhaupt noch nie eine Schlange gesehen.«
Der Inder hockte sich hin, hob seine Flöte an die Lippen und zog den Deckel vom Korb. Darin lag zusammengerollt eine reglose Kobra. Sie hätte auch tot sein können. Der Mann spielte auf der Flöte und steckte seinen nackten Zeh in den Korb und rührte in dem prallen Klumpen, als sei er nichts als Dung.
»Wie *kann* er nur?«, murmelte Teresa. Sie stand etwa einen Meter entfernt und traute sich nicht näher heran, beugte sich aber mit zusammengepressten Händen vor.

»Es ist nicht gefährlich«, sagte Mr. Digby. »Es ist alles nur vorgetäuscht – sie nehmen ihnen das Gift weg, weißt du.«
Das dünne Gejammer lockte weiter, flehte »Tanz, kleine Schlange«. Das Tier schlief, schmollte oder war diese monotone Weise leid, auf jeden Fall reagierte es nicht. Mr. Digby schnaubte. Wieder setzte der Inder seinen Zeh ein. Fünfzehn Zentimeter Kobra richteten sich steif auf. Teresa sah, dass sie die Augen weit geöffnet hatte. Ohne sein Flötenspiel zu unterbrechen, beugte sich der Inder vor und schlug der Schlange zweimal fest auf den Kopf. Seine Weise wurde lauter. »Tanz, tanz, kleine Schlange.« Langsam richtete das Tier sich um weitere dreißig Zentimeter auf und schwankte von rechts nach links. Dann ließ es sich auf den Bauch sinken, glitt träge über die Seite des Korbes und begann wegzukriechen. Der Inder stellte lediglich einen Fuß auf den Schwanz und hielt sie fest. Und immer weiter klagte seine Melodie. Mr. Digby fand es widerlich. Was für eine armselige Darbietung, dachte er. Er warf eine Münze hin und zog Teresa am Arm. Sie blieb stehen. Er zerrte sie weg. Sofort sprang der Schlangenbeschwörer auf und rannte ihnen schreiend nach. Das war nicht genug Geld für einen Schlangentanz. Tanz! Mr. Digby war empört. Teresa drehte sich um und sah, wie die Schlange über den heißen Platz davonglitt. »Nun komm schon, Teresa«, sagte Mr. Digby und ging schneller.
Jetzt waren sie leichte Beute geworden und wurden von allen Seiten verfolgt. »Ich sage Ihnen die Zukunft voraus, Sahib, in Ihrem Gesicht steht Glück geschrieben.« Und Mr. Digby versuchte vergeblich, sie mit Gesten und immer längeren Schritten loszuwerden. Er machte

sich Sorgen wegen der Reise, die sie morgen antreten wollten, wegen der Briefe, die er noch nicht geschrieben hatte, weil es unmöglich war, Lilian zu sagen, was er ihr sagen wollte, ohne vulgär zu werden. Er war enttäuscht von der Schlange, diese räudige Kreatur, der man das Gift genommen hatte, ein Schwindel, wie so viele Dinge, viel zu viele Dinge auf dieser Welt. Dann stellte sich ihnen ein Kerl mit einem Affen auf der Schulter in den Weg, so dass er Teresa zur Seite ziehen musste. »Memsahib, Affentanz?«

Alle wollten für Teresa tanzen, alle wollten sie unterhalten. Das war Indien, geschaffen zu ihrer Unterhaltung. Selbst die Sonne forderte sie auf, glücklich zu sein, ihre großzügige Hitze aufzusaugen und salzigen Dank auszuschwitzen. Sogar die Bettler strahlten Hoffnung aus. Das weite Meer wirkte so solide, als könne sie darüber laufen und die kleinen grauen Segel pflücken wie Gänseblümchen auf der Wiese. Die Soldaten spuckten. Sie hatten keine Eile. Reglos wie das Wasser vor ihnen saßen sie da, während sich die Stunden in der Hitze ausdehnten und der Schatten des Tores langsam über sie hinwegzog. Nur Mr. Digby war in Eile, bedrängt von Gedanken und Sorgen, die an ihm hingen wie die Fänge eines wilden Tieres, das er nicht abzuschütteln vermochte. Er floh vor diesem lästigen Pack – konnte man noch nicht einmal einen Spaziergang machen, ohne belästigt zu werden? – und zog Teresa mit sich, die im Gegensatz zu ihm nichts dagegen zu haben schien, belästigt zu werden. Er wollte zurück in die teure Kühle des Taj Mahal Hotels, wo er in Ruhe gegen seine Zähne tippen und sich um den Verstand bringen konnte, wenn er an die morgige Rechnung dachte.

4

Sie hatten mit Sam vereinbart, dass er sie nach Assam begleitete. »Was ist mit deinen Angehörigen?«, fragte Teresa ihn. Eigentlich sah er viel zu unbeständig aus, um so viele Menschen ernähren zu können, aber er hatte es betont, und Teresa glaubte ihm.

»Das ist schon in Ordnung«, erwiderte Sam munter. »Ich lasse Geld da.« Er verteilte ein imaginäres Vermögen in der Luft. »Sie warten, zwei Wochen, drei Wochen, vielleicht vier, fünf Wochen. In Ordnung, ich bringe Geld mit. Sehr froh, mich zu sehen.« Erneut verteilte er pantomimisch Geld. »Herr bittet mich, mit ihm zu gehen. In Ordnung, ich gehe. Er sehr gut zu mir, sehr guter Mann, also ich sehr gut zu ihm. Ich kümmere mich um ihn, du wirst sehen. Ich sehr aufrichtiger Mann«, fügte Sam mit Nachdruck hinzu. Teresa fragte sich, wie alt er wohl sein mochte. Er wirkte alterslos, ein Puck ohne Haare am Kinn, der seine Pflichten wie zerschlissene Kleidungsstücke trug. Er hielt sich gerade, machte Schritte, die für seine winzige Gestalt zu lang waren, und drückte seinen schmächtigen Brustkorb heraus, stolz darauf, so ein guter Diener zu sein, ein Mann, der Englisch sprach, der viele Male für Amerikaner gearbeitet hatte, der Fotografien in der Innentasche bei sich trug, für Damen tanzen konnte und wie ein Maharadscha oder Mann von Welt für eine Großfamilie sorgte, für die sein Wort Gesetz war und die sein Kommen und Gehen nicht in Frage stellte.

Am nächsten Abend nahmen sie den Abendzug nach Kalkutta. Sam stand betrunken auf dem Bahnsteig; zweifellos hatte er rührseligen Abschied von seiner Verwandtschaft genommen. Zerdrückte Blumen hingen ihm um den Hals. Als er einem Kuli wichtigtuerisch die beiden Thermosflaschen aus der Hand riss, für die er sich persönlich zuständig fühlte, ließ er eine fallen, und sie hörten das zerbrochene Glas im Inneren klirren.

»Sir, ich habe Glück«, rief Sam fröhlich. »Das ist die Zitronenthermosflasche. Und der Herr liebt Orangen.«

Mr. Digby beschimpfte Sam, bis dem die Tränen über das schmutzige Gesicht liefen. Sein Stolz brach in sich zusammen. Er war ein armseliges kleines Menschenkind in seinen eingelaufenen europäischen Kleidern mit den ausgefransten Manschetten und seiner zerrupften Blumengirlande um den Hals. Schniefend wischte er sich mit dem Handrücken über das Gesicht. Der Abend war heiß. Die Lampen glühten in einem schwachen Orange, was die Dunkelheit noch verwirrender machte.

Sie kämpften sich den Bahnsteig entlang. Im Bahnhof wimmelte es von Menschen. Der Lärm war ohrenbetäubend, überall ertönten Schreie und Pfiffe. Die Luft war schwer von dem süßlichen Gestank schwitzender Leiber. Im Glanz der Laternen blitzten schreckgeweitete Augen. Kupferfarbene Haut leuchtete auf. Man musste auf jeden einzelnen Schritt achten, weil überall Menschen lagen, eingehüllt in ihre weißen Baumwollfittiche, die sich auf Matten zum Schlafen gelegt hatten, vielleicht weil es ihre ganze Kraft erschöpft hatte, das Leben auch nur einigermaßen im Griff zu haben. Und so hatten sie sich zu den Füßen ihrer stärkeren Mitmenschen hingelegt, und es kümmerte sie nicht, ob jemand auf sie trat oder sie mit dem Abfall wegkehrte, solange sie es nicht spüren mussten. Nur die Händler drängten sich zielstrebig durch die Menge an den Zügen entlang, boten auf ihren Tabletts Bananen und Bonbons an, Zeitschriften und Schokolade. Die Kerzenstummel auf den Tabletts brannten mit tröstlich-schwacher Flamme, und der eintönige Singsang erhob sich über das allgemeine Gemurmel der verlorenen Scharen.

Es wirkte tatsächlich wie ein Bahnhof voller Verlorener. Es schien unmöglich, dass der Zug jemals aus diesem düsteren Chaos herausfahren und alles hinter sich lassen würde. Niemand schien zu wissen, warum sie da waren oder wohin sie wollten. Es gab keine Eile – selbst Mr. Digby, der mit Kopf und Schultern aus der Menge herausragte und mit wilder Entschlossenheit ausschritt, konnte sich nur Zentimeter für Zentimeter vorwärtskämpfen. Es herrschte ein unablässiger Fluss, ein Suchen, jedoch ohne die Hoffnung darauf, irgendetwas zu finden. Die Menschen suchten mehr als verlorene Gepäckstücke oder Familienmitglieder: Sie suchten Vernunft, Identität, wie Schlafende, die einen Alptraum für die echte Hölle hielten und denen es nicht gelang, sich aus dem Schlaf zu kämpfen.

Endlich erreichte Mr. Digby, dicht gefolgt von seiner Tochter und seinem Diener, das reservierte Abteil, in dem er und Teresa zwei Nächte und fast zwei Tage von Bombay nach Kalkutta reisen sollten. Es hatte die Größe und fast auch die gleiche Form wie ein Pferdehänger, roch auch ähnlich intensiv, wenngleich beträchtlich unangenehmer. Es verfügte über vier ursprünglich einmal gepolsterte Kojen, die sich in einem Zustand schwärzlichen Zerfalls befanden, zwei Ventilatoren und einen

Waschraum und stellte in diesem Moment für beide, für Mr. Digby wie für Teresa, ein willkommenes Refugium dar. Ihre Koffer und Decken wurden hineingeworfen, und sie stiegen ebenfalls ein. Mr. Digby riss sich den Hut vom Kopf und wischte sich übers Gesicht. Teresa lehnte sich aus dem Fenster. Dann stieß sie einen Schrei aus. Sie beugte sich so weit vor, wie sie konnte.

»Ich habe Miss Spooner gesehen, ich bin mir ganz sicher. Sie nimmt wahrscheinlich den gleichen Zug – das war sie bestimmt!«

»Nun, ich hoffe, du hast dich geirrt«, sagte Mr. Digby. »Mir wäre es lieber, sie nähme einen anderen Zug.«

Teresa, die noch immer den Kopf aus dem Fenster streckte, insistierte verärgert: »Nein, ich bin mir sicher, dass sie es war.«

»Ich weiß gar nicht, warum du sie so magst«, meinte Mr. Digby, der in einem Koffer nach seinem Kulturbeutel kramte und dabei das Unterste zuoberst kehrte. »Sie ist ein langweiliges, vertrocknetes Geschöpf«, stieß er mit überraschender Heftigkeit hervor; aber in diesem Klima mussten solche Anstrengungen oder Gefühlsausbrüche teuer bezahlt werden, denn sofort brach ihm wieder der Schweiß aus und lief ihm über den Rücken. »Wo zum Teufel habe ich meinen Kulturbeutel hingetan? Bestimmt hat Sam ihn. Warum fährt der Zug eigentlich nicht los? Worauf warten wir denn noch?«

Sein Herz schlug heftiger als gewöhnlich, und in einem Anflug von Furcht ließ er sich auf den Rand seiner Koje sinken. »Ich mag sie nicht«, sagte er ruhiger, aber so, als wolle er das ein für alle Mal klarstellen. »Sie missbilligt ihre Mitmenschen, und wie eine solche Frau es wagt, andere zu kritisieren – du liebe Güte.« Er erwärmte sich immer mehr für das Thema. Er spürte nämlich, dass Miss Spooner ihn persönlich missbilligte, und das wurmte ihn, zumal jede Spur von Missbilligung seiner Person unverdient war. »Du lieber Himmel, Teresa, worauf kann *sie* denn schon stolz sein, das möchte ich gerne mal wissen. Sie ist wirklich nicht von besonderem Nutzen für diese Welt.« Damit meinte er, dass Miss Spooners weibliche Organe sich nie Berechtigung erworben hatten, da sie weder einem Mann als Trost und Unterstützung gedient noch Kinder produziert und gehegt hatten (Mr. Digby hasste kleine Jungen, und kleine Mädchen langweilten ihn, aber es ging ums Prinzip). »Ein bisschen Bescheidenheit würde deiner Miss Spooner ganz gut zu Gesicht stehen, statt die Nase so hoch zu tragen«, fuhr Mr. Digby fort und schob die Hand in sein Hemd, um sein Herz zu beruhigen. »Sie wird noch einen Dämpfer bekommen, lass dir das von mir gesagt sein.« Bei dieser Prophezeiung ging es ihm mit einem Schlag besser, und er empfand Befriedigung. Geschah ihr recht, geschah ihnen allen recht – jedem, dem nicht klar war, was er für ein guter Kerl war.

Teresa wandte sich vom Fenster ab, denn es war sinnlos, in diesem wogenden Meer von weißen Baumwollgewändern nach einem bestimmten Gesicht Ausschau zu halten, und setzte sich auf die Koje gegenüber. Ihre langen Zöpfe hingen ihr auf die Schultern. Ihre Augen waren hell und groß. Die Anstrengung hatte sie eher stimuliert als ermüdet. Aber die Last des Packens und des Auszugs aus dem Taj Mahal Hotel – die Rechnung war erbarmungslos hoch gewesen und schmerzte ihn noch Tage später –, die Aufgabe, ein Taxi aufzutreiben, die Verantwortung für Träger und Gepäck und Sam und die Menschenmenge, all das hatte Mr. Digby oblegen; Teresa hatte ihm bloß zu folgen brauchen.

»Ich mag sie«, erklärte Teresa, die es ebenfalls für wichtig hielt, das klarzustellen und mehr noch zu verstehen, warum es so war.

»Nun, das weiß ich. Du sagst es ja ständig. Obwohl es mir unerklärlich ist. Ich sage dir ja auch nur, dass ich sie nicht leiden kann. Das ist alles. Das ist alles. Und jetzt ist es genug. Ich bin es leid, über diese Frau zu sprechen. Ich will auch nicht an sie denken.« Er schwenkte den Arm.

»Ich mag sie«, sagte Teresa bedächtig, »weil ich glaube, dass sie nur dann wirklich böse auf mich wäre, wenn ich etwas tun würde, von dem *ich* weiß, dass es nicht richtig war. Wenn ich also schon davon ausginge, dass sie böse auf mich sein würde.«

»Das reicht, das reicht«, schrie Mr. Digby. »Ich habe dir doch gesagt, dass wir genug von ihr gesprochen haben.«

Nachdenklich blickte Teresa zu Boden, um den Gedanken im Kopf noch klarer zu formulieren. Was war das nur mit Miss Spooner?, fragte sie sich. Es hatte nicht nur mit dem Bösesein zu tun, obwohl das auch dazugehörte. Sie hatte einfach keine unangenehmen Überraschungen parat. Sie war kompromisslos gerecht – aber da war noch mehr. Was noch? Es war schwierig in Worte zu fassen. Lag es daran, dass man das Gefühl hatte, sie sei einfach zufrieden, ganz im Stillen, während man das bei anderen Leuten, die es von sich behaupteten und sich so viel mehr darum bemühten, nie wirklich glaubte? Lag es daran …? Mit gesenktem Kopf versuchte sie, das Geheimnis von Miss Spooner zu ergründen.

»Teresa«, sagte Mr. Digby kläglich, »kannst du mir mal eben deinen Schwamm leihen? Ich finde meine verdammte Tasche nicht.« Für gewöhnlich versuchte er, in ihrer Gegenwart nicht zu fluchen. Bereitwillig gab sie ihm ihren Schwamm, und als er in den Waschraum ging, begann der Zug langsam anzufahren. Er steckte den Kopf wieder ins Abteil und sagte: »Ich hoffe bei Gott, dass der närrische Sam ebenfalls eingestiegen ist. Was meinst du?«

»Ach, ich denke schon.«

»Er war betrunken«, sagte Mr. Digby. »Ich hätte ihn natürlich niemals mitnehmen sollen, sondern mir jemand anderen suchen müssen.« Und Sorge, noch mehr Sorge, bewog ihn dazu, sich an Teresa vorbei zum Fenster zu drängen, sich mit dem tropfenden Schwamm in der Hand hinauszubeugen und nach Sam Ausschau zu halten, der wahrscheinlich sturzbetrunken auf dem Bahnsteig lag. Der Zug war völlig überfüllt. Inder standen auf den Stufen, klammerten sich am Geländer fest. Überall wurden Köpfe aus den Zugfenstern gestreckt, nicht aus dem Wunsch heraus, etwas zu sehen, wie bei Mr. Digby, sondern weil draußen mehr Platz für einen Kopf war als im Inneren eines Dritte-Klasse-Waggons. Obwohl der Zug an Tempo gewann, waren immer noch nicht alle Türen geschlossen, weil man sie nicht schließen konnte. Mr. Digby sah einen Mann, der durch das kleine Fenster einer offenstehenden Tür kletterte, woraufhin die Tür geschlossen wurde, damit er in den Waggon gelangen konnte. Der Anblick machte ihn wütend: Warum um Himmels willen konnte dieses verfluchte Land nicht mehr Züge oder weniger Menschen bereitstellen und auch ein bisschen sauberer und besser organisiert sein? Zudem ließ dieser völlig überfüllte Zug, der immer schneller mit seiner zusammengepressten menschlichen Last dahinratterte, einen Bahnsteig zurück, der nicht weniger voll war als bei ihrer Ankunft und jetzt in schwärzlich-orangefarbener Dunkelheit verschwand. Schwärme geflügelter Insekten schwirrten sinnlos um die trüben Lichter, wie eine Parodie der noch größeren Verwirrung, die darunter herrschte. Die Schläfer schliefen; die Suchenden suchten; die rauhen Schreie erfüllten die Luft mit misstönendem Lärm, durch den Pfiffe schnitten wie Messer, die ein Knäuel von Adern zu entwirren versuchten.

Und wo war Sam?

Warum blieben die Sorgen über Dinge, um die sich andere kümmern sollten, eigentlich immer an ihm hängen? Er war ein Magnet für die Schwachen, die Leichtfertigen, die Dummen, die alle ihre Pflichten vor seinen Füßen abluden, damit er sie sich aufbürdete. Aber warum halste er sich auch alles auf?, fragte er sich. Warum war er ein solcher Narr? Er brauchte doch all seine Kraft, um sich selbst zu retten, denn die Strömung war stark, und er konnte das andere Ufer nicht erreichen. Und doch verausgabte er sich – das hatte er immer schon getan – und bürdete sich die Sorgen der anderen auf, obwohl seine eigenen zahlreich genug waren und ihn niederdrückten; er sorgte sich, ob sie den Zug verpassten, ihre Tickets vergaßen oder durch Prüfungen fielen. Dilettanten beuteten sein Pflichtgefühl aus, nährten sich wie Parasiten an seinen Fähigkeiten und würden sich schon bald mit seiner Leiche begnügen müssen, denn auch ein Riese kam irgendwann an seine Grenzen. Und es war seine Schuld, dass er diese Ausbeutung erlaubte, denn eigentlich müssten auch die Schwachen sich selbst verteidigen oder eben untergehen. Jeder stand für sich allein. Nur er war ein solcher Narr, dass er diesem einfachen Grundsatz nicht folgte, und er musste schrecklich leiden, für andere leiden, weil es eben in seiner Natur lag. Jetzt war es also Sam, der bestimmt zurückgeblieben war, und es war zu spät, um etwas zu unternehmen. Er konnte sich nur noch Sorgen machen. Mr. Digby drückte Teresas Schwamm über seinem Gesicht aus und saugte ein wenig Flüssigkeit in seinen trockenen Mund, aber dann fiel ihm ein, dass das Wasser wahrscheinlich voller Keime war, und hastig spuckte er das Gift wieder aus.

Sam jedoch tauchte an der nächsten Station wesentlich nüchterner wieder auf und sagte, im Speisewagen weiter vorn im Zug gäbe es jetzt Abendessen. Während sie aßen, würde er dableiben und auf ihr Gepäck aufpassen. Der Zug hatte keinen Korridor, und Mr. Digby und Teresa rasten den Bahnsteig entlang und stürzten in den Speisewagen, wo sie wie durch ein Naturgesetz auf Miss Spooner und Mr. Littleton trafen, die plaudernd einander gegenübersaßen und ihre Suppe bereits halb aufgegessen hatten.

Als die gegenseitigen Überraschungsbekundungen beendet waren, setzten sie sich alle wieder. Mr. Littletons Frau hatte ihn nicht in Bombay abgeholt, wie sich herausstellte. Eines der Kinder war krank, sagte er; nichts Ernstes, irgendeine Kinderkrankheit wie die Masern. Miss Spooner war so lebhaft wie nie. Teresa war stolz auf sie und warf ihrem Vater Blicke zu, als wolle sie sagen: Siehst du! Sie ist gar nicht langweilig, ich habe es dir doch gesagt. Mr. Digby hingegen fragte sich, ob das betagte Mädchen wohl ein bisschen beschwipst war. Sie malte ein lebendiges, selbstironisches Bild von ihren Besichtigungstouren in Bombay und beschrieb ihre erste und, wie sie schwor, letzte Fahrt in einer Rikscha so anschaulich, dass Mr. Littleton sein Besteck sinken ließ, weil er so lachen musste, und dass sogar Mr. Digby kurz auflachte. Einmal hatte sie es unbedingt ausprobieren müssen, sagte sie, um zu wissen, wie es war, aber dieses eine Mal war auch genug. Sie war sich so lächerlich vorgekommen, mit den Fersen praktisch am Kopf, wie sie vor aller Augen durch die Gegend geschaukelt wurde wie ein Säugling im Kinderwagen. Ab und zu musste sie selbst lachen, ihre Augen blitzten hinter dem Kneifer, und sie kräuselte die Lippen, als sie versuchte, ihre Erheiterung darüber zu verbergen, wie absurd sie ausgesehen haben mochte, den alten weißen Sonnenschirm fest in der einen Hand, während die andere ihr Kleid über den Beinen festhielt. Sie war entschlossen gewesen, es wenigstens zehn Minuten lang auszuhalten, obwohl sie sich nichts sehnlicher wünschte, als wieder auf beiden Beinen zu stehen wie ein anständiger Christenmensch.

»Sie müssen aufpassen, wohin Sie allein gehen«, warnte Mr. Littleton. »Ich lasse meine Frau nie allein irgendwo hingehen, das ist zu gefährlich. Im Moment ist das Land in einem besonderen Zustand. Überall finden Aufstände statt. Auf den Märkten haben sie gestern mit Säure um sich geworfen. Hässliches Zeug.«

»Bei mir auf dem Markt haben sie das nicht gemacht«, warf Teresa ein. »Alle waren schrecklich nett.«

Sie dachte an die Rose, an die lächelnden Gesichter, den tiefen Schatten, den Duft der reifen Früchte, die Zitronen. Das war Bombay. Säure und Aufstände gehörten nicht hierher; es stimmte einfach nicht. Mr. Littleton sank in ihrer Achtung. Sie zog sich vor ihm zurück, dachte an die schläfrige Schlange, das brennende Wasser hinter dem Gate of India, die Soldaten, die träge ausspuckten, den Affen – *das* war Bombay.

Mr. Littleton runzelte leicht die Stirn. Zum ersten Mal fragte er sich, ob er da nicht einen gewissen Vorwitz an Teresa bemerkte, eine Altklugheit, der er, sollte er sie jemals an seinen Kindern entdecken, schnellstens ein Ende bereiten würde. Er hatte sie für ein so reizendes Kind gehalten, und jetzt war er enttäuscht. Er verspürte das Bedürfnis, sie zu bestrafen, indem er auf ihre Bemerkung nichts erwiderte, und schwieg ein paar Minuten lang. Mr. Digby beschrieb zwischen großen Bissen von halbrohem Fisch Sams Trunkenheit auf dem Bahnsteig. Das munterte Mr. Littleton wieder auf, und er übernahm erneut seine Rolle als Mentor.

»Trauen Sie nie einem Inder«, sagte er belehrend und blickte die drei Neulinge an. »Und ich sage Ihnen noch etwas, an das Sie denken sollten: Seien Sie niemals nett zu einem Inder. Seien Sie gerecht, aber niemals nett. Es zahlt sich nicht aus. Ich bin seit sechsundzwanzig Jahren in Indien, ich weiß, wovon ich rede.« Dabei sah er gar nicht aus wie ein unfreundlicher Mann, und er hatte, auch wenn er es nicht zugab, oft genug den Fehler gemacht, vor dem er die anderen warnte. Mr. Digby fand den Ratschlag sehr vernünftig und nickte zustimmend. Miss Spooner jedoch schürzte die Lippen und gab ein leises Schnauben von sich, das alles Mögliche bedeuten konnte, allerdings nicht besonders ermutigend klang. Und was Teresa anging, so nahm ihr Gesicht einen so störrischen Ausdruck an, dass Mr. Littleton mehr denn

je davon überzeugt war, sich in dem kleinen Mädchen getäuscht zu haben.
Als Mr. Digby und Teresa wieder in ihrem Abteil waren, stellten sie fest, dass Sam ihre Betten aufgedeckt hatte. Mr. Digby fragte sich, ob er wohl auch etwas gestohlen hatte, und nahm sich vor, keine Wertsachen mehr herumliegen zu lassen. Allerdings wäre es schlimm genug, wenn er von ihrem Obst oder ihrer Schokolade nahm. Er blickte auf den Berg Orangen, und er schien ihm bereits kleiner geworden zu sein. Er hätte sie zählen sollen, dachte er; das würde er das nächste Mal auch tun. Sam, der immer noch still war, allerdings ohne offensichtliche Anzeichen von Schuldbewusstsein, war wieder in die Nacht verschwunden, in sein eigenes Schlupfloch, wo immer das auch sein mochte. Der Zug ratterte weiter durch die dunklen Weiten Indiens.
»Sie ist nett, nicht wahr?«, sagte Teresa, die die Bestätigung ihres Vaters wollte – und wie sollte er es jetzt abstreiten? Immerhin hatte Miss Spooner ihn zum Lachen gebracht.
»Sie ist nicht so übel, wie ich dachte«, gab Mr. Digby widerstrebend zu. »Wenn sie erst einmal warm geworden ist. Aber ihr Gesicht mag ich immer noch nicht. Man muss sie aus der Reserve locken. Sie ist vermutlich noch nicht so besonders viel herumgekommen, und jetzt ist es reichlich spät dafür. Nun, Teresa, was hältst du von einer kleinen Partei Piquet?«
Die Karten wurden hervorgeholt, und Mr. Digby gewann, denn Teresa war zu sehr abgelenkt. Immer wenn der Zug anhielt – und er schien häufiger anzuhalten als zu fahren –, ließ Teresa die Karten fallen und rannte zum Fenster, um die Jalousie hochzuschieben und hin-

auszuschauen. Und jedes Mal setzte ein Lärm ein, als ob eine Party in vollem Gange sei. Die schnarrenden Rufe der Händler, die den Bahnsteig mit Tabletts auf den Köpfen entlangliefen, zerrissen die Luft. Glockengeläut, Ziegengemecker. Überall schaukelten Laternen. Immer die gleichen Gruppen von Menschen saßen, in ihre Baumwollgewänder gehüllt, geduldig wartend auf dem Bahnsteig, und nur ihre Augen glitzerten im Licht. Passagiere stiegen aus, um ihre Gliedmaßen zu strecken, und Teresa bedauerte, dass sie nicht ein einziges Wort in all dem Geschnatter verstehen konnte.

Sie zogen sich nacheinander in dem kleinen Waschraum aus, betupften sich das Gesicht mit dem Schwamm und putzten sich die Zähne mit trockenen Zahnbürsten. Mr. Digby bestimmte auch, dass sie nicht mit bloßen Füßen auf den Boden treten durften. Bevor er sich hinlegte, vergewisserte er sich, dass sein Laken ihn vor jedem Kontakt mit der schimmeligen Lederoberfläche der Koje schützte, denn er würde bei der geringsten Berührung einen Ausschlag bekommen, da war er sich sicher. Er hätte lieber in einer Hängematte geschlafen, aber er rief sich ins Gedächtnis, dass man als erfahrener alter Abenteurer auf Auslandsreisen eben Risiken auf sich nehmen musste, manchmal gar noch schlimmere als diese hier. Also legte er sich seufzend auf die Seite, wobei er sich fragte, was er eigentlich zum Abendessen gegessen hatte. Das bereitete ihm noch etwa fünf Minuten lang unbehagliche Gedanken, aber dann schlief er ein und begann zu schnarchen.

5

In der Nacht wurde Teresa ab und zu wach, wenn der Zug stehen blieb oder anfuhr, und im Halbschlaf hörte sie die rauhen Rufe von draußen. Einmal wurde sie von ihrem Vater geweckt, der aus seiner Koje aufsprang und schrie, der Ventilator mache einen Wind wie ein Hurrikan, und er habe schon einen ganz steifen Hals. Stunden später fuhr er erneut auf und erklärte mit lauter Stimme, er käme vor Hitze um, da derselbe Ventilator sich nicht mehr drehte. Als Teresa wieder einschlief, fummelte er immer noch leise fluchend daran herum. Wegen dieser zahlreichen Unterbrechungen und der Träume, die sie mit sich brachten, schien die Nacht ewig zu dauern, und sie war so anstrengend, als habe Teresa die Strecke, die der Zug gefahren war, zu Fuß zurückgelegt.

Sams Gesicht war das Erste, was sie am Morgen erblickte. Der Zug stand. Er trug ein Tablett mit Tee und Keksen durch die Tür und lächelte sie fröhlich an, denn der gestrige Tag mit seinen Sünden war Vergangenheit und vergessen. Er schenkte ihnen Tee ein, reichte ihnen Kekse und Bananen und verschwand dann wieder. Es war Viertel vor acht.

Der Tag, der folgte, war extrem heiß und schien sich auf die zweifache Länge auszudehnen, denn außer Piquet zu spielen, aus dem Fenster zu schauen, Orangen zu essen, zu schlafen und für eine lauwarme Mahlzeit zum Speisewagen zu rasen, gab es nichts zu tun. Sie fuhren an feuchten, grünen Reisfeldern vorbei, auf denen kleine weiße Kraniche auf einem Bein standen oder wie Federn über den leeren Himmel flogen. Dann wieder zog endloses, trockenes Land am Fenster vorbei, auf dem Männer, so braun wie die Erde, mit Ochsen und Holzpflügen langsam Furchen zogen. Sie kamen an Dörfern vorbei, deren Hütten an Palmen lehnten. Dann wieder erstreckte sich kilometerweit flaches Land vor ihnen, ohne ein Anzeichen von Menschen. Manchmal, allerdings nicht oft, überquerten sie einen Fluss, gnädig und fruchtbar in diesem ausgedörrten Land, mit Palmen und grünen Büschen am Ufer, obwohl in dem breiten Flussbett nur ein schmales Rinnsal floss. Immer weiter reichte Indien, als habe es keinen Anfang und kein Ende, als ob Meere und Küsten und andere Kontinente nur Teil eines Fiebertraums seien, als ob dies die ganze Welt sei und darüber hinaus nichts existiere. Eine Welt, flach und trocken, in deren unendlichen Weiten Menschen und Tiere Generation um Generation lebten und starben. Ab und zu hielt der Zug an einem kleinen Bahnhof. Erneut begann das rauhe Geschrei. Kinder drängten sich vor den Fenstern des Zuges.

»Bakschisch, Memsahib, Bakschisch, Sahib, Bakschisch, Memsahib.«

Sie falteten die Hände, wie man es ihnen beigebracht hatte, rollten flehend die großen braunen, von schwarzen Wimpern umrahmten Augen, immer kurz davor, den Mund zu einem kindlichen Lachen zu verziehen. Nichts und niemand konnte sie vertreiben. Ihre geisttötenden Litaneien waren wie Indien, sie hörten nicht auf. Mr. Digby warf anfangs kleine Münzen aus dem Fenster, um sie loszuwerden, entdeckte dann jedoch, dass es immer dieselben Kinder waren, die an den Bahnhöfen bettelten, da sie im gleichen Zug fuhren. Daraufhin befahl er Teresa verärgert, die Jalousien herunterzulassen und sich vom Fenster fernzuhalten. Aber die Stimmen von draußen waren trotzdem nicht zu überhören, und die Hitze wurde so überwältigend, dass er bald alle Vorsichtsmaßnahmen außer Acht ließ, sich in die Tür stellte und hochmütig über die Köpfe der Bettelnden hinwegschaute. Ab und zu wedelte er mit den Armen und schrie: »Jao, jao« – ein Wort, das er aufgeschnappt hatte und für nützlich hielt, das aber offenbar wirkungslos war.

Manche Kinder waren hübsch und unversehrt, zartgliedrig, mit dichten, schwarzen Haarschöpfen; andere jedoch waren schrecklich zugerichtet, blind, ohne Hände oder mit Pockennarben. An einer Station wurde ein Junge von etwa neun oder zehn Jahren von seiner Schwester, die ein oder zwei Jahre jünger sein mochte als er, den Bahnsteig entlanggeführt. Seine Beine waren so dünn wie rostige Stricknadeln, er hatte keine Haare auf dem Kopf und war blind. Das kleine Mädchen, das ihn führte, war wie eine Blume, eine so natürliche Schönheit, dass es wie ein Irrtum der Schöpfung wirkte. Sie blieb vor Mr. Digbys Füßen stehen, hob die Hand und bat flüsternd um ein Bakschisch. Statt sie unwirsch abzuweisen, wie Teresa erwartet hatte, holte ihr Vater zwei Rupien aus seiner Geldbörse – ein kleines Vermögen – und drückte sie mit ungeschickter Hast dem kleinen Mädchen in die Hand. So war seine Großzügigkeit beschaffen, sie flammte überraschend auf und wühlte ihn mit ihrer Heftigkeit auf.

»Armer kleiner Teufel«, murmelte er, schlug die Tür zu

und zog die Sonnenblende herunter, um den Anblick zu verbannen. »Armer kleiner Teufel«, murmelte er immer wieder. Mitleid überschwemmte ihm und verursachte ihm fast unerträgliche Schmerzen; sein Gesicht zuckte, und er blickte eine ganze Weile düster vor sich hin; und dabei hatte er auf den Straßen von Bombay Bettler gesehen, die viel schlimmer verstümmelt und mit ihren Stumpen und Geschwüren kaum noch menschlich gewesen waren, ohne dass es ihn gerührt hätte.

Die Wasserverkäufer gingen auf und ab und verkauften ihr Wasser in roten, irdenen Trinkschalen, die man nach Gebrauch aus dem Fenster warf. Manchmal gossen sie das kostbare Nass den Durstigen auch einfach nur in die hohlen Handflächen, so dass ein paar Tropfen durch die Finger auf den staubigen Bahnsteig fielen. Und danach rieb sich der Trinkende mit den nassen Händen übers Gesicht und genoss das Gefühl von Feuchtigkeit, die nicht sein eigener Schweiß war. All dies beobachtete Teresa mit neugierigem Interesse, und sie sah noch viele andere Dinge: eine Ziege mit drei Beinen, zum Beispiel. Sie rief ihren Vater, um sie ihm zu zeigen, aber er war niedergeschlagen und wollte sich nicht rühren. Eine Frau, die anscheinend im Sterben lag und von ihrem Mann auf dem Rücken getragen wurde. Ihr gewickeltes Baumwollgewand schleifte über den Boden, löste sich bei jedem Schritt mehr und enthüllte ihre nackten, eingesunkenen Pobacken. Teresa stellte fest, dass Hemden immer lose wie Kleider getragen wurden, ob über Shorts oder *Dhotis*. Und sie sah, dass die Passagiere, die keine Bettler oder Invaliden waren, robust und munter schienen. An jedem Bahnhof strömten sie aus dem Zug, um wild durcheinanderzureden und auszuspucken, und

wenn es einen Brunnen gab, wie es manchmal der Fall war, dann wuschen sie sich Arme und Gesicht und gossen sich Wasser über den Kopf.
Die Bahnhöfe waren die Glieder einer endlosen Kette. Der Tag zog sich rumpelnd in die Länge. In ihrem Abteil wurde die schwüle Luft von den zwei Ventilatoren umgewälzt. Sie lasen. Sie spielten lustlos und unaufmerksam Piquet. Sie starrten hinaus auf die monotone Landschaft. Sie dösten, und ihre bedrohlichen Träume waren teils Realität, teils Phantasie. Wenn Rufe von draußen ertönten, zuckten ihre Augenlider, und sie erwachten kurz, um gleich darauf wieder in schweißgetränkten Schlaf zu sinken. Die Schokolade, die sie in Bombay gekauft hatten, war den Ameisen zum Opfer gefallen und ungenießbar, winzige, blassbraune Ameisenattrappen, die zu Tausenden über ihr Essen, ihr Bettzeug und ihre schwer herabhängenden Hände krabbelten. An jedem Bahnhof tauchte Sam auf, stand grinsend und nutzlos da, bis sich der Zug in Bewegung setzte. Dann verschwand er wieder. Die Mahlzeiten, die sie mit Miss Spooner und Mr. Littleton einnahmen, wurden zunehmend schweigsamer. Sie empfanden einander als Last und schlangen hastig das unappetitliche Essen hinunter, um so schnell wie möglich wieder gehen zu können.
Die Nacht verging auf die gleiche Weise wie die Nacht zuvor. Der Morgen kam, und sie waren noch immer unterwegs. Am frühen Nachmittag erreichten sie Kalkutta. Mr. Littleton verabschiedete sich am Bahnhof von ihnen. Er blieb nicht in Kalkutta, noch nicht einmal eine einzige Nacht. Er wollte unbedingt weiter, wollte endlich nach Hause zu seinem kranken Kind und seiner

Frau. Er hoffte, sie irgendwann einmal wiederzusehen, sie mussten ihn besuchen kommen. Ja, er hatte ihre Adresse, er würde schreiben. Er wünschte ihnen noch eine gute Reise, das Schlimmste sei vorüber. Dann schüttelte er jedem noch einmal die Hand und begann, mit den Kulis zu verhandeln.

Einigermaßen bestürzt musste Mr. Digby erfahren, dass Miss Spooner im gleichen Hotel wie sie absteigen würde, jedenfalls für einen Tag. Sie hielt es für unpassend, geradewegs zum Haus ihrer Schwester zu fahren, da sie ihr weder die Zeit noch das genaue Datum ihrer Ankunft mitgeteilt hatte. Teresa, die ihre eigene Vorstellung von Miss Spooners Unabhängigkeit hatte, interpretierte das so, dass Miss Spooner sich nicht sicher war, ob sie im Haus ihrer Schwester wohnen wollte. Gleichviel nahmen sie gemeinsam ein Taxi, das sie zum Grand Hotel brachte.

6

Mr. Digby aß an jenem Abend allein auf seinem Zimmer. Er hatte Kopfschmerzen. Außerdem litt er unter Verfolgungswahn. Die Fahrt vom Zug bis zum Hotelzimmer war begleitet gewesen von unwürdigen Kreaturen, die Trinkgelder verlangten, noch mehr verlangten, wenn er ihnen etwas gab, und dann hatten sie ihm auch noch Miss Spooners Trinkgeldverpflichtungen untergejubelt. Als zusätzliche Zumutung hatte er hinnehmen müssen, dass der Empfangschef im Hotel Miss Spooner für seine Frau gehalten und versucht hatte, sie im selben Zimmer unterzubringen. Miss Spooners Gelassenheit hatte seine Panik noch gesteigert. Einmal hatte er sogar geglaubt, ein geschmackloses Kichern zu vernehmen, aber als er sie angeschaut hatte, war ihr Gesicht ernst gewesen. Und dann hatten die barfüßigen Kulis seine Koffer auf ihren Köpfen in sein Zimmer getragen und dort noch einmal Bakschisch verlangt. Sie scharten sich um ihn.

»Bakschisch, immer Bakschisch«, schrie Mr. Digby aufgeregt. »Sam«, rief er seinem ungerührten Diener zu, der nutzlos herumstand. »Kannst du die Kerle nicht davonjagen?« Dann drückte er ihm Geld in die Hand und fügte hinzu: »In Ordnung, gib ihnen Bakschisch. Schick sie weg. Geh mit ihnen hinaus. Ich will sie nicht mehr sehen.«

Sie näherten sich Ruth immer mehr. Nur noch eine kurze Strecke, aber er hatte das Gefühl, diese letzte Etappe war zu viel. Er war zwar nicht geschlagen, nein, ganz sicher nicht, aber angeschlagen; er wollte sich ausruhen, musste sich ausruhen, und er wollte allein sein. Er war es leid, Teresa ständig um sich zu haben. Also legte er sich am Nachmittag hin und ließ sich am Abend das Essen aufs Zimmer bringen. Teresa aß unten mit Miss Spooner.

Es waren nur wenige Gäste im Restaurant, aber diejenigen, die da waren, versuchten möglichst unbeeindruckt zu wirken und sich von den Kellnern in ihren weißen Jacketts und weißen Turbanen, die gewaltig in der Überzahl waren, nicht verunsichern zu lassen. Es kamen mindestens sechs auf jeden Gast, und sie wachten darüber, dass zwischen dem einen Gericht und dem nächsten keine Zeit zum Luftholen blieb. Weil es nicht genug zu tun gab für alle, rissen sie sich gegenseitig die Teller aus den Händen und brachten zweite und manchmal sogar dritte Portionen, ohne dass jemand sie dazu aufgefordert hatte. Auf diese Art und Weise verzehrte Teresa drei Portionen Eis und hatte anschließend das Gefühl, nie wieder auch nur einen Bissen hinunterzubekommen. Miss Spooner, die am Nachmittag ihre Schwester besucht hatte, sagte: »Ich weiß nicht, ob du es weißt, aber heute ist der erste Tag des Lichterfestes. Es ist ein Hindu-Fest. Kali Puja heißt es, glaube ich. Mein Schwager holt mich hier um neun Uhr ab, um es mir zu zeigen. Es ist vermutlich ein ziemlich eindrucksvolles Erlebnis. Ob dein Vater dir wohl erlaubt mitzukommen? Möchtest du das?«

»O ja. Ja, ich würde gerne mitkommen«, sagte Teresa. »Ich frage ihn. Er erlaubt es bestimmt. Er muss.« Sie eilte davon, um Mr. Digby um Erlaubnis zu fragen.

»Nun, wenn ein Mann dabei ist, dann ist es wohl in Ordnung. Er lebt hier, nicht wahr? Dann weiß er ja, was er tut«, sagte Mr. Digby. Innerlich war er jedoch nicht so sicher. Er vermutete, dass Mr. Littleton, der ein vorsichtiger Mensch war, ihm abgeraten hätte, Teresa gehen zu lassen. Aber er wollte unbedingt an diesem Abend allein sein; er brauchte dringend seine Ruhe. Und wenn ein Mann dabei war, der hier lebte und sich auskannte … Also redete er sich ein, es bestünde nicht wirklich eine Gefahr, und erlaubte ihr mitzugehen.

Teresa war äußerst überrascht, als sie feststellte, dass Miss Spooners Schwager Inder war. Ein ruhiger, gebildeter, alter Inder mit weißen Haaren, ein kleiner, vertrockneter Mann mit Brille, der so aussah, als habe er viel erduldet, ein Inder, der perfekt Englisch sprach, wenn er überhaupt etwas sagte, der im Allgemeinen jedoch eher schwieg. Teresa hielt es nur für gut, dass ihr Vater nicht so genau über Miss Spooners Schwager Bescheid wusste. Er hätte seine Einwilligung wahrscheinlich nicht so bereitwillig erteilt, wenn er gewusst hätte, dass die Hautfarbe ihres Beschützers braun war. Und der Ausflug sollte auch länger dauern, als Miss Spooner oder Teresa sich ausgemalt hatten. Mr. Mulik hatte ein Auto und schlug vor, die Damen über den Ganges zu einem Kloster auf der anderen Seite zu fahren, wo die ganze Nacht über die Göttin Kali angebetet werden sollte. Da aber wegen der Unruhen, wie Mr. Mulik mit einer missbilligenden Kopfbewegung sagte, um zehn Uhr Sperrstunde sei, müssten sie bis vier Uhr morgens dort bleiben, und dann würde er sie wieder zurückfahren. Decken und Laken hatte er mitgebracht; es ging jetzt nur darum, was sie wollten. Höflich wartete er ab.

Miss Spooner war Feuer und Flamme. Teresa auch, aber sie dachte an ihren Vater, und ihr Mut sank; so etwas würde er nie erlauben.

Aber da er schon einmal ein bisschen erlaubt hatte, erlaubte Mr. Digby auch mehr. Vor allem wollte er seine Ruhe haben; er hatte gerade geschlafen, als Teresa zum zweiten Mal hereingestürmt kam, und in diesem Augenblick war ihm egal, ob sie jemals wieder nach Hause käme oder nicht, wenn sie ihn bloß endlich allein ließe.

»Ja, ja. Mach, was du willst. Es klingt zwar furchtbar, die Nacht so zu verbringen, aber es ist deine Entscheidung. Geh ruhig mit, wenn du möchtest. Dieser Mann, wie heißt er gleich noch mal, Miss Spooners Bruder, er geht also mit euch, oder? Er bleibt bei euch?«

»Ja, ja, *natürlich*«, erwiderte Teresa nachdrücklich, ohne mehr über Miss Spooners Schwager zu enthüllen.

Zuerst fuhr Mr. Mulik mit ihnen zum Festplatz. Sie stellten den Wagen ab und gingen durch Straßen, durch die kein Auto gepasst hätte. Überall drängten sich die Menschen, alles Inder; sie sahen nicht einen Europäer. Um sie herum waren nur braune Gesichter und weiße Gewänder.

»Vielleicht hakst du dich besser bei mir unter«, meinte Miss Spooner; sie hielt ihr den Arm hin, und Teresa schob ihren Arm hindurch. Es war ein lockerer Griff, der besagen sollte, dass es keine intime Geste war, sondern eine reine Vorsichtsmaßnahme. Unter den Bäumen zu beiden Seiten der Straße standen Stände, die mit Flitterkram und buntem Papier dekoriert waren. Es gab überall goldene, klebrige Bonbons zu kaufen und Messing- und Gipsfiguren der Göttin Kali, die auf der Brust ihres Gatten Shiva tanzte. Überall waren Messingglöckchen und Gipstiere, Tiger, Elefanten und Pferde, prächtig bemalt, und grob geschnitzte Holzfiguren, halb Puppe, halb Gott, die furchterregend aussahen. Und überall, so weit das Auge reichte, waren Lichter, denn dies war das Lichterfest.

Lichter, nicht größer als die Kerzen auf einer Torte, säumten jeden Balkon, jede Wand, jeden Stand, jede noch so armselige Hütte, eine Vielzahl kleiner roter Flammen flackerte durch die Nacht. Und es kamen immer mehr hinzu: Glänzende Leiber beugten sich vor, ihre Hände ließen Öl in Schalen tropfen, behutsame Finger stellten kleine Dochte auf. Die Menschen waren in mystischer Erregung und bewegten sich scheinbar ohne Ziel vorwärts, angetrieben von Gefühlswogen, die sich über den rastlosen Köpfen in Rufen und Schreien Bahn brachen. Trommeln wurden geschlagen. Knallfrösche gingen am Boden los, Raketen stiegen auf und sprühten einen bunten Funkenregen über den Himmel.

Mr. Mulik führte sie weg von der tobenden Menge und auf einem gepflasterten Weg hinunter ans Ufer des Ganges. Hier war der Lärm nur noch von ferne zu hören. Auf den Schatten lag ein gelblicher Schimmer. Unwillkürlich senkten alle die Stimme. Die warme Luft war von Trauer getränkt. Sie schritten durch die unsichtbare Asche der Toten. Witwen lagen vom Kummer erschöpft auf den nassen Stufen oder setzten still ihre Kerzen in kleinen Blechbooten, die die Form von verwelkten Blättern hatten, aufs Wasser. Schmerzliches Gemurmel stieg auf. Die winzigen Flammen trieben davon. Am Himmel kreuzten sich die sterbenden Funken der Raketen.

Danach gingen sie zum Auto zurück und fuhren über

eine Brücke, fort von den Knallfröschen, den Bonbons und dem Flitter, den Gebeten der Witwen, den dunklen, algenbewachsenen Stufen. Teresa saß allein hinten im Auto. Niemand sagte etwas. Mr. Mulik fuhr lange. Offenbar befanden sie sich auf dem Land, denn es waren immer weniger Häuser zu sehen. Teresa hatte das Gefühl, durch nicht kartographiertes Land zu fahren, eine untergegangene Welt, eine verlassene Mondlandschaft nach der letzten Finsternis. Das Auto rumpelte durch die Schlaglöcher, die ihren Kopf ganz real gegen das Dach schlugen. Schließlich hielten sie an und stiegen vor den Toren eines Klosters aus. Mr. Mulik ließ sie stehen und ging weg. Es war sehr still. Die Luft roch nach Gras. Grillen zirpten. Schließlich kam er zurück und sagte: »Es ist alles in Ordnung. Kommt mit mir.«

Sie folgten ihm durch die Tore und über einen verlassenen Innenhof zur offenen Tür eines Tempels. Licht und Gesang drangen durch die Dunkelheit. Auf seine Anweisung hin zogen Miss Spooner und Teresa ihre Schuhe aus, und Miss Spooner rollte auch ihre Strümpfe herunter. Sie stellten ihre Schuhe ordentlich auf die unterste Stufe und betraten zaghaft mit bloßen Füßen den Tempel. Die kalten Steine liebkosten ihre ungewohnt nackten Fußsohlen, und sie mussten die Augen vor der blendenden Helligkeit schließen. Mr. Mulik zeigte ihnen flüsternd, wo die Frauen saßen, und verließ sie. Miss Spooner und Teresa setzten sich mit ausgestreckten Beinen hin, den Rücken an eine Säule gelehnt.

Vor ihnen war die Göttin Kali in ihrem funkelnden Schrein voller Lichter, Blumen und Laub. Teresa betrachtete gebannt dieses schreckliche Geschöpf, überlebensgroß und pechschwarz bis auf die langen weißen

Reißzähne, das siegreich auf dem gefallenen Körper ihres lächelnden Geliebten Shiva stand. Die Göttin trug ein glitzerndes Gewand, und um den Hals hing eine Schädelkette. Ihre vier Arme hatte sie ausgestreckt; in der einen Hand hielt sie ein Schwert, in der anderen einen Kopf; eine Hand war zum Himmel erhoben und die andere war liebevoll und freundlich der leidenden Welt entgegengestreckt.

Das Singen hatte aufgehört. Der Mann, der vor dem Altar saß, murmelte hastig und deutete gleichzeitig auf verschiedene Teile seines Körpers oder berührte sie, rieb sich über die Augen oder fuhr mit den Fingern leicht über seinen Kopf. Alle paar Sekunden reichte ein Mann, der mit einer Laterne hinter ihm saß, ihm ein Räucherstäbchen.

Die Gemeindemitglieder verharrten dabei nicht in andächtigem Schweigen, sondern unterhielten sich angeregt, lachten, nickten, wischten sich den Schweiß vom Gesicht. Neuankömmlinge knieten nieder, legten die Hände vor sich auf den Marmorboden, senkten die Köpfe betend auf die Hände, hockten sich dann wieder auf die Fersen und blickten sich fröhlich um. Rechts neben dem Schrein saßen Gläubige mit rasierten Köpfen, oder vielleicht waren es auch Priester, in orangefarbenen Gewändern. Sie waren die Sänger. Sie wurden von einem Mann in der ersten Reihe angeleitet; sein Kopf war nicht rasiert, er hatte dicke schwarze Haare, die ihm bis auf die Schultern fielen, und einen störrischen, zweigeteilten Bart. Er trug eine Hornbrille und hielt ein Instrument mit vier Saiten. Auf ein Zeichen von ihm begannen die Männer zu singen und wiegten ihre Oberkörper ekstatisch im Rhythmus der seltsamen, tonlosen

Melodie. Der Schwarzhaarige hatte einen Freund, der ein paar Meter entfernt saß, ein Mann mit einem schmalen, zynischen Gesicht, und während sie sangen, schauten sie sich in die Augen und feuerten sich mit ihren Blicken gegenseitig zu noch größerer Begeisterung an, nickten sich zu und lächelten vor lauter Zufriedenheit.
Aus dem Hintergrund ertönte zu den Klängen des Saiteninstruments ein Geräusch wie das Klappern von Messern und Gabeln, und zu all dem wurde in die Hände geklatscht, ein Klatschen, das mal anschwoll und dann wieder verebbte. Ihre Lieder, Hymnen oder Totenklagen gingen weiter, in endloser Monotonie wiederholten sie sich, und dann, gerade als Teresa sicher war, dass sie nie mehr aufhören würden, brachen sie auf einmal ab, aus heiterem Himmel, wie ein Faden, der unaufhörlich abgespult wird und plötzlich reißt. Teresa kam mit einem Ruck zu sich, hörte, wie der Priester erneut zu beten begann, sah, dass die schmalen Kerzen angezündet wurden und dass von hinten ein anderer Priester Platten voller Essen hereintrug. Er war stämmig und hatte ein schweres, entschlossenes Gesicht wie ein Faustkämpfer. Doch seine Hüften wiegten sich mit jedem Schritt, und er hatte die Leichtigkeit eines Tänzers oder einer Frau. Das Essen wurde vor Kali, Göttin der Zerstörung, hingestellt. Im Tempel herrschte ein ständiges Kommen und Gehen, und die Neuankömmlinge bewegten sich nicht auf Zehenspitzen wie Miss Spooner oder Teresa, sondern suchten sich mit sicherer Selbstverständlichkeit einen Platz zum Sitzen auf dem überfüllten Fußboden.
Dann schwenkte der schwarzhaarige, bärtige Dirigent wieder die Hand, und erneut erhoben sich die Stimmen

seiner Jünger wie wundersamer Weihrauch, und die gelben Gestalten schwankten hin und her wie ein Narzissenbeet im Frühlingswind. Vor allem ein Mann fiel Teresa auf, ein dünner Mann, der mit geschlossenen Augen und erhobenem Kinn sang, als wolle er das Geheimnis seiner Existenz in die Lobpreisung für diese fremde, wilde Göttin umwandeln und seinem Dasein damit Sinn geben: Der Staubkorn wird zum Organ der Verherrlichung und ist als solches unentbehrlich.
Vorsichtig drehte Teresa den Kopf, um Miss Spooner einen Blick zuzuwerfen. Sie war eingeschlafen. Sie selbst hatte auch mit dem Schlaf gekämpft und wusste, wenn sie wieder zu sich kam, nicht, ob sie fünf Minuten oder nur fünf Sekunden lang geschlafen hatte, denn die Luft war schwer und die Lichter machten sie benommen. Der Gesang und das Murmeln wirkten wie Narkotika. Teresas Beine waren ganz steif und kalt vom Stein. Sanft berührte sie Miss Spooner am Arm. Die alte Dame schlug die Augen auf und war sofort hellwach. Sie nickte Teresa kurz zu, als habe sie die Augen nur einen Moment lang geschlossen, um zu überlegen, ob es Zeit war zu gehen. Sie erhoben sich und schlichen leise hinaus.
Mit den Schuhen in der Hand gingen sie durch das nasse Gras. Beiden drehte sich der Kopf von dem, was sie im Tempel erlebt hatten, und ihre Ohren klangen von dem Lärm, den Myriaden von Fröschen und Grillen überall um sie herum machten. Sie gingen bis ans Ufer des Ganges. Auf der anderen Seite des Flusses wurden immer noch Raketen in die Luft geschossen, nervöse Zuckungen, die den sonst reglosen Klumpen aus trüben Lichtern und noch dunkleren Häusern zum Leben erweckten. Schwach war fernes Trommeln zu hören, das

jedoch im Zirpen der Grillen beinahe unterging. Ein Polizeischeinwerfer beleuchtete den dunklen Flusslauf, hielt kurz inne und schwenkte wieder zurück. Hinter ihnen entwich der Gesang aus dem offenen Schlund des Tempels wie heiße Luft aus einer Ofentür, doch jetzt nahmen sie ihn mit Abstand wahr, und er wurde von der Weite der Nacht verschluckt.

Geräuschlos trat Mr. Mulik zu ihnen. Sie sprachen kein Wort miteinander. Hellwach und schweigend standen sie beieinander, blickten über den Ganges und hinauf zu den Millionen von Sternen über ihnen. Sie atmeten ruhig. Alltägliche Fragen waren vergessen, und sie befanden sich in einem Zustand unbeschwerter Kontemplation. Sie fühlten sich erfüllt und leer zugleich.

Als Teresa durch das nasse Gras zurückging, kam ihr eine andere Zeit, ein anderer Ort in den Sinn, etwas, das weit zurücklag, aber doch Ähnlichkeit mit diesem Augenblick besaß. Die Erinnerung schwand, ließ sie aber nicht ganz los. Teresa blieb stehen und krümmte ihre bloßen Zehen im taunassen Gras, und ihre Gedanken durchforsteten die grauen Winkel ihres Gedächtnisses. Und dann erinnerte sie sich: Tante Mays Garten; wie sie halb schlafend im Nachthemd um das Haus herumgelaufen war, als alle anderen schliefen; die mitternächtliche Ruhe, die vor dem Abschied kam. Als wäre es erst gestern gewesen, hörte sie den Kies unter den Füßen knirschen, fühlte, wie die dornigen Ranken der Kletterrosen ihr Gesicht streiften. Diese Nacht war genauso, und sie erwartete, jeden Moment die Eule rufen zu hören. Lediglich der Ort war ein anderer. Ozeane und Kontinente lagen zwischen ihr und jener Nacht, doch die Zeit war immer noch bei ihr. Die Zeit, dachte sie und versuchte angestrengt, ihre vagen Gedanken zu ordnen, veränderte sich nicht. Wo immer sie auch hinging, die Zeit umgab sie wie die Luft, die sie atmete. Die Zeit ist wie die Luft, sagte sie sich. Und nur dieser kleine harte Kieselstein blieb im Sieb ihres Bewusstseins zurück, als die Woge der Erkenntnis wieder verebbt war. Verwirrung überkam sie, sie konnte nicht mehr klar denken und sehnte sich nach Schlaf. Die Zeit ist wie die Luft, wiederholte sie stumpfsinnig und rannte den anderen nach. Jetzt klang es wie Unsinn, aber morgen, schwor sie sich, würde sie noch einmal darüber nachdenken und sich daran erinnern, was es bedeutete.

Sie breiteten ihre Matten auf dem Boden aus – Miss Spooner und Teresa nebeneinander und Mr. Mulik, aus Gründen der Schicklichkeit, auf der anderen Seite des Autos –, legten sich voll bekleidet hin und zogen sich ihre Decken bis ans Kinn. So haben wir auch auf Deck geschlafen, dachte Teresa, Seite an Seite, nur der Himmel über uns. Die Zeit ist wie das Meer, dachte sie schläfrig, wie Wellen, wie das Tuckern des Motors, wie Stimmen um mich herum. Frösche quakten heiser, Grillen zirpten. Aus dem Tempel drang Händeklatschen, das Auf- und Abschwellen des Gesangs, das Wimmern der Saiten. Sie schliefen.

7

Um vier Uhr morgens weckte Mr. Mulik seine Gefährten. Die Rückfahrt war für Teresa ein grauer Nebel, aus dem sie bei jedem Schlagloch von neuem gerissen wurde, die wie Felsen aus dem trüben Meer ihrer Schläfrigkeit ragten und gegen die sie in so kurzen Abständen geschlagen wurde, dass sie nie ganz vom Schlaf überwältigt wurde. Als sie am Hotel ankamen, taumelte sie sofort in ihr Bett und fiel in einen tiefen, traumlosen Abgrund, ohne sich zuvor von Mr. Mulik zu verabschieden oder sich bei ihm zu bedanken. Ein paar Stunden später weckte Sam sie mit Tee und der üblichen Banane, und es kam ihr so vor, als hätte sie eine Ewigkeit geschlafen und erwachte in einer neuen Welt, die sie in Duft einhüllte wie in ein frisch gewaschenes Leintuch.

»Keine Milch heute Morgen«, sagte Sam und verdrehte die Augen. »Milchmann tot. Er erstochen«, erklärte er und demonstrierte den Stich mit der leeren Faust.

Teresa versuchte zu begreifen, was er meinte. »Keine Milch?«, murmelte sie. Der Tee schmeckte bitter. »Erstochen?«, sagte sie und sank auf ihr Kissen zurück. Und sie sah die Raketen zum Himmel aufsteigen und das Feuer zu Boden sinken. Aber das war lange her, lange her. Das Heute begann doch erst. Sie begann doch gerade erst mit dem Heute. Die Banane in ihrem Mund schmeckte süß. Teresa gähnte. Ihre Hände lagen schlaff in ihrem Schoß, noch nicht bereit, Dinge zu berühren oder zu ergreifen. Sie wandte den Kopf zum Fenster und sah, dass draußen der Sonnenschein auf sie wartete. Sam war gegangen.

Mr. Digby zeigte kein Interesse, etwas über die Abenteuer der Nacht zu erfahren, und da Teresa auch keine Lust hatte, darüber zu berichten, wurde nicht gesprochen. Am nächsten Tag würden sie abreisen. Mr. Digby fühlte sich erholt und entspannt. Der Weg lag glatt und ohne Hindernisse vor ihm. Zu Ruth war es nicht mehr weit. Er hatte fast gewonnen.

An jenem Abend stand Teresa an ihrem Fenster und sah, wie die Fledermäuse vor der untergehenden Sonne angeflogen kamen, so zahlreich und groß wie Krähen. Der Himmel war glutrot und brannte wie ein Vulkan. Das gleißende, ungerührte Tageslicht war der Ankündigung von Wut und Zerstörung gewichen. Tief hängende Wolken drängten sich zornentbrannt um die große, rote Fackel, die sich von ihnen verabschiedete. Gebäude wurden schwarz. Türme traten schärfer hervor, und Moscheen und Kuppeln schwollen an. Der Boden wurde immer dunkler und erstarrte in ängstlicher Erwartung, bis der grelle Aufruhr vorbei und die Sonne abgedankt hatte, so dass von der anderen Seite das Mondlicht heraufkriechen und die schwarze Asche des Todes fortblasen konnte – und alles zu einem zweiten, weißen, körperlosen Leben erwachen ließ. Unterdessen schwelgten die Wolken in ihrer Üppigkeit, mal purpurn, mal in blassem Rot, wälzten sich und wogten, lösten sich auf, bildeten sich neu und präsentierten Teresa eine flüchtige Komposition nach der anderen, während immer mehr Fledermäuse direkt aus dem Herzen der Sonne auf sie zuflogen, stumm und mit weiten Flügeln wie Ascheflocken aus einem Laubfeuer im Garten.

Während sie am Fenster stand, dachte sie an Miss Spooner, so, wie sie immer an sie dachte, in Form von Fragen. Was hatte sie in ihren fünfzig oder sechzig Jahren so mutig gemacht? Denn ihr schien es für eine alte englische Dame in der Tat sehr mutig, im nassen Gras vor einem indischen Kloster zu schlafen. So etwas konnte sie sich bei ihrer Tante May beim besten Willen nicht vorstellen. Tante May, die trotz ihres Umfangs durchaus noch rüstig war, würde sich aus einer wie auch immer gearteten Angst weigern, so etwas zu tun –Angst vor Rheumatismus oder Unschicklichkeit, Angst davor, sich ungewöhnlich zu benehmen oder es unbequem zu haben. Ob es ihr, Teresa, wohl gelingen könnte, in Miss Spooners Alter ähnlich ruhig und unerschrocken zu sein? Was musste sie tun, um sich von ihrer Angst zu befreien? Denn wann immer sie sich ihren Vater angeschaut hatte, hatte sie gedacht, dass man mit dem Alter schwächer wurde, sich mehr und mehr fürchtete und mit den Jahren den Mut verlor. Offenbar konnte es auch anders kommen. Nur wie? Was war das Geheimnis? Gab es eine Antwort darauf? Würde Miss Spooner sie ihr verraten? Und wie sollte sie Miss Spooner danach fragen? »Sagen Sie mir, Miss Spooner, haben Sie eigentlich nie Angst? Warum haben Sie keine Angst? Wissen Sie, was Sie wollen? Woher wissen Sie es?« Ein solches Gespräch lag nicht im Bereich des Möglichen. Außerdem belehrte und korrigierte Miss Spooner nicht, sie redete wenig und vor allem nicht über sich selbst. Und während die Wolken vor ihren Augen verblassten und die Sonne schließlich ihre Herrschaft aufgab, spielte Teresa mit der Schnur der Jalousie und dachte über Miss Spooner nach, über sich und über morgen und den

darauffolgenden Tag und das Jahr und die Jahre danach.
Nach dem Essen spazierten Teresa und Mr. Digby über die Chowringee Road. Sie traten aus der Tür ihres Hotels in den warmen, brodelnden Strom des Nachtlebens von Kalkutta, aus der Kälte eines geregelten Daseins in die pulsierende Vitalität auf der Straße. Die Lichter, rauchig orange, golden schwarz, spielten Verstecken mit der Dunkelheit, sie enthüllten weder ganz, noch verbargen sie, sondern verwischten die Schatten mit angedeuteter Vertraulichkeit, wobei sie – ganz orientalische Nachlässigkeit – den Tand mit dem Prächtigen verwechselten. Die Straße war voller Menschen. An den Häuserwänden hockten die Händler im Schein von Kerzen und Lampen und verkauften alles vom Schnürsenkel bis hin zu Schweizer Uhren. Sie wirkten wie verwachsen mit den Mauern, wie Schimmelpilz, der aus den Ritzen und Ecken eines Kellerraumes wuchert. Bettler, die aussahen, als kämen sie direkt aus den Tiefen der Unterwelt, deren Missbildungen im unwirklichen Licht auf schauderhafte Weise angemessen erschienen, drängten sich zwischen den gleichgültigen Füßen der Passanten hindurch, und niemand achtete auf ihr schrilles Flehen. Rikschas mit klingelnden Glöckchen standen wartend am Straßenrand. Taxis hupten unaufhörlich, als müssten sie Geräusche herauspumpen, so wie Luft in einen Reifen gepumpt wird, weil sonst der vielstimmige Atem Kalkuttas zum Erliegen käme und einem leisen, toten Frieden weichen würde. Pferdehufe klapperten, und die unterernährten Leiber der Tiere schimmerten wie Kohle. Die Reichen und die Armen waren dort, Prinzen und Bettelleute, Seide rieb sich an

Baumwolle, Schulter an Schulter, parfümierte nackte Haut an der nackten Haut der Kranken. Dicke Wänste und leere Magen Seit an Seit, und nur der Hunger trennte sie. Eines teilten sich alle, ob elend oder vom Schicksal begünstigt, in dieser Ansammlung menschlicher Geschöpfe: die warme Nachtluft, in der niemand, wie arm er auch sein mochte, erfror und in der auch der reichste Mann nicht frösteln musste. Die Natur gab die Verantwortung für den Tod an die Menschen zurück und schien zu sagen: Kümmert euch um euren Nächsten. Wenn ihr ihm nichts zu essen gebt, ihn nicht kleidet und versorgt, wird er sterben. Aber selbst wenn er um Mitternacht in Lumpen gehüllt stirbt, wird sein Tod milde sein.

Händler, die Souvenirs verkauften oder Ballons, Spielzeug, amerikanische Modemagazine mit glänzenden Titelbildern, Feuerzeuge, Rosen – dunkelrote Rosen, mit Draht und Silberpapier umwickelt, die man sich ins Knopfloch stecken konnte –, stellten sich Mr. Digby in den Weg, hielten ihm ihre Tabletts unter die Nase, grinsten, lockten, streckten ihm ihre Blumen mit unsauberen, dünnen Fingern entgegen. Hinter ihnen marschierte ein kleiner Junge, der *Deep in the Heart of Texas* auf einer Flöte spielte; er leierte es immer wieder herunter, schnell hintereinander, und klebte ihnen an den Fersen. Er hatte sich ein Bündel Flöten zum Verkaufen über die Schulter geschlungen, und die Haare fielen ihm in die lachenden Augen. Ponys trotteten vorbei, Glöckchen klingelten, Händler schrien, Hupen ertönten, und *Deep in the Heart of Texas* verfolgte sie mit ausgelassener, unmelodischer Hartnäckigkeit.

»Hier«, sagte Mr. Digby und drehte sich um, um dem

nervtötenden Gedudel ein Ende zu machen, »gib mir so ein Ding, so eine Flöte. Wie viel, wie viel?«

Aber sofort kamen ein halbes Dutzend oder noch mehr Kinder angerannt, und sie boten ihnen Flöten, Blumen oder auch nur Gebete an, Kinder, die ganz unkindlich wach waren, die inmitten dieses fiebernden Stroms auf der nächtlichen Chowringee Road ganz unkindlich aufblühten. »Bakschisch«, flehten diejenigen, die nicht Flöte spielten, heiser. Sie reckten die Hände, ihre Augen glänzten. Mr. Digby, der seine Flöte wie einen Taktstock schwenkte, drehte sich auf dem Absatz um und machte sich auf den Weg zurück ins Hotel. Die Flöten folgten ihnen mit ihrem wilden Spiel. Indien, dachte Teresa, das ist Indien. Diese irre Nacht, in der alles auf dem Kopf steht, ist Indien! Alles kann passieren, jederzeit. Ich will es, ich bin bereit: Ich lasse alles geschehen.

Die Flöten verfolgten sie, die Glöckchen klingelten. Ein kleines Mädchen rannte neben ihnen her, flüsterte: »*Gib* mir etwas, Sahib, *gib* mir etwas, Sahib, *gib* mir etwas …« Ihr Gesicht war voller Schorf, ihre Augen schwarz, riesig und uralt.

»Oh, zum Teufel mit dir!«, schrie Mr. Digby und blieb stehen. Er starrte finster auf das kleine Mädchen, das wie ein Kobold war und keine Angst vor ihm hatte. »*Gib* mir etwas, Sahib.« Er gab ihr vier Annas und eilte ins Hotel.

8

Am nächsten Tag reisten sie ab, aber vorher gab es noch Ärger. Sam weigerte sich mitzufahren. Er hatte seine Meinung geändert. Seine Familie, sagte er, seine zahlreichen Angehörigen brauchten ihn. Er musste zurück nach Bombay. Mr. Digby war sehr wütend. Seine Stimme wurde laut. Er war entschlossen, den kleinen Bettler nicht anzufassen, ihn nicht zu schütteln, nicht zu bedrohen, seine Stimme indes wurde immer lauter und lauter. Er brüllte. Er donnerte.

»Du kannst nicht einfach dein Wort brechen. Du hast gesagt, du kämst mit uns bis Assam. Du hast dich einverstanden erklärt, und jetzt kannst du nicht im letzten Moment kneifen.«

Aber Sam konnte doch, und er tat es auch. Er ließ die Strafpredigt zerknirscht über sich ergehen, er krümmte und wand sich und war ein Bild des Jammers, aber er wankte nicht. Seine Angehörigen riefen ihn. Er konnte nicht anders. Sein Entschluss stand fest. Er würde nicht mit Mr. Digby bis nach Assam fahren. Schließlich gab Mr. Digby sich geschlagen.

»Ich kann den Kerl ja nicht zwingen«, sagte er zu Teresa. »Ich habe nichts Schriftliches. Nichts Schriftliches«, wiederholte er leise, als ob dies der Schlüssel zu dem ganzen Unglück sei. Mr. Littletons Worte kamen ihm in den Sinn: Traue nie einem Inder. »Traue nie einem Inder!«, rief er laut, schlug den Deckel seines Koffers zu und kniete sich darauf. »Und bei Gott, ich werde es nie

wieder tun!« Er triumphierte. Das war der Beweis: Er würde nie wieder einem Inder trauen.
Sam bot ihnen zwei Freunde als Ersatz an, aber Mr. Digby lehnte ab. Er brauchte keinen Diener. Ohne würde es genauso gut gehen. Wenn er so darüber nachdachte, war Sam auf dem Weg hierher eigentlich ziemlich nutzlos gewesen. Und zweifellos war einer so schlimm wie der andere: Sie waren alle gleich. Trotzdem fühlte er sich ernsthaft im Stich gelassen. Die letzten Meilen musste er sich ganz allein durchschlagen – auch Mr. Littleton hatte ihn verlassen –, mit dem Rücken zur Wand. Doch so hatte er sich durch sein gesamtes Leben gekämpft, mit dem Rücken zur Wand und auf sich allein gestellt. Noch eine Schlacht also, und dann war er bei Ruth.
Sam kam mit ihnen zum Bahnhof. In der letzten Minute weinte er. »Ich nie vergessen«, sagte er zu Teresa. »Nie vergessen Missie, nie vergessen«, und er weinte, schniefend und das Gesicht verziehend, umfing sie mit den Tentakeln seiner Treue, obwohl er sie morgen oder auch in zwei Stunden schon vergessen haben würde. Teresa empfand den Verlust tief im Innern, auch wenn sie keine Tränen vergoss, denn sie waren vertraut miteinander umgegangen. Für sie war er Indien gewesen, freundlich, verlässlich. Es gab ein Band. Das Band zerriss, und es schmerzte. Das Ende einer Freundschaft.
»Auf Wiedersehen«, sagte sie und lehnte sich aus dem Zugfenster. »Auf Wiedersehen. Auf Wiedersehen, Sam.«
Was der Kerl doch für ein Halunke war, dachte Mr. Digby. Was für ein Glück, dass sie ihn losgeworden waren! Er fragte sich, was er wohl alles hatte mitgehen lassen.

Und wieder waren sie unterwegs, wurden durchgerüttelt, Vater und Tochter, eingesperrt in einem stinkenden Abteil, auf der langsamen Fahrt nach Norden. Zur Unterhaltung hatten sie nur sich und ein Kartenspiel. Teresas Kopf war voller Geräusche und Farben; er war das Gefäß, in dem sich die Fetzen ihrer Eindrücke sammelten, Fetzen aus exotischen Kleidungsstücken, die nie wieder ganz zusammengesetzt werden konnten; aber das machte nichts. Es waren ihre eigenen Fetzen, aus denen sie sich ein buntes Erinnerungsbild voll aufregender Geheimnisse geschaffen hatte, in dem die winzigen Gestalten von Mr. Littleton, Sam und Miss Spooner herumspazierten. Zitronen und Schlangen standen für Bombay; eine dreibeinige Ziege, ein rauher Schrei für die Reise; Raketen und Flöten und Gesang für Kalkutta. England war so klein wie ein Stecknadelkopf; so kalt wie der Mond; so fern wie der Tod.
Aber diese letzte Etappe ihrer langen Reise, die sich vor Teresa mit der gleichen Unvermeidlichkeit entfaltete wie der Wechsel der Jahreszeiten, hatte für Mr. Digby mit Sams Fahnenflucht schlecht angefangen. Und aus diesem unglückseligen Umstand wurde rasch ein Hindernis von so riesigen Ausmaßen, dass es ihm den Weg zu versperren und seinen unbeugsamen Willen zu bezwingen drohte. Da Sam nicht da war, um ihr Abteil zu bewachen, mussten sie abwechselnd ihre Mahlzeiten einnehmen. Denn irgendwelche Inder, so sagte Mr. Digby, könnten während der Fahrt über das Zugdach in ihr Abteil gelangen und ihnen ihre Habseligkeiten stehlen. Die notwendige Trennung machte ihn sehr nervös. Teresa war zu jung und zu dumm, um unter diesen Bedingungen allein zu essen, und zu jung, um allein zu

bleiben, während er beim Essen war. Aber es musste eben sein. Und so grämte er sich, wenn die Essenszeit näherrückte, bestimmte, dass sie als Erste essen gehen sollte, und befahl ihr, mit niemandem zu sprechen und auch nicht zu antworten, wenn man sie etwas fragte.
»Halt einfach den Mund«, riet er ihr. »Verstanden? Das ist das Sicherste.«
Dann jedoch änderte er plötzlich seine Meinung und fand es besser, wenn er als Erster aß. Während seiner Abwesenheit sollte sie die Tür verriegeln und die Jalousien unten lassen. Dann jedoch besann er sich, dass er dann vielleicht selbst nicht mehr ins Abteil hineinkäme und der Zug anfahren würde, während Teresa möglicherweise schlief und sein Rütteln an der Abteiltür nicht hörte. Also sollte sie die Tür doch nicht abschließen, und wenn der Zug anhielt, sollte sie die Sonnenblende hochschieben und den Kopf aus dem Fenster stecken, damit er sie sehen konnte. Wenn Teresa essen ging, saß er die halbe Stunde da, überzeugt, dass sie an der nächsten Station zurückbleiben würde; er verfluchte sie, weil sie so dumm war, verfluchte Sam, weil er nicht da war, verfluchte den Zug, weil es keinen durchgehenden Korridor gab. Wenn er selbst zu Mittag oder zu Abend aß, schaufelte er das Essen mit gedankenloser Hast in sich hinein, um so schnell wie möglich wieder zum Abteil zu kommen, wo er Teresa mit einem Messer im Rücken oder mit durchschnittener Kehle vorzufinden erwartete.
Teresa hingegen blieb ungerührt. Ihre Ohren waren taub vom Nachklang der Töne. Ihr Blick war nach innen gerichtet, geblendet von den gehorteten Schätzen. Die vergangene Woche lag wie ein Puffer zwischen ihr

und den Ängsten ihres Vaters. Sie wurde nicht niedergestochen; sie bekam noch nicht einmal einen Kratzer ab. Sie befolgte gehorsam seine Anordnungen. Sie spielte mit verträumter Konzentration Piquet mit ihm und schlug ihn zweimal, was seine Laune noch mehr trübte. Im Speisewagen öffnete sie den Mund nur, um ihn mit Essen oder Limonade zu füllen.

Der Zug ratterte an endlosen Reisfeldern vorbei, mehr Wasser als Land, die grünen Schösslinge von schmalen Wegen umgeben und bewacht von den langbeinigen, zarten weißen Vögeln, die so vertraut geworden waren. Als die Sonne sank, schnurrten die schmalen Wege zusammen, und die Büsche wurden dichter. Und dünn wie Silberdraht, hell und weiß, erschien die Sichel des Neumondes, die den reifen, erschöpften Vollmond in ihren jungen Armen barg. Ein einzelner Stern stieg über ihm auf und bewachte seine Jugend. Mond und Sterne glitzerten auf dem dunklen Wasser wie Eisflämmchen. Glühwürmchen flogen in einem Funkenregen am Fenster vorbei, den keine Maschine erzeugen konnte. Und als der Zug pfiff und anhielt, sah Teresa einen Mann langsam die Stufen heruntersteigen, der ein Leopardenfell um die Schultern geschlungen hatte. Er blieb unter einer Laterne stehen, den Kopf zurückgeworfen in einer Wolke tanzender Mücken. Woher war er gekommen? Aus dem Hügelland? Sah sie da Blut an seinen Händen? Er ging wie ein König. Und der Zug fuhr weiter.

9

Teresa schlief, aber Mr. Digby blieb wach und blickte auf seine Uhr, denn um zwölf Uhr sollten sie an einen Fluss kommen. Hier mussten sie aussteigen, auf eine Fähre gehen und am anderen Ufer in einen neuen Zug steigen. Der Gedanke an all die Unwägbarkeiten, die dabei passieren konnten, genügte, um Mr. Digby am Schlafen zu hindern, und während Teresa friedlich schlummerte, tippte er gegen seine Zähne. Aber lange bevor sie den Fluss erreichten, blieb der Zug auf einmal stehen. Sie waren nicht an einem Bahnhof. Um sie herum war dunkles, unbewohntes, unbeleuchtetes Land. Mr. Digby steckte den Kopf aus dem Fenster. Weiter vorne an den Gleisen wurden Laternen geschwenkt. Pfiffe ertönten. Er hörte Schreie.

»Wach auf, wach auf!«, rief er und rüttelte Teresa an der Schulter.

»Was ist los? Was ist?«

»Ich weiß nicht«, erwiderte Mr. Digby, »aber wir sollten bereit sein.« Insgeheim glaubte er, der Zug werde überfallen; entweder das, oder die Besatzung mache einen Aufstand und liefe Amok. Da er jedoch Teresa nicht verfrüht beunruhigen wollte, behielt er seine Gedanken für sich und blickte sich nach einer Waffe um, mit der er sich verteidigen konnte. Aber im Abteil gab es nichts, noch nicht einmal einen Stock. Er würde sich mit seinen Fäusten und seinen Füßen begnügen müssen. Nun, das war immerhin etwas. Er wünschte, ein weiterer Engländer wäre bei ihm, selbst Mr. Littleton, so klein er auch war. Zwei Engländer, dachte er, konnten einen rasenden Mob besser aufhalten. Auch einer konnte das, aber es würde nicht so leicht werden. Lichter kamen näher. Er wappnete sich. Furchtlos beugte er sich aus dem Fenster.

»Nun?«

Ein Inder in einer Art Uniform, der eine Laterne in der Hand hielt, blieb unter Mr. Digbys Fenster stehen. Sein freundliches Gesicht wirkte im Lichtschein wie geöltes Holz. »Sir, es gibt eine Verzögerung«, sagte er.

»Verzögerung? Was für eine Verzögerung?«, fragte Mr. Digby, der spürte, wie sich seine Muskeln langsam wieder entspannten.

Offenbar waren auf der Strecke vor ihnen Schienen herausgerissen worden. Von wem? Der Inder zuckte mit den Schultern. Wer konnte das schon sagen? Bevor der Zug weiterfahren konnte, mussten jedenfalls die Schienen neu verlegt werden, und das würde ein bis zwei Stunden dauern, vielleicht auch länger. Die Dauer des Aufenthalts war ungewiss. Der Grund unklar. Den Fluss würden sie nie überqueren. Sie würden niemals bei Ruth ankommen. Indien war ihnen dazwischengekommen ... Verspätung ... Verspätung ... Und von diesen verzweifelten Gedanken eingelullt, schlief Mr. Digby auf seiner Koje sitzend ein.

Er wurde wach, als der Zug sich in Bewegung setzte. Draußen ertönten wieder Pfiffe und Schreie. Es war ein Uhr morgens. Er hatte zwei Stunden geschlafen, doch sie kamen ihm vor wie fünf Minuten. Seine Kleider waren zerdrückt, seine Gliedmaßen verkrampft. Der Zug tastete sich langsam und zögernd vorwärts. Würden die

Schienen halten, oder würden sie im nächsten Moment auseinanderbrechen? Aber dann kreischten die Pfiffe, der Zug gewann Geschwindigkeit, und die Verzögerung war überstanden. Sie fuhren durch die tiefe Dunkelheit des frühen Morgens auf den Fluss zu.

Es war der Fluss, den er fürchtete, mehr als ein Fluss, das letzte Hindernis. Wenn wir erst einmal über den Fluss gelangt sind, sagte er sich; wenn wir erst einmal über den Fluss gelangt sind, er wiederholte es wie eine Beschwörung. Und in Gedanken überquerte er den Fluss, diesen unbekannten Fluss, nicht nur einmal, sondern viele Male; beförderte sich ans andere Ufer und ließ alle Probleme hinter sich, und jedes Mal, wenn sich Erleichterung einstellen wollte, wurde ihm klar, dass die Überquerung nur in seinen Gedanken stattgefunden hatte und noch vor ihm lag, und dann begann er ihn von neuem zu überqueren.

Aber als der Zug schließlich das Ende der Gleise erreichte und anhielt, war es wie eine Ankunft im Nichts. Es gab kein Anzeichen für einen Fluss. Es gab keinen Bahnsteig. Ein paar Lampen, Punkte in der Dunkelheit, die kaum Licht spendeten, brannten vor einigen baufälligen Schuppen. Kaputte Waggons standen herum – so viel konnte er sehen –, aber nirgendwo waren ein Weg, eine Straße, irgendein Zeichen von Ordnung zu erkennen. Ein chaotischer Exodus von Passagieren setzte ein, und aus dem Nichts stürmte eine Horde hungriger Kulis herbei. Einen Moment lang überkam ihn das Verlangen, die Abteiltür zu verriegeln und sitzen zu bleiben, bis die Welt unterging. Dann tauchte unterhalb der Treppe ein Kopf mit einem schmutzigen Turban auf, zwei oder drei andere drängten sich dahinter, und jeder wollte der Erste sein. Bei diesem Anblick kehrten Mr. Digbys Lebensgeister zurück. Er wählte den am nächsten stehenden Kuli aus und wies die anderen mit bestimmter Geste ab.

»Teresa«, sagte er – sie stand verschlafen hinter ihm –, »komm zu dir! Bist du sicher, dass du alles hast? Hast du deinen Mantel? Deinen Koffer? Hier, gib ihn dem Kerl. Wo ist die Thermoskanne? In Ordnung. Bist du bereit? Dann komm.« Er dirigierte sie die Stufen hinunter. »Jao, jao«, schrie er den Kulis zu, die immer noch herumstanden und sich um übriggebliebene Gepäckstücke balgten.

So: Jetzt hatten sie also den Zug verlassen und festen Boden unter den Füßen. Doch wohin jetzt? Er hatte keine Ahnung. Er sah die Menschenmenge über eine Anhöhe oder einen Hügel im Nirgendwo verschwinden, und sie blieben zurück. Sie waren fast die Letzten. Die Fähre würde ohne sie ablegen, dachte er, und Panik überschwemmte ihn. Der Träger schwankte sorglos unter seiner Kofferlast vorwärts und schien den Weg im Dunkeln auswendig zu kennen. Mr. Digby konnte ihm nur blindlings folgen und hoffen, dass alles gut ging. Der Boden war mit Gruben übersät, und er blieb mit den Füßen an Metallteilen hängen. Teresa trödelte hinter ihnen her. Er blieb stehen, um sie am Handgelenk zu packen.

»Komm, komm schon«, drängte er. Er schüttelte ihren Arm. »Wach auf! Wir müssen uns beeilen.« Der Träger ging unbeirrt weiter; sie würden ihn verlieren, und dann wäre alles verloren.

»Ich kann nichts sehen«, beklagte sich Teresa und verfiel in einen holperigen Laufschritt.

»Egal«, rief ihr Vater ungeduldig, »ich kann auch nichts

sehen. Pass auf. Pass auf«, fügte er hinzu, als sie stolperte. Er hielt sie fest am Arm, um sie zu stützen und gleichzeitig hinter sich herzuziehen. Es ging jetzt den Hügel hinunter auf einem breiten Weg aus trockenem Schlamm. Vor ihnen waren Lichter, und sie sahen undeutliche Umrisse einer Menschenmenge. Stimmen ertönten. Ziegen meckerten. Sie waren am Fluss.

Über einen Steg gingen sie an Bord, wo sie sofort der Gestank von vielen Menschen umfing. Sie kämpften sich zwischen zusammengedrängten Körpern hindurch. Die Luft war dick und schwarz wie schmutziges Wasser, verstopfte ihre Nasenlöcher und legte sich auf die Augen. Mr. Digby hatte seinen Kuli aus den Augen verloren, meinte jedoch, er habe sein Bettzeug über eine Treppe nach oben verschwinden sehen. Beherzt schob er Arme und Beine beiseite und drängte sich, dicht gefolgt von Teresa, durch die Menge. Sie erreichten die Treppe, holten siegesbewusst Luft und stiegen hinauf. Das obere Deck war leer. Die Planken glänzten. Und dort stand ihr Kuli neben ihrem Gepäck. Über ihnen die Sterne, das Wasser unter ihnen, die weiß gestrichenen Rettungsringe, die Messingreling, ein langer Holztisch, um den Stühle standen, die gesamte Szenerie hatte etwas, das nicht hierher gehörte, als sei dieser Ort für das Königshaus reserviert. Der Tisch war groß genug für ein Bankett. Auf den Stühlen hätte die längst verstorbene Kaiserin von Indien mit all ihrem Gefolge Platz gefunden; es sah aus, als ob sie einen gespenstischen Besuch erwarteten. Aber die Bühne war leer, bis auf Mr. Digby, Teresa und einen sehr dicken Inder mit riesigem Turban, der sich abseits an die Reling setzte und sofort anfing zu schnarchen.

Nichts geschah. Die Fähre machte keine Anstalten, sich in Bewegung zu setzen. Mr. Digby trat erst an die eine, dann an die andere Seite und spähte über die Treppe hinunter auf das tosende Inferno. Seine Ungeduld wie seine Ohnmacht quälten ihn. Zehn Minuten vergingen, und sie lagen immer noch an der falschen Flussseite vor Anker. Fünfzehn Minuten vergingen, zwanzig Minuten, und langsam dämmerte ihm, dass es sich um eine erneute Verzögerung handelte. Eine Verzögerung, für die es keinen Grund gab, keine logische Erklärung und auch keine Abhilfe; diese Verzögerung gehörte zu Indien und war unvermeidbar.

Teresa war auf einen der kleinen Holzstühle gesunken; ihre Arme lagen auf dem Tisch, ihr Kopf lag auf den Armen; sie schien zu schlafen. Da es nichts gab, was er tun konnte, versuchte auch Mr. Digby, sich zu beruhigen. Er setzte sich. Die stillen Sterne machten sich über ihn lustig. Das Wasser schimmerte. Er blickte auf seine Uhr. Er bemühte sich um Gelassenheit und setzte für die Verzögerung eine Höchstgrenze an. Keine Verspätung, so argumentierte er, konnte länger als zwei Stunden dauern, nicht einmal in Indien. Zwei Stunden waren in Ordnung. Nun gut, er war darauf gefasst, hier zwei Stunden lang zu sitzen. Und wenn am Ende dieser Zeit nichts passiert war, dann würde er etwas tun; er würde … er würde mit jemandem sprechen; er würde ihnen zu verstehen geben, dass wenn … er würde sagen … er würde darauf bestehen … An diesem Punkt jedoch erbarmte sich der Schlaf seiner, und Mr. Digby war frei. Weder verspotteten ihn die Sterne, noch quälte ihn das gegenüberliegende Ufer. Seine Müdigkeit umfing ihn so sanft wie eine Mutter, und er schlief wie ein Kind.

Motorengeräusch weckte ihn wieder. Ketten rasselten, Holzplanken rumpelten. Ängstliche, wütende Stimmen schrien einander an. Eine Rauchwolke blähte sich im sternenklaren Himmel auf, und die Fähre setzte sich in Bewegung. Mr. Digby sprang auf. Eine ungeheure Erregung bemächtigte sich seiner. Am liebsten hätte er laut gerufen: Hurra! Hurra! Sein ganzer Körper prickelte vor leichtherziger Vorfreude, wie er sie seit seiner Jugend nicht mehr verspürt hatte. Dies war ein Ende und eine Wiederauferstehung, das vorletzte Ziel, der Anfang eines Endes, das ein Ende und ein Anfang war. Er lehnte sich über die Messingreling und fuhr sich mit beiden Händen durch die grauen Haare, erfüllt von unschuldiger, überwältigender Freude. Seine Sorge bekam Flügel. Er überquerte den Fluss. Der Fluss wurde überquert.

Er rüttelte Teresa wach. Benommen vom Schlaf wurde sie von seiner Tatkraft ans Ufer gezerrt, einen steilen Pfad hinauf in die Gerüche und Unwägbarkeiten einer weiteren dunklen Station. Sie hatte das Gefühl, dass die Nacht schon seit Jahren andauerte, wie ein langer, zusammenhangloser Satz, nur unterbrochen durch die Kommata, die die Bahnhöfe waren, und ohne jemals einen Schlusspunkt zu erreichen. Der Schlaf, der so grausam vertrieben worden war, wurde von einer entsetzlichen Müdigkeit ersetzt.

»Ich habe Hunger«, sagte sie.

Aber Mr. Digby kümmerte sich nicht um sie. Er redete mit dem Bahnhofsvorsteher, der einen Verband um die Stirn trug – oder war es eine Art Turban? – und darauf seine Mütze gesetzt hatte. Der Mann sagte gerade, der Zug sei weg. In der nächsten Stunde, vielleicht auch den nächsten zwei Stunden, gäbe es keinen Zug mehr. Sie hatten ihren Anschluss verpasst, weil auf der anderen Seite des Flusses die Schienen herausgerissen worden waren. Er schwenkte seine Laterne. Teresa starrte auf den Verband und fragte sich, ob es tatsächlich ein Verband war und ob sich dahinter eine Wunde verbarg oder ob es vielleicht nur eine Art Nachtmütze war. Sie war zu müde, um über schwerwiegendere Dinge nachzudenken, deshalb beschäftigte sich ihr Gehirn mit derart trivialen Fragen.

»Ich habe Hunger«, wiederholte sie leise.

Mr. Digby stöhnte. Seine Euphorie hatte ihn ebenso wie seine Ungeduld verlassen. Seine Tatkraft war verschwunden. Er empfand noch nicht einmal Enttäuschung, geschweige denn Zorn.

»Lass uns Piquet spielen«, sagte er.

Sie setzten sich in den Wartesaal und spielten im Schein einer geliehenen Laterne ihr absurdes kleines Spiel mit Königen, Damen und Assen, errichteten eine papierne Stabilität, eine Illusion von Ordnung für diese Unterbrechung ihrer Reise, auf der es keine Regeln gab und Verzögerungen in Form von Flüssen, zerstörten Bahngleisen und abgefahrenen Zügen ihre Absichten durchkreuzten.

»Ich habe eine Terz.«

»Ich habe eine Quint.«

Motten flatterten verzweifelt an die Glaswände der Laterne. Die Nacht wurde blasser. Die Motten lagen tot am Boden oder waren verschwunden. Weißes wurde bläulich. Die Gesichter wirkten krank, und die Falten darauf wurden wieder sichtbar. Teresa gähnte. Mr. Digby rechnete die Ergebnisse zusammen. Und am Bahnsteig ging ein Händler entlang, der hartgekochte Eier verkaufte.

»Oh, ich habe Hunger«, rief Teresa, der einfiel, wie hungrig sie eigentlich war.

Während sie zuschaute, wie ihr Vater Eier kaufte, stieg plötzlich ein Gefühl tiefer Überraschung, beinahe von Ehrfurcht, in ihr auf. Wenn es Schwierigkeiten gäbe, würde er sie überwinden. Bei Gefahren würde er sie beschützen. Er war ihr Anker, ihr starker Fels, ohne den sie hilflos war. Sie konnte sich auf ihn verlassen, er würde sie niemals im Stich lassen, komme, was wolle, wegen einer wundersamen Bindung, die stärker war als Zuneigung oder gegenseitiges Verständnis, nämlich des ursprünglichen Versprechens der Blutsbande. Wenn sie müde war, würde er ein Bett für sie finden. Wenn sie hungrig war, würde er ihr Eier geben. Es war eine Offenbarung. Und im gleichen Augenblick erkannte sie auch, was ihn die Reise gekostet hatte; wie hart der Kampf für ihn gewesen und wie groß der Sieg war, den er errungen hatte. Es lag im Bereich seiner Möglichkeiten, ein Held zu sein. Stets hatte sie, absichtlich und oft unter Schmerzen, versucht, ihn kleinzumachen, ihn so zu reduzieren, bis er in ihre Faust passte und sie ihn zerquetschen konnte. Jetzt jedoch sah sie, dass er sie beschützte, anders, als sie es sich je vorgestellt hatte. Bewunderung und Dankbarkeit, wie sie es beides noch nie für ihn empfunden hatte, überkamen sie und brachten ein Gefühl von Erleichterung mit sich wie bei einem tiefen Seufzer. Sie hatte ihre Offenbarung gehabt, die jedoch in ihrer Eindringlichkeit sofort wieder verblasste und, abgesehen von einem leisen, kaum wahrnehmbaren Nachhall, bald vergessen war.

Endlich tauchte der Zug auf, ein jämmerlicher, schändlich schlechter Zug, der weder über einen Speisewagen noch über Waschräume verfügte. Sie aßen ihre Mahlzeiten an den Bahnhöfen, deren von Fliegen heimgesuchte Speisesäle vorgeblich im »europäischen Stil« gehalten waren. Das Essen wurde hastig zubereitet, und der Zug wachte hoheitsvoll über ihre Mahlzeiten. Der Tag drückte auf ihre Stirnen wie Kopfschmerzen, die nicht besser wurden. Alle Freude war vergangen. Schmutzig und dumpf ertrugen sie alles widerstandslos, während die Stunden quälend langsam verstrichen. Die Landschaft, die am Fenster vorbeizog, war wie eine Krankheit, von der sie ihre gelangweilten Augen abwandten. Und der Tag verging. Eine weitere Nacht legte ihre Dunkelheit über das Tageslicht. Wieder schlief Teresa. Sie hatte sich nicht hingelegt, sondern kauerte in einer der schmutzigen Ecken. Es war zehn Uhr, als Mr. Digby zum letzten Mal aus dem Zug stieg und Teresa müde hinter ihm die Stufen hinunterstolperte.
Nichts an dieser Station ließ erkennen, dass sie anders war als all die anderen Bahnhöfe, an denen sie gehalten und die sie verworfen hatten. Nichts deutete darauf hin, dass dies das so lange angestrebte, heißersehnte Ziel war. Leute schliefen auf dem Bahnsteig, andere standen zusammengedrängt da. Laternen wurden geschwenkt. Ziegen meckerten. Der Zug pfiff und ließ sie zurück. Und da war Edwin.

10

Er kam mit hängenden Schultern auf sie zu, als sei er daran gewöhnt, sich den Kopf zu stoßen, wenn er sich aufrichtete, und es war seine Stimme, seine Berührung, die ihre Ankunft wirklich machte. Die endlose Reise war vorbei.

Er sagte ganz gewöhnliche Worte: »Ich bin mit dem Auto hier. Ihr müsst schrecklich müde sein. Kommt, gebt mir die Koffer.«

Teresa konnte ihn kaum erkennen. Ihre Augenlider waren schwer, vom Schlaf getränkt. Aber sie konnte ihn fühlen, er war eine Tatsache, ein fester Körper, sein Gewicht stellte ein Gleichgewicht her, handfeste Wirklichkeit. Sie saßen im Auto; vor ihr schimmerte Edwins Kopf im Mondlicht, ein blonder Schopf. Sie erinnerte sich an eine Fotografie von ihm und stellte überrascht fest, dass dieses statische Bild tatsächlich von einem lebenden Mann gemacht worden war, der sprach und ein Auto fuhr und der sie in diesem Augenblick zu einem Haus fuhr, das irgendwo verborgen lag – in einem Dschungel, hatte Tante May gesagt –, ein ihm vertrautes Haus, in dem er lebte und wo auch sie leben würden. Die Fotografie, die wochenlang, monatelang, bis man vergaß, sie anzuschauen, auf Tante Mays Kaminsims gestanden hatte, war alles gewesen, was sie von Edwin gewusst hatte, alles, was es außer seinem Namen von ihm zu wissen gab. Er hatte dagestanden, steif und mit angehaltenem Atem wie eine Papierpuppe, die ebenso

bedeutungslose Ruth neben sich, und hatte auf ewig seitlich zu Boden geschaut. Jetzt war die Fotografie überholt, überflüssiges Gerümpel, und der Mann, Edwin, war persönlich da.
Sie waren in Assam. Der Mond stand hell am Himmel. Die Luft, in der Glühwürmchen tanzten, schmeckte rein und süß, nach freiem Feld. Sie hatte den Eindruck, einen weiteren Fluss zu überqueren. Sie glaubte, Bohlen ächzen und Wasser plätschern zu hören. Dann wieder wurde sie sich der unverständlichen Geräuschwogen bewusst, in denen die Stimmen von Mr. Digby und Edwin nach hinten schwappten.
Edwin sagte gerade: »Ruth ist leider nicht da. Sie besucht Freunde von uns auf einer benachbarten Plantage. Es tut mir leid, dass wir euch keinen schöneren Empfang bieten können. Aber morgen hole ich sie dort ab, dann werdet ihr sie sehen.«
Mr. Digbys Hoffnungen schwanden. Ruth war nicht da? Wie konnte das sein? Sie war doch der natürliche Endpunkt, der strahlende Willkommensgruß am Ende des langen Tunnels. Jetzt musste er sich neu einstellen. Morgen hatte Edwin gesagt. Nun gut, morgen war es ja fast schon. Vielleicht war es besser so. Er fühlte sich müde, so konnte er sich noch ausruhen. Aber Ruth nicht da? Es war ein Schock. Edwin schien seine Enttäuschung zu spüren.
»Manchmal ist es schwierig, diese Dinge zu verschieben«, sagte er. »Sie lässt euch natürlich liebe Grüße bestellen. Aber morgen seht ihr sie ja sowieso.« Er blickte beim Sprechen auf die Straße vor sich, fuhr vorsichtig. Seine Stimme war emotionslos, eine leise, tiefe Stimme, die nichts über ihn verriet. »Ich war am Postzug«, sagte

er und wich einem Schlagloch aus, »und als ihr nicht darin wart, habe ich angenommen, dass auf der Strecke etwas passiert war. Irgendetwas ist immer. Aber hier wusste niemand Bescheid.«

»Sie sind zu nichts nutze«, stieß Mr. Digby hervor, während er im Rhythmus der Stoßdämpfer auf- und abhüpfte. »Trau niemals einem Inder! Ich bin erst seit … lass mich nachdenken … seit nicht mal zwei Wochen in diesem Teil der Welt, aber das habe ich bereits gelernt.«

»Ja, sie sind ein nutzloser Haufen«, erwiderte Edwin, aber er lächelte dabei. Seine Hände auf dem Lenkrad wirkten zuversichtlich. Und Mr. Digbys Blick verschob sich leicht. Er war nicht so ganz in seinem Element. Er hüpfte wie eine alte Jungfer auf dem Sitz auf und ab, während Edwins Bewegungen fließend waren, als sei er selbst mit den Schlaglöchern auf vertrautem Fuße. Er besaß eine Aufgeschlossenheit, schien die Dinge hinzunehmen, wie sie waren. Sie fuhren einen Hügel hinauf. Der Straße gabelte sich. Sie bogen nach links ab und fuhren durch zwei Torpfosten. Hier gab es keine Straße mehr und auch keinen Weg. Sanft schaukelten sie über einen Rasen und hielten vor einem Bungalow, auf dessen hölzerner Veranda das Licht brannte.

»Da sind wir«, sagte Edwin. Er drehte sich zu Teresa um. »Wach auf«, sagte er, »wir sind da.«

Teresa öffnete die Augen. Sie sah die Lichter und die Holztreppe, die zu ihnen hinaufführte. Und als der Motor verstummte, hörte sie in der Stille einen Chor ferner, entsetzlicher Schreie, Angstschreie, die wie ein Windstoß in der reglosen Nacht heranwehten. Entsetzt und verständnislos sah sie Edwin an.

»Ist schon in Ordnung«, sagte er zu ihr, »das sind nur Schakale. Sie sind weit weg und tun niemandem etwas. Sie sind nicht gefährlich. Du wirst sie jede Nacht heulen hören, aber du brauchst keine Angst zu haben.« Er streckte die Hand aus, um ihr beim Aussteigen zu helfen, und sie ergriff sie und trat steif auf den Rasen.

Teil IV

Ruth

1

Bis zur letzten Minute hatte sie sich nicht vorstellen können, dass sie tatsächlich gekommen waren. Noch als sie die Stufen zur Veranda hinaufeilte, weigerte sie sich, daran zu glauben. Aber im Wohnzimmer war Licht. Sie stieß die Netztür auf und trat ein. Das denkbar Schlimmste war geschehen: Sie waren da, und ihre Gesichter wandten sich ihr erwartungsvoll zu. Der Schock war so groß, dass sie in der Tür stehen blieb und langsam den Schal vom Kopf nahm. Nachtinsekten folgten ihr hinein und summten ihr um den Kopf, als ob er eine Kerzenflamme sei. Sie fegte sie weg und schloss die Tür hinter sich.

»Vater!«, rief sie erfreut mit ihrer angenehmen Stimme und trat auf ihn zu, wobei sie ihren gelben Schal hinter sich her zog. War er immer schon so ungeschlacht und dick gewesen? Muss ich ihn küssen?, fragte sie sich. Er war aufgesprungen und schwankte vor Rührung. Er stolperte auf sie zu. Immer noch lächelnd, streckte sie ihm beide Hände entgegen und wiederholte leiser: »Ach, Vater!«

Mr. Digby ergriff ihre Hände, zögerte kurz und zog sie dann voller Erleichterung und Triumph in seine Arme.

»Ruth!«, sagte Mr. Digby. Dies war sein Wunder, das er selbst geschaffen hatte. Der Name war Wirklichkeit geworden. Er umarmte seine eigene Schöpfung, gezeugt, verloren und wiedergefunden. »Ruth – du bist es wirklich, Ruth!«, sagte er.

Ihre Wange wurde an seine gedrückt, und sie lächelte in sein Ohr. Über seine Schulter sah sie, wie das kleine Mädchen in der Ecke neben der Lampe sie beobachtete. Nicht sie beide, nein, sie allein. Zärtlich legte sie ihrem Vater die Hände auf die Schultern und löste sich von ihm.

»Du bist bestimmt Teresa«, sagte sie und wandte sich zu dem Kind. Der Schal war zu Boden gefallen, und sie trat darüber hinweg, um dem kleinen Mädchen, vor dem sie sich fürchtete, ihre Hand mit freundlicher Geste entgegenzustrecken. Ich fürchte mich, dachte sie, als Teresa ihre Hand ergriff, vor jedem Kind, das mich so anstarrt, das so weiß und dünn ist, das so still dasteht. »Du bist groß geworden«, murmelte sie unbestimmt, zögernd. Dann beugte sie sich hinunter, küsste das kleine Mädchen auf den Scheitel und ließ rasch ihre Hand sinken. Hastig begann sie zu sprechen.

»Edwin bringt nur schnell den Wagen weg. Es tut mir so leid, dass ich nicht hier war, als ihr angekommen seid. War die Reise sehr schlimm?«

Mr. Digby hatte sich in einen Sessel sinken lassen. Er war mit allem äußerst zufrieden; all seine Ängste waren verschwunden. Dieser Bungalow: so komfortabel, ja, luxuriös, anstelle der Dschungelhütte, die er sich ausgemalt hatte. Ruth: so schön, so beruhigend.

»Was hast du gedacht, als du mein Telegramm bekommen hast? Warst ein bisschen überrascht, was? Das hast du wohl nicht gedacht, dass du deinen alten Vater vor seinem Tod noch mal wiedersiehst, oder?« Er war ausgesprochen angetan von sich selbst.

Sie nickte. Sie lächelte. Während er redete, blickte sie sich mit unmerklichem Erstaunen in dem Zimmer um, aus dem sie zehn Tagen zuvor mit tränenüberströmten Wangen geflüchtet war. Wie viel stärker sind doch die Ereignisse, dachte sie, als die flüchtigen Anstrengungen, sie zu formen. Sie nehmen heimlich und leise Gestalt an hinter deinem Rücken, um dich herum, unter deinen Füßen. Sie sind wie Unkraut in einem vernachlässigten Garten, wie Moos auf den Steinen eines verfallenen Hauses. Die Sonne scheint, der Regen fällt, die Jahreszeiten wechseln. Überall grünt und blüht es. Wer kann die Sonne oder den Regen aufhalten oder eine Jahreszeit daran hindern, in die andere überzugehen? Wer kann die Vegetation bremsen? Ich grabe einen kleinen Flecken Erde um, um mir einen Weg zu bahnen, und während ich mich darüberbeuge und mir das Blut in den Kopf steigt, schießen zu beiden Seiten Büsche hoch, selbst das Gras gehorcht mir nicht, und das wilde Geißblatt umschlingt meine Füße mit seinen Ranken. Warum finde ich mich nicht damit ab? Ereignisse sind stärker als ich. Warum lasse ich mich nicht von ihnen sanft beherrschen? Ich sollte mich nicht gegen die Natur stemmen. Und als Edwin ins Zimmer trat, dachte sie mit kläglicher Verzweiflung: Die Narben, die ich hinterlasse, werden mir verziehen, noch bevor ich mit meinem kleinen Messer zusteche oder mit meiner kleinen Schaufel grabe.

Edwin blickte zuerst zu seiner Frau, als er den Raum betrat. Sie lächelte; sie lächelte ihn an. Sein Schwiegervater redete. Dann wanderte Edwins Blick quer durch das Zimmer zu Teresa, dem kleinen Mädchen, das in einer Ecke neben der Lampe stand, eingezwängt zwischen einem niedrigen Tisch und der Sofalehne wie eine Gefangene. Er blickte sie an, wandte aber gleich den Blick wieder ab. Sie erinnerte ihn zu sehr an Ruth oder vielmehr an Ruths Seele, so, wie er sie sich in seinem Kummer manchmal vorstellte, ohne ihr Lächeln und die huldvollen Gesten.

»Ich muss jetzt mein Bad nehmen«, sagte Ruth, »und dann können wir essen. Ich habe euch warten lassen, ihr habt bestimmt Hunger.«

Die Begegnung war vorüber. Die Familie, stellte sie fest, konnte man genauso leicht täuschen wie alle anderen: Sie kam nicht näher, sie sah nicht tiefer. Es würde nicht schwieriger werden, dachte sie, als über eine endlose Teegesellschaft zu wachen – ermüdend vielleicht, aber nicht gefährlich. Ihr Vater war ein alter Mann; sie wusste bereits, was er wollte. Teresa war ein Kind, um das sie sich kümmern sollte. Das würde sie bewerkstelligen. Sie war immer noch Gastgeberin, nicht Tochter, nicht Schwester. Deshalb murmelte sie: »Ich muss jetzt ein Bad nehmen«, und dann schenkte sie den Männern einen Whisky ein, wobei sie große Mühe darauf verwandte, nicht den Eindruck zu erwecken, sie wolle fliehen.

»Wo kommen alle diese Insekten her?«, fragte Edwin.

»Sind sie nicht lästig? Ich habe sie mit hereingebracht. Ich hätte durch die andere Tür hereinkommen sollen.« Sie strahlte ihn gutgelaunt an. »Kümmere dich bitte um die beiden, Edwin. Gib Teresa einen Zitronensaft. Ich bin gleich wieder da.« Leichtfüßig eilte sie davon.

2

Während des Abendessens beobachtete Teresa ihre Schwester. Das also war Ruth! Und was sah sie? Sie sah das, was Ruth sehen lassen wollte: eine sehr schöne Frau. Die Verkleidung war perfekt, und nur zwei Personen wussten, dass Ruth nicht nur eine sehr schöne, sondern auch eine äußerst unglückliche Frau war. Diese beiden Personen waren Ruth selbst und Edwin.

Mr. Digby hatte einmal zu seinem Freund Mr. Littleton gesagt, dass Ruth immer schon gewusst hätte, was sie wollte. Zutreffender wäre gewesen, dass sie immer schon gewusst hatte, was sie sein wollte. Vor langer Zeit, in einem Alter, in dem die meisten kleinen Mädchen sich eher um Puppenkleider als um das eigene Aussehen kümmern, hatte Ruth ihre Schönheit entdeckt und sie bewundert. Damals hatte sie sich für die Persönlichkeit entschieden, die diese Schönheit am besten zur Geltung brachte, und sie hatte diese Rolle nicht nur gewählt, sondern sich ihr in all den Jahren vollkommen gewidmet. Jeder, der ihr begegnete, bekräftigte unwissentlich die Lüge. »Ruth wird nie wütend« – und sie gab sich die größte Mühe, nie wütend zu werden. »Ruth ist so gehorsam, widerspricht nie, macht keinen Lärm, lässt nie ihr Spielzeug herumliegen so wie du« – und infolgedessen wusch sich Ruth die Hände, ohne dass man es ihr sagen musste, sprach leise, machte bereitwillig Besorgungen und ließ sich unzählige Male in die Wange

kneifen, ohne ihr hübsches Lächeln zu verlieren oder den unartigen Versuch zu machen, sich zu entziehen.
Man könnte annehmen, dass ein solches Rollenvorbild nur gute Ergebnisse hervorbringt. Aber es gibt einen großen Unterschied zwischen dem Versuch, brav zu sein, weil es eine Tugend ist, und dem Versuch, brav zu sein, damit die Leute einen dafür halten. Ruth bewegte sich in einer Spiegelwelt, denn sie spiegelte sich in jeder Person, der sie begegnete, ohne sich dafür zu interessieren, was in den Augen der anderen zu lesen war.
Mit siebzehn Jahren hatte sie die Schule beendet und stürzte sich in das Abenteuer, Eroberungen zu machen. Der Erfolg fiel ihr in den Schoß und übertraf sogar ihre Erwartungen. Ganz gleich, was sie tat oder wohin sie ging, die Blicke aller waren auf sie gerichtet. Wenn sie einen Raum betrat, erstarb die Unterhaltung bis in die entfernteste Ecke. Und das war erst der Anfang. Sie war siebzehn und strahlend schön, so schön, wie die Zukunft zu werden versprach.
Sie würde heiraten. Sie würde Feste geben. Sie sah sich mit Diamantschmuck in der Oper. Bedeutende Männer würden ihre Visitenkarten bei ihr hinterlassen, ihr die Hand küssen. Man würde sie in London rühmen und in Paris beneiden. In ihrer Phantasie war Ruth bereits eine auf beiden Seiten des Kanals gefeierte Gastgeberin, charismatisch wie eine Göttin und umschwärmt wie eine Königin. Dann lernte sie Edwin Tracey kennen, den jungen Verwalter einer Teeplantage auf Heimaturlaub.
Edwins Reaktion auf Ruth war nicht originell. Er hielt sie für das wundervollste Geschöpf auf der ganzen Welt. Niemand war jemals so jung und so bezaubernd gewesen. Ruhe und Anmut umgaben sie wie ein Duft, eine

fedrige Leichtigkeit, die all ihren Bewegungen eine geheimnisvolle Reife verlieh. Er war überwältigt.
Überraschenderweise erging es Ruth nicht anders. Edwin hatte eine erschütternde Wirkung auf sie, denn sie erkannte schon bei seinen ersten Worten seine herausragende Eigenschaft: Aufrichtigkeit. Es war eine Eigenschaft, die sie zwangsläufig nicht besaß und deren Mangel, wie sie jetzt feststellte, alle anderen Tugenden, die sie so gerne an den Fingern abzählte, wenn sie im Bett lag, wertlos machte. Sie waren Lug und Trug, und sie selbst war es auch. Panik erfüllte sie, denn angenommen, Edwin entdeckte diese Täuschung – seine Verachtung wäre mehr, als sie ertragen konnte. Sie war verzweifelt. In einem Moment beschloss sie, er dürfte es nie erfahren, im nächsten Moment sehnte sie sich danach, sich ihm zu Füßen zu werfen und alles zu gestehen. Was für eine Last würde damit von ihren Schultern genommen! Bestimmt würde er sie verstehen – sie konnte sich nicht vorstellen, dass er jemals verärgert wäre –, bestimmt würde er ihr Freund werden, ihr Lehrer, dem sie demütig gehorchte, und sie würden doch zusammen glücklich sein? Aber ein Geständnis war unmöglich, denn womit sollte sie anfangen? Was sollte sie sagen? Es gab keine Worte dafür.
»Edwin, ich bin gar nicht so. Ich bin eine Betrügerin.«
»Eine Betrügerin?«, würde er sagen. »Ruth, wie kann das sein? Du bist, was du bist. Ich weiß doch, wer du bist.«
»O nein, das weißt du nicht. Ich bin nicht so. Ich bin anders, anders.«
»Wie bist du denn, Ruth?«
»Ich weiß es nicht, ich habe es vergessen. Aber nicht so – das ist nur eine Rolle. Hilf mir.«

Solche Worte waren verstörend. Wie sollte sie sie aussprechen? Es würde zu nichts führen, und sie würde Edwin verlieren. Ihre Lage war bemitleidenswert, denn sie war nicht dumm und erkannte, dass durch ihre langjährige Schauspielerei alle wahre Freude für sie ausgelöscht worden war. Freude und Genuss konnte sie nur noch vortäuschen, sich selbst dabei beobachten und kritisch betrachten, wie gut oder wie schlecht sie ihre Rolle spielte. Aber sie konnte sich auch nicht mit dem Gedanken anfreunden, ohne Edwin weiterzuleben; sie brauchte ihn, so wie eine Kranke sich nach Gesundheit sehnt. Seine Integrität war ein Magnet, der sie unwiderstehlich anzog. Man kann mit Fug und Recht behaupten, dass sie ihn schließlich heiratete, weil er aufrichtig war und sie nicht, und in ihrem Kopf hegte sie die vage Vorstellung, dass sie nach der Hochzeit nicht nur seine weltlichen Güter, sondern auch seine geistigen mit ihm teilen könnte. Sie redete sich ein, wenn sie nur ihre Rolle weiterspielte, würde er es nicht bemerken. Hinter ihrer Leidenschaft für ihn könnte sie verbergen, dass sie allen anderen gegenüber kaltherzig war. Und wenn er sie wirklich liebte, dann musste er sie auch so lieben, wie sie war, sagte sie sich schließlich. Darin täuschte sie sich nicht.
Aber sie irrte sich, wenn sie glaubte, Edwin täuschen zu können. Ruth war achtzehn Jahre alt, als sie ihn heiratete. Sie hatte Charme und war ungewöhnlich schön. Sie ging nach Indien und vergrub sich in den Bergen des Nordens. Innerhalb eines Jahres wurde Edwin Tracey klar, dass seine Frau gegen ihren Willen das Gefühl hatte, sich zu verschwenden. Da er kein eingebildeter Mann war, war er sofort bereit, ihr in dieser Hinsicht zuzu-

stimmen. Natürlich war ihre Existenz hier vergeudet! Wäre eine Rose, wenn sie bei Verstand war, zufrieden damit, in einer Wüste zu blühen, wo niemand sie sehen oder ihren Duft riechen konnte? Seine Liebe war nicht Entschädigung genug; viele Männer würden sie lieben und ihr damit einen besseren Dienst erweisen als er. Mit unendlicher Anständigkeit und Großzügigkeit sagte er zu Ruth: Ich weiß, wie du dich fühlst. Es ist ganz natürlich, ich mache dir keinen Vorwurf. Wenn du glaubst, dies sei der falsche Ort für dich, dann ist es gewiss auch so. Verlass mich und finde das in der Welt, wonach du dich sehnst. Du bist jung und schön; es ist dein Recht.
Er erwartete, dass sie ihn verlassen und er sich irgendwie damit arrangieren würde, wobei er selbst von nachgestellter Bedeutung war. Er wollte, dass Ruth glücklich war, und ging sogar so weit, sich Vorwürfe zu machen, sie in diese Einöde geholt zu haben, als ob er sie dazu gezwungen hätte.
Ruth jedoch weigerte sich, die Wahrheit seiner Worte anzuerkennen. Nein, er irrte sich, schrie sie, er irrte sich – wollte er sie loswerden? Dies war der einzige Ort, an dem sie sein wollte: bei ihm. Sie schwor es, und ihre Heftigkeit verursachte Edwin tiefes Unbehagen. Eine neue Ruth zeigte sich ihm, eine, deren Ruhe und Gelassenheit wie weggeblasen schienen; eine, die sich unter Tränen an ihn klammerte, Panik in den Augen. Also sagte er vorerst nichts mehr, aber der Samen der Sorge war gepflanzt und wuchs im Laufe der Zeit zu einem großen Baum der Traurigkeit heran, der sie beide überschattete.
Edwin war ein freimütiger Mann; er war es von Geburt an, so wie seine Haare blond und seine Füße groß wa-

ren. Einem solchen Mann erschien die Vorstellung, dass man einen Charakter formen könne wie ein Kleidungsstück, abstrus, aber er wusste auch, dass seine Frau genau das getan hatte. Und er hörte nicht auf, sie zu lieben, aber nicht deshalb, weil ihr Charme sie faltenlos umgab, nicht für das, was sie vorgab zu sein und was er ursprünglich an ihr geliebt hatte – die ausgeglichene, anmutige, mitfühlende Frau, die in sich ruhte. Er liebte sie, weil er nun wusste, dass sie sich wie ein trotziges Kind danach sehnte, so zu werden, wie sie nie sein konnte: einfach und liebevoll. Und er konnte ihr auch nicht sagen, was außer ihm niemand ihr hätte sagen können: dass sie sich langsam zerstörte, indem sie sich so verbog. Das konnte er ihr nicht sagen, weil er sich, trotz aller Offenherzigkeit, nicht gut ausdrücken konnte. Und so teilte er ihr Leiden, so wie sie einst seine Aufrichtigkeit hatte teilen wollen, und der Stolz, der sie in ihrer gewählten Pose aufrecht hielt, bereitete auch ihm Qualen. Die sie im Geheimen peinigende Unruhe war sein Begleiter, wo immer er hinging und was immer er tat.

Ihre Unzufriedenheit zeigte sich zuerst in ihren Bemühungen, den Bungalow zu verändern. So genau wie möglich richtete sie ihn nach dem Muster jenes Heims ein, in dem sie vor noch nicht so langer Zeit ihre bedeutenden Gäste hatte empfangen wollen. Sie rangierte die Ledersofas aus, warf die Bambusmöbel hinaus. Sie brütete über Londoner Katalogen, und als Ergebnis kamen Kisten mit glänzendem Chintz, spitzengesäumten Kissenbezügen, nutzlosem Nippes – sogar Möbelstücke wurden unter großem Kostenaufwand von England aus verschifft und ersetzten Jahr um Jahr mehr von den strapazierfähigen einheimischen Produkten. Statt der Kalender hingen Spiegel in verschnörkelten, vergoldeten Rahmen an der Wand. Die Streifen der langen Fransenvorhänge waren nach fast einem Jahrhundert im Einsatz völlig ausgeblichen, und die intensiven Sonnenstrahlen, denen sie in Indien ausgesetzt waren, hatten ihr Übriges getan. Silber, nicht Messing fing das Licht ein und reflektierte es. Wie Ruth es machte, wusste niemand, aber selbst an den heißesten Tagen war es im Bungalow kühl und schattig, und es duftete nach Rosen.

Sie galt im ganzen Bezirk als Musterbeispiel. Die Frauen der anderen Plantagenbesitzer, deren Männer Speere und Tigerfelle zur Dekoration an die Wand hängten, fanden Ruth wunderbar geschickt und betonten das ohne jeden Anflug von Neid immer wieder. Also war sie geschickt. Ohne jegliche Hilfe und Erfahrung schuf sie ein kleines Wunder. Ihr Geschick und ihr guter Geschmack waren nicht zu übersehen, und eigentlich hätte Edwin stolz sein können auf sie und das Heim, das sie ihm geschaffen hatte, duftend und elegant wie sie selbst. Man beglückwünschte ihn so häufig, dass jeder andere Mann außer sich vor Stolz gewesen wäre. Aber für ihn war es der Ausdruck eines kranken Herzens, dass seine Frau eine Bühne schuf, auf der niemand agieren konnte. Die vielarmigen Kerzenleuchter und die Dresdner Schäferinnen waren wie ein Symptom dieser Krankheit, und er hasste sie.

Eines Tages kam er verschwitzt und schmutzig von der Plantage und traf Ruth an, wie sie auf den Knien hockte und eine Kiste auspackte, die gerade aus England angekommen war. Seine Tante Trudie war kurz zuvor gestorben und hatte alles ihrem Neffen hinterlassen, wovon Ruth profitierte, die einmal bei der alten Dame zu Besuch gewesen war und schon damals im Geiste eine Liste der wünschenswerten Dinge erstellt hatte. Eine Zeitlang beobachtete er, wie sie fieberhaft die Verpackung aufriss, um an ihren Schatz zu gelangen, einen frühviktorianischen Sekretär. Schließlich sagte er mit schleppender, scheinbarer Beiläufigkeit: »Ruth, du betrügst.«

Sie hielt inne und blickte ihn an. Tränen traten ihr in die Augen.

»Wie meinst du das?«

Er setzte sich auf die Armlehne eines Sessels, seufzte und sagte, statt auf ihre Frage zu antworten: »Du kannst im Dschungel keinen Salon einrichten.«

»Warum nicht?«

»Weil es falsch ist, verstehst du das nicht? Es ist einfach nicht echt. Ich hasse alles, was nicht hierher gehört. Und du machst es ja nicht zum Spaß, oder? Dann wäre es mir egal. Du könntest die Decke lila streichen, wenn es dir Freude machen würde – es würde mich nicht kümmern. Aber das hier ist etwas anderes. Es ist dir todernst. Ruth«, fuhr er fort, als er ihren wachsamen Gesichtsausdruck sah, »ich ertrage diesen Konflikt nicht. Verstehst du denn nicht, dass du nicht nur gegen den Bungalow oder die Gepflogenheiten hier ankämpfst? Du kämpfst auch gegen mich an – oder wirst es bald tun«, fügte er angewidert und erschöpft hinzu. Was auch immer sie erreichen wollte, es war den Kampf nicht wert. Zumindest lohnte es nicht, dass er dagegen ankämpfte. Am liebsten wäre ihm, alles wäre vorüber und er wieder allein, wie früher, statt in dieser elenden Anspannung zu leben. Er sah, wie sie sich wappnete, wie ihr Blick seinem auswich. Sie konnte besser mit Worten umgehen als er und würde so tun, als wüsste sie nicht, was er ausdrücken wollte. In dieser Beziehung war sie gewissenlos. Sie war, wie er gesagt hatte, eine Betrügerin.

»Ich mag eben schöne Dinge«, erwiderte sie und weinte. »Müssen wir wie die Affen hier hausen, nur weil wir am Ende der Welt leben?«

»Ich mag schöne Dinge auch«, antwortete er. Er verlor nicht die Geduld, weil er wusste, dass sie ihn liebte, im Moment mehr als alles andere, obwohl sie sich verzweifelt gegen ihn auflehnte. »Aber darum geht es gar nicht. Wenn wir in einem Elendsviertel wohnen müssten, dann würde ich dich sicher dabei unterstützen, das Elend mit schönen Dingen zu verbergen. Aber der Dschungel ist nicht schmutzig, und du kannst ihn auch nicht ignorieren. Warum solltest du auch?« Er fuhr mit der Hand über den Sekretär. »Natürlich ist er hübsch. Das leugne ich gar nicht. Ich kann mich erinnern, wie ich ihn vor vielen Jahren betrachtet habe, wenn ich als Junge über Weihnachten bei Tante Trudie war. Er sah schön aus mit all ihrem Nippes. Er war ein Teil von Tante Trudie, und davor gehörte er Großmama. Aber hier, Tausende von Kilometern entfernt von jenem Land, in das er gehört, sieht er einfach nur dumm aus.«

Er sagte zu viel, und er sagte es zu nachdrücklich. Ruth kniete zwischen den Teilen der aufgerissenen Verpackung und weinte bitterlich. Und als die Tränen versiegt und der Augenblick der Versöhnung vorbei war, die Wunde geschlossen und nichts geblieben war als die kleine Narbe des Eigensinns, wurde der Sekretär aufgestellt, und Ruth, die tiefe Befriedigung darüber empfand, dass sie ein weiteres Stück Treibgut aus dem Schiffbruch ihrer Traumwelt gerettet hatte, schrieb jeden Nachmittag ihre Briefe daran.

Mit der Zeit fiel Edwin die Schwäche seiner Frau, die sich so ruhig und stark gab, immer mehr auf. Ihr Gemüt war selbstmörderisch wie eine Motte, die panisch mit den Flügeln gegen eine geschlossene Fensterscheibe schlägt. Und mit jedem Jahr wurde Ruth abhängiger von Edwin. Mit jedem Jahr wurde sie schwächer; es wurde ihr immer unmöglicher, sich seiner Stärke zu entziehen – die einzige Quelle ihrer eigenen Stärke –, und mit jedem Geburtstag wuchs ihre Verzweiflung. Die Vorstellung zu fliehen, dem Ganzen zu entkommen, bevor sie zu alt dazu war, wurde zur Besessenheit. Sie sehnte sich nach Wertschätzung. Nicht Bewunderung, die wurde ihr ohnehin von allen entgegengebracht, die ihr begegneten, sondern Wertschätzung auf einer sachlicheren, intellektuellen Ebene: Sie glaubte, wenngleich ein wenig schuldbewusst, diese Wertschätzung stünde ihr zu, und man habe sie ihr bislang verwehrt. Dann jedoch quälte sie sich mit Selbstvorwürfen. Edwin sollte ihrer nicht würdig sein? Nein, sie war es doch, die es nicht wert war, mit ihm unter einem Dach zu leben, geschweige denn seine Frau zu sein. Sie war hassenswert, gemein – und so ging es immer weiter.

Ihr unablässiger innerer Konflikt – ein Konflikt, den sie nicht zugeben konnte, der Edwin aber so vertraut war wie seine eigene Handschrift – überstieg beinahe die Kräfte ihres Mannes, und er drängte sie immer wieder fortzugehen. Ihren Tränen und den angstvollen Umarmungen, die seinen Beschwörungen folgten, war er jedoch nicht gewachsen. Wenn sie sagte, sie würde ihn nicht verlassen, wusste er, dass sie es nicht konnte. Wenn sie sagte, sie liebte ihn, glaubte er ihr, weil es eine unausweichliche, traurige Tatsache war. Wenn sie log, wusste er es, und mit den Jahren log sie immer häufiger, und ihre Schuldgefühle wurden immer mehr; es entstand ein Gefühl von Sünde, wo es keine Sünde gegeben hatte.

Dann kam eines Tages im Oktober Mr. Digbys Telegramm. Ruth war außer sich vor Entsetzen. Ihr Vater und diese kleine, fast vergessene Halbschwester waren die letzten Menschen auf Erden, die sie sehen wollte. Sie fühlte sich gejagt, verfolgt. Sie wollten sie in eine Falle locken, sie mit ihren Familienbanden festnageln, genau in jenem Moment, in dem sie glaubte, sich zu einer Entscheidung durchgerungen zu haben. Nein!, erklärte sie, das war mehr, als sie ertragen konnte. Sie wollte sie nicht hier haben; sie weigerte sich.

Aber nichts konnte sie aufhalten, entgegnete Edwin mit seinem Sinn fürs Praktische, sie waren schon unterwegs. Bei dieser Vorstellung verlor Ruth endgültig die Beherrschung. Sie weinte, als ob die Welt unterginge, packte schließlich einen Koffer und suchte Asyl bei Mr. und Mrs. Miller auf einer Nachbarplantage – was die beiden gleichermaßen überraschte wie freute, zumal sie keine Ahnung hatten, welchem Umstand sie diesen Besuch zu verdanken hatten; da sie schlichte Gemüter waren, hielten sie es für eine Geste impulsiver Zuneigung und waren sehr geschmeichelt.

Edwin machte nicht den Versuch, mit Ruth zu streiten. Er fuhr sie schweigend hin, holte sie acht Tage später wieder ab und fuhr schweigend mit ihr zurück.

»Ich halte es ohne Ruth nicht aus«, sagte er zur Erklärung, warum er ihren Besuch abbrach, und empfand die schmerzhafte Ironie dieser Worte. Weder er noch Ruth erwähnten Mr. Digby den Millers gegenüber. Es waren so viel Wut, so viele Tränen mit seiner Ankunft verbunden, dass sie sie wie einen Skandal instinktiv so lange wie möglich geheimhalten wollten. »Ich halte es ohne Ruth nicht aus«, sagte Edwin stattdessen und sah den Millers an, wie sehr sie die Vorstellung des jungen, unzertrennlichen Paares entzückte.

Ruth fügte sich Edwin, denn die Millers waren zwar als gelegentliche Gäste in ihrem Bungalow gerade noch zu verkraften, aber als Gastgeber unerträglich langweilig. Ihre Freundlichkeit erschöpfte sie. Ihre Bewunderung weckte nur Verachtung in Ruth. Außerdem duldete Edwin keinen Widerspruch, und bei den seltenen Gelegenheiten, wenn dies der Fall war, war Ruth beinahe glücklich. Wenn über sie bestimmt wurde, wurde sie ganz ruhig und versank in einem Stupor der Glückseligkeit, jener frühen Unschuld gleich, aus der eine Blume, aber nie etwas Böses entstehen kann. Von neuem keimte Hoffnung auf. Während der Austin über die holperigen Straßen rumpelte, dachte sie, dass sie immer noch von vorn anfangen, eine völlig andere Person werden könnte, wenn Edwin ihr nur helfen würde: Sie könnte liebevoll und unkompliziert sein. Sie machte sich Vorwürfe, weil sie die Millers verachtete. Sie würde lernen, nicht so überheblich zu sein. Sie würde lernen, schwor sie und blickte zum Mond als ihrem Zeugen, sie würde lernen, aufrichtig zu sein.

Während des Abendessens beobachtete Teresa ihre Schwester. Sie schien entrückt, weit weg, obwohl nur der Tisch zwischen ihnen war. Sie aßen bei Kerzenlicht. Zwischen den hohen Wachsstangen hindurch sah Tere-

sa, wie sich der lange Hals drehte und wendete, cremeweiß und gerundet wie die Kerzen. Über das Gesicht ihrer Schwester flackerten in der gleichen Weise Regungen, wie es vor ihr die kleinen goldenen Flammenblüten taten. Der ganze Raum war in weiches Licht getaucht, und der Glanz konzentrierte sich um Ruth, ging von ihr aus. Sie atmete ihn aus, und er wogte anbetungsvoll um sie.
Kleine grüne Insekten hüpften über den Tisch und ertranken in Teresas Suppe. Ihr Teller wurde von einer braunen Hand weggenommen. Sie saß da, stumm und verwirrt, und ihr schwindelte. Wie viele Menschen hier waren! Man konnte sie unmöglich auf vier reduzieren, weil sie allein durch die Schatten schon viel mehr waren. Links von ihr war es hell, dort saß Edwin, und seine Helligkeit erreichte sie wie ein Duft. Alle übrigen waren dunkel: Ihr Vater war zwar grauhaarig, aber er war ein dunkler Mann; sie und Ruth waren dunkel; die Diener mit ihren weißen Turbanen waren dunkel – wenn sie nach unten blickte und ihren Kopf drehte, sah sie die dunklen, nackten Füße geräuschlos über den Boden huschen. Ruth beugte sich zu ihrem Vater, stellte ihm Fragen; ihr langes Kleid raschelte. Und er antwortete entzückt, während er auf seinem Stuhl herumrutschte und sich Fisch und Curry in den Mund schob. Alle Zeichen ergaben ein Muster: Mr. Digby war eine Stimme, ein hartes, lautes Geräusch, das an die Ohren schlug; sein Besteck klapperte, sein Stuhl quietschte. Ruth war eine Bewegung; um sie herum hüpften Insekten, Flammen tanzten; nackte Füße kamen und gingen. Aber fest wie ein Fels an Teresas linker Seite war Edwin, der nichts sagte, sich nicht bewegte, wie ein ausgebleich-

ter Trittstein, um den sich das glitzernde, gurgelnde Wasser teilte.

»Nächsten Sonntag machen wir ein Picknick«, sagte Ruth gerade. »Sollen wir? Würde euch das gefallen? Wir fahren in Einbäumen den Fluss hinauf. Edwin, kümmerst du dich darum? Vielleicht bitten wir Richard mitzukommen.« Fast zärtlich wandte sie sich an Teresa, neigte Kopf und Schultern zu ihr, ein Muster an Liebenswürdigkeit. »Schwimmst du gerne, Teresa?«

»Ja«, antwortete Teresa. Ein Schauer beängstigender Überraschung überkam sie. Ruth blickte sie zwar an, aber ihre Augen waren leer. Steinern. Der Mund lächelte, die Stimme war sanft, aber die großen, schönen Augen waren blind. Warum sieht sie mich dann überhaupt an?, dachte Teresa, warum macht sie sich die Mühe, mir Fragen zu stellen? Sie ist nicht aufrichtig. Sie tut nur so. Und insgeheim verhärtete sie ihr Herz gegen Ruth.

Später an jenem Abend sagte Ruth zu Edwin, und ihr Tonfall klang dabei leicht verärgert: »Ich verstehe Teresa nicht.«

»Nein, natürlich nicht, du bemühst dich viel zu sehr. Lass sie einfach in Ruhe. Mit der Zeit wird sie sich schon zu erkennen geben oder auch nicht. Es hat keinen Sinn, in sie zu dringen.«

»Aber sie ist gar nicht wie ein Kind.«

»Woher willst du das wissen? Sie ist einfach nur eine andere Art von Kind. Und sie hat sich noch nicht an das Leben hier gewöhnt. Sie wird schon zurechtkommen.«

3

Am Morgen wurde Teresa vom friedlichen Gurren der Tauben geweckt. In der Ferne hörte sie einen Schuss. Flach wie der polierte Boden in ihrem Zimmer breitete sich um das Haus der sonnenbeschienene Rasen aus. Dunkelrote Blumen hingen von den Bäumen herab, die ihn umstanden. Der Tag begann mit der Ankündigung der folgenden Schläfrigkeit. Teresa zog sich an, kämmte ihre Haare und flocht ihre Zöpfe, fühlte sich kühl und ungebunden in einer atemlosen, von der Hitze gelähmten Welt. Auf der Veranda begegnete sie Edwin, der ein Gewehr unter dem Arm und zwei tote Tauben in der Hand hielt. Er trug eine khakifarbene Baumwollhose.

»Hallo«, sagte er, »ich war draußen, um dir dein Frühstück zu besorgen.«

Sie berührte die warmen Federn und fühlte den harten Körper des toten Vogels darunter. »Sind sie wirklich für das Frühstück?«

»Warum? Magst du Taube nicht?«

»Ich weiß nicht. Ich glaube, ich habe noch nie eine gegessen. Ich habe dich schießen hören. Das heißt, ich habe einen Schuss gehört, aber ich wusste nicht, dass du das warst. Schießt du immer Tauben zum Frühstück?«

»Nein, nicht immer. Aber ich gehe jeden Morgen um halb sieben zum Büro hinunter und nehme das Gewehr mit, für alle Fälle.« Er strahlte friedliche Ruhe aus, wie er da auf der Treppe stand und aus dem Schatten in die

Sonne blinzelte. Der Gartenjunge begann gerade, den Rasen zu mähen, und seine braune Haut und der weiße *Dhoti* glänzten vor dem grünen Gras wie nasse Kieselsteine. Er bewegte sich langsam. Der Motor surrte. Tauben gurrten. Auf der anderen Seite des Tals schrie ein Pfau.

»Was war das?«

»Ein Pfau«, sagte Edwin. »Er lebt in dem Dorf auf der anderen Seite des Flusses und macht den lieben langen Tag nur Krach. Du wirst dich bald daran gewöhnt haben. Möchtest du das Dorf einmal sehen?«

»Ja, gerne.«

»Ich nehme dich mal mit«, sagte Edwin. »Dann können wir uns auch den Pfau ansehen.« Er lehnte sein Gewehr an die hölzerne Balustrade und ging in den Bungalow. Teresa hörte, wie er in der Küche nach dem Koch rief.

Edwin hatte keine extravaganten Vorstellungen davon, wie er sich um seine Gäste kümmern musste. Ihm schien es ausreichend, sie in seine täglichen Gewohnheiten und seine vertraute Umgebung einzuführen und sie daraufhin sich selbst zu überlassen. Am nächsten Tag nahm er seinen Schwiegervater frühmorgens zu den Kuli-Siedlungen mit. Vor jeder Tür brannte ein Feuer. Weißer Rauch kräuselte sich zum Himmel, und über dem ganzen Gelände lag ein schwerfälliger Dunst, der von den Schwertschneiden der Sonnenstrahlen durchbohrt wurde. Es herrschte kaum Lärm oder Unruhe. Frauen in weißen Baumwollgewändern standen schweigend an den Zapfstellen und füllten Wasser in irdene Gefäße. Halb schlafende Kinder saßen nackt da und starrten sie an. Hier und dort hockten Männer und schärften ihre Arbeitsmesser an Schleifsteinen. Eine Frau lehnte an einem Türpfosten und stillte ihr Kind. Ein Mann bürstete seine langen Haare, wie eine Frau es tun würde, und wie eine Frau hob er seine Arme über den Kopf und drehte sie zu einem Knoten. Hühner liefen herum, und kleine, borstige Schweine rannten im Kreis, als seien sie unvermittelt wahnsinnig geworden. Und die ganze Zeit über strömten Männer und Frauen auf die Straße, die von der Siedlung zur Plantage führte, eine breite Straße, die etwa einen Kilometer lang gerade verlief und sich dann zwischen den glänzenden Büschen und den Schatten spendenden Bäumen verlor. Menschen bildeten Gruppen und zerstreuten sich wieder mit der Leichtigkeit von Löwenzahnsamen. Während ein Mann noch seinen Turban um den Kopf wickelte und sein Werkzeug aufsammelte, war der andere bereits gegangen. Mit schlafwandlerischer Verträumtheit liefen sie die Straße entlang, Töpfe oder Körbe auf den Köpfen, aufrecht wie Blumenstengel und die Hände hinter dem Rücken verschränkt. Ihre nackten Füße wirbelten den Staub auf, und er hüllte sie ein, weißer als der Dunst und im Sonnenlicht flirrend, so dass sie in ihren weißen Gewändern wie Heilige aussahen, die auf dem Weg in den Himmel wandelten.

Mr. Digby sammelte Fakten. Es gab keine Fakten, die einem nicht eines Tages nützlich sein konnten, und deshalb achtete er auf alles. Er stand im Dunst und im Sonnenschein, erfasste mit flinken Augen seine Umgebung oder schritt in stirnrunzelnder Konzentration an den Lehm- und Strohhütten vorbei. Bei Edwin kamen zuerst die Eindrücke, und später, wenn er darüber berichtete, wurden sie zu Fakten. Der Anblick eines kleinen Jungen, der mit gekreuzten Beinen auf dem Boden saß

und eine Wasserpfeife rauchte, die halb so groß war wie er selbst, amüsierte ihn und erfüllte ihn mit Zärtlichkeit. Wie ernsthaft und feierlich er ist, dachte Edwin. Er trat zu dem Kind und fragte auf Urdu: »Ist das eine gute Pfeife, die du da rauchst?«
Das Kind blickte Edwin an, nahm den Pfeifenstiel aus dem Mund und drehte sich freudig grinsend um, damit auch seine Familie das fröhliche Geplänkel mitbekam. Seine Mutter stand lächelnd hinter ihm in der Tür. »Die Pfeife gehört seinem Vater«, sagte sie.
Der Vater, der hörte, dass man von ihm sprach, blickte von seiner Beschäftigung auf und nickte zustimmend. »Ja«, sagte er, »das Kind hat meine Pfeife genommen.«
Vorbeigehende Nachbarn blieben stehen. Kinder tauchten auf.
»Nun«, sagte Edwin ernst, »es ist eine sehr gute Pfeife. Wenn du sie rauchst, wirst du bald ein ebenso tüchtiger Mann wie dein Vater sein und kannst große Bäume fällen.«
Mr. Digby, der weder die Unterhaltung noch die davon ausgelöste Heiterkeit verstehen konnte, ging ungeduldig weiter. Edwin folgte ihm. »Was hast du gesagt?«, fragte Mr. Digby beinahe eifersüchtig.
»Ach, nichts. Es war ein Scherz. Sie lieben Scherze.«
»Was sind das hier überhaupt? Assamesen?«
»Du lieber Himmel, nein. Keiner von ihnen ist von hier, jedenfalls nicht ursprünglich. Es sind Wanderarbeiter. Sie kommen aus allen Teilen des Landes. Manchmal bleiben sie nur so lange, bis sie ein bisschen Geld verdient haben, manchmal jedoch lassen sie sich hier nieder und gehen nicht mehr in ihr eigenes Dorf zurück. O nein, wir haben hier eine ganz besondere Mischung –

manche sind wild wie Tiere und auch ungefähr so intelligent. Du kannst es ihnen am Gesicht ansehen, weißt du. Ich habe schon oft gedacht, was für Studien man darüber machen könnte. Gesichter … sie sind doch wirklich außergewöhnlich! Ich muss sagen, es ist eine Vorstellung, die mich … die mich fasziniert!« Edwin sprach das Wort mit Bedacht aus, als ob er es nicht oft im Munde führte. Mr. Digby antwortete nicht, sondern ruckte nervös mit dem Kopf. Mit ungewohntem Eifer fuhr Edwin fort, über das Thema zu reden, das ihm so sehr am Herzen zu liegen schien, dass er in Bezug auf seine Zuhörer nicht wählerisch war. »Manche sind wirklich hässlich – hässlich, weil ihre Gesichtszüge gemein sind. Man könnte sie beinahe als degeneriert bezeichnen, aber das würde implizieren, dass sie von einer höheren Stufe herabgestiegen sind, und ich denke, sie waren nie mehr als eine Stufe vom Affen entfernt. Aber andere«, sein Gesicht hellte sich auf, er straffte sogar ein wenig die Schultern, »andere sind wirklich wunderschön, so schön, dass ich mir daneben wie ein riesiges Trampeltier vorkomme. Ich meine, das bin ich natürlich auch, aber die meiste Zeit fällt es mir nicht auf. Ich blicke in ihre Gesichter, beobachte ihren Gang und sage mir: ›Das ist wahrer Adel.‹ Interessant, oder? Was mag wohl dahinterstecken? Es ergibt keinen Sinn, oder? Eigentlich bedeutet es doch, dass Schönheit nichts mit dem Verstand zu tun hat, ich meine, mit dem Verstand dessen, der schön ist. Schönheit existiert scheinbar grundlos und überall auf der Welt, in Sümpfen und Dschungeln. Sie wird an einem Tag geboren und stirbt am nächsten. Daran sollte man denken und daraus lernen.«

Er sann über seine Worte nach, aber sein Schwiegervater, den Monologe immer langweilten, wenn er sie nicht selbst hielt, warf ein: »Was soll das denn heißen? Ein schöner Inder? Ich finde, das ist ein Widerspruch in sich.« Er lachte über diese Absurdität.
Edwin blieb abrupt stehen und blickte den älteren Mann an. Sein Enthusiasmus, der so fehlgeleitet gewesen war, fiel von ihm ab, als würde ihm ein Stück Fleisch aus dem Körper gerissen, und lag wie sein Schatten anklagend zu seinen Füßen. Er hatte sich danebenbenommen, einfach drauflosgeplappert. Scham erfüllte ihn. »O Gott«, sagte er, »ich bin es so leid, das zu hören! Eigentlich müsste ich mittlerweile daran gewöhnt sein, aber das bin ich nicht. Woher kommen denn solche Ansichten? Von den Narren dieser gottverdammten Erde? Davon gibt es weiß Gott genug. Und feige schauen sie sich gegenseitig ihre Tricks ab.« Wut stieg in ihm auf, ein Gefühl, das er hasste, weil es ihn schwach machte. »Du musst *blind* sein«, stieß er hervor.
Der Angriff verletzte Mr. Digby zwar, aber er war eher geneigt, das Thema abzutun. »Nun«, sagte er mit jovialer Irrelevanz, »wenn man das griechische Schönheitsideal zum Vorbild nimmt, musst du zugeben …«
»Ach, Blödsinn!«, unterbrach Edwin ihn laut und unhöflich. »Es gibt Dinge, die kann man einfach nicht abstreiten. Dieses Mädchen dort zum Beispiel«, er zeigte hinüber, »wenn du dein Gesicht für hübscher hältst als ihres, nur weil du weiß bist und sie braun ist, dann musst du verrückt sein.« Wütend marschierte er weiter und zertrampelte alle Idioten und Verrückten mit seinen schweren Stiefeln.
»Aber ich habe nie gesagt …«, beschwerte sich Mr. Dig-

by und rannte eilig hinter ihm her, mittlerweile doch beleidigt.

»Ich weiß, ich weiß.« Erneut blieb Edwin stehen und machte eine ungeduldige, versöhnliche Geste. »Ich rede Unsinn. Wir beide reden Unsinn. Keine Ahnung, was ich da sage.« Er verfiel in seine gewohnte Selbstverachtung. »Aber für dich gilt das Gleiche, also, was soll's? Alle reden zu viel. Tatsache ist, ich mag diese Leute. Weißt du, sie sind wie alberne Kinder. Fröhlich. Lieben kleine Späße. Und mich mögen sie auch.«

»Aber das hat doch damit nichts zu tun«, erwiderte Mr. Digby, der das Gefühl hatte, eigentlich gewonnen zu haben, aber um seinen Sieg betrogen worden zu sein. Er war Edwin nicht im Mindesten dankbar dafür, dass er seinen Wutausbruch in den Griff bekommen hatte.

4

An jenem Abend fuhr Edwin mit Teresa an den Fluss. Teresa reckte den Hals und wandte den Kopf hin und her, um nur ja nichts zu verpassen. Oh, sagte sie, wie hässlich diese Wasserbüffel doch waren. Mussten sie ihre Köpfe so hochrecken? Das sah so aus, als ob sie sich unwohl fühlten. Waren sie gefährlich? Diese langen Hörner. Und ihre Haut war so eigenartig rötlich, fast haarlos, waren sie krank? Edwin, der auf die Schlaglöcher achtete, antwortete, nein, sie seien nicht besonders gefährlich, weder krank, noch fühlten sie sich unwohl, soweit er wusste. In diesem Moment fuhren sie an einem alten Mann vorbei, der am Straßenrand entlangging. Der Mann blieb stehen und verbeugte sich, wobei er seine Stirn berührte. Teresa drehte sich nach ihm um, aber in der Staubwolke, die der Austin aufgewirbelt hatte, war er nicht mehr zu sehen.

»Oh, Edwin, das war aber unhöflich. Wir haben ihn ganz eingestaubt. Und dabei war er so freundlich.«

Edwin fuhr schweigend weiter. Schließlich hielt er auf einer Landzunge am Fluss an und zündete sich eine Zigarette an. »Teresa, warum sagst du so etwas? Warum machst du dir Sorgen um den alten Mann, wenn ich unhöflich war? Ihm geht es gut. Du solltest dir um mich Sorgen machen.«

Teresa, die nicht verstand, womit sie ihn verärgert hatte, saß da und blickte wortlos aufs Wasser. Glänzend und still floss es dahin. Kühe kamen ans gegenüberliegende

Flussufer, um zu trinken. Eine Frau schlug ihre Wäsche auf ein Brett. Das Klatschen des nassen Stoffes drang mit einer Verzögerung zu ihnen herüber, denn erst, wenn sie die Arme hob, hörten sie den vorangegangenen Schlag.

»Wir benehmen uns so«, sagte Edwin, dem dieses Thema nicht neu zu sein schien, »wie es von uns erwartet wird. Wie sollen wir uns auch anders benehmen? Wem außer dir selbst kannst du jemals etwas antun?« Er klang verwirrt und nicht überzeugt. »Teresa«, fuhr er dann in weniger scharfem Tonfall fort, »ich kann dir nichts erklären; nichts kann erklärt werden. Du musst die Dinge hier anders sehen. Siehst du die Fähre da unten? Damit werden wir gleich über den Fluss fahren.« Die Fähre, die aus zwei langen, schmalen Booten bestand, die miteinander verbunden waren, hing an einem Seil, das über den Fluss gespannt war. »Und neben der Fähre bauen sie eine Brücke, siehst du.« Männer standen tatenlos knietief im Wasser, andere ruderten auf Flößen zu riesigen Masten, die aus dem Fluss ragten. Gemächliches Klopfen drang zu ihnen herauf, Stimmen und vereinzeltes Plätschern, das klang wie unzusammenhängende Musiknoten. »In ein paar Wochen wird sie fertig sein und bestimmt ein paar Monate lang ganz gut halten. Und dann? Was passiert dann? Die Regenzeit kommt, und der Fluss wird zu einem reißenden Strom – du wirst es wahrscheinlich erleben. Die Brücke wird weggeschwemmt wie ein Strohhalm, und wir benutzen wieder die Fähre, bis sie nächstes Jahr um die gleiche Zeit wieder eine provisorische Brücke bauen. Und warum bauen sie keine langlebigere Brücke? Warum benutzen sie die Fähre nicht immer? Warum bauen sie eine Brücke, die jedes Jahr aufs Neue weggeschwemmt wird? Ist das nicht eine Vergeudung von Zeit und Mühe? Aber ist es das tatsächlich?«, fragte Edwin ernst und warf seine Zigarette weg. »Was soll schlecht daran sein, das Leben damit zu verbringen, immer wieder eine Brücke zu bauen? Warum halten wir Leistung für besser als Wiederholung?« Er löste die Handbremse und legte den Gang ein. Das Auto begann, den Hügel hinunterzurumpeln. »Sie sehen doch glücklich aus, oder?«, sagte Edwin und nickte zu den entspannt arbeitenden Brückenbauern hinüber. »Ich glaube, sie sind auch glücklich. Nun, du musst dir von Anfang an klarmachen, Teresa, dass hier alles anders ist. Du kannst nichts beurteilen, weil das etwas mit westlicher Logik zu tun hat. Was wissen wir denn hier von den Motiven? Wir können nur Vermutungen anstellen, und mit Vermutungen allein kann man kein Urteil fällen. Urteile nicht …«, er brach kurz ab, dann fügte er ungehalten über sich selbst hinzu: »Aber das ist natürlich Blödsinn. Wir wissen gar nichts, du und ich, Teresa. Und ich will nur sagen, dass man sich hier …« Er schwieg, und sie wandte ihm erwartungsvoll ihr Gesicht zu. »Nun, keiner Sache sicher sein kann«, schloss er. Als er ihren ängstlichen Blick bemerkte, lächelte er plötzlich.

Vorsichtig fuhr er den Austin über die Planken auf die Fähre. Er hätte so gerne mehr gesagt, wollte sie aber nicht gegen sich aufbringen. Eigentlich hatte er sagen wollen: Ja, alles ist anders; das Anderssein verwirrt uns. Versuch nicht, das Außergewöhnliche auf die Grenzen deiner gewohnten Wahrnehmung zu reduzieren, nur damit du nicht mehr so verwirrt bist. Das tun die meisten Menschen. Sie versuchen zu verallgemeinern und

einzugrenzen, weil sie Angst vor ihrer Verwirrung haben. Lass dich überraschen. Mach dich klein. Das ist genug für dich und für mich.
Das und noch vieles mehr wollte er eigentlich sagen. Aber er war mehr ein Mann der Gefühle als der Worte. Mit Worten konnte er sich nicht gut ausdrücken, und er fürchtete auch, dass sie ihn für affektiert oder selbstgefällig halten würde, und so beließ er es dabei.
Auch andere Leute benutzten die Fähre, ein Mann mit einem Fahrrad, ein Junge, der eine Ziege am Strick führte. Einer der Fährleute stieß sie vom Ufer ab, der andere lenkte das schwerfällige Boot mit einem breiten Paddel flussaufwärts, so dass die Strömung es ans andere Ufer trieb, wobei das Seil über ihnen dafür sorgte, dass sie nicht abtrieben. Edwin saß im Auto, die Arme auf dem Lenkrad verschränkt und den Kopf auf den Armen. Teresa stieg aus, betrachtete das schlammige Wasser und trat dann an die Fahrerseite. Sie fragte: »Wie lange bleiben wir bei euch?« Sie wollte irgendetwas sagen, um ihm zu zeigen, dass sie Vertrauen zu ihm hatte. Denn offenbar hatte sie ihn mit einer Bemerkung verärgert, und er sollte wissen, dass seine Verärgerung sie einander nicht entfremdet hatte.
Er antwortete, ohne den Kopf zu heben, lächelte sie aber von der Seite an. Fast kam es ihr unschicklich vor, dass sein großer Schädel wie ein Säugling vor ihr lag. Aber es wirkte ruhig und friedlich, und die Ruhe verlieh ihm Würde. »Du liebe Güte, Teresa«, sagte er schläfrig, »ich weiß es nicht. Wie lange willst du denn bleiben?«
»Mir ist es egal«, antwortete sie, erfreut und verwirrt, dass nichts sie entfremdet hatte. Zwischen ihnen herrschte eine Vertrautheit, die selbst scharfe Worte

nicht zerstören konnten. Und auch wenn er sich wieder über sie ärgern würde, brauchte sie keine Angst zu haben. Diese Art von Ärger konnte sie ertragen, weil er nicht ernst war. Sie stieg wieder ins Auto, wobei sie sich fragte, warum Edwins Bemerkung, dass man sich keiner Sache jemals sicher sein könnte, sie so erleichterte. Ihr Vater und ihre Tante May sagten ihr unentwegt, was richtig und falsch, was gut und was böse war. Diese unangezweifelte Bestimmtheit überzeugte sie nicht, sondern bereitete ihr Unbehagen. Tief im Innern widerstrebte es ihr, ihnen zu glauben, weil sie den Verdacht hatte, sie glaubten selbst nicht an das, was sie sagten, oder hätten den Wahrheitsgehalt ihrer Worte zumindest nicht selbst überprüft. »Das ist richtig«, behaupteten sie, und sofort dachte Teresa, dass es falsch war, und fragte sich insgeheim: »Was ist denn nun richtig?«

Aber hier war Edwin, der sagte: »Du kannst dir keiner Sache sicher sein.« Das klang in ihren Ohren gut. Denn dann konnte man alles akzeptieren und brauchte nichts abzulehnen. Und wenn man unvoreingenommen an alles heranging und sich keiner Sache sicher war, wie sehr wäre man sich dann sicher, wenn man doch einmal auf etwas traf, das man mit Bestimmtheit wusste. Wenn ich mir jemals einer Sache wirklich sicher bin, dachte sie, während der Austin von der Fähre rumpelte, dann wird Edwin der Erste sein, dem ich es sage, damit auch er sicher sein kann. Bei dem Gedanken, eine solche Entdeckung und ihre Bedeutung mit jemandem teilen zu können, durchströmte Teresa ein warmes Gefühl der Freude.

Edwin stellte den Wagen neben ein paar Palmen ab, und während sie zusammen die einzige Straße des Dorfes entlanggingen, dachte Teresa, dass er den Ausflug genoss, und so war es auch. Er lebte seit zwölf Jahren in diesem Teil von Indien, aber manchmal schockierte er seine Bekannten, indem er sagte, er wisse nichts über Indien oder die Inder. Weder erwartete er, dieses Land zu verstehen, noch hielt er es für nötig. Er blickte sich um, und ihm gefiel fast alles, was er sah. Er war neugierig wie ein Kind, fragte jedoch, anders als Kinder, nur selten nach dem Warum. Er zog keine Schlussfolgerungen und gab keine Erklärungen. In dieser Hinsicht war er ungewöhnlich, denn selbst Mr. Digby wusste nach kaum einer Woche in Indien schon alles über den indischen Charakter und konnte sich stundenlang darüber auslassen. Edwin hingegen neigte zu der Ansicht, unter geheimnisvollen Menschen in einem geheimnisvollen Land zu leben.

»Wenn ich Inder wäre«, sagte er einmal zu einem Freund, der seinen Diener gerade wegen Diebstahls ausgepeitscht hatte, »würde ich die Inder verstehen und sie würden mich verstehen. Und ich würde über die Europäer so denken wie sie. Ob sie wohl wissen, was sie über die Europäer denken? Aber ich bin in Somerset geboren.«

Was er verstand, waren Dinge wie die Berge des Nagalandes, die in der Ferne lagen, die schön waren und sich nie veränderten. Er wusste, wie man Tee anbaute, wie man ihn hegte, vom Pflanzen des ersten grünen Schösslings bis zu dem Zeitpunkt, wo die Teeblätter in Kisten auf Lastwagen verladen oder über den Brahmaputra nach Kalkutta verschifft wurden. All seine Probleme waren persönlicher Natur und drehten sich um Ruth. Es gab nur wenige Menschen, die er nicht mochte, wobei er eigentlich vor allem ablehnte, was sie taten und sagten. Und er konnte sich darüber freuen, mit Teresa eine Dorfstraße entlangzugehen und den knochigen Kühen auszuweichen, die mitten auf der staubigen Straße lagen und dösten.

Teresa sah zum ersten Mal, wie Quilts gemacht wurden. Sie blieb stehen, um zuzuschauen. Die fertigen Quilts wurden in der Sonne aufgehängt. Drei Männer saßen auf dem Boden und nähten eifrig. Aus der offenen Hütte drang das Surren einer Nähmaschine.

»Die Baumwolle hat keine besonders gute Qualität«, murmelte Edwin. »Sie hält nicht besonders lange, und die Farben verblassen, wenn man sie nur anschaut. Aber sind sie nicht hübsch?«

Die Häuser oder vielmehr Hütten, wie Teresa dachte, lagen, durch einen tiefen Graben getrennt, zu beiden Seiten der höher gelegenen Straße. Als Brücken dienten zusammengebundene Bambusstöcke. Jedes Gebäude beherbergte einen Laden oder einen Handwerksbetrieb: Verschiedene Waren lagen davor und machten den Eindruck, nie verkauft zu werden. Hier stapelten sich irdene Gefäße in allen Größen, leicht wie Papier und so zerbrechlich, dass man sie mit einem Zucken des Handgelenks kaputtmachen konnte, aber sie waren billig, kosteten nur ein paar Annas. Die größeren waren mit braunen Spiralen und Strichen verziert. Orangen, Bananen und Kokosnüsse lagen, bedeckt vom Straßenstaub, vor fast allen Türen. Und dort wohnte der Kupferschmied. Sie hörten seinen Hammer klingen, aber sein Laden war abgeschirmter und dunkler als die anderen, und sie konnten ihm nicht bei der Arbeit zuschauen. An der Tür waren seine Messingschalen aufgereiht und glänzten wie kleine, feurige Planeten. Sie gingen am Friseur vorbei und dann am Tempel, der solider gebaut war, nicht aus Bambus, sondern aus Lehm und weißem Sandstein, mit einem roten Blechdach und geschnitzten Simsen. Glöckchen klingelten, und bunte Papierstreifen hingen von dem Torbogen herunter, durch den Kühe und Ziegen hindurchtrotteten, da es keine Tür gab, die sie aufgehalten hätte.

»Es ist ein ziemlich prächtiges Dorf«, sagte Edwin. »Es hat ein Telegrafenamt, und der Zug nach Kalkutta hält hier. Dort hinten am Bahnhof habe ich euch abgeholt«, er zeigte hinüber, »du kannst ihn von hier aus nicht sehen. Die Kinder gehen in die Schule. Fast jeder hier ist ein *Babu* und hält deshalb große Stücke auf sich.«

Radfahrer, deren Hemden lose über ihre Shorts hingen und sich im Wind bauschten, strampelten die Straße entlang, wobei sie ständig Kühen ausweichen mussten. Man sah viele Kinder, aber keine Frauen, und um jeden arbeitenden Mann herum standen mindestens vier andere und schauten zu. Es wirkte nicht wie ein Dienstag oder Mittwoch oder irgendein anderer Wochentag. Es war einfach nur Tag, jene Stunden zwischen Sonnenaufgang und Dämmerung, die ein Leben lang wiederkehren. Die jungen Männer mochten ihre Positionen ändern, aber die Schatten der Palmen fielen Tag für Tag im selben Winkel auf die staubige Straße, und im immer gleichen Tempo schrumpften sie oder wurden länger. Die Zeit war wie der Himmel, riesig, leer, heiß, sie bedeckte alles und dauerte ewig. Wer wollte schon gegen den Himmel ankämpfen? So wie niemand versuchte, den Himmel zu verändern, gab es auch keinen Kampf gegen die Zeit, und der Gedanke erfüllte Teresa mit

Zufriedenheit. Morgen würde sein wie heute, mit einem Unterschied: Sie wäre dann wahrscheinlich nicht hier.
Ein Ochsenkarren kam im Zickzack über die Straße auf sie zu. Nicht eine einzige Kuh wich von der Stelle. Der Ochsenkarren fuhr um sie herum und stürzte dabei beinahe in den Graben. Mit seinem Bambusdach sah er aus wie eine riesige Haube. Der Fahrer, der die Knie bis an die Ohren gezogen hatte und hinter den Ochsen hockte, trieb sie an, indem er abwechselnd den einen am Schwanz zog und dem anderen seinen Stock an die Flanken schlug. Teresa und Edwin traten an den Straßenrand, um ihn vorbeizulassen. Der Staub, den der Karren aufwirbelte, roch nach warmen Tieren und zog eine Wolke von Fliegen an.
»Siehst du«, sagte Edwin und putzte sich die Nase. »Staub! Es ist kein besonderes Privileg, ihn aufzuwirbeln. Selbst die Hühner scharren ihn auf. He, Teresa«, sie blickte hinter sich zu einem Silberschmied, der durch einen hohlen Stock auf seine Kohlen blies, »wir haben uns nicht verbeugt, aber wir sind voller Staub. Machst du dir jetzt weniger Gedanken über den alten Mann?«
Der Silberschmied sah, dass Teresa ihn anstarrte, und sprang auf. Er war kräftig gebaut wie ein Rugbyspieler. »Bitte, kommen Sie in meinen armseligen Laden«, rief er aufgeregt lächelnd. Teresa warf Edwin einen Blick zu und sprang dann über den Graben. Sofort wurde ein Stuhl für sie aus dem Innenraum geholt und abgestaubt. Auch für Edwin wurde ein Hocker gebracht. »Setzen bitte.« Sie setzten sich beide.
»Wir müssen gehen«, sagte Edwin leise zu ihr. »Es wird langsam spät.«
Aber der Silberschmied brachte Tabletts und Schachteln

und breitete vor Teresa Armbänder, Ohrringe und schweren Schmuck mit bunten Glassteinen aus. Sie nahm sie unschlüssig in die Hand, ein Stück nach dem anderen, und der Handwerker streckte die Arme über den Kopf und ließ vergnügt seine Fingerknöchel knacken. Kleine Kinder kamen aus dem Innenraum und sahen zu.

»Das ist mein Nichte«, sagte der Silberschmied und tätschelte eines der Kinder, »und das ist mein Nichte, und das ist mein Nichte.« Die drei kleinen Mädchen blickten schüchtern auf und dann wieder zu Boden. Auf der Straße hatten sich Nachbarn versammelt, um zuzuschauen. Sie ignorierten den Silberschmied, der alle paar Augenblicke empört die Arme schwenkte und ihnen zurief, sie sollten verschwinden.

»Wir müssen wahrscheinlich etwas kaufen«, sagte Edwin. »Was hättest du denn gerne? Such dir etwas aus.« Zweifelnd berührte sie das Tablett mit dem Silberschmuck. »Wie viel kostet der?«, fragte Edwin und deutete auf einen silbernen Nasenring.

Der Silberschmied zuckte mit den Schultern, legte den Kopf schräg und schlug fünf Rupien vor. Edwin bezahlte die Summe, ohne zu handeln, und wandte sich dann an Teresa. Plötzlich sah er müde und geringschätzig aus. »Hör zu«, begann er seine Erklärung, die jemand Älteren als Teresa vermutlich amüsiert hätte. »Ich habe dir einen Nasenring gekauft, weil du ihn nicht tragen kannst. Verstehst du? Ich mag es nicht, wenn englische Frauen indischen Schmuck tragen. Er ist für Inderinnen gemacht.«

Enttäuscht steckte Teresa den Nasenring in die Tasche. Sie hatte eigentlich ein Armband gewollt.

Was ist bloß los mit mir?, dachte Edwin, als sie zum Auto gingen. Ich bin eben doch selbstgefällig, ein Narr wie alle anderen. Die Sonne war gesunken, und ganz plötzlich, noch bevor sie am Auto ankamen, wurde es dunkel.

»Du kannst ihn doch hoffentlich wirklich nicht tragen? Du hast doch kein Loch in der Nase, oder, Teresa?«, sagte Edwin, den seine eigene Unbeholfenheit deprimierte.

Aber sein Versuch, einen Scherz daraus zu machen, wirkte noch unbeholfener. Es war zu spät. Teresa stolperte neben ihm her und fühlte sich ihm wieder fremd. Sie erkannte keinen Witz darin. Erneut hatte sie das Gefühl, von ihm getadelt worden zu sein, und am liebsten hätte sie gesagt: Ich verstehe mehr, als du glaubst. Du musst nicht alles erklären, sondern du solltest einfach darauf vertrauen, dass ich auch ohne Worte weiß, was du meinst. Noch vor einem Augenblick hast du mich eine Frau genannt, und dann behandelst du mich wie ein Kleinkind.

Sie war noch keine Frau, aber auch kein kleines Kind mehr, und sie fühlte sich verloren, ein Nichts, unverstanden. Seine pflichtbewusste Freundlichkeit tat ihr weh, stieß sie weg, wenn sie ihm näherkommen wollte. Als sie das Auto erreichten, schob sie die Hand in ihre Tasche und ließ das nutzlose Stück Metall ins Gras fallen. Dann jedoch tat es ihr doch darum leid und sie bückte sich und tastete mit der Hand den Boden ab.

»Was ist los?«, fragte Edwin. »Was ist? Hast du etwas verloren?«

»Nichts.« Entmutigt stieg sie ins Auto, und er ließ den Motor an.

Als sie auf der Fähre waren, ging gerade der Mond auf. Edwin betrachtete ihn und sagte leise, als führe er ein langes Selbstgespräch fort: »Du musst dir keiner Sache sicher sein außer deiner selbst. Du musst an dich selbst glauben, andernfalls bist du so gut wie tot.«
Er dachte an Ruth, so wie er es immer tat, und sie war eine Hälfte von ihm. Wenn er aufrichtig war und sie unaufrichtig, musste er zwangsläufig scheitern, denn sie waren eins und stürzten gemeinsam. Sie hasst das alles, dachte er nüchtern, so als ob er zum ersten Mal wirklich davon überzeugt war, sie hat es immer gehasst. Selbst der Mond geht für sie am falschen Ort auf. Und deshalb ist es falsch, falsch von ihr hierzubleiben. Sie darf nicht bleiben. Sie muss gehen. Er war zwar nachsichtig seinen Mitmenschen gegenüber, gestand ihnen Gründe für ihr schlechtes Benehmen zu und war zu bescheiden, um ihnen nicht zu vergeben, aber sich selbst gegenüber war er streng, und Ruth war ein Teil seiner selbst. Während sie den Fluss überquerten, stieg der Mond auf wunderbare Weise höher.
»Edwin«, sagte Teresa traurig, »ich habe diesen Nasenring, den du mir geschenkt hast, fallen lassen.«
»Absichtlich?«
»Ja.«
»Ach, mach dir nichts daraus. Das war wahrscheinlich das Beste. Er war sowieso nicht von Nutzen für dich. Gut. Ich bin froh, dass du ihn fallen lassen hast.«
Sie fuhren an den Kuli-Siedlungen vorbei und sahen Kinder, deren nackte Bäuche im Feuerschein glänzten. Glühwürmchen tanzten durch die Nacht. Sie bogen nach links ab, und die flachen, fleischigen Blätter der Teebüsche schlugen gegen das Auto.

»Wir haben den Pfau gar nicht gesehen.«
»Nein«, sagte Edwin, »aber morgen wird er wieder schreien.«
»Und den Tag danach.«
»Immer weiter, bis er stirbt; es sei denn, wir sterben früher.« Sie lachten, und die Kluft zwischen ihnen wurde kleiner. Edwin beschleunigte, bog in die Einfahrt und schwenkte in einem weiten Halbkreis über den Rasen, bis er vor dem Bungalow stehen blieb.
Richard, Edwins neuer junger Stellvertreter, saß mit Ruth und Mr. Digby im Wohnzimmer. Er wohnte in einem Bungalow, der etwa fünfhundert Meter entfernt lag, und fühlte sich dort trotz der Dienstboten so einsam, dass er häufiger bei Ruth und Edwin vorbeischaute, als ihnen lieb war. Das Auffallendste an diesem ansonsten wenig bemerkenswerten jungen Mann war seine schreckliche Reinlichkeit, verbunden mit der großen Aufmerksamkeit, die er seiner äußeren Erscheinung widmete. Seine charakteristischste und am häufigsten wiederholte Geste war, sein glattes, leicht geöltes Haar mit einem kleinen Taschenkamm, den er immer bei sich trug, zurückzukämmen. Nichts war so undenkbar wie eine Stoppel auf diesem stets glattrasierten Kinn, und für Ruth war er eine echte Prüfung, da er schon früh eine Bewunderung für sie entwickelt hatte, der sie sich kaum entziehen konnte. Die Eilfertigkeit, mit der er aufsprang, verursachte ihr nervöse Kopfschmerzen, und gelegentlich wurde ihre Geduld auf eine harte Probe gestellt, wenn er ihr alles aus der Hand nahm und ihr befahl: »Mrs. Tracey, lassen Sie mich das tun, bleiben Sie sitzen.« Ab und zu konnte sie der Versuchung nicht widerstehen, sich zu wehren, und wenn er ihr wieder

etwas aus der Hand nehmen wollte, rief sie: »*Nein*, Richard, lassen Sie mich, ich schreie, wenn Sie nicht aufhören. Ich *will* es selbst tun.« Zu Edwin sagte sie: »Um Himmels willen, warum kann er nicht damit aufhören, uns ständig zu zeigen, wie gut erzogen er ist?«

Aber Richard hielt sie für perfekt und bewunderte selbst ihre gelegentlichen Ausbrüche als Anzeichen ihres Temperaments. Sein Ehrgeiz beschränkte sich auf gewöhnliche Dinge, die er erreichen konnte, außer vielleicht eines Tages ein so schönes Mädchen wie Ruth zu heiraten. Er war so korrekt, dass er sie sogar in seinen Träumen nur mit Mrs. Tracey anredete. Er wollte eines Tages selbst Verwalter einer Plantage sein, der beliebteste Mann in der Gegend sein, ein schrecklich nettes Mädchen heiraten – und zwar ziemlich bald –, das Tennisturnier gewinnen und später vielleicht Golf spielen und darin ebenfalls gut sein.

Edwin behielt wie gewöhnlich seine Meinung für sich, und sein Mangel an Enthusiasmus für den neuen Stellvertreter war ihm nicht anzumerken. Nur seine Frau wusste, wie widerlich er die angekauten Zigarettenstummel fand, die der junge Richard überall hinterließ, wie er es hasste, in jedem Satz mit »Sir« angeredet zu werden, wobei er allerdings die Vorstellung, »Edwin« genannt zu werden, noch schlimmer fand. Zugegeben, er hatte einigen Leuten erzählt, was für ein hervorragender Arbeiter Richard war, dass er sich nicht schonte, fleißig und jederzeit bereit war, und dass er die Zusammenhänge schnell begriff. Eine solche Empfehlung von Edwin Tracey bedeutete viel auf den benachbarten Plantagen, und nach sechs Monaten war Richard schon in aller Munde und konnte erste Erfolge verbuchen.

Und doch war er einsam. Wenn man beliebt war, waren zwei Clubabende die Woche nicht viel, zumal das Clubhaus fast zwanzig Kilometer entfernt war.
Er und Mr. Digby unterhielten sich blendend miteinander, als Edwin und Teresa den Wohnraum betraten. Ruth, in einem langen schwarzen Kleid, stand lächelnd neben ihnen und tat so, als höre sie ihnen zu. Sie hatte gerade beschlossen, Teresa und Richard um jeden Preis zusammenzubringen und damit ein Dutzend Probleme auf einen Schlag zu lösen. Als sie sich ihrem Mann und ihrer Schwester mit großer Geste zuwandte, unterbrach sie die angeregte Unterhaltung zwischen Mr. Digby und seinem neuen jungen Freund so abrupt, als habe sie einen Zweig zerbrochen.
»Meine Lieben«, rief sie, »wo wart ihr denn? Wir dachten schon, es sei euch etwas passiert!«
Sie sah großartig aus, und Edwins kaltherzige Gedanken wurden von einer Welle der Bewunderung weggeschwemmt. Jeder Mensch auf der Welt sollte sie so sehen, wie sie im Moment dastand, dachte er. Natürlich verschwendete sie sich hier! Männer sollten sie malen, anbeten und sie so in Erinnerung behalten. Eine so wunderschöne Frau war dazu gemacht, gesehen zu werden. Die Welle brach und versickerte, und plötzlich schwappte das Wasser kühl um seinen Verstand. Das ist nur ihre schöne Haut, dachte er. Was ist mit dem armen, dummen Ding, das darin wohnt, das man nicht malen und anbeten kann, das aber realer ist als all dies üppige Haar oder diese wundervolle ausgestreckte Hand?
Edwin ergriff die Hand und sagte leidenschaftlich: »Ruth!«, als seien sie allein und endlich zu einem gegenseitigen Verständnis gelangt.

Ruth jedoch kannte seine Gedanken, es waren immer dieselben. Sie kannte sie so gut wie ihre eigenen. Also errötete sie und schien vor Stolz ein wenig zu wachsen. Dann wurde sie blass, fiel in sich zusammen und blickte ihn flehend an. Ihr Arm blieb in der ursprünglichen Willkommensgeste ausgestreckt, verharrte zehn Sekunden lang bewegungslos. Als er ihre Hand ergriff, riss sie sich zusammen, gab sich den Anschein von Wärme, drückte seine Hand, schob ihren Arm unter seinen Ellbogen und zog ihn fröhlich plappernd durch das Zimmer, während sie mit der anderen Hand ihr raschelndes Kleid hochhielt.

»Schenk dir selbst etwas zu trinken ein. Ich sehe nicht ein, warum ich es machen soll, wenn ihr euch so spät und heimlich ins Haus schleicht. Nein, aber im Ernst, wo seid ihr gewesen? Du musst vorsichtig sein, du weißt doch, dass in der Umgebung ein Tiger sein soll. Nidar hat es mir heute morgen erzählt. Teresa, was möchtest du trinken, meine Liebe, und würde es dir gefallen, einmal einen Tiger zu sehen?«

Edwin senkte den Kopf, drückte die Fingerspitzen auf seine Augenlider und dachte: Das ist Verwirrung, das ist Panik. Er war ungeheuer müde. »Ich bin mit Teresa über den Fluss gefahren und habe ihr das Dorf gezeigt«, sagte er gleichmütig. Er hörte, wie Richard wieder auf den alten Digby einredete, und Teresa sagte: »Ich hätte gerne einen Zitronensaft. Gibt es hier wirklich einen Tiger? Was wird passieren? Wird er jemanden töten?«

5

Morgen war Clubtag. Noch bevor das Abendessen vorbei war, hatte Ruth es arrangiert, dass Richard Teresa am nächsten Nachmittag abholte und mit ihr zum Clubhaus fuhr, ein Arrangement, das die Stimmung des restlichen Abends trübte. Richard hatte keine Lust, Teresa aufgehalst zu bekommen, ein kleines Mädchen, das weder Tennis spielte noch tanzte, zu jung zum Trinken war und früh nach Hause gebracht werden musste. Teresa hatte keine Lust mitzufahren. Ruth jedoch hatte es beschlossen und schickte Richard danach so bald wie möglich nach Hause in seinen Bungalow.

»Also halb drei, vergessen Sie es nicht!«, rief sie ihm von den Verandastufen aus nach. Er blieb zögernd auf dem Rasen stehen.

»Kommen Sie auch mit?«

»Ich weiß noch nicht. Vielleicht. Es hängt davon ab, wie viel ich zu tun habe«, erwiderte sie. Sie befürchtete, er könnte sein Versprechen zurücknehmen, wenn sie ihm sagte, dass sie nicht die Absicht hatte mitzufahren.

Als Richard am nächsten Tag um Punkt halb drei in weißen Shorts und rot-schwarz gestreiftem Blazer erschien, saß Mrs. Tracey, die Verkörperung seiner Traumfrau, im Liegestuhl auf dem Rasen, die Hände im Schoß, und plauderte mit ihrem Vater. Von Teresa war nichts zu sehen.

»Kommen Sie nicht mit?«, fragte er. Es war deutlich zu sehen, dass sie für ein Auftreten in der Öffentlichkeit nicht gekleidet war. Sie lehnte den Kopf anmutig zurück an die Segeltuchbespannung und blickte lächelnd zu ihm auf.

»Nein, ich habe beschlossen, nicht zu fahren. Ich habe viel zu viel zu tun – ich habe einfach keine Zeit. Und mein Vater leidet an einer Magenverstimmung«, fügte sie in scherzhaftem Tonfall hinzu, »er bleibt auch hier. Und Edwin, wie Sie vermutlich wissen, ist irgendwo draußen auf der Plantage – ich meine, er hätte gesagt, er müsse sich um das Pflanzen kümmern. Bleiben nur noch Sie und Teresa. Wo ist Teresa? Seien Sie nett zu ihr, Richard, und stellen Sie sie den anderen vor. Sie *wissen* schon.« Hinter ihnen trat Teresa auf die Veranda.

»Da ist sie ja«, sagte Richard. Alle drehten die Köpfe. Durch die weite grüne Fläche, die zwischen ihnen lag, wirkte sie kleiner als sonst. Niemand rief ihren Namen, und Teresa blieb zögernd auf der leeren Veranda stehen. Ihr erschienen die drei Menschen auf der anderen Seite des Rasens so unerreichbar, dass es kaum der Mühe wert schien, sich auf den Weg zu machen. Schließlich ging sie mit schleppenden Schritten auf die Gruppe zu.

»Ich will nicht mitfahren«, sagte sie.

»Warum nicht?«, fragte Mr. Digby scharf. »Bist du noch nicht fertig? Oder ist dir schlecht?«

»Nein, mir geht es gut. Ich will einfach nur nicht mit. Ich möchte lieber hierbleiben.«

Richard stand neben Ruths Stuhl und schlug mürrisch mit dem Tennisschläger gegen sein Bein. Ruth tätschelte Teresa die Hüfte.

»Ich möchte aber, dass du mitfährst. Du wirst jede Menge Leute kennenlernen. Hier ist es doch langweilig für dich. Und Richard wartet schon.«

»Oh, Ruth, bitte!«
»Teresa, Liebes, was für ein Unsinn. Wenn du erst einmal da bist, wird es dir gefallen«, sagte Ruth, und ihr Stimme wurde streng. »Und Richard passt gut auf dich auf, er hat es versprochen. Jetzt beeilt euch, es ist schon Viertel vor drei, und wenn ihr nicht endlich fahrt, verpasst ihr den halben Nachmittag. Richard, bestell den Millers und Mrs. Lawson meine herzlichsten Grüße.«
Sie sollten endlich gehen, rasch. Sie scheuchte sie mit den Händen weg. Richard ging schmollend über das Gras zu seinem verbeulten Zweisitzer, stieg ein und knallte die Tür zu. Teresa folgte ihm. Richard legte den Gang so heftig ein, dass man förmlich hören konnte, wie unzufrieden er war.
»Bleib sitzen, rühr dich nicht von der Stelle«, rief Ruth. »Ich muss mir meine Näharbeit holen. Ich kann nicht untätig herumsitzen.« Sie kam mit einem zerknitterten rosa Kleidungsstück zurück und begann energisch, die Säume mit einer Schere aufzutrennen. Mr. Digby setzte sich bequem auf seinem Stuhl zurecht, schob sich den Hut etwas mehr über die Augen und warf ihr einen trägen Blick zu.
»Was ist das?« Tee gab es in etwa einer Stunde; er hatte nichts zu tun und war allein mit Ruth. Eigentlich machte er um diese Zeit immer ein Nickerchen, aber nicht heute; heute wollte er wach bleiben und sich mit Ruth unterhalten.
»Das ist ein altes Kleid von mir«, sagte sie. »Ich trenne es auf und ändere es für Teresa um.«
Sie hatte Schuldgefühle Teresa gegenüber, die immerhin eine Art Schwester war und gar nichts hatte, keine Kleider, keine Anmut, keine Mutter. Sie machte sich große

Vorwürfe, weil sie das Kind weder liebte noch verstand. Für sie war Teresa nur ein weiterer Vorwurf, ein weiterer Fingerzeig auf ihr verkrüppeltes Gefühlsleben. Der Wunsch, sich Teresa nahe zu fühlen, war eigentlich der Wunsch, sich selbst nahe zu sein. Wenn sie Teresas Lebensumstände beklagte, dann beklagte sie in Wirklichkeit ihr eigenes Leben. Denn es gab keinen Zweifel: In ihr waren alle Gefühle abgestorben. Mit mütterlichen Gesten versuchte sie, die Mutterliebe, die sie gerne gegeben hätte, zu ersetzen, und schnitt verzweifelt an dem rosa Kleid herum.

Mr. Digby war eingeschlafen. Der Nachmittag war sehr heiß. Alle paar Sekunden fuhr ein Windhauch durch die Palmen und brachte die Blätter zum Rascheln. In dem Wald, der sich den Hügel hinunter zu Richards Bungalow erstreckte, gurrten die Tauben. Die scharlachroten Hibiskusblüten hingen ganz still. Bienen summten. Mr. Digby begann zu schnarchen. In den Kuli-Siedlungen probierte jemand eine Trommel aus, und das dumpfe, schwache Geräusch durchdrang rhythmisch die Stille. Hinter dem Bungalow wurde Holz gehackt, und man hörte Stimmengemurmel. Es war halb vier. Jedes Geräusch war durch die Hitze oder die Entfernung so gedämpft wie das Summen eines Insekts auf einer englischen Heuwiese an einem Sommernachmittag. Nur Trommeln, so leise sie auch sein mochten, schlug man auf englischen Wiesen nicht. Über dem Flusstal erhoben sich die Naga-Berge, ewig gleichbleibend, geräuschlos und blau. Der Pfau schrie. Ruth ließ ihre Schere sinken. Die Berge in der Ferne legten sich schweigend auf ihre Wimpern. Dann schrie der Pfau erneut.

Oh, dieser Schrei! In ihm schwang die Gefangenschaft

mit, die schon so lange andauerte, dass selbst die Verzweiflung ihren Ursprung vergessen hatte. So wie sich auf dem Gesicht eines Affen unmenschliches Leid abzeichnet, so unmenschlich hoffnungslos war dieser Schrei. Und dennoch erschien er ihr mit mehr menschlicher Trauer beladen als sein Echo, das ihr unwillkürlich entfuhr. Mr. Digby wurde wach.

»Hallo«, murmelte er und rappelte sich auf. »Ich bin wohl eingedöst. Meine Liebe, hast du geschrien? Ich meinte, ich hätte dich gehört.«

»Du hast geträumt«, erwiderte Ruth. Sie nahm ihre Arbeit wieder auf und beugte sich darüber. »Du hast von den kleinen Jungen geträumt, die du lieber nie verlassen hättest.«

Er wusste, dass sie ihn neckte. Jemand anderen hätte er vielleicht ernst genommen. Er hätte sich kerzengerade aufgesetzt, sein Haar glattgestrichen und hätte hitzig entgegnet, er wolle nie wieder auch nur einen kleinen Jungen sehen. Kleine Jungen, also wirklich! Ferkel! Aber nein, das brauchte er nicht zu sagen, denn Ruth, nur Ruth, wusste, wie man ihn neckte. Schmunzelnd rückte er sich in seinem Liegestuhl zurecht. Und in ihm stieg das pikante Verlangen auf, eine Beichte abzulegen. Sich selbst als Betrüger zu entlarven – wie tröstlich das wäre! Ruth nähte und lächelte einladend. Sie hatte ihn immer verstanden.

»Ich war nie ein guter Lehrer. Ich habe es immer gehasst – du wusstest das, nicht? Ich habe es gehasst«, sagte Mr. Digby glücklich. »Warum macht man vierzig Jahre einen Job, den man hasst? Na ja, weil man nichts anderes gelernt hat, natürlich. Ich konnte nichts anderes, Ruth, das ist die reine Wahrheit. Beherrschte noch

nicht einmal meinen eigenen Beruf – ich war ein verflucht schlechter Lehrer, das kann ich dir sagen.«
»O nein«, murmelte Ruth, »das ist nicht wahr.«
»Doch, natürlich ist es wahr«, rief er mit blitzenden Augen. »Was glaubst du denn, warum ich mein ganzes Leben lang nicht aus diesen mickrigen Grundschulen rausgekommen bin? Ich habe es nie weiter gebracht – Jungen unter vierzehn. Weil ich ein Versager war, Ruth, noch nicht mal unterrichten konnte – und sie wussten das, und ich auch.« Er senkte seine Stimme, holte tief Luft und fuhr klagend fort. »Ich dachte, ich könnte schreiben – dachte, ich sei zu gut für einen Lehrer. Aber ich konnte natürlich nicht schreiben.« Seine Stimme bebte vor Verachtung. »Du lieber Himmel, ich wusste es die ganze Zeit, aber ich habe mir nie anmerken lassen, dass ich es wusste – redete mir selbst ein, ich sei ein Genie, was für eine Farce! Gab vor, etwas zu sein, was ich nicht war. Ich musste so tun, als sei ich ein großer Mann – der sein Licht unter den Scheffel stellte und so. Ein Verlust für die Welt, verflucht sei sie, immer weiter ging das so. Aber wozu sollte das gut sein? Am Ende musst du dir eingestehen, dass du auch nur ein winziger Tropfen im großen Ozean bist. Siehst du, Ruth«, er hob die Hände, »dein armer alter Vater ist ein Versager – von Anfang an ein Versager.«
Er fühlte sich prächtig, unbeschwert und hatte mittlerweile ordentlich Appetit auf seinen Tee. Frieden erfüllte sein Herz. Er beugte sich vor und berührte Ruth am Arm, um sie über seine traurige Geschichte hinwegzutrösten. Sie hob den Kopf und blickte ihn teilnahmsvoll an, und ganz kurz durchzuckte ihn der Gedanke, dass sie krank aussah. Vielleicht kam es daher, dass er sie aus

der Nähe sah und sie, von der Sonne geblendet, die Augen zukniff.

»Du machst dich viel zu schlecht«, sagte sie. »Du kannst in so vieler Hinsicht stolz auf dich sein. Du hast immer hart gearbeitet, und wenn du deinen Beruf nicht gemocht hast, so ist dir das umso höher anzurechnen.« Mit Geschick und Behutsamkeit baute sie das Luftschloss Stein für Stein wieder auf. »Jeder behauptet von sich, Dinge zu können, die er nicht beherrscht, kein Grund, dich zu schämen. Und dann ist da noch Teresa – was wäre aus ihr geworden, wenn du nicht gewesen wärst?«

Er stellte dieses Argument in Frage, nur um sich daran zu erfreuen, dass sie es wieder zurechtrückte. »Nun ja, Lilian hätte sie vermutlich zu sich genommen. Und wer kann schon sagen, ob das nicht besser für sie gewesen wäre.«

»Aber Lilian hat sie zehn Jahre lang nicht gewollt«, erwiderte Ruth geduldig. »Erst jetzt will sie sie auf einmal wiederhaben. Mein lieber Vater, du darfst dich selbst nicht so geringschätzen. Und ohne dich gäbe es auch mich heute nicht – stell dir das doch mal vor!« Sie senkte wieder den Kopf und nähte weiter. Er ging nicht auf die Bemerkung ein.

»Arme kleine Teresa«, sinnierte ihr Vater aus den Höhen seines wiederhergestellten Selbstvertrauens. »Sie hat es nicht immer leicht gehabt. Es ist nicht nur ihre Schuld, dass sie so ein … so ein schwieriges Kind ist. May hat ihr Bestes getan – ich weiß, dass sie es gut mit ihr meinte. Aber manchmal fand ich sie ein bisschen hart. Sie kann nicht so gut mit Kindern umgehen, das gibt sie selbst zu. Und Mädchen sind anders als Jungen, du kannst sie nicht mit dem Stock erziehen. Ich will damit nicht behaupten, dass May sie geschlagen hat, aber du weißt schon, wie ich das meine. Mädchen wollen verwöhnt werden. Nein, ich meine nicht verwöhnt, ich meine, umsorgt und verstanden. Liebe«, sagte Mr. Digby laut. »Sie wollen Liebe, und wenn sie sie nicht bekommen, fehlt sie ihnen, den armen kleinen Dingern. Weißt du, manchmal habe ich mich gefragt, ob Teresa nicht ganz bei Verstand ist. Ein oder zwei Mal habe ich wirklich gedacht, sie wäre nicht ganz normal.« Er schwieg. »Aber jetzt wird alles gut«, sagte Mr. Digby. Bewundernd blickte er seine ältere Tochter an, faltete die Hände und schob mit einem zufriedenen Seufzer alle Sorgen von sich. »Edwin ist ein netter Kerl«, fügte er hinzu, um diese angenehme Unterhaltung abzurunden. Er hatte das immer sicherere Gefühl, dass jetzt alles in Ordnung war. Und endlich umfingen ihn die Wogen der Entspannung, trugen ihn auf den Wellen mit sich und trieben ihn ohne Ziel wie einen Korken mal hierhin, mal dorthin.

Der Hausdiener trug ein Teetablett über den Rasen, und fast gleichzeitig fuhr Edwin vor. Mit müden Schritten und schweißüberströmt trat er auf sie zu. Er sah aus wie ein Schiffstau mit seinen gedeckten Farben inmitten all des strahlenden Grüns und Rots und dem sonnenhellen Weiß. Und doch, dachte Ruth, während er und sein Schatten näher kamen, ist er spektakulärer als die gesamte exotische Umgebung. Wenn er doch nur immer so über den Rasen auf mich zukommen könnte, und ich könnte immer so warten, um ihm eine Tasse Tee einzuschenken. Dann wäre alles in Ordnung. Und sie prüfte sich selbst, indem sie sich fragte: Wenn jetzt dieser Tiger auftauchen würde, müsste ich dann Angst haben? Ich bewundere ihn zu sehr, dachte sie, als er sich auf einen Stuhl neben ihr fallen ließ, das trübt mir die Sicht. Wenn wir nur in diesem einen Moment leben könnten und, da er sich nicht wiederholen oder festhalten lässt, in jenem wortlosen Augenblick sterben würden, dann wäre alles in Ordnung. Wenn ich jetzt zu ihm sagte: Geh zurück und komm noch einmal über den Rasen auf mich zu – es hätte keinen Zweck, der Moment ist vorüber. Und sich daran zu erinnern ist Wahnsinn. Sie ergriff die silberne Teekanne, und Edwin sagte: »Sind Teresa und Richard gefahren?«

»Ja, widerwillig. Teresa wollte nicht.«

»Und Richard wollte sie nicht mitnehmen?«

»Ich wünschte, sie würden sich anfreunden. Sie könnten viel miteinander unternehmen, und so groß ist der Altersunterschied zwischen ihnen schließlich nicht.«

»Das ist keine Frage des Alters«, erwiderte Edwin gleichmütig. »Du kannst Teresa nicht mit Vierzehnjährigen versorgen, selbst wenn es hier welche gäbe, was nicht der Fall ist. Teresas Alter lässt sich nicht in Jahren zählen. Und was Richard angeht: Denk doch bloß daran, was für ein Mädchen er eigentlich in seinem Auto herumfahren möchte. Zöpfe müssen ihm ein furchtbarer Ersatz sein.«

»Das ist doch lächerlich, Edwin.«

»Nein, es ist nicht lächerlich. Teresa verlebt wahrscheinlich einen schrecklichen Nachmittag. Alle Frauen werden furchtbar nett zu ihr sein und sie nicht zu Wort kommen lassen; aber wenn Richard beim Tennis gewinnt, hat es sich für ihn trotz Teresa gelohnt. Ich habe übrigens für Sonntag zwei Einbäume organisiert. Oder hast du dein Picknick vergessen?«

»Aber, Edwin, wir brauchen mindestens drei Einbäume, und überhaupt, es ist nicht mein Picknick – es ist *ein* Picknick, *unser* Picknick.«
»Nun«, sagte Edwin und streckte seine Beine aus, »ich dachte, Richard möchte mit Teresa vielleicht in dem kleinen Kahn paddeln. Glaubst du nicht auch?«
»Oh, Edwin, du musst dich nicht über mich lustig machen.« Jetzt musste sie selbst lachen und reichte ihm in einer Geste voller Zuversicht die Hand. Er ergriff sie ohne Überraschung. Mr. Digby war eingeschlafen, gesättigt oder erschöpft von einem Teller Gurken-Sandwiches und mehreren süßen Brötchen. So saßen sie da, Hand in Hand, während die Bienen um sie herumsummten, und der alte Mann schlief. Und ihr Augenblick des Einsseins dehnte sich auf fünf, auf zehn Minuten aus, begann die Ewigkeit zu imitieren, während um sie herum bis auf das heisere Gurren der Tauben alles still war. Und Ruth konnte ihren Blick heben und ohne Pein die blauen Naga-Berge betrachten, denn die Beständigkeit und Ruhe, die sie in der Hand hielt, kam jener der Berge gleich.

6

Das Picknick am Sonntag begann auf die klassische Art – mit Differenzen. Richard kam zu Fuß, ein wenig außer Atem, weil er die steile Abkürzung durch den Wald genommen hatte. Er trug das Gleiche wie am Donnerstag, strahlend weiße Shorts und seinen ausdrucksvollen Blazer. Statt eines Tennisschlägers jedoch hatte er eine Angel dabei.

»Hallo«, sagte Edwin. »Wo ist Ihr Auto?«

»Ich habe es nicht dabei, Sir. Es ist ja nicht weit, und da habe ich gedacht, wir passen alle in Ihren Wagen.«

»Oh, ach so, ja, dann werden wir das vermutlich versuchen müssen. Aber fünf Personen, Angeln, das Essen und die restliche Ausstattung … ich habe eigentlich fest damit gerechnet, dass Sie mit Ihrem Auto kommen.«

»Es ist mir gar nicht in den Sinn gekommen«, erwiderte der junge Richard, ganz geknickt von der Last seines Irrtums. »Sie haben auch gar nichts davon gesagt. Aber ich könnte zurücklaufen und …«

»Unsinn«, rief Ruth von der Tür her. »Wir sind sogar schon zu sechst im Austin gefahren, und Teresa zählt ja kaum. Es macht doch nichts, Edwin, es ist genug Platz. Richard, seien Sie so lieb und helfen Sie meinem Vater. Er hat irgendetwas verloren, ich weiß nicht, was, und er kann sich den Dienern nicht verständlich machen. Teresa, bist du fertig? Wir fahren jetzt.«

Aber bevor sie endlich aufbrechen konnten, mussten erst viele Dinge verlorengehen (wo war der Flaschenöffner?), gesucht und gefunden werden. Hausdiener, Putzmann, *Chokidar* und Koch wurden in alle Richtungen geschickt.

Richard ging ihnen damit auf die Nerven, dass er pausenlos wiederholte, er sei bereit, loszulaufen und sein Auto zu holen. Mr. Digby wollte unbedingt sein Glück mit einem Gewehr versuchen und war beleidigt, als Edwin, der gute Gründe hatte, ihm keines zu geben, ihm stattdessen eine Angel anbot. Sie diskutierten darüber, wer wo im Auto sitzen sollte, und nach einer halben Stunde war alle Freude verpufft, und niemand hatte mehr Lust auf das Picknick. Trotzdem machten sie beharrlich weiter. Teresa kam auf die schlechte Idee, auf dem Trittbrett mitzufahren.

»Teresa, mach dich nicht lächerlich, das geht nicht. Steig sofort ein und hör mit dem Unsinn auf!«

»Du wirst abgestreift«, warf Edwin mit gedämpfter Stimme ein. Ohne ein weiteres Wort verwarf Teresa ihre Idee und drückte sich zwischen Richard und Ruth auf die Rückbank. Sie fuhren los. Kurz nach dem Tor blieb Edwin stehen.

»Richard«, sagte er, »haben Sie das Bier da hinten?«

Alle begannen nach dem Flaschenbier zu suchen. Kein Bier.

»Oh, Chokidar!«

Der *Chokidar* kam über den Rasen gelaufen. Edwin wartete, bis der Mann bei ihnen angekommen war, dann sagte er ruhig: »Bier.« Er blieb regungslos sitzen und starrte nach vorn. Die Motorhaube schaukelte, der Motor tuckerte, und die anderen wurden still wie ungebärdige Kinder, die von einem Erwachsenen zurechtgewiesen worden waren.

»Teresa«, fragte Ruth leise, »hast du deinen Hut mitgenommen?«
»Nein.«
»Ach, egal, du kannst meinen haben«, sagte sie, immer noch im Flüsterton und blickte auf Edwins Hinterkopf. »Ich bekomme nie einen Sonnenstich.«
Das Bier wurde gebracht. Sie fuhren wieder los, bergauf, bergab auf schmalen Wegen durch die dicht gepflanzten Teesträucher, bis die kultivierte Landschaft endete und sie die undurchdringliche Wildnis erreichten.
Sie stellten das Auto ab und stiegen aus. Zwei Männer erwarteten sie, nackt bis auf Lendenschurz und Turban. Sie trugen silberne Ohrringe. Es waren die Bootsmänner, und sie waren ungezähmter und größer als die Diener im Bungalow. Ein Pfad, der so schmal war, dass es aussah, als habe ein Wurm sich einen Weg durch das Dickicht gebahnt, führte in den hoch aufragenden, herabstürzenden Dschungel hinein. »Passt auf, wohin ihr tretet«, sagte Edwin. Er ging voraus in das goldgesprenkelte Dämmerlicht, und die anderen folgten ihm. Als Letzte kamen die Bootsmänner, die Füße wie Flossen nach außen gedreht, beladen mit Decken, Körben, Angeln und Flaschen.
Es ging bergab, und der Pfad wurde schlammig. Mr. Digby rutschte ächzend seitwärts hinunter. Ruth gelang der Abstieg ganz gut, und sie vermied es, sich von Richard helfen zu lassen. Teresa hüpfte von Stein zu Stein. Verblüfft stellte sie fest, dass Edwin ein blaues Hemd trug. Sie hatte sich daran gewöhnt, ihn in Brauntöne gekleidet zu sehen. Das blaue Hemd veränderte ihn und machte ihn fast zu einer anderen Person. Ab und zu

leuchtete es vor ihr auf wie die Feder eines Papageis, wenn Sonnenstrahlen durch das dichte Laub über ihren Köpfen drangen. Schlingpflanzen hingen völlig regungslos aus großer Höhe von den Bäumen herab. Der Dschungel lebte, verbarg unzählige Lebewesen, während er scheinbar ganz ruhig war. Und überall war Licht, dunkles Licht, helles Licht, eingefangenes, reflektiertes Licht und Licht, das gar nicht wie Licht war, sondern grün wie der Grund des Meeres.

Sie kamen an einen kleinen Bach und überquerten ihn einer nach dem anderen. Mr. Digby verfehlte einen Stein in der Mitte, und als Edwin sich umdrehte, weil Ruth aufschrie und Wasser plätscherte, sah er seinen Schwiegervater mit den Füßen im Wasser stehen. Ungehalten wehrte er Richards ausgestreckte Hand ab.

»Alles in Ordnung?«, rief Edwin.

»Ja, ja, alles in Ordnung«, erwiderte Mr. Digby verlegen. Er trat ans Ufer und krempelte seine nassen Hosenbeine hoch. »Geht weiter, geht weiter«, rief er gereizt. »Worauf wartet ihr denn? Es ist nichts passiert, ich habe nur nasse Füße, das ist alles.« Mit schwappenden Schuhen stapfte er den Uferhang hinauf. Ruth begann zu lachen. »Ach, armer Vater«, sagte sie entschuldigend, »wie schrecklich für dich.«

Plötzlich blendete sie gleißendes Licht, und sie standen auf einer Lichtung direkt oberhalb des breiten, träge dahinfließenden Flusses. Dort warteten zwei Einbäume auf sie, und daneben dümpelte ein kleiner Kahn, so groß wie ein halbierter Stechkahn.

Ruth und Mr. Digby wurden in einem Einbaum untergebracht, Edwin mit der Ausrüstung im anderen. In dem Kahn sollte Richard Teresa stromaufwärts rudern.

Von Anfang an machte Richard gar nicht erst den Versuch, mit den anderen, die weit voraus waren, mitzuhalten. Wie ein Staubkorn über das Auge eines Riesen glitten sie in die stille Schönheit. Die Größe der Landschaft erstaunte Teresa. Das Wasser um sie herum glänzte wie tiefgrünes Öl und lag spiegelglatt da, als gäbe es keine Strömung. Zu beiden Seiten ragte steil und riesig der Dschungel empor, jedoch ohne dabei alles zu überschatten. Man sah jede einzelne Baumkrone so deutlich, als ob sie in Miniaturform direkt vor einem wachsen würde. Und ab und zu ragte ein noch höherer magerer Stamm wie weißes Fleisch aus dem grünen Hang heraus. Teresa drehte den beiden Einbäumen den Rücken zu, dachte nicht mehr an Richard, was ihr leicht fiel, und gab sich ihrer gefährlichsten Illusion hin: Sie identifizierte sich mit unmenschlichen Kräften. Sie war klein, aber ganz und gar menschlich, kroch am Fuße dieser alten Hügel entlang, wurde deren Fokus, brachte ihnen ihr großartiges, schlagendes Herz als Opfer dar und erhielt dafür ihre riesigen Dimensionen als Vertrauensbeweis, ihre Hitze wie ein kaum verschleiertes Geheimnis.
»Teresa«, sagte Richard, »kannst du dich bitte in die Mitte setzen? Das ganze Gewicht liegt auf einer Seite, und dadurch ist es höllisch schwer, das Ding zu bewegen, das kannst du mir glauben.«
Richard war also doch noch da. Ihre Verzückung erlosch. Sie sah die Schweißflecken auf seinem Hemd. Sein Gesicht war unschön gerötet. Kritisch betrachtete sie ihn und fragte sich, ob wohl alle Männer so hässliche Knie hatten wie er.
»Soll ich mal rudern? Bist du müde?«

»Du liebe Güte, du könntest diesen Kahn nicht fünf Sekunden lang bewegen. Aber da, wo du sitzt, muss noch ein Paddel sein. Wenn du willst, kannst du mir ein bisschen helfen. Aber du musst dich umdrehen.«
»Das weiß ich«, erwiderte Teresa verächtlich.
»Vorsichtig, um Gottes willen, was machst du da?«
»Ich drehe mich um. Es hat doch einen flachen Rumpf, oder? Flachboote können nicht kentern.«
»Was du nicht sagst! Wenn du wie eine Irre darauf herumtanzt, kippt jedes Boot um.«
»Der Fluss ist vermutlich nicht besonders tief«, erwiderte Teresa ruhig. »Außerdem sitze ich ja schon wieder; du brauchst nicht so nervös zu sein.«
Richard blickte voller Hass auf den schmalen Rücken vor ihm.
Teresa machte ihn fertig. Er hätte sie gerne ignoriert, oder, wenn das nicht möglich war, wenigstens bevormundet, aber auf irgendeine Weise brachte sie ihn dazu, sich wie ein Schuljunge zu fühlen, und am liebsten hätte er sie an den Zöpfen auf ihrem biestigen kleinen Kopf gezogen. Da konnte er sich noch so oft sagen, dass er stellvertretender Verwalter einer bedeutenden Teeplantage war. Als Teresa spöttisch gesagt hatte: »Du brauchst nicht so nervös zu sein«, hätte er sie am liebsten geschubst und gebrüllt: »Wer ist hier nervös?« Und daran hatte ihn nicht der stellvertretende Verwalter, sondern der Stolz eines Primaners gehindert.
Sie paddelten weiter und wechselten nur gelegentlich ein paar Worte.
»Tauch ein bisschen tiefer ein, ja?« Teresa tat ihr Möglichstes.
»Du tropfst mir Wasser auf den Rücken«, sagte sie.

»Tut mir leid, es läuft am Griff des Paddels entlang. Ich kann nichts dafür.«

»Oh, es macht mir nichts aus. Eigentlich finde ich es sogar schön. Ich wollte es dir nur sagen.«

Vor ihnen wurde das ruhige Wasser auf einmal wild.

»Wir müssen aussteigen«, sagte Richard. »Stromschnellen. Aber es ist nicht so schlimm, das Wasser reicht hier nur bis an die Knie.« Teresa zog die Schuhe aus und gehorchte ihm. Ihre bloßen Füße rutschten über glitschige Flusskiesel, die ihren Sohlen weh taten und über ihre Zehen kullerten. Das Wasser schäumte und spritzte um ihre Unterschenkel und bis über ihre Knie. Rauschen erfüllte ihre Ohren.

»Das sind keine Stromschnellen«, rief sie, »das sind eher Untiefen. Ich dachte, Stromschnellen wären gefährlich, wie Wasserfälle oder so.«

»Du sollst das Boot schieben, nicht dich daranhängen«, sagte Richard.

Schließlich hatten sie die Turbulenzen hinter sich gelassen, und der Fluss lag erneut spiegelglatt vor ihnen. Richard hielt das Boot fest, während Teresa hineinkletterte.

Schweigend fuhren sie weiter und tauchten ihre Paddel wie ein Team gleichmäßig ein. Als sie schwer atmend und spritzend um eine Kurve bogen, sahen sie die beiden Einbäume, die an einen Kiesstrand gezogen worden waren. Edwin kam ihnen entgegengeschwommen. Er legte einen Arm über den Bootsrand. »Ruth sagt, du sollst dir den Kopf nass machen. Sie hat vergessen, dir ihren Hut zu geben.«

»Mach ihn nass«, erwiderte Teresa und beugte sich zu ihm hinunter. Er schöpfte Wasser über ihren Nacken,

bis sie keine Luft mehr bekam und lachend prustete: »Hör auf, genug, das ist genug!«
Und plötzlich, wie eine unvermittelt entfachte Flamme, wurde aus dem Picknick eine Party. Ruth stand winkend und rufend am Ufer. Ein Stück weiter legte Mr. Digby gerade seine Socken und Schuhe auf einen Felsen zum Trocknen. Am anderen Ende des Strandes, so weit entfernt wie möglich, hatten die beiden Bootsmänner ein Feuer gemacht und kochten Teewasser. Es war wie eine Wiedervereinigung, ein Dschungelcamp, in dem Reisende auf andere Reisende trafen und sich darüber freuten. Dann streckte Richard auf einmal die Hand aus und drückte ihren tropfenden Kopf ganz unter Wasser. Mit einem lauten, überraschten »Oh!« fiel Teresa über Bord, und die Party wurde albern.
»Kannst du schwimmen?«, fragte Edwin und packte sie am Arm.
»Ja, ein bisschen«, antwortete sie. Sie hatte Wasser in den Augen und im Mund.
»Häng dich an meine Schulter.«
Richards Missmut war wie weggeblasen. Er paddelte neben ihnen her, entschuldigte sich und bot seine Hilfe an. »Ich wollte dich nicht ins Wasser werfen, Teresa, ich wollte nur deinen Kopf untertauchen.«
Sie wateten an Land. Alles funkelte heiß und kalt, wie die Wassertropfen an ihren Wimpern. Niemand war verärgert. Ruth lachte. »Du musst dich schnell umziehen, Teresa. Hast du deinen Badeanzug mitgenommen?«
»Ich habe keinen.« Benommen vor Glück stand sie auf dem heißen Kies.
»Wenn du zwei Sekunden wartest, mache ich dir einen«, sagte Richard. Edwin legte Ruth seinen nassen Arm um

die Schultern, und sie hatte nichts dagegen. Sie stand da wie eine Säule, auf die er sich stützen konnte. Richard holte ein Kissen aus dem Kahn und schlitzte es mit seinem Messer an einem Ende auf.
»Was willst du denn jetzt tun?«, fragte Teresa.
»Warte eine Minute. Ich mache dir einen Badeanzug. Für meine Schwester habe ich das auch schon mal gemacht. Du wirst schon sehen. Es ist ganz einfach.« Er holte die Rosshaarfüllung heraus, schüttelte den flaschengrünen Bezug aus und schlug ihn gegen die Steine.
Neugierig hockte sich Teresa neben ihn, um ihm zuzuschauen. »Aber das ist doch nur ein Sack. Ein Kissenbezug.«
»Warte. Warte.«
Edwin und Ruth wanderten schwankend davon, wie Liebende. Richard schnitt zwei Löcher in den Baumwollstoff. »Die sind für deine Beine«, sagte er, »und die hier für deine Arme. Siehst du, so geht das.« Er erhob seine Stimme und drehte sich um. »Mrs. Tracey, haben Sie zwei Sicherheitsnadeln?«
»Essen ist fertig«, sagte Ruth.
»Ich wusste gar nicht, dass du eine Schwester hast«, sagte Teresa zu Richard. Plötzlich mochte sie ihn. Sie nahm den ruinierten Kissenbezug und verzog sich lächelnd hinter einen Felsen, um hineinzuschlüpfen. Dann hielt sie ihn an den Schultern mit beiden Händen fest, trat zu Ruth, die gerade vor einem Korb kniete, und sagte: »Die Nadeln, bitte.«
Ruth blickte auf und begann zu lachen. »Oh, Teresa! Richard, was haben Sie mit ihr gemacht?« Mr. Digby, der auf der Suche nach interessanten Objekten einhei-

mischer Kultur herumstreifte, rief sie zu: »Vater, du musst dir Teresa anschauen.«
Sie war komisch. Sie war auf einmal ein Star. Sie war beliebt. Alle lachten sie an. Vor Dankbarkeit fing sie an zu zittern. Sie erinnerte sich an einen anderen Badeanzug, eine andere Zeit, eine Zeit des Schmerzes, aber das war lange her, ein Teil ihrer alten Vergangenheit. Ruth stand auf und heftete das seltsame Kleidungsstück mit Sicherheitsnadeln zusammen. Ihre Geste war unmissverständlich liebevoll. Zum Schluss schob sie Teresas Zöpfe hoch oben auf dem Kopf zusammen und steckte sie mit ihren eigenen Haarnadeln fest. Teresa sah die selbstvergessenen Blicke auf sich und hatte das Gefühl, es seien Fremde. Und wenn sie am nächsten Tag gestorben wäre, hätte man sich so an sie erinnert: In einem flaschengrünen Kissenbezug, aus dem ihre Arme und Beine herausragten, und mit einem Hals, der zum ersten Mal seinem schmachvollen Schulmädchendasein entrissen war und so lang und weiß wie Stangensellerie wirkte, den man gerade aus der Erde gezogen hat. Und das ganze Bild gekrönt mit einem Gewirr von dunklen, tropfnassen Haaren. Dann setzten sie sich und aßen zu Mittag.
Es war Nachmittag. Sie gähnten. Sie zündeten sich Zigaretten an. Weil sie wach bleiben wollten, trieb es sie zu allen möglichen Beschäftigungen. Ihre Bucht war auf einer Seite von Felsen begrenzt, und Richard nahm seine Angel, kletterte auf die äußerste Spitze und warf sie dort aus. Edwin stützte sich auf einen Ellbogen und sah ihm eine Zeitlang unter halb gesenkten Augenlidern träge zu. Dann nahm er seine eigene Angel, schob den Kahn ein paar Meter hinaus und watete hinterher. Er

ging gebückt und hielt das Boot fest, damit es nicht wegglitt. Das Wasser an den Felsen war so ruhig wie ein Teich und von einem klaren Grün, das ihm selbst innezuwohnen schien.
»Ruth«, rief er, »kommst du mit mir?«
»Wenn du willst.« Sie glättete ihren Rock und schlenderte über den Kiesstrand.
Ohne das Paddel zu benutzen, glitten sie vorwärts, drehten sich dann träge in einem Halbkreis und trieben auf den kleinen Sturzbach zu, der sich um die Spitze des Felsens ergoss, auf dem Richard stand.
»Wenn wir zu nahe kommen, kannst du uns mit dem Paddel ein wenig wegschieben«, sagte Edwin über die Schulter.
Ruth, die an dem Kissen lehnte, das noch im Boot geblieben war, ließ ihre Finger durchs Wasser gleiten. Während das Boot sich langsam drehte, zog vor ihren Augen nacheinander jede Facette ihres Picknicks vorbei. Da waren die Bootsmänner, die ernst auf einem Streifen mit feinem, weißem Sand patrouillierten, der sich an den Kiesstrand anschloss. Sie hielten Stöcke in der Hand, die sie vorsichtig in den weichen Boden stießen. Fasziniert folgte Teresa ihnen so dicht, wie sie es wagte. Das schwelende Feuer kam in Sicht, dann ein langer, vernachlässigter Strandstreifen, dessen unberührte Einsamkeit abrupt durch Taschen, Körbe, Sonnenschirme und abgelegte Kleidung unterbrochen wurde. Ein wenig abseits saß Mr. Digby, der einen großen flachen, rosigen Steinblock gefunden hatte und jetzt in den Bau einer improvisierten Sonnenuhr vertieft war. Er hatte seine Armbanduhr abgenommen und sie neben sich auf die Steine gelegt, damit er immer wieder die

Zeit vergleichen konnte. Gerade hob er die Uhr hoch, ohne zu merken, dass Ruth ihn beobachtete, betrachtete sie verärgert, schüttelte sie enttäuscht und hielt sie an sein Ohr: Sonne oder Uhr, eines von beidem stimmte nicht mit seinen Berechnungen überein. Das Boot drehte sich in der leichten Strömung weiter, und Ruth fuhr fort mit ihren Betrachtungen. Sie sah den Fels, der wie ein Bollwerk aus dem grünen Hintergrund aufragte, so fest und glatt wie die Muskeln eines Athleten, bis zu der Spitze, wo Richard breitbeinig stand und mit Ausdauer und Zuversicht angelte. Wenn er auch nicht gerade ihre Sympathie weckte, so fiel er doch ins Auge mit seinen strahlend weißen Shorts und dem Hemd vor dem Grün des Dschungels und des Wassers. Und immer weiter drehte sich das Boot, bis Ruth nur noch das dunkle Blattwerk sah und Edwins ruhigen Rücken, der sich mit dem Boot gedreht hatte. Er angelte und hatte sein Gesicht abgewandt.

Wie konnte er sich damit begnügen, fragte sie sich, auf Fische zu warten, die niemals kamen, während sie so dicht hinter ihm saß? Wie konnte er seine Aufmerksamkeit ganz von ihr abwenden und auf die Fische oder auf nichts richten? Sie wollte neben ihm auf den heißen Steinen liegen, die Köpfe unter einem Sonnenschirm, und egal, ob sie sprachen oder schwiegen, ob sie sich berührten oder nicht, sich ganz des anderen bewusst sein; so wollte sie ihre gemeinsame Zeit verbringen, sie nicht vergeuden. Und dann, bevor die Sonne kühl wurde, würde sie aufstehen und ihn verlassen, und eine halbe Stunde oder so in die richtige Richtung gehen, würde England erreichen und nie mehr zurückkommen und ihn nie wiedersehen. Und damit würde sie ihnen den heilenden Dolchstoß versetzen. Aber Edwin saß da, angelte, ohne sie anzusehen, und nahm dem Nachmittag jegliche Bedeutung.

Steif lehnte sie sich zurück, sie konnte sich nicht entspannen und hätte fast aufgestöhnt, so sehr quälte es sie, zwischen zwei genau entgegengesetzten Bedürfnissen hin- und hergerissen zu werden – einerseits wollte sie sich immer dichter an ihn drängen, andererseits wollte sie ausbrechen, ihn verlassen. Aber das müsste von ihr ausgehen.

Fast ekstatisch dachte sie an die Schmerzen, die eine solche Trennung mit sich bringen würde. Wenn Edwin ihre Beziehung zerstören und sie verlassen würde, würde sie sterben; wenn sie jedoch selbst ginge, würde sie durch den Tod zum Leben gelangen. Und danach würde sie sicher weiterleben, eher noch gestärkt durch die kurzzeitigen Qualen, die sie selbst hervorgerufen hätte und die nicht Bestrafung wären. Leben? Sterben? Oder keines von beidem – Leben im Tod? Aber hatte sie wirklich die Wahl, und musste sie sich entscheiden?

Vorsichtig bewegte sie ihren Fuß, bis er, wie durch Zufall, an seinem Oberschenkel lag. Edwin, der gerade an sie gedacht hatte, sagte: »Ruth, warum gehst du nicht ins Wasser?«

Seine Worte verblüfften sie. »Edwin, du weißt doch, dass ich nicht gerne bade.«

»Du kannst nicht gut schwimmen.«

»Das weiß ich«, erwiderte sie verletzt.

»Aber ich sehe dir so gerne dabei zu.«

»Damit du mich auslachen kannst?«

»Ja.«

»Ich habe es nicht gern, wenn man über mich lacht, Ed-

win«, sagte sie mit leiser Stimme. »Das machst du zu oft. Es ist nicht nett.«
»Über dich ist noch nie genug gelacht worden, altes Mädchen«, erwiderte er ungalant.
»Ich lache dich doch auch nicht aus«, erwiderte sie vorwurfsvoll, und in ihrer Stimme kündigten sich Tränen an.
»Mein Liebling, du weißt auch gar nicht, wie das geht. Aber du lernst es schon noch. In zwanzig Jahren oder so. In zwanzig Jahren kannst du alles lernen, sogar schwimmen. Na los, Ruth«, fügte er fröhlich hinzu, »ins Wasser mit dir. Komm, mach uns die Freude.«
»Nein, Edwin, ich gehe nicht ins Wasser. Warum bist du so darauf aus, dass ich mich zum Narren mache?«
»Das habe ich nicht gesagt«, erwiderte er. »Ich sehe dich nur gerne strampeln. Das ist etwas anderes.« Verwirrt blickte sie ihn an. »Das ist die einzige Gelegenheit, bei der ich dich überhaupt strampeln sehe«, fuhr er fort, »und ich liebe es – vielmehr, ich liebe dich.«
»Nein, Edwin! Es bedeutet, dass du gegen mich bist.«
»Niemals!«, widersprach er ernst.
»O doch! Und ich verstehe dich nicht. Warum versuchst du immer, dich über mich lustig zu machen? Warum? Das ist nicht fair. Versuche ich mich denn besonders würdevoll zu benehmen?«
»Woher soll ich das wissen?«, knurrte er und zog sie wieder mit gespielter Grobheit auf.
Plötzlich war ihre Empörung wie weggeblasen. Er machte sich lustig über sie. Nun gut. Es gehörte zum Picknick. War es nicht eigentlich nett, an diesem heißen Nachmittag, der sich so für einen Waffenstillstand anbot, von ihm geneckt zu werden? Ihre Ängste schwan-

den. Sie waren zusammen und teilten eine Stimmung. *Seine* Stimmung, und er war so ausgelassen wie selten. Die Anspannung zwischen ihnen ließ nach. Sie gab sich dem Augenblick hin, ein unwillkürliches Lächeln auf dem Gesicht, und empfand auf einmal so etwas wie Glück.

»Du bist so lächerlich romantisch, Edwin«, sagte sie schicksalergeben. »Du hältst sogar den Dschungel für romantisch.«

»Und du glaubst, hier wächst nur Unkraut.«

»Aber das stimmt ja auch. Einfach nur mehr und höheres Unkraut als anderswo.« Weise nickte sie mit dem Kopf und genoss das Gefühl, die Ältere von ihnen beiden zu sein.

Für dieses Mal hatte der Dschungel die Krallen eingezogen und umgab sie wohlwollend und harmlos. Sonst jedoch war er ein doppeldeutiges, allgegenwärtiges Symbol für das Unglück oder auch das erstarrte Glück, das immer zwischen ihnen stand, außer in diesen seltenen Momenten der Einigkeit, wenn sie, wie heute, spaßhaft Uneinigkeit vortäuschten.

Sie schwiegen. Ruth blickte über ihre Schulter zum Strand, wo Mr. Digby immer noch an seinem Stein saß, daran herumkratzte und ab und zu prüfend zum Himmel blickte.

»Vater macht eine Sonnenuhr«, flüsterte sie.

Sie dachten über den alten Mann nach, der ihnen so nah war, doch sich ihrer Nähe nicht bewusst war. »Ständig redet er vom Schreiben«, sagte Edwin genauso leise wie sie, weil das Wasser den Schall trotz der Entfernung an den Strand trug. »Es ist immer dasselbe, wenn er mich irgendwo erwischt.«

»Und es ist alles Unsinn. Er schreibt gar nicht. Er kann es nicht. Ich habe noch nie etwas von ihm gelesen, außer seinen Briefen.«
»Und die hast du auch nicht gelesen«, sagte Edwin.
»Ach, sie waren immer so voller Tintenkleckse, dass er das auch nicht von mir erwarten konnte.«
»Der arme alte Kerl«, sagte Edwin leise, während er an das liebevolle Gekritzel und an Ruths angewidertes »Oh, schon wieder ein Brief von Vater!« dachte. Sie hatte die Briefe aus dem Umschlag geholt und zwei Minuten später zerrissen. »Komische Vorstellung, dass er Englisch unterrichtet hat. Wenn ich es nicht besser wüsste, würde ich annehmen, er unterrichtet Sport. So, wie er redet. Weißt du, wie er Richard nennt? Einen hochanständigen Milchbart.«
Ruth begann zu lachen. »Ja, das habe ich auch gehört. Armer Vater, er weiß nicht, wie töricht und langweilig er ist. Wie er mich immer gelangweilt hat, wenn er vor dem Kamin auf und ab gelaufen ist – ich muss damals zehn oder elf Jahre alt gewesen sein, vielleicht auch jünger – und dabei mit dröhnender Stimme endlose Verse aus *Paradise Lost* zitiert hat. Und ich musste still dasitzen und es mir anhören. Kein Wunder, dass Lilian ihn verlassen hat.«
»Er ist unglaublich stolz auf sein gutes Gedächtnis.«
»Nun, es ist auch erstaunlich. Oder war es zumindest, wenngleich es ihm nicht viel genützt hat. Was für einen Sinn hat es, wenn du Hunderttausende Wörter in der richtigen Reihenfolge kennst, dir aber nicht klar ist, was sie bedeuten? Browning war seine größte Leidenschaft. *Der letzte gemeinsame Ritt* habe ich heute noch im Ohr. ›Da all meine Liebe nichts vermag.‹ Ich glaube, er hat

sich eingeredet, es selbst geschrieben zu haben. Allerdings muss ich sagen, dass er den Ruf hatte, Disziplin halten zu können – die kleinen Jungen hatten Angst vor ihm.«

Ihre leise, gemächliche und sehr weibliche Stimme hinter ihm plätscherte weiter. Der sanfte Lautstrom floss stets gleichmäßig. Sie kontrollierte die Stimme genauso wie das Drehen ihres Kopfes, und sie schrie nie, war nicht barsch und kam auch nie aus Hast oder Ärger ins Stolpern. Wenn sie wütend war, schwieg sie. Und wenn man sie beleidigt hatte, weinte sie. Wenn sie log, veränderte sich ihre Stimme nicht, nur die Augen. Nichts, dachte er, während er mit dem Rücken zu ihr dasaß, klang süßer als ihre Stimme, wenn sie sich gemeinsam mit sanfter Ironie über ihren Vater, Mr. Digby, amüsierten. Und er dachte über diese besondere Manifestation der Gegenwart nach, die nie darüber hinausging: eine Stimme. Eine Stimme, die Gift versprühte; eine Stimme, die über jede Nuance der Arglist befehligen konnte, geschickter als jeder Kriegsveteran. Ihre Stimme war zugleich ihre Schwäche und ihre Stärke, gab ihr Schutz und verriet sie zugleich hinterrücks mit dem Zynismus einer besten Freundin. Er misstraute dieser Stimme und liebte sie; sie war Ruth, mehr Ruth als jeder Körperteil von ihr, den er mit der Hand berühren konnte. Denn an ihre Worte könnte er sich erinnern, daran, wie sie aussah, an die Kleider, die sie getragen hatte, aber ihre Stimme würde mit ihrem Tod sterben. Und wenn er sie nicht mehr hören konnte, dann wäre Ruth endgültig fort. Wenn er ihrer Stimme lauschte, war sie die Gegenwart, und damit war sie sein, sein Herz, seine Lust und seine Einsamkeit. »Da all meine Liebe nichts vermag«, mur-

melte er gedankenverloren und ließ seine Angel sinken. Ruth war verstummt.
»Wir sollten allmählich aufbrechen«, sagte er und drehte sich endlich um, um sie anzuschauen. Er berührte ihren Rock, rieb den Stoff zwischen Daumen und Zeigefinger, als wolle er seine Qualität prüfen. Sie saßen beide ganz still, wollten sich nicht rühren, voller Wehmut. Sie legte ihre Hand auf seine und drückte sie zärtlich auf ihr Knie. »Sollen wir noch Tee trinken, bevor wir zurückfahren?«
Er blickte sie forschend an und begann zu lächeln. »Ja. Wir trinken vorher noch Tee. Küss mich, Ruth.«
Sie küsste ihn auf die Stirn. Edwin ergriff das Paddel und tauchte es ein. Das Boot schoss vorwärts, von Edwins Energieschub angetrieben.
Richard hatte keinen Fisch gefangen. Er gab dem Wetter die Schuld. An einem Regentag wäre es anders gewesen, sagte er.
»Regnet es denn hier überhaupt jemals?«, fragte Teresa ungläubig.
Richard lenkte die Aufmerksamkeit seines Chefs auf diese Bemerkung. »Haben Sie das gehört, Sir?« Er lachte herzhaft. Teresa ging hinter ihrer Schwester her.
»Ruth, weißt du, was die Männer da«, sie zeigte auf die Bootsmänner, »im Sand gefunden haben? Zwei Gelege mit Eiern.«
»Schildkröteneier«, erwiderte Ruth mechanisch. Sie war abgelenkt.
»Tatsächlich?«
»Ja. Was haben sie damit gemacht?«
»Sie in Blätter und ein kleines Stück Stoff eingewickelt.«
»Wahrscheinlich wollen sie sie verkaufen.« Sie wandte

sich ab, als habe sie ihre Absicht – ihre Habseligkeiten einzusammeln und sich für die Abreise fertig zu machen – vergessen, raffte stattdessen ihren Rock und ging ein paar Schritte in den Fluss hinein. Dann blieb sie stehen und blickte verwundert auf ihre Füße im Wasser.

»Ich habe gar keine Schildkröten gesehen, aber vermutlich haben sie sich versteckt, oder?«

»Ja. Teresa, wenn dein Kleid trocken ist, ziehst du es besser wieder an. Wir fahren gleich los.«

Schritte knirschten auf dem Kies. Das Kind war gegangen. Stille. Aber Stille war nicht genug. Sie wollte, dass die Stille sprach. Sie wartete auf einen Segen, aber es geschah nichts. Und sie wusste, ganz gleich, wie lange sie wartete, es wäre vergebens. Ihre eigene tief verwurzelte Feindseligkeit, die Feindseligkeit der Zivilisation gegenüber allem Wilden, würde sie auf immer daran hindern, von diesem grünen Reich aufgenommen zu werden. Denn sie war kein roher Metallklumpen, der aus der Erde gegraben worden war, sondern ein geschliffenes Juwel, das in eine ebenso edle Fassung gehörte. Sie war vom Wesen her verfeinert, der Dschungel vom Wesen her roh. Und ganz gleich, wie sehr sie es sich wünschte – und um Edwins willen wünschte sie es sich in diesem Moment wirklich sehr –, nichts konnte die Kluft überbrücken und das Unvereinbare vereinen. Da dies so war, da ihr endlich klar wurde, dass dies so war, wurde ihr die Stille und Kraft der Pflanzen um sie herum unangenehm, so wie ihr der kurze Moment ihres vergeblichen Sehnens ein wenig peinlich war. Sie ließ ihren Rock sinken, ohne darauf zu achten, dass der Saum im Wasser schleifte, und wandte sich verächtlich lächelnd ab. Edwin hatte sich angezogen und trat auf sie zu. Sie ergriff seine ausgestreckte Hand und umklammerte sie fest, als er ihr auf den Kiesstrand hinaufhalf. Teresa hatte ihr zerknittertes Kleid angezogen. Richard kämmte sein Haar.

»Wir würden schon vorausfahren, Sir, wenn das in Ordnung ist. Ich wollte an dem Teich hinter den Stromschnellen noch einmal die Angel auswerfen.«

»Ja, gut«, sagte Edwin. »Wir geben euch eine halbe Stunde Vorsprung und holen euch dann an der unteren Landestelle ab. Aber passen Sie bei den Stromschnellen auf, Richard, sie sind nicht ungefährlich.«

»Oh, ich weiß, Sir.«

Er und Teresa brachen auf. Der Strom trug sie leicht flussabwärts. Ein Sittich zerriss die Stille mit grellem Gelächter. Irgendwo begann ein Insekt so schrill zu summen, dass es wie ein Geräusch im Kopf erschien. Teresa hielt sich die Ohren zu, um sich zu vergewissern, dass sie es sich nicht einbildete. Sie trieben nahe an den unergründlichen Überhängen des linken Flussufers vorbei.

»Ich bin nicht gerne so nahe dran«, flüsterte Teresa. »Glaubst du, wir werden beobachtet? Von Tieren ... oh, Richard, vielleicht gibt es dort Tiger.« Er tauchte das Paddel ein und sie fuhren weiter.

Im nächsten Augenblick glitten sie holpernd durch die Stromschnellen, die sie sich auf dem Hinweg so mühsam emporgekämpft hatten. An manchen Stellen war das Wasser so flach, dass der Boden des Bootes über die Steine kratzte. Ruckartig rumpelten sie hinunter.

»Die anderen Stromschnellen machen mehr Spaß«, sagte Richard, als sie wieder in ruhigeren Gewässern trieben. »Sie sind tiefer.«

Sie kamen an der Bucht vorbei, von der aus sie heute Morgen aufgebrochen waren. Dann machte der Fluss eine Biegung und wurde breit wie ein See, in dem sich die grünen Hügel spiegelten. Richard legte sein Paddel beiseite und nahm seine Angel. Das Boot schaukelte. In einiger Entfernung sprang ein Fisch hoch. Sie hörten das Geräusch so deutlich, als wäre es ganz nah. Teresa regte sich nicht. Wieder schrie ein Sittich. Ungefähr fünfhundert Meter weiter, wo es eine Furt gab, tauchten am Ufer zwei Männer auf. Einer von ihnen begann den Fluss zu überqueren, der andere folgte. Woher mochten sie gekommen sein?, fragte sich Teresa, und wohin gingen sie? Sie dort gehen zu sehen, unbesorgt, ohne Auto, Gewehr oder Kleider, kurz vor Sonnenuntergang und mitten in der Wildnis, berührte sie seltsam. Sie hätte bestimmt schreckliche Angst, aber diese beiden waren unerschrocken: Dies war ihre vertraute Umgebung. Sie waren ihre eigenen Polizisten. Einer von ihnen sang. Er begann seinen nasalen Sprechgesang, brach ab; nach ein paar Schritten erhob er seine Stimme erneut, dann folgte wieder eine lange Pause, in der nur der Dschungel schweigend und heiß dalag; und wieder ertönte der Gesang und störte die Hitze auf wie ein Stein die glatte Wasseroberfläche. Sein Lied war unverständlich, es hatte keinen Anfang, keinen Höhepunkt, kein Ende. Die Töne drangen ganz klar zu ihrem Boot, und der Dschungel umhüllte sie mit Melancholie. Der erste Mann rief seinem Gefährten etwas zu. Ein Wortwechsel folgte, Gelächter – wie außergewöhnlich sich ihr Lachen in diesem riesigen Auditorium anhörte –, dann erreichten sie das jenseitige Ufer, gingen an Land und waren verschwunden.

»Was meinst du, wer sie waren?«, fragte Teresa.
»Ich weiß nicht, ich habe nicht darauf geachtet. Wahrscheinlich Nagas«, erwiderte Richard. »Bestimmt waren sie Nagas. Hier ist alles voll davon.«
»Wo leben sie?«
»Ach, hier und da. Wenn du willst, nehme ich dich irgendwann mal zu einem ihrer Bergdörfer mit.«
»Wirklich, Richard?«
»Wenn du willst«, wiederholte er und bedauerte sein Angebot sofort. »Es ist allerdings ein höllisch steiler Aufstieg, und es gibt nicht besonders viel zu sehen da oben.«
»Jetzt hast du es versprochen.«
»Na gut.«
Das Licht wurde golden. Die grünen Höhen schimmerten wie von Honig überzogen. »Ach, du lieber Himmel!«, sagte Richard. »Wir sollten uns beeilen. Ich habe völlig die Zeit vergessen. In einer Viertelstunde wird es dunkel.«
Sie schabten über die Furt. Von einer Seite war lautes Rascheln zu hören.
»Oh, sieh mal!«, flüsterte Teresa.
In einem Baum sprang eine Affenherde herum. Man konnte die Tiere unmöglich zählen. Halsbrecherisch sprangen sie von Ast zu Ast und hangelten sich über Bambusstäbe, die sich unter ihrem Gewicht durchbogen, zur Erde. Es war fast dunkel, und noch herrschte Ruhe, aber es war eine angespannte Ruhe, und die Bäume schienen dichter geworden zu sein.
»Bleib still sitzen«, sagte Richard, »jetzt kommen Stromschnellen.«
Das Boot wurde schneller, ruckte und tanzte unkont-

rollierbar. »Pass auf!« Teresa duckte sich. Wo eben noch ihr Kopf gewesen war, schwang ein Ast.
»Vor den Steinen habe ich Angst«, schrie Richard.
Sie wurden an einem Baumstamm vorbeigewirbelt, der rechts von ihnen wie ein schwarzes Monster auftauchte. Richard beugte sich vor und setzte das Paddel ein, das nicht mehr Wirkung hatte als ein Strohhalm. Das Wasser zischte, und die Schaumkronen schimmerten weißlich in der Dämmerung.
Sie wurden hin- und hergeworfen, mit Gischt bespritzt, und schließlich mit einem Schwung in ruhigeres Gewässer geschoben.
»Also, der Ast hätte uns beinahe erwischt«, sagte Richard freudig erregt. Der Fluss hatte sich zu einer Art Wasserrinne verengt, die tief überschattet war, und es war so dunkel, als sei es mitten in der Nacht. »Ich wette, du hattest Angst, Teresa. Du darfst hier nicht über Bord fallen, hier ist es tief. Da rechts ist eine Insel.«
»Ich hatte überhaupt keine Angst«, schrie sie.
»Ich wette doch«, erwiderte er ungerührt. »Das ganze Boot hat ja gezittert.«
Teresa überlegte einen Moment lang und sagte dann: »Ich hatte genauso viel Angst wie du und kein bisschen mehr.«
Richard schwieg. Es ist, als sei ich wieder ein Kind, dachte er, und es machte ihm auf einmal nichts mehr aus. Das hat richtig Spaß gemacht, dachte er und steuerte das Boot verträumt durch den Phantomkanal. Ein Wunder, dass wir nicht zerschmettert worden sind, es war wirklich ein bisschen gefährlich, dachte er und lächelte im Dunkeln vergnügt vor sich hin. Er hielt das Paddel fest, und der kleine Kahn gehorchte ihm und

drehte sich zur Seite. »Wir sind da. Spring raus und pass auf, wohin du trittst.«

»Ich kann fast nichts sehen«, sagte Teresa. »Was für ein unheimlicher kleiner Pfad. Bist du sicher, dass wir hier richtig sind, Richard? Was ist mit Schlangen?«

»Was soll mit ihnen sein?«, erwiderte Richard. Sein Hochgefühl dauerte an. »Ich gehe voraus. Du hältst dich am besten an meinem Gürtel fest. Es ist nicht weit. Schade, dass wir keine Taschenlampe haben.«

»Lass uns lieber nicht so laut reden«, flüsterte Teresa. »Kein anderer tut es.«

»Es ist ja auch keiner da, du Dummkopf.«

»Genau das meine ich«, entgegnete Teresa und klammerte sich an seinen Gürtel. Keuchend kletterten sie den steilen, rutschigen Weg hinauf. Und dann plötzlich war die Gefahr vorüber. Dort stand der Austin, und seine hellen Scheinwerfer hießen sie willkommen. Stimmen ertönten. Türen wurden geschlagen.

»Wir dachten, ihr wärt ertrunken.«

»Das sind wir auch beinahe«, rief Richard.

Teresas Herz ging auf, und Blumen der Freude fielen heraus. Das Picknick war vorbei. Zum zweiten Mal an diesem Tag waren sie wiedervereint. Sie hatten sich vom Morgen an aneinander gewöhnt und fühlten sich jetzt, nach dem bestandenen Picknickabenteuer, unzertrennlich, eine treue Truppe. Richard und Edwin hatten keinen Fisch gefangen. Mr. Digby, der den Ehrgeiz entwickelt hatte, eine richtige Sonnenuhr zu bauen, hatte seinen rosigen Stein mitgeschleppt und saß jetzt im Auto und drückte ihn an seine Brust. Teresas Haare waren immer noch hochgesteckt. Ruth saß vorn, eine Hand auf Edwins Knie, und starrte in den Lichtkegel der Scheinwerfer. Eng zusammengedrängt wie die besten Freunde fuhren sie nach Hause, gewärmt von der flüchtigen, undeutlichen Illusion, dass ihre Treueschwüre ewig halten würden. In jenem Moment liebten sie sich alle, und gerade das machte das Picknick so bemerkenswert, dass sie sich noch lange voller Erstaunen daran erinnerten.

7

Das Picknick war mehr als ein Punkt in der Geschichte: Es war ein Wendepunkt. Gleich darauf änderte sich alles. Die rotglühenden Kohlen kühlten über Nacht ab, wurden zu Asche und zerfielen. Die Liebe, die sie hatte zusammenrücken lassen, war in jenem Augenblick vorbei, in dem sie sich verbündet hatten, und Monotonie breitete sich in den Köpfen aus wie Grillengezirpe.

Mr. Digby hatte einen besonderen Grund, deprimiert zu sein. Lilian hatte ihm nur ein einziges Mal aus England geschrieben, einen kurzen, seltsam lakonischen Brief statt der seitenlangen Schmähreden, die er erwartet hatte. Seitdem empfand er nicht mehr so viel Lebensfreude. Hatte sie ihre Meinung geändert? Hatte sie ihn die ganze Zeit an der Nase herumgeführt und nur so getan, als ob sie Teresa haben wollte? Himmel, es war schwierig, sie zu verstehen. »Ich hatte ja keine Ahnung, dass dir Teresa so viel bedeutet«, hatte sie geschrieben. Wie meinte sie das? Er hatte nie behauptet, dass Teresa ihm irgendetwas bedeutete. In den sorgfältig formulierten Briefen an seine frühere Frau hatte Mr. Digby sich darauf beschränkt, eine lange Liste ihrer Fehler aufzustellen, und diese nachsichtige Antwort irritierte und verletzte ihn. Er hatte wirklich mehr von ihr erwartet, wenigstens einen kleinen Kampf. War der Anspruch, den sie geltend gemacht hatte, etwa nur eine vorübergehende Laune, eine List gewesen, oder was?

Er war enttäuscht. Enttäuschung zog durch den Bungalow.
Jeden Morgen wurde Teresa vom Lärm der Tauben geweckt. Jeden Morgen sah sie von ihrem Fenster aus, wie der Gärtner in langen Bahnen den grauen Tau vom Rasen mähte. Jedes Mal, wenn sie hinschaute, kam ihr der Garten größer vor, und ihn zu mähen schien eine Aufgabe, die nicht zu bewältigen war. Wohl Hunderte von Malen hatte sie Edwin gesehen, wie er aus dem kleinen Wäldchen kam, mit Tauben, die von seiner Hand baumelten. Den ganzen Tag über summten die Bienen, und die Palmwedel rauschten. Die Blumen hingen in allen erdenklichen Rottönen von den Sträuchern herab, wundrot, scharlachrot, karminrot oder violett. Jeden Nachmittag wackelte eine alte Frau über den Rasen und fegte die Blätter zusammen. Sie hätte genauso gut den Sand am Strand fegen können; hinter ihr und um sie herum sanken die Blätter unentwegt zu Boden, landeten auf ihrem Kopf und rutschten über ihren gekrümmten Rücken. Manchmal hob sie eine Handvoll auf und warf sie vor ihren Besen, und sie segelten ein zweites Mal auf den Rasen.
Teresa war traurig. Die Sonne schmerzte sie; es schmerzte sie. Sie war Menschen nahegekommen und hatte sie berührt; sie hatte sie für warm und verlässlich gehalten, und im gleichen Augenblick waren sie geschmolzen, und ihre Hände waren feucht gewesen. Ruth hatte sie nur fünf Minuten lang und rein zufällig gemocht. Das Kleid, das sie für Teresa hatte ändern wollen, hatte sie halb fertig beiseite gelegt. Es würde nie fertig werden. Richard war wieder gemein zu ihr. Ihren Vater mied sie, schon aus Gewohnheit, und Edwin sah sie kaum; er

vergaß, mit ihr zu reden. Tag und Nacht nagte das Gefühl an ihr, versagt, etwas falsch gemacht zu haben. Sie fühlte sich zu dicht von zu vielen Menschen umgeben, von denen keiner an ihr interessiert war. Es hatte einen Moment der Abhängigkeit gegeben, der ihr jetzt wie Schwäche vorkam. Sie hatte sich leichtsinnig hinaus aufs freie Feld gewagt, dorthin, wo sie die Blumenwiese der Liebe vermutete. Doch ihre Schritte waren unbedacht gewesen, der Boden war Treibsand, und als sie zurückweichen wollte, war ihr der Weg versperrt. Teresa war erst vierzehn Jahre alt. Vergessen zu werden in dem Augenblick, da sie glaubte, dass man sie endlich entdeckt hatte, war eine schreckliche, der Erwachsenenwelt zugehörige Strafe.
Und so lebten diese fünf Personen isoliert, in unterschiedlichen Stadien der Unzufriedenheit zusammen. Sie meinten, sie hätten nichts, weil sie sich selbst wie ein Nichts fühlten. Und sie glaubten, die Umstände versagten ihnen jenes gewisse Etwas, das ihr Leben erst vollständig machen würde. Die Umstände waren schuld. Und dieses Gefühl, dass sich die Umstände gegen sie verschworen hatten, nagte an ihnen allen. Sie hatten doch mindestens genauso viel Glück verdient wie die glücklichsten Menschen, gleichwohl blieb es ihnen grundlos verwehrt. Ihre Frustration wurde zu einem nervösen Lebensüberdruss, verstärkt von der Monotonie der Tage, der Sonne, dem Gurren der Tauben, dem Schrei des Pfaus und der Gleichgültigkeit der Inder, die sie bedienten. Nichts, was man anfing, schien es wert zu sein, es zu beenden. Ruth legte ihre Näharbeiten weg. Mr. Digbys Stein lag unberührt im Schatten der Veranda. Die Abende wurden kälter. Die Glühwürmchen

verschwanden, und über den Esstisch hüpften keine Insekten mehr, die in der Suppe ertranken.
Es war niemand da, um ihnen beizubringen, wie sie Frieden finden konnten: dass sie ihre eigenen Erfahrungen machen mussten, dass sie zugleich alles und nichts waren, dass sie nur alles sein konnten, wenn sie sich damit abfanden, nichts zu sein. Und dass sie dieses Gleichgewicht wie Luft und Wasser mit sich trugen, wohin sie auch gingen, was sie sahen, wer mit ihnen sprach, was auch immer geschah. Weder Zeit noch Raum konnte eines dieser Elemente zugunsten des anderen verdrängen. Ihr Atem war das trennende Feuer, und erst im Tod kamen Luft und Wasser zusammen und wurden zu etwas, das sie nicht selbst bestimmten. Solange sie jedoch versuchten, ihre Bedeutung dingfest zu machen, entfloh sie ihnen, entglitt ihnen wie ein hämisches Trugbild. Nur Edwin beteiligte sich nicht an der Jagd. Mr. Digby hatte sich dabei erschöpft. Bei Teresa bestand noch die Möglichkeit, dass sie sie aufgab.
Edwin, dessen bescheidene Hoffnungen innerhalb der Grenzen eines jeden Tages lagen, war derjenige von den fünf Menschen, der am ehesten glücklich war. Seine Sorge war greifbar, und er hatte sich vor langer Zeit mit ihr abgefunden. Sie war seine Gefährtin geworden, und er nahm sie stoisch mit auf seine Plantagenrunden, behandelte sie mit fast nüchterner Barschheit und ließ sich nur selten von ihr ablenken.
Die Erntesaison war noch nicht ganz zu Ende. Jeden Morgen fuhr er mit dem Austin die holprigen Wege zwischen den Reihen der Teesträucher entlang und begutachtete, wie die flinken braunen Hände, so klein wie die von Kindern, die zarten Blätter pflückten. Auch

nach zwölf Jahren war er es nicht müde, ihnen voller Freude dabei zuzuschauen. Die Mädchen, die alle in eine Richtung blickten, die Körbe auf den hoch erhobenen Köpfen, kamen ihm langsam durch die widerspenstigen Pflanzreihen entgegen. Steif streckten sie ihre Arme aus, um mit einer geschickten Handbewegung den Strauch vor sich abzuernten. Ihre Körper waren bis zur Taille verdeckt, und Saris aus dünner Baumwolle umhüllten ihre braunen Wangen und ihren Busen. Auf der dunklen Haut glitzerten die Silberarmbänder in der Sonne. Hohe Bäume warfen ihre Schattenflecken auf die grünen Felder und die hellen Weidenkörbe, sprenkelten die weißen Saris und ließen die Gesichter dunkel und ausdruckslos erscheinen. Wie eine kleine Armee, die sich entschlossen ihren Weg durch einen reißenden Fluss bahnt, rückten sie Teeblätter pflückend zu ihm vor. Edwin stieg in sein Auto und fuhr davon. Jeder Tag war gleich.

Hier waren zwei Männer, die mit Äxten einen toten Schattenbaum fällten. Er sah ihnen eine Weile zu. Ihre Körper schwangen vor und zurück. Ihre Schultern glänzten. Sie schlugen eine Wunde in das rosig weiße Holz. Dann wischten sie sich den Schweiß von der Stirn und setzten die Arbeit mit der Säge fort. Für einen kurzen Augenblick erwachte der Baum zum Leben, als sein riesiger Körper zögernd schwankte. Schließlich traten die Männer zurück, und der Baum fiel in einer letzten Kraftanstrengung krachend zu Boden und war endgültig tot. Seine Äste breiteten sich seltsam auf dem Boden aus, und die Männer zertrampelten und zersägten sie. Edwin fuhr weiter, im Kopf das krachende Geräusch des fallenden Baumes.

Er trug seinen khakifarbenen Tropenhelm. Es roch nach Schweiß und nach Benzin, das irgendwo aus dem Austin auslief. Er hielt an, um sich eine Zigarette anzuzünden. Ein *Pani Wallah* kam den Weg entlang, trottete unermüdlich dahin in seinem besonderen, hüpfenden Gang. Seine nackten Füße machten kein Geräusch, aber das metallische Rasseln von Draht und Blech eilte ihm weit voraus. Seine Last bestand aus zwei großen Kanistern, die an den Enden eines Bambusstocks hingen, den er sich über die knochigen Schultern gelegt hatte. Bei jedem Schritt hüpften die Dosen auf und ab. Die Männer ließen ihre Arbeit liegen und kamen aus dem Gebüsch, um sich um ihn herumzuhocken. Sie hielten ihm große Blätter entgegen, und in diese Blätter, als seien es Becher, goss er gesalzenen Tee. Er tropfte über ihre Arme und spritzte auf den Boden. Sie tranken und warfen die Blätter weg. Der *Pani Wallah* schulterte erneut seine Last und hüpfte davon, und nach und nach verstummte das blecherne Rasseln.

Edwin fuhr um seine Plantage herum. Er besuchte die Gärtnerei, wo Schösslinge der Büsche gepflanzt wurden und Frauen den Boden um sie herum festdrückten. Er sah seinen Arbeitern beim Beschneiden zu. Er sah sie jäten. Der Jahreszyklus der Plantage ging seinem Ende entgegen; die Erntesaison war fast vorüber. Frauen mit Körben gingen in langen Reihen den Weg entlang. Die Körbe mit den Blättern wurden gewogen und auf Lastwagen in die Fabriken gebracht. Dort wurden sie getrocknet, und während die Tage kürzer wurden, ging die Verarbeitung weiter. Jeden Morgen fuhr Edwin die lange gerade Straße entlang, die weiß war von Staub und an deren Rändern Pampasgras wuchs. Wenn die Straßen-

arbeiter ihr Werkzeug über die Köpfe hoben, glitzerte es in der Morgensonne wie die Schaumkronen auf- und absteigender Wellen. Während des Tages stellte Edwin sich keine Fragen, die er nicht beantworten konnte; seine Gedanken richteten sich auf das, was er sah. Er war beschäftigt und nahm außerhalb seiner Arbeit nichts wahr. Aber am Ende des Tages, wenn er die Turbane und Saris zurückließ, die braunen Gliedmaßen, die Zehen und Knöchel mit den Silberringen, seine grünen Felder, seine Plantage – dann legte sich die Sorge auf seine Stirn wie Kopfschmerzen und sagte: Du wirst keine Ruhe finden.
Der Tag war vorbei. Sein Tropenhelm lag dort, wo er ihn hingeworfen hatte, auf dem Rücksitz. Er fuhr träge, lehnte sich zurück, hielt das Lenkrad locker in seinen müden Händen. Kinder, weiß von getrocknetem Schlamm, fischten mit den Händen in einem Teich. Büffel trotteten die Straße entlang. Ein Karren fiel fast in den Graben, als er ihn vorbeiließ. Es war beinahe Abend. Die ersten Feuer waren angezündet worden. Rauch stieg in dünnen Säulen auf und erfüllte die Luft mit seinem Duft. Kleine Jungen standen breitbeinig daneben, kleine Jungen mit einer Schnur um den Bauch, von der eine Messingglocke hing. Kulis wanderten heim zu ihren Hütten, um ihren Reis und ihren Fisch zu essen und sich schlafen zu legen. Kulis, Inder, Männer: Männer, keine Liebhaber, Männer ohne Gedanken, gehorsam, wunderschön anzusehen – was für Gedanken hatte er? Er presste die Hand auf seine Stirn, und der Wagen geriet ins Schlingern. Ich möchte, dass der Mond mich tröstet, dachte er. Ich möchte hier warten, bis es dunkel wird, mein eigenes Feuer entzünden und nicht nach

Hause fahren. Er fuhr an den Kuli-Siedlungen vorbei, die Straße stieg an und lief auf den Bungalow zu. Weiches Gras unter den Rädern. Er bremste vor der Veranda und schaltete den Motor ab, stieg aus – gemeinsam mit seinen Kopfschmerzen, die ihn beherrschten – und ging die Treppe zur Veranda hinauf. Er wollte nur noch einen Whisky und ein Bad, er wollte Frieden.
Die Millers waren auf einen Drink vorbeigekommen. Sofort, wie immer, wenn Fremde oder Besucher zwischen ihnen standen, sah er Ruth aus einer gewissen Distanz. In steife schwarze Seide gekleidet, kam sie ihm wie eine tragische Figur vor, der Inbegriff der jungen Witwe, geheimnisvoll leuchtend in ihrem Verlust. Ich bin ihr Ehemann, dachte er, während er sie betrachtete, aber sie ist die Witwe all ihrer anderen Gatten, mehr als das. Es ist ein Fehler, sie zu lieben; man kann sie betrachten, aber nicht lieben; sie ist ein Symbol, keine Frau. Wenn sie sich bewegt – in diesem Moment trat sie zu Mr. Miller, einem langweiligen, netten Mann mit dickem Bauch, und reichte ihm ein Glas –, sehe ich, wie sich ihre Gedanken bewegen, ich sehe eine Perfektion und eine Absicht. Wenn sie ihren Arm zurückzieht, lächelt, die Augen abwendet, sehe ich eine Künstlerin, die völlig in ihrer Kunst aufgeht. Wenn sie in der Tür steht, hat sie im Geiste bereits eine Sekunde vorher dort gestanden, und sie ist von allen, auch von sich selbst, wahrgenommen worden. Ein Niesen mochte unbeabsichtigt sein, oder auch ein herabfallendes Glas, aber diesen Ausdruck auf ihrem Gesicht, diese sanfte Neigung ihres Körpers kultiviert sie so wie ich meinen Tee. Bei mir ist es eine Arbeit, bei ihr eine Kunst, worüber rege ich mich also auf? Sie steht in der Tür, sie schaut in

den Spiegel, und ich darf dabei nicht vergessen, dass ihr Instinkt, sich so zu verhalten, viel tiefer geht, viel gefährlicher ist als bloße Eitelkeit.
Er schwenkte den Whisky in seinem Glas und dachte: Sie zerstört sich selbst.
Er blickte auf, und da war sie, in ihrem strahlenden Trauerkleid, wie eine Elster. Sie stand hoch aufgerichtet am anderen Ende des Zimmers und bot Mrs. Miller einen Gin an. Die Ringe an ihren Fingern lebten, funkelnde Botschaften des Stolzes. Sie atmete strahlende Zurückhaltung aus. Ihr langer Hals war gepudert. Und ihr dunkles hochgestecktes Haar war wie eine unbeleuchtete Stadt voller Geheimnisse. Mrs. Miller, deren einziges Kind, ein Mädchen, das auf der Schule in England immer gekränkelt hatte, ihr vorzeitig Sorgenfalten beschert hatte, blickte aus dem Sessel, in dem sie wie ein zerknautschtes Kissen saß, voller Bewunderung zu Ruth auf und sagte, sie nähme nur noch einen Schluck, einen winzigen Schluck, und dann müssten sie aber wirklich fahren.
Ich vergeude ihre Begabung, dachte Edwin. Und diese beiden Sätze dröhnten den ganzen Abend lang wie das gedämpfte Trommeln einer Begräbniszeremonie in seinem Kopf.
Sie zerstört sich selbst.
Ich vergeude ihre Begabung.
Mr. Digby, der sich auf dem kleinen Stuhl aus Atlasholz niedergelassen hatte, auf dem Ruth jeden Nachmittag saß und ihre Briefe schrieb, überschüttete seinen neuen Bekannten mit Fragen. Und der rundliche Mr. Miller, dessen rotes Gesicht von der Genugtuung glühte, die ihm damit beschert wurde, dass er die Fragen beant-

worten und den anderen belehren konnte, schaukelte auf seinen Fersen zurück, und je mehr seine Genugtuung wuchs, desto stolzer reckte er seinen Bauch. Edwin betete insgeheim, dass sie nicht aufhören mochten. Das Geschäft war das Letzte, worüber er mit Bob Miller oder sonst jemandem reden wollte. Er wollte keine Diskussion über neumodische Maschinen. Was hatte er noch einmal gewollt, als er die Treppe zur Veranda hinaufgegangen war? Ein Bad, einen Whisky, seinen Frieden. Tatsächlich jedoch wollte er etwas ganz anderes: Ruth sollte auch in Wirklichkeit werden, was sie in ihrer Pantomime war, eine warmherzige Frau voller geheimer Weisheit. Wenn dies möglich wäre, würde er endlich Frieden finden. Da es aber nicht möglich war, wünschte er sich einen Drink, ein Bad, etwas zu essen, ein sauberes Hemd.

An einem Ende des Zimmers brannten Kerzen in einem mehrarmigen Leuchter, am anderen Ende prasselte ein Feuer im Kamin. Neben dem Kamin auf einem niedrigen Tisch stand eine Lampe. Ihr Licht verbreitete einen weichen Schein, der im Rhythmus der Flammen zuckte, der das Weiß dämpfte und die Kanten glättete. Jedes Flackern täuschte eine künstliche Heimeligkeit vor, den Ort, wo der müde Mann seine letzte Ruhe und der aus der Kälte Kommende Aufnahme fände. Hier, wollten ihm die Kerzen, die Lampe, das Kaminfeuer sagen, hier kannst du zur Ruhe kommen, hier wird dich nichts aufschrecken, nichts überraschen. Teresa war glücklicherweise nicht da, und auch Richard war dieses eine Mal zu Hause geblieben.

»Ruth«, rief Edwin, »kann ich bitte noch einen Whisky haben?«

Sie trat zu ihm, setzte sich auf die Armlehne seines Sessels, und ihr Kleid fiel über seine schmutzige Hose. »Edwin, Vater hat einen Brief von seinem Freund bekommen, diesem Littleton, den er auf dem Schiff kennengelernt hat. Er hat ihn eingeladen. Kannst du vielleicht einen Lastwagen entbehren, der ihn hinbringt?«
Er strich mit dem Handrücken über die schwarze Seide. »Wann möchte er denn fahren?«
»So schnell wie möglich. Am liebsten morgen schon. Für eine Woche oder zehn Tage. Es würde ihm gefallen, dort hinzufahren. Er langweilt sich hier.«
»Ja, natürlich. Ich meine, natürlich kann er im Lastwagen hingebracht werden. Ali kann ihn fahren.«
Er verspürte Erleichterung. Vage nahm er wahr, dass eine Krise drohte, wie Wolken, die sich weit hinten am Horizont zusammenballten. Er konnte nicht in Worte fassen, was er erwartete oder fürchtete. Er kannte auch den Grund für seine Vorahnung nicht. Es war einfach nur Teil seiner Kopfschmerzen, ein warnendes Pochen. Er sollte sich bereithalten und Klarschiff machen, bevor das Unwetter losbrach. Am liebsten wäre ihm, Teresa würde ebenfalls wegfahren.
»Wo ist Teresa?«
»Sie ist zu Bett gegangen. Sie hat ein bisschen Fieber, nichts Ernstes.«
»Oh, gut«, sagte er zerstreut.
Mrs. Miller war aufgestanden, allerdings wohl mehr, um Bereitschaft zum Gehen zu zeigen, als um tatsächlich aufzubrechen. Mr. Digby und Mr. Miller traten zu ihnen. Bob Miller nickte wohlwollend und versuchte, klug auszusehen, und Mr. Digby redete immer noch auf ihn ein. Der alte Kerl redet wirklich gerne, dachte Edwin, er

braucht Leute, mit denen er sich unterhalten kann. Wie er herumzappelt, wenn er redet, und sein Blick hin- und herschießt. Er befindet sich pausenlos im Krieg, weil er es liebt, und keine Friedenserklärung kann diesen Krieg beenden. Und er war Ruths Vater. Was für ein zerstörerisches Vermächtnis für ein Kind, dachte Edwin. Ein Mann konnte mit dieser Unruhe in sich vielleicht noch umgehen und ihr widerstehen, aber nicht eine zarte, zerbrechliche Frau, nicht Ruth. Schützend legte er seinen Arm über ihren Schoß und umarmte ihre Knie, die unter ihrem langen schwarzen Kleid verborgen waren wie Fische im Netz. Sie soll sich nicht selbst zerstören. Sie soll weder durch ihr Erbe noch durch ihre eigene Schuld in Stücke gerissen werden. Ich beschütze sie, ich lasse es nicht zu, ich bewahre sie davor. Sie beugte sich über ihn, reagierte auf ihn, schien ihn von der Armlehne herab beinahe zu erdrücken. Die Millers und der alte Digby standen um sie herum. Edwin war auf dem Grunde eines Brunnens, zu erschöpft, um sich über sie zu erheben.

»Haben Sie Weihnachten schon etwas vor?«, fragte Mr. Miller, der sein leeres Glas noch nicht aus der Hand geben wollte. »Wir wollten für ein paar Tage nach Shillong fahren. Haben Sie nicht Lust, mit uns zu kommen?«

»Ja, das wäre wunderbar«, zwitscherte seine Frau. »Meine Liebe«, sie wandte sich an Ruth und schob den Kopf vor, »kommen Sie doch mit. Bitte! Es wäre so schön. Nicht wahr, Bob?« Bittend blickte sie von einem zum anderen. Edwin nahm ihre Ehrfurcht vor Ruths Schönheit wie ein wichtiges Indiz zur Kenntnis, ihre Bereitschaft, Ruth dankbar zu sein. Bewunderung und Ehrfurcht, das war es, was Ruth anderen Frauen einflößte, nicht Neid.

»Oh, wir haben überhaupt nichts geplant, nicht wahr, Edwin?«, sagte Ruth fröhlich.

»Nein, gar nichts«, bestätigte er dumpf.

»Wir sind so ein langweiliges, unoriginelles Paar«, rief sie. »Sie dürfen uns nicht aus unseren Trott bringen; wir lieben es wirklich, ihm immer mehr zu verfallen, nicht wahr, Edwin? Um uns aufzurütteln, müsste es schon ein Erdbeben geben. Wir sind Gefangene unserer Gewohnheiten, und wir fahren an Weihnachten nie weg.« Sie stand auf, zuckte elegant mit den Schultern und blinzelte fröhlich.

»Aber dann sollten Sie das einmal ändern!«, drängte Mrs. Miller, wobei sie Ruths lebhaften Tonfall nachahmte.

»O nein! Wir sind zu alt für Veränderungen. Wirklich, das meine ich ernst. Verglichen mit uns sind Bob und Sie Schulkinder. Sie müssen Weihnachten feiern, mit Papierhüten und viel Spaß, Wackelpudding zum Tee und Luftballons, nicht wahr, Bob? In Ihrem Alter ist das nur natürlich. Aber Edwin und ich sind aus alldem herausgewachsen. Es ist traurig, aber wahr. Wir sind schon halb tot, und eine Reise nach Shillong würde uns umbringen.« Sie schob ihren Arm unter den ihres Vaters und lehnte ihren Kopf charmant an seine Schulter.

»Aber, meine Liebe«, protestierte Mrs. Miller, die sich nicht ganz sicher war, was sie von dem Scherz halten sollte, »ich bin beinahe alt genug, um Ihre Mutter zu sein.« Bob Miller rieb sich mit der Hand über seine Glatze und blickte Ruth dümmlich grinsend an.

»Ach, Sie verstehen mich nicht. Jahre haben damit doch

nichts zu tun. Wir sind alt, weil … warum sind wir alt, Edwin?«

Er merkte, dass sie zu weit gegangen war und Angst bekam. In ihren Augen stand Panik, und obwohl sie lächelte, presste sie die Lippen fest aufeinander. Da er fürchtete, sie werde zusammenbrechen, erhob er sich wie ein schwerfälliges Haustier und zog sie von ihrem Vater weg, fest an seine Seite.

»Du redest Unsinn, Ruth«, sagte er. Aus Mitleid bemühte er sich, ihre Plänkelei aufzugreifen. »Mavis und Bob wollen die ganze Zeit schon gehen – merkst du denn nicht, wie hungrig Bob aussieht?«

Bei diesen Worten wandten sie sich zum Gehen. Edwin, den Arm immer noch um Ruth gelegt, trieb sie hinaus, und sie wichen Schritt für Schritt zurück und legten die ganze Zeit eine falsche Fröhlichkeit an den Tag. Genaugenommen war es Mr. Miller, der sich fröhlich gab, und seine Frau stand ihm mit piepsigen Ausrufen bei. Sie stiegen in ihren Wagen und schlugen die Türen zu. Aber Mr. Miller schien es schwerzufallen, den Motor anzulassen. Stattdessen steckte er den Kopf aus dem Fenster und redete weiter.

»Edwin, ich habe ein Hühnchen mit Ihnen zu rupfen. Beinahe hätte ich es vergessen, aber ich wollte es schon den ganzen Abend über erwähnen. Warum kommen Ruth und Sie nicht öfter in den Club? Zweimal in der Woche ist Clubabend, und Sie tauchen nie auf. Die Leute vermissen Sie. Ständig wird gesagt, wo stecken die beiden bloß? Sie waren jetzt schon zwei Wochen oder sogar länger nicht mehr da. Wir haben auch eine neue Ladung Bier bekommen, gutes Zeug.«

»Nun, wir wohnen weiter weg als Sie«, erwiderte Edwin. »Für uns ist es eine lange Fahrt. Wir sind eben der vergessene Außenposten mitten in der Wildnis.«

»Umso mehr ein Grund zu kommen. Sie dürfen sich nicht iso…, dürfen sich nicht so abkapseln. Wirklich, wir vermissen Sie. Sie sind doch unser beliebtes junges Paar, unsere strahlendsten Sterne, oder nicht, Mavis? Sie sollten dem gerecht werden. Wir möchten Sie gerne dabeihaben, und die Frauen möchten Ihre Kleider sehen, Ruth – dann haben sie wenigstens etwas zu reden. Nächsten Donnerstag müssen Sie unbedingt kommen, dann ist eine Filmvorführung. Fast hätte ich es vergessen, dann wird ein Film vorgeführt.«

»Oh, großartig. Ja, natürlich kommen wir.«

»Tatsächlich? Das ist schön. Es wird bestimmt ein toller Abend. Alle kommen. Und das neue Bier. Hey, Edwin, wie wäre es, wenn Sie früher kommen, und wir spielen eine Runde Golf? Ich sag Stevens Bescheid. Wir haben seit ewigen Zeiten nicht mehr miteinander Golf gespielt.«

»Ja, gerne. Sehr gerne. Vier Uhr.«

»Gut, gut. Passen Sie auf, dass er es nicht vergisst, Ruth. Bis dann also. Gott segne Sie beide.« Winkend und rufend fuhren sie davon, wobei sie beim Wenden in einem Blumenbeet landeten. Aber dann waren sie endlich weg.

»Ich mag die beiden«, sagte Edwin.

»Ach ja?«

»Nun, sie mögen uns. Bob Miller ist ein dummer alter Kerl, aber er hat ein gutes Herz; und er mag uns wirklich.«

»Oh, Edwin! Was für ein beschämender – ja, *beschämender* – Grund, andere Menschen zu mögen.«

Er war müde und deshalb schwach, und ihre Bemerkung ärgerte ihn. »Ich finde es viel beschämender, so wie du Menschen dafür zu verachten, dass sie dir glauben, dass du sie magst.«

»Sie langweilen mich. Ich finde sie eben langweilig. Übertreib doch nicht so, Edwin. Dir wird dein Golfspiel am Donnerstag und die Filmvorführung danach wahrscheinlich gefallen. Du weißt natürlich, wie das mit dem Film laufen wird, oder? Eine zerrissene Leinwand. Die Wochenschau von 1932. Szenen aus einem Harold-Lloyd-Film, die sie zusammengeklebt haben. Und natürlich wird mit dem Ton etwas nicht stimmen, aber das ist ja egal. Es ist schön, hier am Ende der Welt überhaupt etwas zu hören zu kriegen. Und alle fünf Minuten wird etwas kaputtgehen, und das Licht geht an, und sie entschuldigen sich. Das hatten wir doch alles schon. Oft und oft. Und wir werden die Augen aufreißen und in die Hände klatschen wie ein Haufen Eingeborener, die zum ersten Mal die Wunder des weißen Mannes erleben. Oh, Edwin, es ist beleidigend; wie kannst du an so etwas Freude haben?«

»Du weißt doch, wie leicht ich zufriedenzustellen bin«, antwortete er. »Ja, ich werde es genießen, das Golfspielen und das neue Bier und auch die gescheiterte Filmvorführung. Ich werde es genießen; vielleicht nicht über die Maßen, aber immerhin genug, um mich zu amüsieren. Und du verachtest mich dafür.«

»Du schlägst immer den leichteren Weg ein, Edwin. Dir gefällt es, weil das einfacher ist, als es zu hassen. Jeder Idiot kann an etwas Freude haben. Du … Du vergeudest deine Zeit.«

»Und dich?«, fragte er traurig. Sie schwieg. Er entzog

ihr seinen Arm so langsam und wehmütig, als ließe er sie zum letzten Mal los. Sie ging vor ihm her in den Bungalow. Im Wohnzimmer roch es nach Curry. Der Hausdiener stand in der Tür, um ihnen zu sagen, dass das Essen fertig war. Mr. Digby beugte sich über das Tablett mit den Getränken und schenkte sich noch einen Whisky ein. Das Feuer war in sich zusammengefallen, und an Stelle der Flammen war nur noch die Glut.

8

Am nächsten Morgen brach Mr. Digby zu seinem Besuch bei Mr. Littleton auf. Teresa war nicht eingeladen worden. Um halb zehn holte ihn der Lastwagen ab. Er hatte sich einen Wollschal um den Hals geschlungen, einen Hut auf den Kopf gesetzt und war zu aufgeregt zum Scherzen, denn er fürchtete die hundertfünfzig Kilometer Schlaglöcher und Staub, die vor ihm lagen. Außerdem lauerte im Hinterkopf die Angst, etwas Lebenswichtiges vergessen zu haben, wie sein Rasiermesser oder seinen Streichriemen, und diese Sorge beherrschte ihn. Im letzten Moment winkte er, wobei er in der Kurve fast aus dem Wagen gefallen wäre, und rief etwas über seine Schulter. Es klang wie eine Frage, aber die Worte gingen im Knattern des Motors unter.

Seine Abwesenheit machte den Bungalow ruhiger. Mr. Digby hatte die Angewohnheit, ständig Stühle umzuwerfen oder bei Tisch Löffel und Gabeln fallen zu lassen, weniger aus Ungeschicklichkeit als aus Nervosität. Plötzlich gab es keine Zusammenstöße mehr, keine umgeworfenen Aschenbecher. Das Vakuum dehnte sich aus, und verschwörerische Stille nahm den Bungalow und Garten in den Griff. Nichts passierte.

Teresa hütete einige Tage das Bett mit leichtem Fieber und schwerer Mattigkeit. Am Donnerstagabend stand sie auf und aß allein. Edwin und Ruth waren am Nachmittag in den Club gefahren, Edwin, um Golf mit Bob Miller zu spielen, Ruth, um im Bungalow der Kolonialverwaltung Tee mit der Frau und den Hunden des *Burra Sahib* zu trinken.

Teresa saß am Kopfende des Tisches, von Kerzen eingerahmt, und aß mit gutem Appetit. Große Mengen von Essen verschwanden in ihrem eckigen Körper, ohne dass man es ihr ansah. Obwohl sie aufrecht dasaß, mit züchtig an den Knöcheln gekreuzten Beinen, waren die Kerzen in den Leuchtern auf dem Tisch höher als sie. Ohne nachzulassen, aß sie sich durch die verschiedenen Gänge mit Fisch, Eiern, Hühnchen, zahlreichen Gemüsesorten, einer halben Pomelo und vier Bananen. Als ob es ihre Pflicht sei, ein Festmahl aus ihrer Einsamkeit zu machen, aß sie ohne Freude und umständehalber schweigend, bedient vom Hausdiener Nidar. Sie hätte sich gern unterhalten, aber er verstand nur wenig Englisch, und ihr fiel nichts zu sagen ein außer »danke« – was er möglicherweise noch weniger verstand als andere Worte. Er versteckte sich hinter der Tür und beobachtete sie, erschien geräuschlos in genau jenem Moment, in dem sie den letzten Bissen in den Mund steckte, zog den leeren Teller weg und stellte einen neuen hin. Sie sah, wie er durch den Türspalt schaute, und rief laut: »Nidar.« Sofort stand er neben ihr, in seinem weißen Turban und seiner makellosen, enganliegenden, geknöpften weißen Jacke, die ihm bis an die Knie reichte. Die Kerzen trübten ihr die Sicht. Sein braunes Gesicht tauchte dahinter auf, dunkel fremd, ausdruckslos. Stumm erwartete er ihren Auftrag. »Limonade, bitte«, sagte sie. Er brachte ihr Limonade. Sie war stolz auf sich.

Während sie ihre vierte Banane aß, wanderte sie durch den Bungalow und versuchte, ihn in Besitz zu nehmen. Aber Ruth war überall, erfüllte jeden Raum. In jedem

Kerzenflackern, jeder Rauchspirale lag ihre Bewegung. Die Türen waren ihre leeren Rahmen, jeder polierte Tisch war ihr Spiegel und wartete darauf, dass sie sich darüberbeugte. Das ganze Haus war besessen von ihr und bewahrte ungeduldig ihren Geist. Teresa durfte die von den Geheimnissen einer anderen Frau durchdrungenen Möbelstücke nicht einmal für eine Stunde in Besitz nehmen. Noch nie hatte sie sich so fehl am Platz gefühlt, so unerwünscht. Sie lauschte auf Autogeräusche. Sie blickte ständig zur Uhr, wünschte, sie würden gleich kommen, wünschte, sie würden nie mehr kommen, und ihr Herz schlug im Takt der Uhr. Am liebsten wäre sie tot gewesen, ohne sterben zu müssen. Sie versuchte zu lesen. Sie stocherte im Feuer. Sie konnte nicht ins Bett gehen, aber es war auch unmöglich, das Haus zu verlassen. Die Nacht war voller Bedrohungen. In der Ferne brach plötzlich ein Rudel Hyänen in Geheul aus, Gelächter, das in gequälten Schreien endete. Es klang wie das Schreien von Kindern, die ertranken, in das sich die Schreie jener mischten, die sie ertränkten. Angst, Reue, Hass und teuflische Häme verquickten sich zu einem schrillen Missklang, der auf das Haus zufegte. Teresa sprang auf und zitterte vor Entsetzen. Die Schakale – Monster, Teufel, was immer sie waren – schienen nur ein paar Meter weit entfernt zu sein und in den Garten zu schwärmen. Aber dann brach der Chor so abrupt, wie er angefangen hatte, wieder ab. Kein Kläffen, kein Scharren war zu hören. Eine tote, unheimliche Stille trat ein.

Zehn Minuten später hörte sie den Austin in der Kurve zur Auffahrt den Gang wechseln. Hastig lief sie in ihr Zimmer, zog sich aus, und als Edwin und Ruth die

Treppe zur Veranda heraufkamen, lag sie bereits mit geschlossenen Augen im Bett. Anscheinend war Richard bei ihnen, denn sie hörte sein tonloses Lachen, ein Stakkato-Kichern, das klang wie Maschinengewehrfeuer. Es ertönte in regelmäßigen Abständen und schoss jede Bemerkung und jeden Witz zielsicher nieder. Teresa wälzte sich im Bett herum, froh darüber, sich in der Gewöhnlichkeit ihrer Verachtung entspannen zu können. Richard war ein solcher Idiot! Wenn sie ihm nur zuhörte, knirschte sie schon mit wohltuendem Abscheu mit den Zähnen.

Sie sahen sich fast jeden Tag und hatten eine Gereiztheit zueinander entwickelt, die, einer Liebesbeziehung nicht unähnlich, immer kurz davor war, in Streit auszuarten. Sie schlichen umeinander herum mit einer verliebten Feindseligkeit, die nach ständiger Wachsamkeit verlangte. Jeder war davon überzeugt, dass er dem anderen überlegen war, aber diese Überlegenheit musste wieder und wieder bewiesen werden. Und bei ihrem Schlagabtausch mussten sie ihre Verachtung für jede Form von Vergeltung und ihre Immunität dagegen zur Schau stellen wie eine Feder am Hut. »Es ist mir egal.« »Nein, ist es nicht.« Diese ermüdende Kontroverse schwang in all ihren Unterhaltungen mit.

Am nächsten Tag sagte Teresa zu Richard: »Ich möchte ins Nagaland. Ich will ein Naga-Dorf sehen. Du hast es mir versprochen.«

»Tatsächlich?«

»Ja. Bei dem Picknick. Als du geangelt hast. Du hast es mir versprochen, das musst du doch noch wissen.«

»Wenn ich es gesagt habe, dann tue ich es auch«, erwiderte Richard hochmütig, »obwohl ich wirklich nicht

weiß, wann ich Zeit dafür finden soll. Wir werden bestimmt einen ganzen Tag brauchen.«
»Sonntag«, schlug Teresa prompt vor. Sie wusste, dass er am Sonntag frei hatte.
»Tut mir leid, da spiele ich Tennis.«
»Ach, *Tennis!* Na gut, dann den Sonntag danach.«
»Wenn du willst.«
»Und das ist auch ein Versprechen.«
»Sei nicht albern, Teresa, natürlich ist es das nicht. Ich gehe mit dir dorthin, wenn ich Zeit habe. Es ist immer noch möglich, dass ich dann arbeiten muss.«
»Du arbeitest nie am Sonntag.«
»Das weißt du doch gar nicht. Du bist erst seit ein paar Wochen hier. Tu nicht so, als verstündest du etwas von Dingen, von denen du keine Ahnung hast.«
Als jedoch der Sonntag kam, hatte er keine Ausreden mehr. Sie brachen früh auf, in Begleitung von Richards altem Diener, der ihnen den Lunchkorb tragen musste, dessen Inhalt für sechs Personen gereicht hätte. Sie erreichten den Fluss und fuhren langsam den steilen, ausgewaschenen Weg zur Fähre hinunter.
»In einer Woche wird die Brücke fertig sein«, sagte Richard.
Auf dem gegenüberliegenden Felsen sah man eine Reihe von Ochsenkarren, deren Planen zurückgeschlagen waren.
»Richard, sieh mal! Was ist da los? Was machen all die Ochsenkarren da?«
»Heute ist Markttag.«
»Oh, wie schön! Gibt es hier am Sonntagmorgen immer Markt? Das hast du mir noch nie erzählt. Können wir dort anhalten?«

»Wenn du willst«, sagte Richard, der sich Teresa gegenüber angewöhnt hatte, widerstrebend nachzugeben.
Auf dem Markt herrschte bereits reges Treiben. Auf dem breiten Plateau hinter der Uferböschung drängten sich die Menschen. Ihre weißen Baumwollgewänder reflektierten die Sonne wie frisch gefallener Schnee. Und inmitten dieses strahlenden Weiß, zu Füßen der braunen Menschen, lagen leuchtend bunte Früchte: goldrote Orangen, Bananen, Pomelos und glänzend violette Auberginen. Hinter Enten, denen sie die Flügel zusammengebunden hatten, hockten Männer im Staub. Die armen Vögel rissen ihre Schnäbel zu tonlosem Klagegeschrei auf und schlugen ihre Flügel im vergeblichen Versuch aufzustehen. Ein Stück weiter waren winzig kleine Schweine in einen Bambuskäfig eingesperrt, der ihnen eng wie eine zweite Haut um den Körper gelegt war, und blitzten mit wütenden roten Augen durch die Stäbe. Ein Metzger hielt in einer Hand ein blutiges Messer, mit der anderen zog er einem Tier die Eingeweide aus dem Leib, während eine neben ihm angebundene Ziege klagte und bebte und am Himmel die Geier kreisten. Die Ochsenkarren, die Teresa vom anderen Flussufer aus gesehen hatte, standen hier, und die riesigen Ochsen lagen träge dahinter. Im Schatten der Planen wanden sich Fische in allen Größen und Formen auf Platten oder japsten in Schalen mit trübem, stinkendem Wasser nach Luft, von kleinsten Wasserschlangen bis hin zu Kreaturen, aus deren aufgerissenen Mäulern gewaltige Zähne ragten. Von diesen sterbenden Flussfischen stieg ein unbeschreiblich scharfer Gestank auf.
Dieses Mal jedoch fesselten nicht die Silber- oder die Kupferschmiede Teresas Aufmerksamkeit, auch nicht

die Stände mit Nippes oder der alte Medizinmann, der seine bunten Pulver abwog und auf dessen Knien die Häute toter Schlangen lagen. Auf diesem Markt waren Nagas, und in dem Moment, in dem sie sie sah, verblassten alle anderen fremdartigen Attraktionen. Nagas! Den Rest des Marktes nahm sie nur noch verschwommen wahr. Sie wandte sich ihnen mit der ihr eigenen, an Besessenheit grenzenden Konzentration zu, die ihr manchmal alles Leben auszusaugen schien. Es hätte nicht überrascht, wenn das dünne kleine Mädchen vertrocknet oder gänzlich verschwunden wäre, zum Treibstoff geworden für diese unglaubliche Aufnahmefähigkeit.

Wie kühn sie aussahen, dachte sie, wie wild und stark, anders als sie sich menschliche Wesen jemals vorgestellt hätte, mit ihren nackten, muskulösen Hinterbacken und den Lendenschurzen, ihre Frauen behängt mit glitzernden, billigen Perlen, in den Ohren Patronenhülsen und Sicherheitsnadeln, Chilibündel um den Hals, Hibiskusblüten und Quasten aus gefärbten Ziegenhaaren. Sie hielten sich abseits von den Leuten aus der Ebene, trieben nur ihren Handel, für den sie von den Bergen heruntergekommen waren. Sie hatten Betelpfefferblätter mitgebracht und entrollten Palmmatten auf dem Boden. Im Schatten einer Baumgruppe hatten sie ihr eigenes Lager aufgeschlagen, hatten Feuer entzündet und kochten sich dort ihr Essen. Beißender Rauch stieg senkrecht empor, da kein Wind ging, und vermischte sich mit den anderen Gerüchen. Abgesehen von ihrem Lendenschurz waren die Männer nackt; die Frauen waren mit einem größeren Stück Stoff bekleidet, dunkelrot oder blau, das von den Achseln bis zu den Knien reichte.

Teresa ließ sich von Richard nicht mitziehen. Sie blieb

stehen und starrte sie fasziniert an. Diese Menschen waren neu. Sie verwirrten sie zutiefst. An die Kulis, die sie jeden Tag sah, war sie mittlerweile gewöhnt, und sie hatte sich auch damit abgefunden, dass ihnen gegenüber ein bestimmtes Verhalten von ihr erwartet wurde. Sie nahm hin, dass die Kulis als grundsätzlich schwächer angesehen wurden als sie selbst, obwohl sie noch ein Kind war. Aber hier stand sie neben dem Lager der Nagas, halb in der Sonne, halb im Schatten, der Rauch stieg ihr in die Nase, und sie konnte den Blick nicht vom Treiben dieser kleinen, stämmigen Menschen abwenden, angesichts derer sich ihr die eigene Schwäche und Bedeutungslosigkeit offenbarte. Sie spürte, dass sie Krieger waren, keine Diener, und schob sich langsam näher heran. Sie starrten sie ebenfalls neugierig an, senkten nicht die Blicke, wie es die Kulis taten, sondern ließen ihre tiefliegenden Augen, die beim Lachen in den Hautfalten verschwanden, auf ihr ruhen. Sie waren anders als alle braunen Menschen, die sie bereits kannte. Selbst ihr Gang war anders, denn sie traten mit festen Schritten auf, im Gegensatz zu den Indern aus der Ebene, die leichtfüßig dahinhuschten. Und eben diese Unabhängigkeit, die sie ausstrahlten, zog Teresa magisch an. Sie zeigten keine Angst und keine Zögerlichkeit. Nichts, so glaubte Teresa, konnte sie je einschüchtern, und deshalb war sie voller Bewunderung, ja, Ehrfurcht. Es war schon immer ihre Überzeugung gewesen, dass man, um mutig zu sein, weise sein müsse; diejenigen, die keine Angst hatten, wussten *irgendetwas*, das sie selbst nicht wusste. Immer wieder hatte sie sich gefragt, was das wohl sein mochte, und auch jetzt fragte sie sich das.

Sie waren von den Bergen gekommen, nackt, aber mit Schmuck und Blumen behängt. Lag es an den Bergen, dass sie so waren? Lernte man *irgendetwas* in den Bergen? Sie drehte den Kopf. Unter ihr lag der friedliche, weiß schimmernde Fluss, Kinder planschten, Kühe trotteten langsam ans Ufer, um zu trinken. Eine Frau wusch ihre Wäsche. Ein Einbaum glitt stromaufwärts vorbei. Hinter ihr herrschte das lebhafte Durcheinander des Marktes mit seinen durchdringenden Gerüchen, dem lauten Stimmengewirr der Handelsgeschäfte, den wogenden weißen Gewändern. Aber weit hinten, hinter Bananenpalmen und Reisfeldern, hinter der Ebene, erhoben sich im Dunst die rauchblauen Berge des Nagalands und erwarteten sie.

Richard zog sie an einem Zopf, eine Geste, die sie mehr als alles andere hasste. »Komm, Teresa, willst du denn nun dein Bergdorf sehen oder nicht? Wenn ja, müssen wir jetzt los, und wir müssen uns sputen, es ist schon zehn Uhr.«

Sie fuhren über eine Straße, die höher lag als die Reisfelder zu beiden Seiten, so dass sie wie eine lange Brücke aus weißem Staub wirkte, die geradewegs von der Sonne wegführte. Ein Strom von Fahrzeugen kam ihnen entgegen; sie fuhren als Einzige in die entgegengesetzte Richtung, vom Markt weg. Radfahrer, Ochsenkarren, kleine Jungen, die Ziegen vor sich hertrieben, Männer mit Tongefäßen oder in Bananenblättern eingewickelten Enten, die an Stöcken über ihren Schultern hingen, Frauen mit Bündeln oder Obstkörben auf den Köpfen. Eine endlose Karawane, die durch eine Wolke sonnigen Staubs zum Markt zog. Richard hielt sich in der Mitte der Straße, hupte, und der Strom teilte sich zu beiden

Seiten des Autos wie die Brandung um den Bug eines Bootes. Mit jeder Minute brannte die Sonne heißer. Der Himmel war beinahe farblos.

Schließlich verzweigte sich die Straße. Sie bogen nach links ab und fuhren bergauf. Hier gab es keine Reisfelder mehr, und die Vegetation wurde immer dichter. Der Weg war grasüberwachsen, war weder Reifen noch Wagenräder gewöhnt noch irgendetwas, das schwerer war als ein nackter Fuß. Bald hörte auch dieser Weg auf, und es gab nur mehr einen schmalen Pfad bergan. Sie ließen das Auto stehen und gingen zu Fuß weiter, setzten ihre ganze Kraft ein, so dass sie bald außer Atem kamen. Sie wurden langsamer. Die Hände auf die Knie gestützt, mit gebeugtem Rücken, arbeiteten sie sich weiter hinauf. Manchmal waren Stufen in die Erde gehauen, manchmal war der Weg eben wie eine baumbestandene Landstraße, so dass sie sich den Schweiß von der Stirn wischen und ihre Muskeln ein wenig ausruhen konnten. Einmal ging es unerwartet steil bergab in eine kleine Schlucht, und sie rannten und rutschten lachend hinunter und genossen es wie ein extravagantes Vergnügen. Danach aber ging es unablässig bergauf, immer höher, bis Teresa nach einer Stunde plötzlich rief: »Stopp!«

Sie setzten sich auf den Boden, und Richards Diener schenkte ihnen Kaffee aus der Thermoskanne ein. Richard rauchte eine Zigarette und legte sich flach auf den Rücken, den Kopf auf einem Stein. Er war so zufrieden mit sich wie damals, vor langer Zeit, in den fünf Minuten zur Halbzeit seines ersten Tennismatchs.

Dann marschierten sie weiter. Mit jedem Schritt wurde die Luft klarer. Meistens führte der Weg durch den Schatten, und nur ab und zu einmal drang ein Sonnenstrahl durch das dichte Laub, aber manchmal wichen die Bäume zurück, und Sonnenschein ergoss sich über sie wie eine Dusche aus heißem Eis. Geheimzeichen der Nagas, die hier entlanggegangen waren, markierten den Weg, die doppelt mysteriös erschienen, da abgesehen von ihrem keuchenden Atem und ihren schweren, unbeholfenen Schritten kein Geräusch, keine Stimme, kein Schrei zu hören war, nur Stille. Wäre da nicht die Asche von kürzlich erst erloschenen Feuerstellen gewesen, Kräuterbüschel, die von Zweigen hingen, filigrane geheimnisvolle Altäre mit auf Stöcken gespießten Papierstreifen und getrocknetem Gras, jene halbierten Bambusstäbe, die Tau oder Regenwasser auffangen sollten, wären nicht diese Zeichen gewesen, zweckdienlich oder mystisch, von einem Volk, das emsig wie die Bienen in seiner Bergwelt herumschwirrte, dann hätte Teresa geglaubt, sie und Richard seien die ersten Menschen, die auf diesem Pfad gingen.

Der Aufstieg kam ihnen vor wie eine Ewigkeit. Ihre Füße waren wie Blei; ihre Lippen schmeckten salzig vom Schweiß. Dann, plötzlich, machte der Weg eine Biegung, wie ein Vogel, der seinen Kurs ändert, und sie erreichten eine Lichtung. Über den baumbestandenen Steilhang blickten sie tief hinunter auf das Land, von dem sie aufgestiegen waren. Flach wie ein Tablett, blau und dunstig, erstreckte es sich in die Unendlichkeit. Sie richteten sich auf. Sie holten tief Luft und fühlten sich davon erfrischt, als hätten sie aus einer Bergquelle getrunken. Teresa legte Richard die Hand auf die Schulter.

»Sieh mal«, sie deutete nach unten, »ist das da nicht der Fluss?«

Stolz und triumphierend blickten sie hinunter auf den Schauplatz ihres gewöhnlichen Lebens, dann drehten sie sich um, um die letzten Schritte zurückzulegen. Der Dschungel lag unter ihnen. Hier oben war Weideland, kleine Büsche und ein niedriger Zaun, ein Ort, an dem Schäferinnen oder Götter spielen oder Nagas leben. Sie kletterten über den Zaun und erreichten den Gipfel eines Naga-Berges.

Ein alter Mann, der Dorfvorsteher, kam ihnen entgegen, um sie zu begrüßen. Er trug einen leuchtend roten Schal, weil er der Häuptling war. Hinter ihm drängten sich Kinder, kleine Jungen, lächelnd und geschmeidig wie Mädchen, die sich lange rote Blätter wie Federn durch die Ohren gestoßen hatten.

»Sag ihnen«, sagte Richard zu seinem Diener, »dass wir sehr hungrig sind. Wir essen zuerst, und dann besuchen wir sie.«

Die Abordnung zog sich zurück. Sie aßen, und der alte Häuptling erwies ihnen seine Achtung, indem er in einiger Entfernung stehen blieb, ihnen höflich den Rücken zuwandte, die Arme verschränkte und über die Baumwipfel schaute.

Teresa war außer sich vor Freude. Sie hatte das Gefühl, auf einer Wolke im Himmel zu stehen. Endlich hatte sie ihr wahres Ziel erreicht, war dort, wohin sie – ohne es zu wissen – immer gewollt hatte, seit sie in Southampton aufgebrochen war. Sie befand sich im höchsten, fernsten, abgelegensten Teil der Welt, den sie kannte. Den Bungalow mit seiner erdrückenden Atmosphäre von Enttäuschung und Erwartung warf sie ab wie ein Kleidungsstück, das sie schon viel zu lange einengte. Endlich war sie frei von jenem Wechselbad der Gefühle, das sie ständig ertragen musste, befreit von Geringschätzung, Ansprüchen, Verrat; befreit von der gefährlichen Gesellschaft ihrer Familie, die einem Tag und Nacht Kampfgeist abverlangte, befreit von der Erschöpfung. Sie hatte sich in dieses hochgelegene Naga-Dorf gerettet, und hier war sie frei. Sie würde leben wie eine Naga, Beeren essen und sich wie die anderen Frauen ein Tuch umschlingen, ihre Haare offen tragen, auf dem Boden schlafen und in der Sonne braun werden.

»Ich möchte nie wieder hier weg«, sagte sie zu Richard.

Lachend antwortete er: »Ja, es ist lustig hier oben. Ich bin froh, dass wir hier heraufgekommen sind.«

Die Hütten standen zu beiden Seiten eines kurzen Grats, und ihre Veranden hingen auf Stelzen über dem Abgrund. Sie betraten die Hütte des Stammesführers, gefolgt von einer Gruppe seiner Verwandten oder Freunde. Innen war es dunkel, und im Gegensatz zu den Hütten der Kulis aufgeräumt und geräumig. Gemüse hing von der Decke, die aus großen, fächerförmigen Blättern bestand, die wie alles andere auch goldbraun glänzten. An den Wänden hingen Waffen und Körbe. Der Boden bestand aus breiten, geflochtenen Bambusstreifen und sah aus wie Parkett. Kornbehälter standen in der Ecke. Alles war mit großer Kunstfertigkeit und Sorgfalt hergestellt und wirkte so gemütlich wie die Küche in einem Bauernhaus. Es roch würzig nach Betelpfeffer und Holzkohle. Frauen und Töchter kamen aus den Ecken und lächelten sie an. Sie wurden nach draußen auf die kleine Terrasse geführt, die unter ihren Füßen schwankte wie Stoff. Von dort aus blickten sie über die endlosen Hügelketten des Nagalandes, eine

Bergkuppe nach der anderen und so dicht mit Wald bestanden wie Haare auf einem Kopf. Richard schenkte dem alten Mann einen Sack Salz. Teresa starrte auf die drei Messingköpfe, die er an einer roten Schnur um den Hals trug.

»Was ist das?«, fragte sie.

»Köpfe«, sagte Richard. »Die Nagas sind Kopfjäger. Zumindest waren sie es. Heute dürfen sie ihren Feinden nicht mehr die Köpfe abschneiden, aber ich wette, sie tun es trotzdem, wenn ihnen danach ist.« Er berührte die Messingköpfe auf der eingesunkenen Brust und sagte, immer noch auf Englisch: »Du hast dich ganz gut geschlagen. Als du jung warst, warst du bestimmt ein strammer Kerl.« Der Häuptling warf mit einer stolzen Geste den Kopf zurück und blickte zu seiner Familie, die in kindliches Gelächter ausbrach. Sie waren so voller Freude.

»Sie mögen uns«, erklärte Richard selbstgefällig. »Was für ein Glück! Sonst hätten sie dir schon längst den Kopf abgeschnitten, Teresa.«

»Ehrlich?«

»Nein, natürlich nicht. Sei nicht albern, ich habe nur einen Witz gemacht. Sie halten alle Weißen für genauso tapfer, klug und stark wie sich selbst. Sie bewundern uns über die Maßen. Komm, willst du den Rest des Dorfes sehen? Wir sollten bald wieder aufbrechen.«

»Ich will nicht gehen«, erwiderte Teresa. Er wusste immer noch nicht, was sie damit sagen wollte.

Aber als sie von einem Ende des Dorfes zum anderen gegangen waren, zugehört hatten, wie ihnen zu Ehren auf einem umgestürzten hohlen Baum getrommelt wurde, über Hühner gestolpert und von Dutzenden junger

Männer mit Perlen und Quasten und roten Blüten angestaunt worden waren, die in anmutiger Haltung an ihren Türpfosten lehnten, begriff er endlich. Teresa wollte nicht mehr von hier weg. Sie standen am Zaun. Ihr Diener hatte sich den Korb auf den Kopf gesetzt und wartete auf sie.
»Ich komme nicht mit«, sagte Teresa. »Ich will hierbleiben. Ich will niemals mehr hinuntergehen.«
Richard bekam einen roten Kopf. »Benimm dich nicht so idiotisch, Teresa. Es wird spät. Wir müssen am Auto sein, bevor es dunkel wird.«
»Ich gehe nicht mit.«
Seine gute Laune und sein Gefühl, im Urlaub zu sein, schwanden. »Du musst wahnsinnig sein.«
Und während er die Worte aussprach, wurde ihm klar, dass sie in diesem Moment tatsächlich nicht bei sich war. Er befand sich in einer Zwickmühle. Er hatte keine Ahnung, was er tun sollte. Sollte er ihr einen Schlag auf den Kopf versetzen, sie sich über die Schulter werfen, ihr den Hintern versohlen, sie überreden? Er versuchte zehn Minuten lang, auf sie einzureden. Aber sie blieb wie angewurzelt stehen, und in ihren weit aufgerissenen Augen lag sturer Irrsinn. Er verstand ihr Leiden nicht, und deshalb war er hilflos. Denn dieses Dorf auf dem Berg war ihr Utopia; der Bungalow bedeutete für sie die bedrohliche Welt, vor der sie Angst hatte. Er versuchte es mit Spott, er versuchte es mit Verachtung. Er versuchte es mit gesundem Menschenverstand. Es hatte keinen Zweck; sie war wahnsinnig und fest entschlossen zu bleiben. Sie weigerte sich, nach Hause zu gehen.
Richard war wütend, aber seine Verantwortung machte

ihm auch Angst. Was würde wohl Edwin an seiner Stelle tun, oder was würde er von ihm erwarten? Er setzte sich auf einen Stein und begann aufgeregt zu rauchen, blinzelnd und stirnrunzelnd. Die Situation war absurd, und doch war sie da. Er musste etwas tun, die Zeit wurde knapp. Soweit er es jedoch beurteilen konnte, war es am besten, gar nichts zu tun, dazusitzen und zu rauchen und darauf zu hoffen, dass Teresa wieder zu Verstand kam. Als letztes Mittel, beschloss er, würde er sie schlagen, wenn es sein musste, hart. Fünfzehn oder zwanzig Minuten vergingen so, dann sah er, dass der Anfall vorüber war. Sie stand ein paar Meter vor ihm, ihre Arme hingen schlaff herunter. Ihr Gesicht hatte einen hoffnungslosen, ängstlichen Ausdruck angenommen. Richard stand auf und warf seine Zigarette weg.

»Komm.«

Sie folgte ihm kläglich, schweigend und stolpernd, als sei sie müde.

Ich werde mich nie wieder mit ihr abgeben, dachte Richard, der so erleichtert war, dass sein Zorn ihn mit doppelter Macht erneut überflutete. Sie ist wirklich unmöglich. Sie ist wahnsinnig. Er fragte sich, ob er es Edwin erzählen sollte. Ob er es wohl weiß?, dachte er. Er hätte sie schlagen sollen, als er noch einen Vorwand dafür hatte. Es hätte ihm Befriedigung verschafft. So schnell er konnte, rannte er den steilen Pfad hinunter, ohne sich auch nur ein Mal umzudrehen, um Teresa zu helfen oder zu sehen, ob sie zurechtkam. Geschieht ihr recht, wenn sie hinfällt, dachte er. Geschieht ihr recht, wenn sie sich den Knöchel verknackst. Aber dann würde er sie tragen müssen; er verlangsamte seine Schritte. Es würde noch etwa eine halbe Stunde lang hell bleiben, möglicherweise ein wenig länger. Er hörte sie aufschreien, als sie einen falschen Schritt machte.

»Alles in Ordnung?«, rief er mürrisch. Es ärgerte ihn, dass er sie überhaupt fragen musste. Sie keuchte so, dass sie nicht antworten konnte. Vielleicht weint sie ja, dachte er und drehte sich widerwillig nach ihr um. Nein, sie weinte nicht. Sie rutschte und schlitterte hinter ihm her, hüpfte von einer Seite des Wegs auf die andere, hielt sich an Ästen und Grasbüscheln fest, um nicht der Länge nach hinzufallen. Auf einmal hatte sie schreckliche Angst, allein zurückzubleiben.

»Wenn es dunkel wird, wird es noch schlimmer«, erklärte er grimmig und unfreundlich.

Es war dunkel, bevor sie das Auto erreichten, und unter den Bäumen war es wirklich stockfinster. Teresa folgte mit vergeblich aufgerissenen Augen dem Klang von Richards Schritten und hörte ihn fluchen. Sie hatten keine Taschenlampe. Teresa hatte vergessen, wie sie sich auf dem Gipfel gefühlt hatte, in jenem kurzen, berauschenden Moment, als sich ihr der Kopf drehte und sie glaubte, im Himmel zu sein. Sie wusste nur, dass sie sich dumm benommen hatte und Richard wütend war. Dabei wünschte sie sich nichts weiter, als dass jemand nett und lieb zu ihr war und nicht böse auf sie. Und sie hatte Hunger. Sie wollte ins Warme. Sie wollte zu Abend essen und dann schlafen gehen. Sie wollte Vergebung, nicht von Richard, sondern in einem großen, umfassenden Sinn, für die es keine Entschuldigung von ihrer Seite bedurfte.

Sie erreichten das Auto. Wie ein alter Freund stand es da, wo sie es abgestellt hatten. Richard fuhr schnell und sorglos, ohne auf die Schlaglöcher zu achten. Das Auto ratterte und schaukelte, und es klang so, als würde es jeden Moment auseinanderbrechen. Die Lichtsäulen der Scheinwerfer holperten über die Straße vor ihnen. Und kurz bevor sie den Fluss erreichten, sah Teresa ihren ersten Tiger. Gerade hatte sich noch die leere Staubpiste vor ihnen erstreckt; der Mond ging auf, und der Staub begann zu schimmern. Im nächsten Moment bebte das Pampasgras am Straßenrand, und das riesige Tier sprang in das gelbe Licht der Scheinwerfer. Es stand da, mitten auf der Straße, den Kopf dem Wagen zugewandt, und der Schwanz zuckte.

Richard trat auf die Bremse. Mit einem Ruck kam das Auto zum Stehen. Er legte eine Hand auf Teresas Knie und drückte fest zu, damit sie still blieb. Der Motor war verstummt. Man hörte kein Geräusch. Sie saßen da wie erstarrt.

Teresa glaubte, sie hätte aufgehört zu atmen, aber ihr ganzer Körper bebte von den lauten Schlägen ihres Herzens. Richards Finger taten ihr weh. Das war ein echter Tiger, ein lebendiger Tiger, keine zwanzig Meter von ihr entfernt. Wenn er wollte, könnte er sie töten, sie mit seinem riesigen Maul packen und sie zwischen seinen Kiefern zermalmen. Tiger, Tiger, schlug ihr Herz, Tiger, Tiger, Tiger. Er brannte in der dunklen Nacht wie eine mächtige Flamme, ein loderndes Feuer, das sie verzehren konnte. Sie sahen, wie sich seine Augen verengten, er die Lefzen hochzog und knurrte. Und dann sprang er plötzlich vorwärts, und der andere Straßenrand verschluckte ihn mit einem Rascheln. Das Feuer war weg. Die Straße war wieder staubig und leer und glänzte weiß.

Diese außergewöhnliche Erfahrung schloss die Kluft

zwischen ihnen. »Wenn ich doch nur ein Gewehr gehabt hätte!«, sagte Richard. »Was für ein Ziel! Wir hatten Glück, dass er uns nicht angegriffen hat. O Mann, er war so schön!«

Der Diener lachte und plapperte etwas auf Urdu. Teresa glaubte jetzt an Tiger. Sie hatte einen gesehen, er war zum Greifen nahe gewesen. Sie waren reale, keine imaginären Kreaturen. Sie lebten in Dschungeln und streiften wild umher, um plötzlich aus der Nacht aufzutauchen.

Der Tiger hatte wie Balsam auf ihre zermürbten Gemüter gewirkt. In munterer Aufbruchstimmung – als spiele das, was vor dem Erscheinen des Tigers passiert war, keine Rolle mehr, als habe er ihren Streit wie ein Stück Kohle gesengt – überquerten sie den Fluss und fuhren fröhlich zum Bungalow, gespannt darauf, wie Edwin und Ruth reagieren würden, wenn sie ihnen von diesem Abenteuer erzählten. Beide hatten sie furchtbare Angst gehabt, und jetzt, da sie überwunden war, waren sie in übermütiger Stimmung.

Richard fuhr mit Schwung über die Wiese, hupte ausgelassen, sprang aus dem Auto und schrie: »Sir! Mrs. Tracey! Stellen Sie sich vor, was uns passiert ist!«

Ruth kam aus dem Wohnzimmer die Verandastufen herunter und lief direkt auf Teresa zu. Sie nahm sie in die Arme. Überrascht ließ sich Teresa an den warmen Busen ziehen. Wie konnte Ruth denn bereits über den Tiger oder den Berg Bescheid wissen? Die Umarmung war angenehm, aber sie erdrückte sie auch. Und dann sagte Ruth: »Teresa, es ist etwas Schreckliches passiert. Mit Vater.«

Die Schwester schluchzte, zumindest zog sie den Atem merkwürdig ein.

»Vater ist tot«, sagte Ruth, da sie nicht wusste, wie sie es anders sagen sollte.
Wütend schob Teresa sie weg und starrte sie misstrauisch an. Aber es stimmte: Er war tot. Der mitleidige Blick, die Falten auf der Stirn sagten ihr, dass es stimmte. Der außergewöhnliche Tag hatte seinen Höhepunkt erreicht.
»Wo ist Edwin?«
»Er ist in der Kuli-Siedlung«, sagte Ruth. »Eine der Hütten hat gebrannt. Er weiß es noch nicht.«
Teresa stand mitten im Wohnzimmer und schaute sich um. Das war das Zimmer ihrer Ankunft am allerersten Abend, als jedes Möbelstück noch unvertraut und eine Herausforderung gewesen war. Sie hatte halb geschlafen. Das Licht hatte ihr in den Augen gebrannt. Und sie erinnerte sich daran, dass die Stimmen der beiden Männer, von Edwin und ihrem Vater, sie eingehüllt hatten wie in Samt. Jetzt waren keine Insekten da. Es war kälter. Heute brannten große Holzscheite im Kamin. Ansonsten war alles unverändert – nur ihr Vater fehlte. Er war nicht hier. Das Gleichgewicht stimmte nicht mehr. Es hing jetzt nach einer Seite und zog sie nach unten. Er war fort, vergangen wie die Nacht ihrer Ankunft, für immer, und nur dieser Raum blieb unverändert.
Er war fort; er war tot.
Er war tot.
Teresa brach in Tränen aus. Erneut schlang Ruth, die nicht wusste, was sie tun sollte, ihre Arme um das Kind, und sah zu Richard hin, der in der Tür stand. Ihm war nicht wohl in dieser Situation, aber er war bereit zu helfen. Ali hatte Mr. Digby nach Hause gebracht, erst vor einer halben Stunde, einen leblosen Körper, der hinten

im Lastwagen hin- und hergeschaukelt hatte. Der Laster hatte einen Platten gehabt, und Ali hatte angehalten, um den Reifen zu wechseln. Mr. Digby war ausgestiegen, um ihm zu helfen. Irgendetwas war mit dem Wagenheber nicht in Ordnung gewesen, deshalb hatten sie versucht, den Wagen mit den Schultern anzuheben und einen Holzkeil darunterzuschieben. Sie hatten sich abgemüht, und dann plötzlich hatte Mr. Digby sich auf den Boden gesetzt. Ali beschrieb jedes Detail mit erschreckender Anschaulichkeit, warf sich selbst auf den Boden. Mr. Digby hatte sich also hingesetzt, vornübergebeugt, seine Hand auf die Brust gepresst und ein grunzendes, pfeifendes Geräusch – so etwa –, jedenfalls kein gutes Geräusch, von sich gegeben. Und dann war er still gewesen und hatte sich an den Reifen gelehnt, als sei alles wieder in Ordnung. Aber Ali hatte Angst. Er berührte ihn. Er legte seinen Mund an Mr. Digbys Ohr und rief: »Sahib!« Er versuchte, ihn wiederzubeleben. Es war jedoch zu spät. Mr. Digbys überarbeitetes, erregtes Herz hatte versagt.

Ruth war schockierter über ihre eigene Ungerührtheit als über die Tragödie. Sie empfand keine Trauer über seinen Tod, und deshalb fiel es ihr leicht, ihn als Tatsache hinzunehmen. Selbst seine Plötzlichkeit störte sie nicht mehr als irgendeine Panne im Haushalt, wenn beispielsweise der Strom im Bungalow ausfiel. Aber ihre Gedanken kreisten um Teresa. Sie erinnerte sich, dass ihr Vater einmal gesagt hatte, Kinder – vor allem kleine Mädchen – bräuchten Liebe; eine ungewöhnliche Bemerkung für ihn, und deshalb war sie ihr auch nicht aus dem Kopf gegangen. Sie spürte, dass er seine letzten Kräfte mobilisiert hatte, um Teresa über Tausende von Kilometern hinweg in die Sicherheit und liebevolle Obhut von Ruth zu bringen, weil er ihr diese Dinge selbst nicht geben konnte. Und als er sein Ziel erreicht hatte, war er gestorben. In diesem Licht gesehen, erschien er beinahe wie ein Held, ein tapferer alter Recke, dessen letzte Anstrengung ehrenhaft gewesen war, wie verpfuscht sein Leben auch gewesen sein mochte. Aber er hatte einen törichten Fehler gemacht. Denn Ruth liebte Teresa nicht. Sie liebte Teresa nicht im Geringsten. Sie konnte ihr keinen Schutz bieten, da sie selbst ein bedürftiges, labiles Geschöpf war, ständig auf der Flucht vor ihrer eigenen Unentschlossenheit. Ihr Vater hatte sich im Irrtum befunden und seinen großen Fehler triumphierend und unwiderruflich besiegelt, indem er gestorben war. Seine Bürde hatte er Ruth hinterlassen, und sie fühlte sich von Schuldgefühlen niedergedrückt.

Der Scheiterhaufen, der seinen Tod markierte, hätte Mr. Digby sicher gefallen. Für Teresa blieb sein Tod auf immer verknüpft mit dem Auftauchen des Tigers. Das Tier war aus der Nacht gesprungen, flammend hell und wild, und ihr Vater war gestorben. Die Nacht des Tigers, die Nacht des Todes – die Erinnerung prägte sich tief in ihr Gedächtnis ein. Auch für Edwin war das Ereignis auf unvergessliche Weise von einem Feuer gekennzeichnet. Er war schwarz von Ruß und mit brennenden Augen nach Hause gekommen und hatte von dem Todesfall erfahren. Nur für Ruth gab es keine dramatische Verbindung, nichts, an das sie sich hätte erinnern können, nur den leeren Bungalow und ihre jähe Überraschung, als die Leiche von Mr. Digby vom Lastwagen gehoben wurde.

9

Ruth hatte verkündet, sie würde Teresa zurück nach England zu ihrer Mutter Lilian bringen.

»Ich verstehe einfach nicht, *warum*«, sagte Edwin. Das Gespräch dauerte schon einige Stunden. »Es kommt mir völlig unlogisch vor.«

»Sie muss zur Schule gehen.«

»Dein Vater war nicht dieser Meinung.«

»Vater ist tot. Er hat immer unvernünftige Dinge getan. Was er für richtig für Teresa gehalten hat, war seine Sache, solange er am Leben war. Aber er lebt nicht mehr, und jetzt ist alles anders; ich muss tun, was ich für richtig halte, und ich finde, Teresa sollte mit Kindern ihres Alters aufwachsen, mit denen sie spielen kann. Du liebe Güte, sie ist ohnehin so merkwürdig. Und das Leben hier wird nichts dazu tun, dass sie wie andere Kinder wird.«

»Warum willst du denn unbedingt, dass sie ist wie andere Kinder? Diese Manie, Kinder in ein bestimmtes Schema pressen zu wollen – ich verstehe es nicht.«

»Sie muss eine Mutter haben«, sagte Ruth eigensinnig.

»Ach, Blödsinn! Du glaubst doch genauso wenig daran wie ich oder wie dein alter Vater. Und außerdem ist Lilians Interesse an Teresa längst wieder abgekühlt, das weißt du doch. Du hast den Brief gelesen, den sie an deinen Vater geschrieben hat. Wenn du behauptest, Teresa bräuchte eine Mutter, dann ist das doch nur ein Vorwand. Aber was verbirgt sich dahinter? Warum kannst du mir nicht die Wahrheit sagen?«

»Ach, Edwin, mach dich nicht lächerlich. Natürlich sage ich dir die Wahrheit. Ich versuche nur, vernünftig zu sein. Lilian will Teresa, ganz gleich, was sie an Vater geschrieben hat. Warum ist sie denn sonst eigens aus Amerika gekommen? Wir haben nicht das Recht, einer Mutter ihr Kind zu entziehen. Vater hat sich wie ein Irrer benommen, indem er Teresa einfach entführt hat. Das habe ich immer schon gedacht.«

»Nein, du bist nicht aufrichtig«, wiederholte Edwin und schüttelte müde den Kopf. »Alles, was du sagst, klingt, als hättest du es auswendig gelernt. Es überzeugt mich nicht. Es ist noch nicht einmal klug. Eine so unzuverlässige Person wie Lilian, eine Frau, die sich im Hinblick auf ihr eigenes Kind nicht entscheiden kann – wenn du auch nur eine Spur Gefühl hättest, dann würdest du darum kämpfen, Teresa von ihr fernzuhalten. Ich würde es jedenfalls tun. Dein Vater hat es getan. Er war ein Kämpfer. Was für ein Leben erwartet Teresa denn bei ihrer Mutter? Ich kenne sie zwar nicht, aber ich kann es mir ganz gut vorstellen. Teresa braucht Stabilität, so viel wie möglich, nicht Unentschlossenheit.«

Er hatte das Gefühl, gegen Schatten zu kämpfen, und der Boden schwankte unter seinen Füßen. Ruth hob die Hände und zog langsam die Haarnadeln aus ihren Haaren, die wie ein Wasserfall über ihren Rücken fielen. Er sah ihr Gesicht im Spiegel, schrecklich beherrscht, eine Maske der Schönheit. »Geht es dir überhaupt um Teresa? Hast du sie gefragt, was sie will? Ist das, was sie will, nicht viel wichtiger als das, was du willst?«

Er beobachtete ihr Spiegelbild genau. Ein Schatten huschte über ihr Gesicht. Ihre Lippen bewegten sich, und sie presste sie zusammen. Rasch sagte er: »Teresa ist nicht zu jung, um zu wissen, was sie wirklich will. Das wolltest du doch gerade sagen, oder?«

Sie bewahrte ihre Fassung nicht länger, und schnell wie eine Schlange wandte sie sich zu ihm. »Edwin, nicht! Was redest du da? Wie meinst du das? Warum behandelst du mich wie eine Verbrecherin? Ich tue nur, was ich für das Richtige halte, was auf der Hand liegt. Ich finde, Teresa gehört zu ihrer Mutter, sie muss zur Schule gehen, zu Partys, Freundinnen haben und alles, was ich in meiner Jugend auch hatte.«

»Ach ja. Und haben Partys, Schule und Freundinnen dich glücklich gemacht, als du in Teresas Alter warst?«

»Ja«, erwiderte sie trotzig, »ich war glücklich als Kind.«

»Du bist also erst unglücklich, seit du mich geheiratet hast? Seit acht Jahren erst?«

Tränen traten ihr in die Augen.

Er empfand tiefe Verachtung für sich und auch für sie. Es war so leicht, sie zu Boden zu zwingen. Er war so viel stärker als sie. Jetzt würde sie weinen, und seine Verachtung würde sich in Mitleid verwandeln, wie immer. Er verabscheute sich selbst für seine Grausamkeit. Sie macht mich zum Feigling, dachte er, und sich selbst auch, denn ich kenne den Grund für ihre jämmerliche Posse. Ich kenne ihn, weil die Wahrheit tief in mir steckt wie ein vergrabener Silberschatz. Aber anstatt die Wahrheit zu sagen, kämpfe ich darum, dass sie es selbst zugibt, damit sie daran zerbricht und ich mit ihr. Wir kämpfen darum, zu zerstören, nicht um zu entdecken, sondern um aufzudecken. Ich zwinge sie nieder. Ich bin grausam. Ich will die Wahrheit aus ihrem Mund hören, ich will es.

»Du hast also vor, sie selbst zurückzubringen?«

»Nun, sonst ist ja keiner da, oder? Und allein kann sie nicht fahren.«
»Und wie lange willst du bleiben?« Seine Stimme war hart. Er ballte die Fäuste und zwang sich, ihr fernzubleiben, obwohl er sah, wie ihr immer mehr Tränen in die Augen traten. Sie antwortete, immer noch um einen leichten Tonfall bemüht: »Ich weiß nicht. Vier oder fünf Wochen. Ich war so lange nicht mehr in England.«
»Nächstes Jahr wollten wir im Urlaub sowieso zusammen hinfahren. Kannst du denn nicht bis dahin warten? Warum denn diese überstürzte Hast?«
»Je eher ich Teresa zurückbringe, desto besser. Sie macht mir Sorgen. Und, Edwin, es wäre doch so praktisch. Ich kann langweilige Verwandtenbesuche machen und so etwas, solange ich allein bin. Und dann kommst du im Mai, und nach deinem Urlaub fahren wir zusammen wieder zurück.«
»Du bist also fest entschlossen?«
»Ja«, sagte sie nervös und mied seinen Blick.
»Dann geht es also nicht um vier Wochen oder so, sondern um fünf Monate. Wirst du in den fünf Monaten nicht einsam sein ohne mich?«
Sie begann zu weinen. Die Tränen liefen ihr übers Gesicht. »Oh, Edwin, ja, das werde ich sein.«
Es kostete ihn Mühe, sitzen zu bleiben. Er schwitzte. »Du gehst für immer, nicht wahr? Du willst nach dem Urlaub nicht mit mir zurückkommen. Du hast nicht die Absicht, jemals zurückzukommen. Warum sagst du es nicht einfach?« So oft hatte er sie gedrängt zu gehen, ihn zu verlassen, aber sie sollte es offen tun, aufrichtig sein, nicht so hinterhältig, versteckt hinter den Röcken eines kleinen Mädchens. »Du hast nur nicht den Mut, es mir

jetzt zu sagen. Es ist ja auch viel einfacher, einen Brief zu schreiben, wenn die halbe Welt zwischen uns liegt, nicht wahr? Es ist viel weniger schmerzhaft für dich. Du siehst mich nicht, wenn ich den Brief bekomme. Du brauchst mir nicht ins Gesicht zu blicken, wenn ich ihn lese. Aber du weißt schon, Ruth, ich würde einen solchen Brief gar nicht lesen. Ich würde keinen deiner Briefe lesen. Ich würde sie sofort verbrennen, ohne sie zu öffnen. Weil ich wüsste, was darin steht, jedes einzelne bedauernde, vergiftete Wort. Jeden perfekt erdachten Satz. Du brauchst dir nicht die Mühe machen, mir zu schreiben, Ruth. Ich lasse dich gehen. Ich weiß jetzt alles. Es ist mir nicht neu.«

Er hatte vergessen, ob er wollte, dass sie ging oder blieb. Er hatte das mühsame Für und Wider der letzten Jahre vergessen, die Streitgespräche mit sich selbst, die rationalen Schlussfolgerungen. Er wollte sie nur noch verletzen, wie sie ihn verletzt hatte.

Dann jedoch fiel sein Zorn in sich zusammen. Sie saß auf dem Stuhl vor ihrem Schminktisch und hatte die Hände vors Gesicht geschlagen. Ihre Haare fielen ihr übers Gesicht wie dunkle Tränen. Plötzlich langweilte sie ihn. Er war es leid, die ganze Aufregung, ihre Verzweiflung, seine aufgebrauchte Wut. Bei dem Gedanken, wie viel Zeit er damit verschwendet hatte, sich mit einer dummen Frau herumzuschlagen, deren letzte Antwort immer Tränen waren, machte sich tiefe Niedergeschlagenheit in ihm breit.

»Ruth«, sagte er laut. Sie war nicht in der Lage zu sprechen, weil sie so sehr schluchzte. Er trat zu ihr, nahm sie in die Arme, setzte sie auf seinen Schoß und begann sie zu wiegen wie ein Baby. »Ruth, hör zu. Ich verstehe dich. Ich weiß, dass du schon seit Jahren an diesem Abgrund stehst. Aber was ich nicht ertragen kann, was mich so wütend macht, ist deine Schwäche. Du hast einfach nicht den Mut zu springen, oder? Du musst warten, bis irgendein Unglück vorbeikommt und dich stößt. Dein Leben hängt von einem Unfall ab. Findest du das nicht schrecklich?«

Schuldbewusst schmiegte sie sich enger an ihn, und wieder wechselte seine Stimmung. Große Zuneigung, die er unabhängig von seinen Qualen und Zweifeln für sie empfand, unabhängig sogar von seiner Liebe für sie, die ihn wie eiserne Fesseln umgab, ihm die Bewegungsfreiheit nahm und den klaren Blick trübte, große Zuneigung, entstanden in den acht Jahren ihres Zusammenlebens, stimmte ihn milde. Sanft sagte er: »Komm, Ruth, für heute Abend ist es genug. Es ist schon spät, lass uns zu Bett gehen. Wenn wir wollen, können wir ja morgen noch einmal alles besprechen.«

Er drückte sein Kinn auf ihren Scheitel und gähnte. Im Gegensatz zu Ruth stand er Krisen nie lange durch: Sie machten ihn schläfrig.

Teil V

Teresa

1

Die folgenden Tage waren schwierig für Edwin. Er wusste, dass er Ruth immer noch davon abhalten könnte zu gehen, wenn er es wollte. Er müsste nur darauf bestehen. Aber er fühlte, dass er sie in diesem Augenblick zu nichts zwingen durfte. Sie musste endlich ihre eigene Entscheidung treffen, und er musste sie gewähren lassen. Jeder ist seines Glückes Schmied, sagte sich Edwin, und muss sein Seelenheil selbst suchen. Die Seele ist vielleicht sogar dazu bestimmt, ihr ganz eigenes Heil zu finden, und es wäre nicht nur falsch, sondern auch dumm, sie daran zu hindern. Spirituelle Reifung durfte man nicht unterdrücken, im Gegenteil, man musste sie ehren, auch wenn ihre Bemühungen, sich auszudrücken, schwach oder irregeleitet waren. Wenn er Ruth jetzt von ihrem Vorhaben abbrächte, dann würde nichts entschieden, es würde nichts entstehen. Alles wäre vergeudet. Natürlich konnte er sie zwingen, aber was wäre das Ergebnis? Von diesem Augenblick an würden jene Arterien verhärten, die Mitleid statt Blut transportierten. Wenn er sich seiner Überzeugung gemäß verhielt – der Überzeugung, dass man sich in den entscheidenden Momenten des Lebens ausschließlich auf sich selbst verlassen sollte und durfte –, so musste er schweigen. Er durfte nicht eingreifen, nicht einen Finger rühren, um sie zurückzuhalten, obwohl er sah, dass Ruth dabei war, sich selbst zu zerstören; es war ihre eigene Zerstörung, und sie hatte ein Recht darauf.

Was seine Entschlusskraft ein wenig ins Wanken brachte, war die Überlegung, ob Ruth nicht insgeheim, verborgen unter den komplexen Widersprüchen ihrer tatsächlichen und ihrer vorgeblichen Absichten, darauf hoffte, dass er sie bezwang. War sie wirklich davon abhängig, dass Edwin sie in letzter Minute zurückhielt, war sie so hilflos, dass sie die Verantwortung seinem unbeugsamen Willen aufbürden musste? Aber warum sollte sie ihre eigene Entschlossenheit verraten?, fragte er sich dann. Vielleicht schreckte sie ja vor der gefährlichen Prüfung zurück, weil sie sich für zu schwach hielt, um auf eigenen Füßen zu stehen, vielleicht glaubte sie, sie könne durch ihn den Konsequenzen ihres Eigensinns entgehen und einen Vorwand für ihre Flucht finden. Vielleicht verspürte sie auch im tiefsten Inneren das Bedürfnis, beherrscht zu werden. Er wusste es nicht. Er konnte nicht mit Bestimmtheit sagen, was Tatsache war und was nur seiner Phantasie entsprang. Die ambivalente Situation machte ihn so krank, dass er, obgleich er sie mit jeder Faser seines Körpers halten wollte, inständig hoffte, sie möge endlich fortgehen.

So vergingen ein paar langsame Tage. Dann kam der letzte, und an seinem Ende war Edwin allein. Ruth verließ ihn, und mit ihr ging jede Empfindung. Er fühlte nichts. Es war wie nach einem hohen Fieber, und obwohl das Delirium vorüber war, hatte er nicht den Wunsch, gesund zu werden. Wo immer er hinschaute, fiel sein Blick auf irgendein Zeichen von Ruth, aber in ihm rührte sich nichts. Und er war dankbar für diese Empfindungslosigkeit. Er betete darum, dass ihm die Zukunft wohlgesinnt wäre und er nie wieder etwas empfinden müsse.

2

Langsam ratterte der Zug dahin. Es war noch nicht lange her, seit Teresa diese Landschaft in umgekehrter Reihenfolge gesehen hatte, deshalb hatte sie kein Interesse daran, aus dem Fenster zu schauen. Ruth lag auf dem Rücken in einer der unteren Kojen, den Arm über die geschlossenen Augen gelegt. Sie fühlte sich krank. Seit der Abfahrt hatten sie kaum ein Wort miteinander gesprochen.

Teresa saß auf dem Rand des schmutzigen, kaputten Ledersitzes und dachte an ihren Vater. Seit seinem Tod beherrschte er ihre Gedanken. Am Morgen, nachdem er gestorben war, hatte sie sich die Haare abgeschnitten, die zwei Zöpfe mit einem Messer abgesäbelt, als ob sie abgestorbene Äste wären. Ihr erschien es wichtig, auch nach außen hin deutlich zu machen, was für eine gewaltige Veränderung in ihrem Leben stattgefunden hatte. Ruth hatte weder überrascht noch verärgert reagiert, sondern lediglich bemerkt, während sie die gezackten Fransen mit der Schere begradigte, dass ihr Teresa mit kurzen Haaren besser gefiele.

»Dein Gesicht ist zu schmal für Zöpfe«, sagte sie. »So steht es dir viel besser.«

In den vorangegangenen Tagen hatte sich Ruth mehr in sich zurückgezogen, war jedoch gleichzeitig weicher geworden. Wie im Traum war sie durch den Bungalow gegangen oder hatte im Garten gesessen und auf die Naga-Berge geschaut, während sie eigentlich ihre Sachen hätte packen müssen oder Teresa dabei hätte helfen sollen. Teresa vermisste das Gewicht ihrer beiden Zöpfe in gleichem Maße, wie sie ihren Vater vermisste: die ganze Zeit über. Sie baumelten ihr nicht mehr auf die Schulter herab, so wie auch er aus ihrem Leben verschwunden war.

Solange sie sich erinnern konnte, hatte Mr. Digby sie überschattet. Jahrelang hatte sie angespannt seine Kritik oder seine Gleichgültigkeit, seine verletzende unsensible Art, seine Gereiztheit und seine noch kränkenderen unvermittelten Heiterkeitsausbrüche erwartet. Jahrelang hatte sie versucht, ihre Schwäche zu überwinden, um es mit seiner Stärke aufzunehmen. Und obwohl sie ihn nur selten sah, war er ihr immer gegenwärtig. An der Schule war sie eine Einzelgängerin gewesen, weil sie nichts von dem besaß, was ein kleines Mädchen bei anderen kleinen Mädchen beliebt macht. Sie war weder verschlagen – nichts hat an Mädchenschulen so viel Erfolg wie Verschlagenheit –, noch war sie offen: Sie war steif, weil sie ihre Klassenkameradinnen fürchtete, obwohl sie sie verachtete. Die Lehrer hielten sie für verschlossen und mürrisch. Niemand mochte sie wirklich. Es war, als stünde sie allein in einem leeren, von Kerzenlicht beleuchteten Zimmer, und der riesige Schatten an der Wand war nicht ihr eigener, sondern der ihres allgegenwärtigen Vaters. In diesem Zimmer gab es jedoch auch ein Fenster, hoch oben und außer Reichweite, durch das sie einen Blick auf ein Land voller Sonnenschein und Freiheit erhaschte. Stumm nahm sie saubere, neue Hefte entgegen und füllte sie gehorsam Seite um Seite mit Tintenklecksen, Daten und Lehrsätzen, bis die letzte Seite vollgeschrieben war. Anschließend wurden

sie mittendurchgerissen und, zu Abfall geworden, in den Papierkorb geworfen. Die Gefängnisregeln – wenn man seinen Radiergummi verlor, wenn man ohne Bleistift in den Unterricht kam, wurde man bestraft – erduldete sie mit einer inneren Stärke, die eher apathisch als verächtlich war. Und immer wieder blickte sie zu ihrem hellen Fenster und träumte von goldenen Tagen.
Dann war ihr Vater wie eine riesige Fledermaus auf sie herabgestoßen und hatte sie nach Indien gebracht. Während der Überfahrt und auf der drückenden Reise quer durch Indien waren sie einander so nahe gekommen, dass Mr. Digby sich für seine Tochter aus einem Alptraum in eine Person aus Fleisch und Blut verwandelt hatte. Er war auf Lebensgröße geschrumpft. Und er war, hatte sie entdeckt, eher ein Drache als ein Phantom, mehr Feuer und Rauch als flackernder Schatten. Sie ergründete seine Schwächen. Sie schmiedete sich neue Waffen. Zwar war er immer noch der beherrschende Einfluss in ihrem Leben, vielleicht mehr denn je, aber die geteilten Erfahrungen glichen die Unterschiede zunehmend aus. Sie hatten in diesen wenigen Wochen eine Bindung zueinander entwickelt, die keiner von ihnen zuvor für möglich gehalten hätte. Manchmal brauchte sie ihren Vater dringend, und zu anderen Zeiten brauchte er sie. Sie hatte ihn immer noch als Feind betrachtet, aber als einen Feind, der so vertraut war wie ein Freund, und so bekämpfte sie ihn, wie bei ihren Piquet-Spielen, mit Gerissenheit und Wertschätzung. Und sie hatte geglaubt, sie würden sich so lange weiter bekämpfen, bis sie eines Tages triumphieren würde.
Teresa musste erst noch lernen, dass zwischenmenschliche Beziehungen niemals feststehen, dass sie ständiger

Veränderung unterliegen und sich wie Seegras in den Wellen wiegen. Ort und Zeit, neue Gerüche, neue Anblicke, neue Geräusche treiben die Emotionen in den Gezeiten hin und her, und manchmal werden sie auch fortgerissen von dem Felsen, auf dem sie fest verankert zu sein scheinen.

Das Leben im Bungalow, der leere, gleichmäßige Ablauf von Tagen und Wochen hatte das Beziehungsmuster verändert. Ohne sichtbare Bruchstelle hatte sich die Kette, die Teresa an ihren Vater fesselte, aufgelöst. Zuerst war er auf Lebensgröße geschrumpft, dann hatte er jede Bedeutung verloren. Er war wie ein Traum, an den sie sich nach dem Erwachen nur noch dumpf erinnerte. Sie bemerkte ihn kaum. Er verschmolz mit dem roten und grünen Hintergrund und der blauen Ferne. Er löste sich in der heißen Mittagssonne auf.

Dann war er gestorben. Der Tod hatte ihr mit einem Schlag den alten Schatten zurückgebracht, auf riesige Ausmaße angewachsen und mit einem leisen Vorwurf, als habe sie ihre Pflicht vernachlässigt, als sie vergaß, sich vor ihm zu fürchten. Richtig an ihn denken konnte sie nicht, und das, obwohl sie ständig an ihn dachte. Und ihr Gedächtnis benahm sich niederträchtig und spielte gegen ihren Willen Bilder ab, auf denen er eine besonders lächerliche Figur abgegeben hatte: als er im Golf von Biskaya seinen Filzhut mit einem Wollschal festgebunden hatte; wie er vor den Kulis mit den Armen herumgewedelt hatte; wie er Fliegen erschlagen hatte oder beim Picknick im Fluss ausgerutscht war und sich gebückt hatte, um seine tropfnasse Hose aufzukrempeln – sie wusste noch, wie erschreckt sie auf seine weißen, staksigen Beine gestarrt hatte.

Aber schlimmer als das, schlimmer als jedes Hirngespinst quälte sie ihr schlechtes Gewissen. Denn sie hatte beim Piquet betrogen, nicht nur ein Mal, sondern mehrere Male. Solange er lebte, war es ihr nicht schlimm vorgekommen, aber jetzt wurde es auf einmal zur Todsünde. Und es war zu spät, alles zu beichten. Sie hatte ihn beim Kartenspiel betrogen, so wie er sie niemals betrogen hatte. Sie fühlte sich beschmutzt. Der dunkle Fleck ihres kleinen Verbrechens breitete sich immer mehr aus. Ihre Strafe war das Bewusstsein, dass er es nie erfahren würde, es also keine Vergebung geben würde. Das übriggebliebene Geld aus ihrer Piquet-Bank hatte sie heimlich am Fuß eines Eukalyptusbaums im Garten vergraben, eine Opfergeste, die Mr. Digby sehr geschmerzt hätte, aber das ahnte Teresa nicht.
Ruth fühlte sich krank. Sie hatte eigentlich nur einen Tag und eine Nacht in Kalkutta bleiben wollen, aber nun verschoben sie Tag um Tag die Weiterreise. Sie sehnte sich danach, endlich auf See zu sein. Sie sehnte sich danach, von eisigem Wasser umgeben zu sein, nach funkelnden Wellen. Sie sehnte sich danach, dass der Wind kälter und das Meer grauer wurde, wenn sie das Mittelmeer hinter sich ließen. Sie sehnte sich nach Wolken, schwarzen, dicken Regenwolken, die über der englischen Küste hingen. Sie sehnte sich nach Pfützen, einem regennassen Kai, gleichmütigen Männern in Sackleinen. Benommen lag sie auf ihrem Bett, krank und schwitzend, und sehnte sich nach englischem Wetter und englischer Durchschnittlichkeit. Und doch konnte sie sich nicht aufraffen. Ein Krankenwagen, ein Flugzeug oder besser noch ein Wunder müsste sie nach Bombay bringen. Ihre Gliedmaßen waren schwer wie

Blei. Die heiße, ratternde Zugfahrt mit all dem Gepäck und mit Teresa hatte sie mehr Kraft gekostet, als sie besaß. Von Tag zu Tag schob sie es auf und wurde nicht kräftiger.

Teresa, die im Zug in sich gekehrt gewesen war, schien von dem Inferno Kalkuttas belebt zu werden. Je länger sie blieben, desto lebhafter wurde sie. Ruth war dankbar dafür, dass das Kind eine Freundin hatte. Diese Freundin war eine Miss Spooner, eine kleine ältliche Frau, die ihnen am Morgen nach ihrer Ankunft mit einem weißen Sonnenschirm über dem Kopf auf der Chowringee Road entgegengekommen war. Teresa hatte einen Schrei ausgestoßen und war auf sie zugestürzt.

»Miss Spooner!«

Der weiße Sonnenschirm war stehen geblieben, und Miss Spooners Brillengläser hatten gefunkelt. »Teresa«, sagte sie mit ihrer sachlichen Stimme, die von Fremden mit Prüderie verwechselt wurde. »Wie schön, dich zu sehen. Und es ist gut, dass du gerufen hast. Ich hätte dich nicht wiedererkannt. Du siehst ganz anders aus. Wann hast du dir die Haare abgeschnitten?«

»Letzte Woche«, sagte Teresa.

Sie stellte Miss Spooner Ruth vor, als sei sie ein Goldschatz statt einer adretten, respektabel aussehenden alten Jungfer mit Kneifer. Man merkte Teresa ihre Freude an. Ihre Wangen waren gerötet, und sie hüpfte von einem Fuß auf den anderen. Miss Spooner hingegen war zwar herzlich, zeigte aber nicht die gleiche Ausgelassenheit.

»Ich fahre zurück nach England«, sagte Teresa, und ihre Augen wurden traurig. »Ruth bringt mich wieder in die Schule.« Sofort fiel ihr ihr Vater ein. Miss Spooner musste sich aus Höflichkeit erkundigen, wie es ihm ging, und sie hatte Angst davor, in Ruths Anwesenheit sagen zu müssen, dass er tot war. Hastig fuhr sie fort: »Kommen Sie uns doch besuchen. Wir bleiben noch einen Tag, nicht wahr, Ruth? Kommen Sie zu uns? Bitte, Miss Spooner, bitte.« Es war ein furchtbarer Gedanke, dass Miss Spooner einfach wieder verschwinden könnte, und dieses Mal für immer. Kalkutta war so riesig und so voller Menschen. Die Sonne war so grell.

Miss Spooner kam zum Tee. Ruth und Teresa reisten am nächsten Tag nicht ab und auch nicht am Tag danach. Miss Spooner ging mit Teresa einkaufen. Zusammen gingen sie auf den neuen Markt. Sie kauften nur wenig, schauten sich aber alles an. Teresa fand in ihr die perfekte Gefährtin. Sie beantwortete alle Fragen. Sie hörte Teresas Ansichten mit Interesse zu. Sie äußerte klar ihre Meinung. Sie blieb bereitwillig vor jedem Schaufenster stehen. Sie trug zwar eine Herren-Taschenuhr bei sich, holte sie aber nie heraus, zeigte keine Ungeduld und keine Unzufriedenheit. Sie ging selbstsicher mit Bettlern und Händlern um. Sie verlief sich nie. Weder die Temperatur noch die Menschenmengen beunruhigten sie. Wenn es ihnen beim Herumspazieren zu heiß wurde, setzten sie sich in ein Café, kühlten sich die Füße auf dem Marmorboden und tranken Limonade durch Strohhalme. Oder manchmal bestellte Miss Spooner auch Kaffee und aß genauso begeistert wie Teresa kleine, geeiste Törtchen dazu.

Sie erzählte Teresa, dass es ihrer Schwester wieder besserginge. »Ich hätte gar nicht herzukommen brauchen. Sie war überhaupt nicht so krank, wie ich es nach ihren Briefen vermutet hatte«, sagte Miss Spooner in scharfem Tonfall. »Sie bildet sich das alles nur ein, die Ärmste.« Teresa stellte sich diese unbekannte Schwester als dicke, nörgelnde Frau vor, sie sich ständig beklagte. »Aber da ich schon einmal hier bin«, sagte Miss Spooner, »bleibe ich wohl auch. Mich zieht nichts mehr nach England, und Kalkutta gefällt mir. Ich finde es schön hier.«

»Ich mag Kalkutta auch«, sagte Teresa.

»Es gibt so viel zu sehen«, erklärte Miss Spooner, »so viel Leben. Und die Sonne scheint die ganze Zeit, es ist solch eine Freude.«

»Ich wünschte, ich müsste nicht zurück. Ich will nicht hier weg.« Sie hätte Miss Spooner gerne gebeten, ihr zu schreiben, war aber zu schüchtern.

Ruth war dankbar dafür, dass ihr jemand die Verantwortung für ihre Schwester abnahm. Jeden Morgen kam Miss Spooner um die gleiche Uhrzeit, klappte in der dämmerigen, von Deckenventilatoren gekühlten Halle ihren weißen Schirm zusammen und nahm ihr Teresa ab.

»Es ist so freundlich von Ihnen«, sagte Ruth einmal entschuldigend. »Ich schäme mich, dass ich Ihnen Teresa aufhalse. Aber ich kann die Hitze draußen einfach nicht ertragen, und es ist zu gefährlich für Teresa, allein herumzuspazieren. Es tut mir leid, dass wir Ihnen solche Umstände machen.«

Teresa wurde blass. Ängstlich blickte sie Miss Spooner an.

»Ach, du liebe Güte«, erwiderte Miss Spooner ungehalten. »Sie machen mir keine Umstände. Meine liebe Mrs. Tracey, wie können Sie so etwas sagen. Ich habe Teresa gern bei mir. Es ist mir eine große Freude. Ich

kann Ihnen versichern, dass im Gegenteil ich Ihnen dankbar bin.«
Sie sprach mit größerem Nachdruck als sonst, als sei sie wirklich verärgert, ja sogar beleidigt über die Andeutung, dass sie Ruth einen Gefallen erwies, indem sie sich mit Teresa abgab. Es war lächerlich, aber trotz ihrer Beherrschtheit und ihrer mühelosen Umgangsformen fühlte Ruth sich von der Missbilligung der kleinen alten Dame beschämt. Sie sah Teresas glückliches Gesicht und verspürte auf einmal die eigene Einsamkeit. Sie blickte ihnen nach, als sie das Hotel verließen, zwei gleich große Gestalten unter einem Sonnenschirm, und dann ging sie wieder in ihr Zimmer und streckte sich unter den Ventilatoren auf dem Bett aus.
Ebenso zufällig begegnete Teresa Sam. Warum er doch nicht nach Bombay zu seinen zahlreichen Verwandten, die von ihm abhängig waren, zurückgekehrt war, erklärte er ihr erst gar nicht. Vielleicht gefiel es ihm ja in Kalkutta genauso gut wie Miss Spooner. Eines Tages jedenfalls entdeckte Teresa ihn im Foyer des Hotels, wo er darauf wartete, dass ihn jemand engagierte. Sie freuten sich sehr, einander zu sehen. Sofort erklärte er sich zu ihrem Diener und fragte Ruth jeden Morgen mit großer Fürsorglichkeit: »Madam, wie geht es Ihrem Bauch?« Sie schickte ihn los, damit er ihr Orangen und Melonen kaufte. Ihr Durst nach Kühle war unstillbar. Er brachte ihr Kannen mit Eiswasser.
Eines Nachmittags lag sie träge auf ihrem Bett, als Teresa ins Zimmer platzte. »Sieh nur, Ruth! Sieh nur, was ich hier habe!« Ihr dunkles, glattes Haar war verschwitzt und feucht, so schnell war sie gelaufen.
Sie öffnete das Paket, das sie dabeihatte, und holte einen

purpurroten Stoff heraus, der mit weißen Blättern bedruckt war. Wie Blut ergoss sich der Stoff um sie, als sie ihn sich unter das Kinn hielt. »Gefällt er dir, Ruth? Ist er nicht schön?«

Ruth stützte sich auf einen Ellbogen. »Oh, Teresa. Wo hast du ihn denn her? Gehört er dir? Wie hast du ihn denn gekauft? Hattest du überhaupt Geld?«

»Miss Spooner hat ihn für mich gekauft. Sie hat ihn mir geschenkt. Gefällt er dir nicht?«

»Doch, sehr sogar. Aber, Teresa, du musst dir von Miss Spooner nichts schenken lassen. Sie sieht nicht so aus, als ob sie viel Geld hätte. Du darfst das nicht zulassen. Sie ist sowieso schon freundlich genug, und ich stehe bereits tief in ihrer Schuld. Ich wünschte, sie hätte dir den Stoff nicht gekauft.«

»Aber sie wollte es doch, wirklich. Sie sagte, wir *müssten* ihn kaufen. Es ist schon in Ordnung, Ruth. Ich bin sicher, dass sie ihn mir wirklich schenken wollte. Sie tut nichts, was sie nicht will.«

»Er steht dir wirklich sehr gut«, meinte Ruth widerstrebend, »und du brauchst auch ein paar Kleider. Aber ich bin es, die sie dir kaufen müsste. Wenn es mir nur nicht so schlechtginge …«

»Aber er ist doch hübsch, oder? Er gefällt dir?«

»Ja, er ist genau richtig für dich.«

»Ich habe ihn zuerst entdeckt«, sagte Teresa triumphierend. Sam kam ins Zimmer mit einem Teetablett für Ruth und stand hinter Teresa, das Gesicht bewundernd zu einem breiten Grinsen verzogen.

»Oh, Tee«, sagte Ruth mit schwacher Stimme. »Sam, stell das Tablett hierhin. Und bring noch eine Tasse.«

Teresa stand vor dem Spiegel und drapierte den leuchtenden Stoff mit zärtlicher Geste um sich. »Du solltest kräftige Farben tragen«, sagte Ruth und setzte sich auf. Sie strich sich eine Haarsträhne aus der Stirn. »Aus irgendeinem Grund glaubt man immer, Kinder müssten Pastellfarben tragen, Hellblau und Rosa. Aber für dich trifft das nicht zu. Warum bin ich nicht früher darauf gekommen?«

Teresa drehte sich um, eingehüllt in den purpurnen, weißgemusterten Baumwollstoff. Ihre großen Augen strahlten dunkel und intensiv, schienen sich voller Erwartung nach vorne zu schieben und aus ihrem schmalen Gesicht herauszuschwappen. Es war so, als habe sich alles Leben in ihrem Körper in diesen zwei dunklen Teichen konzentriert.

Sie hat außergewöhnliche Augen, dachte Ruth. Sie sind herrlich und machen sie zu einer Schönheit. Zum ersten Mal sah sie in Teresa mehr eine Frau als die Schwester oder das kleine Mädchen, und ihre Überraschung war warm und menschlich. Sie streckte die Hand aus und sagte sanft: »Komm her, Teresa, trink eine Tasse Tee mit mir.«

Sam kam mit einer zweiten Tasse, und Teresa setzte sich auf die Bettkante. Ruth fühlte sich beinahe wie zu Hause, als sie den Tee einschenkte, beinahe ruhig. Ich habe mich wieder einmal geirrt, dachte sie, ich habe schon wieder einen Fehler gemacht. Wir können einander Gesellschaft leisten. Eigentlich stehen wir uns ziemlich nahe – das ist schön! Wie dumm ich doch bin: Beinahe hätte ich es nie gemerkt.

Eine Woche verging. Ruth war schwanger. Ihre Übelkeit dauerte an und würde, dachte sie bitter, bis an ihr Lebensende nicht mehr aufhören. Der Gedanke, dass sie ausgerechnet in diesem Moment ein Kind in sich trug, auf halber Strecke zwischen dem Bungalow und England wie auf einem Hochseil in der Luft festsaß und nicht in der Lage war, vor oder zurück zu gehen, erschreckte sie zutiefst. Sie würde abstürzen. Es gab kein Sicherheitsnetz, und ihre Balance war gefährdet.

Und doch verbrachte sie noch einen weiteren Tag voller Angst und Zweifel. Sie hatte das Gefühl, dass Edwin sie verlassen hatte. Warum musste diese wahnsinnige, tragische Geschichte ausgerechnet ihr passieren? Sie hatte Kinder nie gemocht, und der Gedanke an eigene Kinder hatte sie immer abgeschreckt. Aber jetzt konnte sie nicht mehr fliehen. Ihr Körper schloss sich wie ein Schraubstock um sie, vernichtete sie. Sie konnte sich nicht selbst verlassen. Sie konnte sich nicht von ihrem Leib lösen. Sie hatte darauf vertraut, dass die Zeit die Wunden heilen würde, aber statt sie an die Küste zu spülen, die sie fast erreicht hatte, war sie in einen dunklen, rasenden Strudel gezogen worden, der sie aufs offene Meer hinauszog, wo sie hilflos untergehen musste. Wenn nur *das* nicht passiert wäre, sagte sie sich immer wieder und wälzte sich mit glühenden Wangen in ihrem Bett herum, dann wäre alles gut geworden. Sie hatte glücklich sein wollen. Sie wäre glücklich gewesen. Die grünen Wiesen Englands erschienen ihr wie das verlorene Paradies, das sie mit ihren Tränen ertränkte.

Mir ist schlecht. Ich bin krank. Ich bin allein. Ich habe Angst.

Edwin hat mich verlassen, mich im Stich gelassen. Wie konnte er nur? Allein, mit meiner Übelkeit, mit *diesem* …

Oh, Edwin!

Voller Panik zog sie sich ein Kleid über, schlüpfte in ihre Schuhe, rannte die Treppe hinunter, durch das Foyer, das dämmerig und riesig wie ein Keller war, und hinaus auf die lodernde Straße. Sofort war sie umgeben vom unersättlichen, vielfältigen Leben des Orients. In ihren Ohren klangen Glocken. Das Pflaster war heiß und hart wie Metall unter ihren Füßen, voller Bettler und Kühe, die bei jedem Atemzug Scharen von Fliegen aufscheuchten. Sie begann, sich durch die Leiber und den schrecklichen Lärm zu drängen.

Mitten durch den Verkehr bahnte sie sich ihren Weg. Ihre Haare, die sie in der Hast zu locker aufgesteckt hatte, fielen ihr über ein Ohr. Sie blieb stehen und lehnte sich atemlos an eine Hauswand und legte eine Hand an den Kopf, als sei sie verwundet. Auf der anderen Straßenseite lag die Hauptpost, ein so riesiges, weißes Gebäude, dass es einem Palast glich. Sie blickte zu der silbernen Kuppel auf, die vor ihr in den wolkenlosen Himmel aufragte wie eine unbarmherzige künstliche Blume. Kein Windhauch durchbrach die leere Hitze, und Ruth hatte auf einmal das Gefühl, nur noch halb so groß wie sonst zu sein, ohne jede Bedeutung für die Welt, die sie erschaffen hatte, vom Himmel verlassen und erdrückt von den steinernen Mauern. Sie war eine große Frau, aber sie fühlte sich auf einmal zu klein und zu schwach, um ohne Hilfe die Straße zu überqueren. Sie nahm all ihre Kraft zusammen und ging hinüber. Sie betrat die Post. Drinnen war es kühler und dunkler, aber auch hier summte das halbverborgene Leben. Sie nahm ein leeres Telegrammformular und adressierte es an Edwin. Dann schrieb sie in Großbuchstaben: »Bitte komm sofort.« Sie zögerte und presste sich die Hand an die Stirn. Das hatte sie eigentlich nicht sagen wollen. Angestrengt dachte sie nach. Ihre Finger zitterten. Erneut ergriff sie den Stift und schrieb rasch darunter: »Liebling, bitte komm sofort. Ruth.«

Als sie wieder auf der Straße stand, hatte alle Energie sie verlassen, war ihre Entschlossenheit aufgebraucht. Es gibt keine Lösung, schrie es in ihrem Kopf. Es ist sinnlos zu fliehen. Wohin können wir fliehen? Wir sind Opfer unserer eigenen absoluten Schwäche. Es gibt keine Lösung, keine Lösung, keine Lösung. Verzweiflung zerriss sie. Blindlings trat sie auf die Straße, die Tränen liefen ihr übers Gesicht. Ein Taxi hupte. Das Hupen wurde lauter, und dann schlug es über ihrem Körper zusammen.

Ich bin getötet worden.

Diese vier Worte gingen ihr durch den Kopf. Sie erkannte sie als ihre eigenen Gedanken und erwartete, dass andere folgen würden, aber mit einem Schlag hörten alle Gedanken auf.

3

Teresa«, sagte Edwin, »schließ das Fenster. Es ist zu laut.« Er blickte auf die Uhr. »Wir sollten zu Mittag essen.«

Ihr Leben, die absurde Alltagsroutine ging weiter. Sie mussten immer noch zu den üblichen Zeiten essen. Sie blickten auf die Speisekarten und suchten sich aus, was sie essen wollten. Sie sagten: Ich nehme Schinken, oder: Ich hätte gerne Eiscreme. Und das Essen schmeckte immer noch genauso, schmeichelte ihrem Gaumen, befriedigte ihre Mägen, ganz gleich, wie egal es ihnen war.

Edwin war seit drei Tagen in Kalkutta. Auf Ruths letzten Aufschrei hin war er sofort abgereist, noch bevor die Nachricht von ihrem Tod ihn erreicht hatte. Es gab nichts zu sagen, nichts konnte die Lage ändern. Eine Tür, von der er geglaubt hatte, sie würde immer offen stehen, war zugeschlagen worden. So einfach war es. Ruth hatte all seine Gefühle mit sich genommen und ihm nichts gelassen, noch nicht einmal Trauer. Er war hohl, eine leere Schale, und nur die Echos stammten von ihr. Er hatte sich als Schutzhülle um sie gelegt, und wozu war die Hülle gut, wenn das, was sie beschützt hatte, nicht mehr da war? Seine festen Mauern umgaben einen leeren Raum. Und die Ironie dabei war, dass sie auf Jahre hinaus bestehen bleiben würden, obwohl ihr Zweck nicht mehr vorhanden war – nutzlos überlebte die Stärke. Sein Gehirn funktionierte so kühl und methodisch wie immer. Sein Körper würde ihm noch fünfzig Jahre dienen, obwohl er sich nicht um ihn kümmerte. Aber seine Gesundheit war krankhaft. Seine Vernunft war ohne Sinn. Er war ein hohler, ausgetrockneter Mann, ein Mann, dessen Quelle versiegt war und dem der Kern herausgeschnitten worden war.

Er sagte zu Teresa: »Ich kann mit dir nach Bombay fahren, wenn du willst, und dich dort aufs Schiff bringen. In England holt dich dann deine Mutter ab. Aber du kannst auch morgen mit mir zur Plantage zurückkehren.«

Teresa wartete, bis er seine Melone gegessen hatte. Sie dachte, er würde beschließen, was mit ihr passieren sollte. Also wartete sie darauf, dass er weiterredete, beobachtete wachsam, wie Bissen um Bissen in seinem Mund verschwand. Schließlich blickte er auf. Er wischte sich Mund und Finger ab und merkte, dass sie ihn erwartungsvoll ansah. Er lächelte.

»Nun? Was möchtest du, Teresa?«

Sie verstand. Sie sollte selbst über ihre Zukunft entscheiden. Sie konnte tun, was ihr gefiel. Er würde sie zu nichts zwingen.

»Ich will nicht nach England zurück.«

»Du möchtest also lieber mit mir im Bungalow leben?«

Sie nickte.

»Bestimmt?«

Sie nickte wieder.

»Ist es dir dort nicht zu langweilig?«

»O nein.«

Er seufzte, jedoch nicht aus Enttäuschung, und musterte sie aufmerksam. Er versuchte abzuschätzen, was die Zukunft bringen würde, ob Teresa die richtige Entscheidung getroffen hatte und ob es richtig gewesen war, dass

er ihr die Wahl gelassen hatte. Ernst erwiderte sie seinen Blick. Sie stellte keine Ansprüche an ihn.
»Vielleicht ist dies dein Land«, sagte er. »Vielleicht bist du zu exotisch für England. Ruth war sehr englisch. Ich habe es ihr übelgenommen. Glaubst du, du kannst den Bungalow für mich führen, Teresa? Du wirst Urdu lernen müssen.«
»Ich wünschte, wir könnten Miss Spooner mitnehmen.«
»Ja? Nun, vielleicht geht das ja. Wenn du es wirklich willst, fragen wir sie.«
»Es könnte sein, dass sie mitkommt«, sagte Teresa. »Zumindest für eine Zeit. Fragst du sie, Edwin? Ich glaube, sie käme mit.« Die Schicksalsschläge erfolgten so schnell, und Menschen waren auf einmal kostbar. Die wenigen Freunde, die sie noch hatte, musste sie um sich versammeln und wie einen Schatz hüten.
Die arme kleine Teresa, dachte Edwin, es war nicht einfach für sie. Sie hatte all das nicht verdient. Aber wer von uns bekam schon, was er verdiente, oder auch das, was er erwartete? Nichts war je gerecht. Ob sie das begriffen hatte? Das Kind war vom Regen in die Traufe geraten, und er sah ihr an, dass sie wie betäubt war von den Erschütterungen. Er wollte sie wiederbeleben, ihr Wärme geben, obwohl er selbst kalt geworden war. Er wollte sie mit Großzügigkeit überschütten, ihr geben, was sie haben wollte. Sie hatte zu viel Tod erlebt; er musste ihr Leben versprechen.

4

Später an jenem Tag stattete er Miss Spooner einen Besuch ab. Sie hatten sich am Tag seiner Ankunft kennengelernt, da Miss Spooner am Abend von Ruths Tod zu Teresa ins Hotel gezogen war. Als Edwin angekommen war, hatte sie sich unauffällig zurückgezogen und sogar ihre Mahlzeiten zu einer anderen Zeit eingenommen, um sie in ihrer Privatsphäre nicht zu stören. Daher hatten sie bisher nicht mehr als ein halbes Dutzend Sätze gewechselt, bevor er an jenem Nachmittag an ihre Tür klopfte. »Ich hoffe, ich störe Sie nicht«, sagte er.

»Nicht im Geringsten«, erwiderte sie. »Ich war gerade dabei, meine Strümpfe zu stopfen.«

»Oh, bitte, machen Sie damit nur weiter. Ich will Sie nicht aufhalten. Ich bleibe sowieso nur ein paar Minuten.«

Er trat vor das Fenster und verdunkelte das Zimmer. Miss Spooner griff nach ihren Strümpfen. Eine lange Pause trat ein. Auf dem Kaminsims tickte ein kleiner Reisewecker in einem roten Lederetui. Edwin starrte in den Hof des Hotels hinunter, wo Leute an Tischen saßen und ihren Nachmittagskaffee tranken. Schließlich sagte er: »Ich nehme an, Sie haben Ruth gekannt?«

»Nur flüchtig.«

»Sie hat mir am selben Tag, an dem sie überfahren wurde, ein Telegramm geschickt.«

Die Uhr tickte und füllte die Stille. Miss Spooner nähte,

und Edwin stand bewegungslos am Fenster, mit dem Rücken zu ihr, und schloss das Licht aus.
»Sie war nicht glücklich. Ich dachte, sie hat vielleicht mit Ihnen darüber geredet. Hat sie?«
»Nein.«
Seufzend trat er vom Fenster weg und setzte sich auf einen Stuhl gegenüber von Miss Spooner. »Sie war nie glücklich«, sagte er und sah ihr beim Nähen zu. »Meine Schuld.«
Und während Szene für Szene die letzten Jahre an ihm vorüberzogen, erzählte er ihr davon, mit monotoner, langsamer Stimme, ohne Betonung, ohne Entschuldigung. Deutlich sah er den Bungalow vor sich; kein Detail war ihrer Verzweiflung entgangen. Aber, sagte er zu Miss Spooner und verfolgte die Bewegung ihrer Stopfnadel, sie hätten in all den Jahren doch eine Möglichkeit finden müssen, es richtig zu machen? Und jetzt war es zu spät; er konnte es sich nur immer wieder vor Augen führen und sich Vorwürfe machen.
»Aber wissen Sie, so genau weiß ich auch nicht, worin meine Schuld eigentlich bestanden hat. Ich muss wissen, *was* ich falsch gemacht habe. Vielleicht hätte ich schon vor langer Zeit mit Ruth zurück nach England gehen sollen, meine Arbeit in der Plantage aufgeben und mir dort eine neue Stelle suchen sollen. Warum habe ich es nicht getan? Ich wusste doch, dass sie das wollte. Aber ich habe es nie vorgeschlagen, nicht ein einziges Mal. Wenn sie mir wirklich so wichtig gewesen wäre, dann hätte ich das doch tun müssen, oder? Im Nachhinein erscheint es so einfach und offensichtlich. Aber sie *war* mir wichtig«, rief er bestürzt. »Ich weiß, dass das nicht schlüssig klingt, aber es war tatsächlich

so. Ich habe ständig nur darüber nachgedacht, wie ich sie glücklich machen könnte. Über nichts anderes. Genau so ist es gewesen. Ich erinnere mich gut daran. Aber warum habe ich dann nicht getan, was sie wollte, und bin mit ihr nach England zurückgegangen?«

»Sie sind Pflanzer, Mr. Tracey«, sagte Miss Spooner. »In England kann man keinen Tee anpflanzen.«

»Aber es gibt andere Jobs«, erwiderte er beinahe ärgerlich.

»Für andere Leute, aber nicht für Sie«, sagte sie. »Sie hätten Ihre Frau nicht glücklich gemacht, indem Sie sich selbst unglücklich machen. Und das wussten Sie natürlich – ich sage nur, was Sie wussten. Wenn Sie es nicht gewusst hätten, hätten Sie Ihre Frau nach Hause gebracht. Aber trotz Ortswechsel wären Sie die gleichen Menschen geblieben, Mr. Tracey, ob in England oder in Indien.« Sie zog den Strumpf von der Hand, legte ihn auf ihr Knie und betrachtete ihn prüfend. »Glück lässt sich nicht teilen, nein, nicht in der Ehe. Wenn einer unglücklich ist, dann sind es beide, hier oder dort, Mr. Tracey, hier oder woanders.« Sie legte den fertigen Strumpf beiseite, mit einer beinahe bedauernden Geste.

»Ich weiß nicht. Vielleicht haben Sie recht. Ich weiß es nicht. Ich möchte die Dinge verstehen. Nein, es stimmt nicht, ich war selbstsüchtig.« Sein tief hängender, einsamer Himmel wurde von einem plötzlichen Schmerzesblitz zerrissen.

»Selbstsüchtig!«, rief er.

Der Schmerz brachte ihm qualvolle Erleichterung. Aber sofort schloss sich der Himmel erneut schwer und grau über ihm. Der einzelne belebende Moment der Verzweiflung war vorüber. Matt blickte er zu Miss Spooner. Sie hatte sich der Ferse eines anderen Strumpfes angenommen.

»Wenn man einsam ist, ist man immer selbstsüchtig«, sagte sie milde, »und wir sind alle einsam, ob wir es nun wollen oder nicht. Der Schöpfer hat uns eine gewisse Selbstsüchtigkeit eingepflanzt wie ein spirituelles Rückgrat, und wenn wir uns dessen schämen, schämen wir uns unseres Schöpfers und unserer selbst, so wie er uns geschaffen hat. Wir können uns unseres Handelns schämen, aber es ist eine Sünde, wenn wir uns unserer Schöpfung schämen. Unsere Selbstachtung – ich glaube, das ist dasselbe, Mr. Tracey – lässt uns nun einmal leiden. Wir bezahlen für das Privileg, als menschliche Wesen zu existieren, und das ist auch richtig so. Es ist selbstsüchtig, Mr. Tracey, aber wir sollten uns dafür nicht entschuldigen, sondern die Selbstsucht mit Stolz und Verstand pflegen, denn wo wären wir ohne sie? Wir würden noch mit den Quallen im Meer schwimmen.«

Sie tröstete ihn. Warum?, fragte er sich voller Dankbarkeit. Man muss die Lebenden trösten, würde sie bestimmt antworten. Die Toten, würde sie sagen, brauchen keinen Trost, und man konnte ihnen auch mit Vorwürfen nicht mehr schaden. Und deshalb schob sie vorsichtig und mitleidig Ruth die Schuld zu, und er war zwar dankbar dafür, ließ sich aber nicht täuschen. Er trug die Schuld, und nichts durfte ihm diese Schuld abnehmen. Denn mehr als die Erinnerung an ihr Gesicht – das bereits seltsam unwirklich und undeutlich wurde – hielten die Schuldgefühle mit dem verhaltenen Pochen seiner Strafe Ruth vertraut, sogar lebendig. Solange er Schuld verspürte, war sie seine Ruth. Zum ersten Mal in seinem Leben hütete er eifersüchtig, was ihm gehörte.

Er schaute Miss Spooner beim Stopfen zu, wollte ihr danken und ihr widersprechen und ihr anschließend erneut danken.
»Ruth«, sagte er, »war wie eine dieser Seifenblasen, mit denen Kinder spielen. So hübsch und leicht. Und ich war der große Wassertropfen darin, der sie nach unten zieht. Zu schwer – ich war zu schwer für sie. Es war nie gerecht.«
Er wartete auf ein Zeichen des Protestes in Miss Spooners unscheinbarem kleinen, verschlossenen Gesicht, aber sie hob nur den Kopf und nickte ihm zu, nicht zustimmend, sondern mehr so, als wolle sie sagen: Es ist Ihre Angelegenheit. Denken Sie darüber, wie Sie wollen.
Wir stimmen nicht überein, dachte er; sie ist sich sicher und ich nicht, aber wir werden uns nie einig werden, und sie kann mich nicht trösten. Es war alles meine Schuld, Ruth, sagte er still, während er aufstand und zur Tür ging. Dort fiel ihm ein, weswegen er überhaupt gekommen war, und er drehte sich noch einmal um.
»Miss Spooner.«
Sie wandte sich ihm zu. Er sah ihre klugen, vernünftigen Augen und fühlte sich auf einmal verloren und einsam, auf sie angewiesen.
»Teresa meinte, Sie möchten vielleicht mit uns kommen und zumindest eine Zeitlang bei uns wohnen. Das wollte ich Sie fragen, deswegen bin ich gekommen. Ich fände es auch schön.« Er schwieg und suchte nach den richtigen Worten, um das auszudrücken, was er eigentlich sagen wollte. »Wir würden uns beide sehr freuen«, fügte er unbeholfen hinzu. »Es ist zwar sehr abgelegen, aber wir haben eine hübsche Aussicht auf die Berge,

und wir sind nahe am Fluss …« Wieder zögerte er, verwirrt, weil Miss Spooner errötete. Ihre trockenen Wangen waren plötzlich so rot, als habe sie zu viel Sonne abbekommen.
»Das ist sehr freundlich von Ihnen«, sagte sie.

5

An jenem Abend ging er mit Teresa die Chowringee Road entlang. Die warmen Nachtgerüche der Stadt stiegen ihnen in die Nase. Teresa erzählte Edwin, wie sie beim Piquet betrogen hatte. Sie blieb mitten auf der Straße stehen und hielt ihn am Ärmel fest, um ihm das Ausmaß ihrer Sünde klarzumachen. Sie hatte ihre verspäteten Tränen darüber vergossen, davon geträumt, gelitten. Jetzt gestand sie. Die Bettler mit ihren Stümpfen und Wunden humpelten an ihnen vorbei. Flöten lockten. Ponys trotteten über die Straße. Rikschafahrer bimmelten mit ihren Glöckchen. Autos hupten. Die Lampen leuchteten schwer und orange wie Kerzen in einem stickigen Zimmer. Der friedliche Himmel über ihnen war sternenübersät. Edwin ergriff Teresas Hand und hielt sie zärtlich mit beiden Händen fest.

»Das spielt keine Rolle mehr, Teresa; es ist nicht mehr wichtig. Wichtig ist nur, was du von nun an tust. Das ist wirklich wichtig. Die Vergangenheit kommt alleine zurecht. Verstehst du?«

Sie wollte gerade sagen, dass sie ihn verstand, als ihr Blick an ihm vorbeiglitt. Ihr Gesichtsausdruck veränderte sich. Sie begann zu lachen.

»Oh, Edwin, sieh nur!«

Er drehte sich um. Ein sehr schmutziger, ausgemergelter Inder stand hinter ihm am Straßenrand und verkaufte Spielzeug. Am Riemen seines Tabletts war ein Bündel Ballons befestigt. Auf dem Bürgersteig lag ein grünes

Papierkrokodil, gefaltet wie eine Ziehharmonika. Der Inder zog an einer Schnur, und die Kreatur wand sich, schlug mit dem Schwanz und riss wild das Papiermaul auf. Der Mann bemerkte, dass Teresa ihm zuschaute.

»Missie, Missie ...« Er versuchte, ihr die Schnur in die Hand zu drücken. Er drängte sich ihr auf, redete auf sie ein. »Sehr schönes Krokodil, sehr hübsch. Gefällt Ihnen, he? Fünf Rupien, sehr billig, sehr schönes Krokodil.«

»Nein«, rief Teresa, schüttelte den Kopf und wich zurück. »Nein, nein.«

Edwin betrachtete ihr lachendes, ungezwungenes Gesicht und ihre energische Abwehr. Und so wie eine Elritze, die unerwartet mit einem munteren Sprung die Wasseroberfläche eines Teichs durchbricht, in dem er keine Fische mehr vermutet hatte, genauso plötzlich durchfuhr ihn der Gedanke, dass möglicherweise irgendwann der Zeitpunkt kommen würde – sehr fern, aber gerade noch denkbar –, dass er mit diesem Kind glücklich sein könnte.

»Möchtest du ein Krokodil, Teresa?«, fragte er.

»O nein«, antwortete sie. »Danke, kein bisschen. Aber es ist wirklich komisch, oder?«

»Ja«, sagte Edwin und betrachtete nüchtern den zuckenden Papierschwanz, »es ist wirklich sehr komisch.«

Nachwort

Ich stöbere nicht mehr so oft in Antiquariaten wie früher; ich habe zu viel zu tun, und außerdem quellen unsere Bücherregale sowieso schon über. Aber auf einen Sprung gehe ich doch immer mal wieder hinein, und ab und zu mache ich eine Entdeckung, zum Beispiel ein Buch, das nicht mehr lieferbar ist oder nach dem ich schon lange gesucht habe. Es kostet nie besonders viel, hat aber für mich trotzdem großen Wert.

Als ich vor zwanzig Jahren dabei war, meinen ersten Roman zu veröffentlichen, erzählte man mir von einer anderen Frau, die ebenfalls sehr jung einen Roman geschrieben hatte, der hochgelobt wurde und sich gut verkaufte. Danach hatte sie nie wieder etwas publiziert, und das Buch war bald aus dem Bewusstsein verschwunden. Vor einem Monat konnte ich es endlich auftreiben. Ich spendete einer Schule in Woodstock zehn Pence für eine gute, saubere Ausgabe von Emma Smiths *Der Ruf der Ferne* (MacGibbon & Kee, 1949). Ich hatte keine Ahnung, worum es darin ging oder ob es ein gutes Buch war, aber ich lege einen nahezu missionarischen Eifer an den Tag, wenn es darum geht, Bücher wiederauferstehen zu lassen, die einen neuen Leserkreis und mit etwas Glück vielleicht sogar eine neue Ausgabe verdienen. So viele Bücher tauchen auf und verschwinden wieder wie Sternschnuppen, und die meisten geraten verdient in Vergessenheit, aber ein paar verdienen es doch, neu aufgelegt zu werden. Was war mit Emma Smith?, fragte ich mich. Ich erwartete ein vielversprechendes und vielleicht ein wenig überholtes Werk, dem man anmerken mochte, wie jung die Autorin gewesen war. Ich erwartete jedoch nicht, auf ein kleines Meisterwerk zu stoßen. Ich begann mit Interesse zu lesen, und mit jeder Seite wuchs mein Erstaunen, meine Bewunderung. Es hat nichts »Vielversprechendes«, sondern ist ein fertiges, überzeugendes Kunstwerk, das von Menschenkenntnis und Scharfsinnigkeit zeugt, wunderschön angelegt, lebensnah, bewegend und reif.

Es wirkt, als habe es jemand geschrieben, der sein Leben lang die unterschiedlichsten Menschen, ihre Persönlichkeiten, Emotionen und Verhaltensweisen ruhig und genauestens beobachtet hat.

Teresa Digby ist das jüngere Kind ihres Vaters aus seiner zweiten, katastrophalen Ehe, und sie lebt bei einer wohlmeinenden, aber engstirnigen Tante, als ihre Mutter ihre Rückkehr ankündigt und Ansprüche auf sie erhebt. Zu Teresas Überraschung – sie hat ihm nie besonders nahegestanden – verfällt Randall Digby in Panik und schafft sie nach Indien, wo seine ältere Tochter, Ruth, mit dem Verwalter einer Teeplantage verheiratet ist. Bei ihr, da ist er sich sicher, wird alles gut werden. Ruth ist über die Maßen liebenswürdig, aufrichtig und weise, das strahlende Licht am Ende der quälenden Reise mit der unbeholfenen Teresa, die er weder kennt noch mag. Teresa ist nicht hübsch, nicht anmutig, nicht vernünftig, sie ist »widerborstig«, und während der Überfahrt nach Indien und der Reise in dem heißen, langsamen Zug sowohl für ihren Vater als auch für sich selbst eine irritierende und beschämende Belastung.

Dieses Porträt eines intelligenten, sensiblen, heranwachsenden Mädchens erinnert an die junge Portia in Elizabeth Bowens *Kalte Herzen,* so wie Emma Smith einige Bücher anderer Schriftsteller anklingen lässt, ohne sie jedoch nachzuahmen. Sie schreibt so lebendig über die Engländer, die nach Indien reisen, und die Wirkung, die diese Reise auf sie hat, dass man das Geschehen vor Augen zu haben glaubt und die Gerüche und Geräusche, die gesamte Atmosphäre nahezu aus den Seiten aufsteigen. Nicht nur das Thema und das Setting ähneln denen von E. M. Forster; Emma Smith verwendet auch Vergleiche und Symbole auf ähnliche Weise und versieht bestimmte Orte und Ereignisse mit weit mehr als ihrer unmittelbaren und offensichtlichen Bedeutung.

Aber genauso wie E. M. Forster gibt Emma Smith keine Erklärungen, ist niemals phantasielos, sondern lässt ihre Bilder mit dem Instinkt einer geborenen Schriftstellerin für sich selbst stehen, damit der Leser sie werten und deuten kann. Es gibt ein paar großartige Szenenbeschreibungen – ein hinduistisches Lichterfest, ein Picknick am Fluss, Teresas nächtliche Begegnung mit einem Tiger. Vor allem aber ist der Roman eine ausgeklügelte Studie der menschlichen Natur. Es geht um das Erwachsenwerden und den Verlust von Illusionen, um Stolz, Heuchelei und Eitelkeit und um das Leid, das dadurch verursacht wird; denn Ruth ist eine armselige Täuschung, trägt nur den Schein eines Engels. Es geht um die einfache, klarsichtige Liebe – die von Ruths Ehemann, einem guten Menschen.

Den Protagonisten geschehen viele Dinge, die sie auf dem Weg zur Selbsterkenntnis und Selbstakzeptanz und damit auch zum Verständnis für andere weiterbringen.

Teresa erlebt einen Schock nach dem anderen und geht daraus zwar angeschlagen, aber auch stärker und klüger hervor. Ihr Vater stirbt, ohne mehr über sich, seine Töchter und das Leben im Allgemeinen zu erfahren. Auch ihre Schwester stirbt, aber Ruth hat bereits begonnen, zu lernen und zu bereuen. Ihr Tod bedeutet Freiheit für Teresa und Edwin, obwohl sie das kaum erkennen. Und doch ist es ein Roman voller Hoffnung, optimistisch und befreiend, dem Leben und dem Guten zugewandt, durchdrungen von allen menschlichen Werten.
Es ist eine Freude, diese anmutige, gelungene Prosa zu lesen. Stilsicherheit ist der Autorin angeboren, und es gibt Passagen von großer Schönheit.
Ich war seltsam berührt bei der Lektüre dieses Romans, und er hat mich seitdem nicht mehr losgelassen. Ich habe dabei viel über die Kunst des Erzählens gelernt. Und doch erschreckt es mich, dass ich durch einen bloßen Zufall auf dieses Buch gestoßen bin. Wie viele Menschen sollten Emma Smiths Geschichte lesen, und wie wenige haben die Möglichkeit dazu! Es ist längst überfällig, diesen Roman davor zu retten, auf antiquarischen Wühltischen vergessen zu werden.

Susan Hill
1978